Manfred Elbersfeldt
28.12.79

Diogenes Taschenbuch 130/II

de
te
be

Die Menschliche Komödie

Honoré de Balzac

Zwei Frauen

Roman

Deutsch von Gabrielle Betz

Diogenes

TITEL DER FRANZÖSISCHEN ORIGINALAUSGABE:
›MÉMOIRES DE DEUX JEUNES MARIÉES‹

MIT FREUNDLICHER GENEHMIGUNG DER
ROWOHLT VERLAG GMBH, REINBEK BEI HAMBURG
VERÖFFENTLICHT ALS DIOGENES TASCHENBUCH, 1977

100/77/E/I
ISBN 3 257 20442 6

ZWEI FRAUEN

ERSTER TEIL

✩

1) An Mademoiselle Renée de Maucombe

Paris, im September

MEIN LIEBLING, AUCH ICH BIN ENTKOMMEN und, wenn Du mir nicht noch nach Blois geschrieben hast, die Erste beim zärtlichen Stelldichein unserer Briefe. Trenne Deine schönen, dunklen Augen vom ersten Satze dieses Briefes und verspare den Ausruf Deines Erstaunens auf den Augenblick, da ich Dir meine erste Liebe anvertrauen werde. Man spricht immer von der ersten Liebe, gibt es denn eine zweite? Schweig, wirst Du mir sagen, und erzähle mir lieber, wie Du dem Kloster entkamst, dem Du doch die Gelübde ablegen solltest? Meine Liebe, wie wunderbar immer es bei den Karmeliterinnen zugehen mag, das Wunder meiner Befreiung geschah auf die natürlichste Weise der Welt. Der Schrei eines gequälten Herzens hat es endlich über die Gesetze einer unbeugsamen Politik vermocht: Das ist das ganze Geheimnis. Meine Tante bewahrte mich vor dem Schicksal einer nur allzu gewissen Schwindsucht, als es ihr gelang, meine Mutter zu überzeugen, die das Noviziat als einziges Mittel gegen meine Krankheit verschrieb. Die schwarze Melancholie, der ich nach Deiner Abreise verfiel, beschleunigte nur die glückliche Entwicklung. Und so bin ich denn in Paris, mein Engel, und verdanke Dir letzten Endes dieses Glück.

Meine Renée, hättest Du mich gesehen an dem Tag, der mich ohne Dich fand, Du wärest stolz darauf gewesen, meinem jungen Herzen ein so tiefes Gefühl erweckt zu haben. So oft haben wir von Gemeinsamkeit geträumt, so viele Male unsere Schwingen ausgebreitet und so innig vereint gelebt, als wären unsere Seelen zusammengeschweißt, wie die beiden ungarischen Mädchen, von deren Tod wir durch Herrn Beauvisage erfuhren, der seinem Namen wenig Ehre macht. Nie war ein Klosterarzt glücklicher gewählt. Erkranktest Du nicht auch zur selben Zeit wie Deine Vertraute? In meiner dumpfen Niedergeschlagenheit erkannte ich die Bande, die uns zusammenhalten, nur nach und nach; ich glaubte sie durch die Trennung jählings zerrissen. Überdruß des Daseins hatte mich erfaßt; ich war wie eine Taube ohne die Gefährtin; ich verlangte nach der Süßigkeit des Todes; ich siechte langsam dahin. Allein in Blois unter den Karmeliterinnen, von Angst gequält, den Schleier nehmen zu müssen, und dieses ohne die Vorgeschichte einer Mademoiselle de La Vallière – fern von meiner Renée! Ach, das war Krankheit – war tödliches Gift! Dieses eintönige Leben, wo jede Stunde eine Pflicht mit sich führt, ein Gebet, eine Arbeit, und so unverrückbar immer dieselbe, daß man überall mit Sicherheit zu sagen vermöchte, was eine Karmeliterin zu der und der Stunde des Tages oder der Nacht beschäftigt – dieses schreckliche Dasein, das uns gegen alles, was uns umgibt, fühllos macht – wir hatten es uns zum bewegtesten geschaffen. Der kühne Aufschwung unseres Geistes kannte keine Grenzen; Phantasie gab uns den Schlüssel zu allen Reichen; abwechseind wurde eine der andern entzückender Hippogryph; die Beweglichere weckte die Schläferin, unsere Seelen tollten nach Lust, und bemächtigten sich einer Welt, die uns versagt war. Da war nichts bis zum „Leben der Heiligen", das uns nicht Aufschluß hätte geben müssen über die geheimsten Dinge! An dem Tag aber, der mich Deiner Nähe beraubte, wurde ich, was in unseren Augen eine Karmeliterin wirklich ist: Moderne Danaide, die, anstatt das Faß zu füllen, täglich aus ich weiß nicht welchem Schacht, vergeblich hoffend, die ewig leeren Eimer hebt. Meine Tante wußte nichts von unserem inneren Leben. Auch verstand sie meinen Überdruß des Daseins nicht, sie, die sich eine himmlische Welt auf den zwei Morgen Landes ihrer Klostermauern aufgerichtet hat. Um in unseren Jahren ein geistliches Leben führen zu können, bedarf es einer äußersten Schlichtheit der Seele, wie wir sie nicht besitzen, meine Freundin, oder jener Flamme der Hingabe, die meine Tante zu einem erhabenen Wesen macht. Sie opferte sich für ihren angebeteten Bruder; wer aber vermöchte sich einem Unbekannten oder einer Idee zu opfern?

Seit fast vierzehn Tagen verschließe ich in mir so viele ungestüme Worte, begrabe so manche Betrachtung in meinem Herzen, – Gedanken, die ich mitteilen, Erzählungen, die nur Dir vorgetragen werden können, daß ich ersticken müßte ohne die schrankenlose Offenheit der Briefe, die unsere geliebten Plauderstunden ersetzen müssen. Wie nötig ist uns doch die geheime Welt des Herzens! Ich beginne mein Tagebuch mit diesem Morgen und denke, daß Du das Deine schon angefangen hast und mich in wenigen Tagen in das schöne Tal von Gémenos einkehren lässest, von dem ich nur aus Deinen früheren Erzählungen weiß, während ich Dich nach Paris führen werde, das Du nicht anders als aus unsern Träumen kennst.

So höre denn, mein schönes Kind: an einem Morgen, der im Buche meines Lebens für alle Zeiten rot angestrichen bleiben wird, kam in Begleitschaft Philipps, des letzten Dieners meiner Großmutter, eine Anstandsdame aus Paris angefahren, ausgesandt, mich abzuholen. Die Tante ließ mich in ihr Zimmer rufen und verkündete mir dies Ereignis. Vor Freude versagte mir die Sprache, ich starrte sie fast stumpfsinnig an. „Mein Kind," sprach sie zu mir, mit ihrer tiefen Stimme, „ich sehe, du verlässest mich ohne Bedauern, doch ist dieser Abschied nicht unser letzter, wir werden uns wiedersehen: Gott hat deine Stirne mit dem Mal der Auserwählten gezeichnet. Du besitzest den Stolz, der gleicherweise zum Himmel wie zur Hölle führen kann, doch bist du von zu edler Art, um je hinabzusteigen. Ich kenne dich besser als du selbst: Leidenschaft wird für dich nicht dasselbe sein wie für gewöhnliche Frauen." Darauf zog sie mich sanft an sich, um meine Stirne zu küssen, und teilte mir jenes Feuer mit, das sie selbst verzehrt, das den Azur ihrer Augen verdunkelt, die Härte ihres Blickes geschmolzen, die leuchtenden Schläfen gefurcht und das schöne Antlitz vergilbt hat. Mich überliefs mit einer Gänsehaut. Ich küßte ihre Hände, bevor ich antwortete: „Liebe Tante, wenn es Ihre verehrungswürdige Milde nicht vermochte, mich den Paraklet finden zu lassen, der dem Leide heilsam und süß dem Herzen ist, müßte ich, um zurückzukehren, so viele Tränen vergießen, daß Sie meine Wiederkehr nicht länger wünschen möchten. Nein, ich werde hierher erst zurückkommen, wenn mich mein Ludwig XIV. verrät, und, fange ich mir einen, soll nur der Tod ihn mir entreißen. Ich fürchte mich vor keiner Montespan." „Geh, tolles Mädchen," sagte sie lächelnd, „laß diese eitlen Gedanken nicht hier zurück. Nimm sie mit dir und wisse, daß du selber eher eine Montespan als eine La Vallière bist!" Ich umarmte sie. Die Ärmste konnte sich es nicht versagen, mich zum Wagen zu geleiten, wo ihre Augen abwechselnd auf mir und ihrem elterlichen Wappen ruhten.

Noch ganz in einer seelischen Betäubung befangen, in die jener seltsame Abschied mich versenkt hatte, überraschte mich die Nacht in Beaugency. Was würde ich finden in dieser so heiß ersehnten Welt? – Zunächst fand ich niemanden, der mich empfangen hätte, die Vorbereitungen meines Herzens blieben umsonst; meine Mutter befand sich im Bois de Boulogne, mein Vater im Rat, mein Bruder, der Graf de Rhétoré, kommt nur nach Hause, um sich zum Diner umzuziehen. Miß Griffith (und die hat Krallen) und Philipp führten mich in mein Appartement. Dieses Appartement hat meiner so geliebten Großmutter, der Prinzessin de Vaurémont, gehört, der ich ein Vermögen von unbekannter Höhe verdanke, von dem mir noch niemand Näheres mitgeteilt hat. Wenn Du dies liest, wirst Du die Wehmut mit mir teilen, die mich ergriff, als ich die Räume betrat, die Erinnerung mir geheiligt hat. Ich fand die Zimmer noch ganz so, wie ich sie verlassen hatte! Ich sollte also in dem Bette schlafen, in dem sie verschieden war! Auf den Rand ihrer Chaiselongue gekauert, weinte ich, ohne zu beachten, daß ich nicht allein war; wie oft, fiel mir bei, hatte ich davor gekniet, um ihr besser lauschen zu können. Dort war ich ihrem von elfenbeingelben Spitzen umrahmten und von Alter, wie von den Schmerzen der Agonie, abgemagerten Angesicht ganz nahe. Das Zimmer schien mir die Wärme, die sie darin verbreitet hatte, noch festzuhalten. Wie war es möglich, daß Mademoiselle Armande-Louise-Marie de Chaulieu wie eine arme Bäuerin das Bett der Mutter beziehen mußte, fast am Tage ihres Todes? Denn mir war, als sei die Prinzessin, die doch schon 1817 gestorben, erst gestern verschieden. Dieses Zimmer zeigte mir Gegenstände, die nicht mehr hierher gehörten und mir genugsam bewiesen, wie wenig sich Menschen um einander kümmern, die mit den Angelegenheiten des Staats beschäftigt sind. Man hatte die edle Frau, die doch eine der hervorragendsten weiblichen Figuren des achtzehnten Jahrhunderts bleiben wird, schon vergessen. Philipp verstand, warum meine Tränen flossen. Er erzählte mir, daß mir die Prinzessin in ihrem Testament die Möbel vermacht hatte. Ich erhob mich; Philipp öffnete mir die Türe zum kleinen Salon, der in die Empfangsräume hinüberleitet; ich fand sie in derselben Verwahrlosung, die ich von früher an ihnen kannte; die Aufsätze über den Türen, die vordem die kostbarsten Bilder aufzuweisen hatten, zeigten leere Rahmen; die Marmorbilder waren zerbrochen, die großen Spiegel entfernt worden. Früher hatte ich mich gefürchtet, allein die großen Treppen hinauf-

zusteigen und die hallende Einsamkeit der hohen Säle zu durchkreuzen; ich pflegte meinen Weg über eine kleine Stiege, die unter den Bogen der großen hindurch zu der Geheimtür ihres Toilettenzimmers führte, zu nehmen.
Das Appartement befindet sich im Pavillon auf der Seite der „Invalides" und besteht aus einem Salon, einem Schlafzimmer und dem hübschen Kabinett in Zinnober und Gold, von dem ich Dir schon gesprochen habe. Das Haus ist vom Boulevard nur durch eine von Schlingpflanzen überwachsene Mauer und die wunderschönste Baumallee getrennt, die ihre reichlichen Zweige mit den Eschen auf der Gegenallee des Boulevards vermischt. Ohne den blaugoldenen Dom, ohne die grauen Massen der „Invalides" könnte man sich inmitten eines Waldes wähnen. Der Stil dieser drei Zimmer und ihre Anordnung verraten die früheren Galaräume der Herzogin von Chaulieu; die der Herzöge mögen sich im gegenüberliegenden Pavillon befunden haben; beide sind geziemend getrennt durch die beiden Hauptgebäude und den Frontpavillon, in dem sich die großen, düstern Säle befinden, die Philipp mir auch noch zeigte und die ich in dem selben von aller Pracht entblößten Zustand wiederfand, den ich seit meiner Kinderzeit an ihnen kannte. Auf das Erstaunen, das sich in meinen Zügen malte, nahm Philipp eine geheimnisvolle Miene an. Meine Liebe, in diesem Diplomatenhaus benehmen sich alle Bewohner diskret und geheimnisvoll. Doch vertraute er mir an, daß ein Gesetz zu erwarten sei, nach welchem allen Emigrierten der Wert ihrer Güter zurückerstattet werden sollte. Mein Vater schiebt

also die Renovierung seines Hauses bis zum Augenblick des Inkrafttretens hinaus. Der Architekt des Königs soll die Kosten auf 300 000 Pfund geschätzt haben. Auf diese Mitteilung hin sank ich kraftlos auf das Sofa meines Salons. Mein Vater hätte mich also eher in einem Kloster begraben, als mir mit dieser Summe eine standesgemäße Heirat zu ermöglichen. Das war der Gedanke, der mir auf der Schwelle dieser Räume begegnete! Ach Renée, wie habe ich im Geiste meinen Kopf an Deine Schulter gelehnt und mich der Süße jener Tage überlassen, in denen die Großmutter dieses Zimmer freundlich belebte. Sie, die nur noch in meinem Herzen wohnt, und Du, die zweihundert Meilen entfernt in Maucombe weilt, ihr seid die einzigen Wesen, die mich lieben oder geliebt haben. Die gütige Greisin mit ihren jungen Augen wollte beim Klang meiner Stimme wiedererstehen. Wie gut wir uns verstanden! Erinnerung besänftigte mit einem Schlage meinen Sinn. In dem, was mir noch eben wie Entweihung erschienen war, fand ich, ich weiß nicht, welches heilige Gefühl. Es schien mir süß, den leisen Duft von poudre à la maréchale zu atmen, der hier zurückgeblieben war, süß, im Schutz der Vorhänge aus gelbem Damast mit weißem Muster zu schlafen, denen ihre Blicke, ihr Atem einen Teil ihres Wesens mitgeteilt hatten. Ich gab Philipp den Auftrag, den verschiedenen Gegenständen ihren früheren Glanz wiederzugeben und das ganze Appartement wohnlich einzurichten. Ich selber ordnete an, wie ich alles wünschte; ich gab jedem Möbel seinen Platz. Ich passierte Revue und nahm Besitz von allem, nur darauf bedacht, diesen Alter-

tümern, die ich liebe, zu neuem Leben zu verhelfen.
Das Zimmer ist ganz in Weiß und von der Zeit leicht vergilbt, und das Gold der mutwilligen Arabesken ist an einigen Stellen rot angelaufen; doch harmonisiert diese Wirkung mit den verblaßten Farben des Teppichs aus der Savonnerie, den Ludwig XIV. meiner Großmutter zusammen mit seinem Porträt geschenkt hat. Die Pendeluhr ist ein Präsent des Maréchal de Saxe. Die Porzellane auf dem Kamin stammen vom Maréchal de Richelieu. Das Porträt meiner Großmutter, das sie als Fünfundzwanzigjährige wiedergibt, hängt in ovalem Rahmen dem des Königs gegenüber. Der Prinz ist nicht vertreten. Ich liebe dieses aufrichtige Vergessen, diesen Freimut; es zeichnet mit einem Strich ihren wundervollen Charakter. Während einer schweren Krankheit meiner Großmutter bestand ihr Beichtvater darauf, den Prinzen, der im Vorzimmer wartete, in das Krankenzimmer zu führen. „Nur in Begleitung der Ärzte und Ordonnanzen“, befahl meine Großmutter. Das Bett besitzt einen Himmel und ein gepolstertes Rückenteil; die Vorhänge sind in reichen Falten zurückgeschlagen; die Möbel aus vergoldetem Holz und mit eben demselben weiß gemusterten Damast bezogen, der üppig die Fenster drapiert. Er ist mit weißer Seide ausgeschlagen, die wie Moiré aussieht. Die Aufsätze über den Türen, die von unbekannten Künstlern stammen, stellen einen Sonnenaufgang und eine Mondlandschaft dar. Sehr bemerkenswert ist die Ausführung des Kamins. Man sieht, daß das vergangene Jahrhundert am Kaminfeuer gelebt hat. Dort war der Schauplatz der

großen Begebenheiten. Der Rost aus vergoldetem Kupfer ist, ohne Übertreibung, ein Wunder der Bildhauerei zu nennen; das Gesims von kostbarster Ausführung, Schaufel und Zangen entzückend gearbeitet, der Blasebalg ein Juwel. Der Kaminschirm stammt aus den „Gobelins", und seine Rahmung ist erlesen. Auf den Fußstangen und den ausladenden Flügeln tollen die anmutigsten Figuren, minuziös wie auf einem Fächer ausgearbeitet. Wer schenkte ihr dieses schöne Stück, das sie besonders wert hielt? Ich wüßte es gern. Wie oft habe ich sie gesehen, den Fuß auf den Querstab gestützt, tief in ihre Bergère zurückgelehnt und durch diese Stellung das Kleid leicht übers halbe Knie geschürzt. Wenn sie die Tabatière ergriff und zurücklegte auf das Tablett zwischen die Dose mit Pastillen und die seidenen Halbhandschuhe! Wie war sie kokett! Bis zu ihrem Tode pflegte sie sich um nichts weniger als zur Zeit des schönen Porträts, als erwarte sie wie einst die Blüte des Hofes, die sich damals um sie drängte. Diese Bergère zauberte mir die unnachahmliche Gebärde hervor, mit der sie die Röcke ordnete, wenn sie sich darin niederließ.

Die Frauen der vergangenen Zeit nehmen auf immer gewisse Geheimnisse mit ins Grab, die ihre Epoche ausgezeichnet haben. Die Prinzessin besaß ein Spiel des Kopfes, eine Art, Wort und Blick zu versenden, eine eigene Redeweise, wie ich sie bei meiner Mutter nicht mehr finde: es lag darin Scharfsinn und Gutherzigkeit, Absicht ohne Mühe; ihre Unterhaltung war weit ausholend und lakonisch zugleich; sie erzählte gut und malte mit drei Worten. Äußerste Freiheit des Urteils zeichnete sie vornehmlich aus, die mich geistig sicherlich stark beeinflußt hat. Von meinem siebenten bis zum zehnten Jahre lebte ich in ihrer unmittelbaren Nähe, und sie zog mich um so lieber heran, als sie wußte, wie gern ich kam. Diese Bevorzugung wurde Anlaß zu mehr als einem Streit zwischen ihr und meiner Mutter. Doch schürt nichts besser ein Gefühl als der eisige Wind der Verfolgung. Mit welchem Liebreiz pflegte sie zu sagen: „Da bist du ja, kleine Fratze", wenn das Schlänglein der Neugierde mir seine Behendigkeit lieh und mich zwischen den Türen hindurch bis zu ihr hineinschlüpfen ließ. Sie fühlte sich geliebt und liebte mein kindliches Gefühl, das ihren Winter erwärmte. Wie es abends bei ihr zuging, weiß ich nicht, doch sah sie viel Gäste; kam ich morgens auf den Fußspitzen nachzusehen, ob es schon hell geworden war in ihrem Zimmer, fand ich die Stühle des Salons verschoben, Spieltische aufgestellt, viel Tabak umhergestreut. Dieser Salon ist im gleichen Stil wie das Schlafzimmer; die Möbel zeigen eigentümliche Konturen mit hohen Lehnen und Rehfüßen. Reichgeschnitzte Blumengirlanden rieseln in edlem Muster quer über die Spiegelflächen und umrahmen sie in Festons. Auf Konsolen stehen herrliche Blumenkelche aus japanischem Porzellan. Die Wände sind in Ponceau und Weiß gehalten. Meine Großmutter war eine stolze, feine Brünette, ihr Teint läßt sich leicht aus der Art der Farben, die sie für ihre Umgebung wählte, erraten. Im Salon fand ich auch den Schreibtisch wieder, dessen Zierat in früheren Jahren den Gegenstand meines Interesses bildete: Er ist mit ziseliertem Silber ausgelegt und war das Geschenk eines der Lomellini von Genua. Auf den vier Seiten des Tisches sind die charakteristischen Beschäftigungen der Jahreszeiten dargestellt. Von Personen gibt es auf jedem Bild an die Hunderte, die sämtlich plastisch ausgearbeitet sind.

Zwei Stunden blieb ich mir allein überlassen in diesem Heiligtum, wo eine der berühmtesten, durch Geist und Schönheit ausgezeichneten Frauen vom Hofe Ludwigs XIV. ihr Leben aushauchte, und die Erinnerungen zogen eine nach der andern an meinem inneren Auge vorüber. Du weißt, wie schroff man mich im Jahre 1816 von einer Stunde zur andern von ihr getrennt hat. „Verabschieden Sie sich von Ihrer Großmutter", befahl meine Mutter. Ich fand die Prinzessin wohl erstaunt über meine Abreise, aber anscheinend unbewegt. Auch empfing sie mich wie gewöhnlich. „Du wirst ins Kloster eintreten, mein Kleinod," sagte sie, „du wirst deine Tante dort sehen, eine ausgezeichnete Frau. Ich werde Sorge dafür tragen, daß man dich nicht opfert. Du wirst frei und unabhängig sein, den Mann zu wählen, der dir gefällt."

Sechs Monate darauf starb sie. Sie hatte ihr Testament dem beflissensten ihrer Freunde, dem Prinzen Tayllerand, übergeben, der während eines Besuches bei Mademoiselle de Chargeboeuf Mittel und Wege fand, mich wissen zu lassen, daß meine Großmutter mir verbot, die Klostergelübde abzulegen. Ich hoffe dem Prinzen früher oder später einmal zu begegnen, er wird mir mehr darüber sagen können. Und so, liebes Herz, wenn sich schon niemand zu meiner Begrüßung einstellte, fand ich bei dem Schatten der geliebten Prinzessin reichliche Tröstung. Auch habe ich schon damit begonnen, einen unserer wichtigsten Vorsätze auszuführen, erinnerst Du Dich noch daran: den kleinsten Nebendingen unserer Behausung und unseres Lebens liebevolle Aufmerksamkeit zu schenken. Es ist so süß zu wissen, wie und wo ein geliebtes Wesen lebt. Schildere mir recht anschaulich die geringsten Gegenstände Deiner Umgebung. Alles, selbst das Schauspiel des Sonnenuntergangs in den großen Bäumen.

✩

10. Oktober

UM DREI UHR NACHMITTAGS KAM ICH AN. Gegen halb sechs wurde mir von Rose gemeldet, daß meine Mutter heimgekehrt sei, worauf ich mich hinunter begab, um ihr meine Aufwartung zu machen. Meine Mutter bewohnt im ersten Stock desselben Pavillons ein Appartement, das wie das meine angeordnet ist. Meinem Vater gehört der gegenüberliegende Pavillon. Doch sind seine Zimmer viel größer als die unsern, da auf der Hofseite der Raum hinzutritt, der auf unserer Seite durch die große Treppe eingenommen wird. Ungeachtet der weitgehenden Verpflichtungen seiner Stellung, die ihm mit der Rückkehr der Bourbonen aufs neue verliehen wurde, blieb es meinem Vater möglich, das Erdgeschoß weiterhin zu bewohnen und daselbst auch noch die Empfänge abzuhalten, so geräumig waren die Häuser unserer Väter.
Ich fand meine Mutter in ihrem Salon, der sich gar nicht verändert hat. Sie war in großer Toilette. Bei jedem Schritt, den ich ihr entgegenging, fragte ich mich innerlich, wie sich wohl diese Frau zu

mir stellen würde, sie, die so wenig Mutter war, daß ich in den acht Jahren meiner Abwesenheit nichts als die beiden Briefe von ihr erhielt, die Du kennst. Im Gefühl, daß es meiner unwürdig sei, die Komödie einer unechten Zärtlichkeit aufzuführen, hatte ich mich in eine kleine, törichte Nonne verwandelt und betrat, nicht ohne große innere Verlegenheit das Gemach. Diese Verlegenheit verflog indessen rasch. Meine Mutter war von vollkommenstem Liebreiz. Sie bezeugte keine falsche Zärtlichkeit, sie behandelte mich nicht als Fremde, sie schloß mich nicht als heißgeliebte Tochter in ihre Arme: sie empfing mich, als hätte sie mich am Vorabend zum letztenmal gesehen. Sie war die sanfteste, die aufrichtigste Freundin, sie sprach zu mir wie zu einer erwachsenen Frau und küßte mich zuerst auf die Stirne.

„Liebes Kind, wenn das Kloster schon den Tod für Sie bedeutet, so ist es besser für Sie, bei uns zu leben. Sie vereiteln freilich die Pläne Ihres Vaters und die meinigen; doch sind die Zeiten vorüber, in denen die Eltern blinden Gehorsam fordern durften. Herr von Chaulieu wünscht, und ich fühle mich hierin völlig einig mit ihm, daß nichts unterlassen werde, Ihnen das Leben angenehm zu gestalten und Ihnen die Welt zu zeigen. In Ihrem Alter hätte ich wie Sie empfunden, und habe Ihnen folglich nichts vorzuwerfen. Auch konnten Sie unmöglich begreifen, was wir von Ihnen gefordert haben. Sie werden bei mir keiner übertriebenen Strenge begegnen, und wenn Sie wirklich mein Herz beargwöhnt haben sollten, werden Sie Ihren Irrtum in Bälde einsehen. Dennoch tun Sie gut daran, die Ratschläge Ihrer Mutter nicht zu ver-

schmähen, die Ihre Freiheit nicht beeinträchtigen und Ihnen eine Schwester sein möchte."
Die Herzogin sprach mit sanfter Stimme, während sie meine Stiftspelerine ordnete. Sie hat mich ganz gewonnen. Sie ist mit achtunddreißig Jahren schön wie ein Engel, ihre Augen sind von bläulichem Schwarz, die Wimpern seidig weich, ihre Stirne ohne Falten, ihr Teint so weiß und rosig, daß man an Schminke glauben könnte; erstaunlich ist die Vollkommenheit ihrer Arme und der Büste; die Taille ist üppig und schmiegsam zugleich, ganz wie die Deine; ihre Hände sind von seltener Schönheit und schneeiger Weiße; auf der Politur der Fingernägel spielt das Licht; den kleinen Finger spreizt sie graziös, der Daumen ist wie aus Elfenbein geschnitten, der Fuß endlich ist würdig ihrer Hand, es ist der edle spanische Fuß der Mademoiselle de Vandenesse. Wenn sie als vierzigjährige Frau noch so schön ist, werden ihr auch sechzig Jahre nichts anhaben können. Liebes Herz, ich antwortete ihr als gehorsame Tochter. Ich begegnete ihr wie sie mir, ja eifriger noch, denn ihre Schönheit hatte mich bezwungen. Ich verzieh ihr die Vernachlässigung und begriff, daß eine Frau wie sie ganz nur in der Rolle einer Königin leben kann. Dieses alles sagte ich ihr so offen, wie ich jetzt zu Dir spreche. Vielleicht hatte sie sich aus dem Munde ihrer Tochter einer so zärtlichen Sprache nicht versehen. Meine aufrichtige Bewunderung rührte sie unendlich, sie änderte ihre Haltung, wurde noch huldvoller und ließ zuletzt das „Sie" fallen.
„Du bist ein gutes Kind, und ich hoffe, wir werden Freundinnen bleiben." Dieses Wort hat mich durch

seine entzückende Naivität betroffen. Ich ließ sie indes nicht merken, wie ich es aufnahm, denn ich begriff sogleich, daß sie in dem Glauben gelassen werden mußte, ihrer Tochter an Geist und Schlauheit weit überlegen zu sein. Ich spielte also das Gänschen, und sie war entzückt von mir. Zu wiederholten Malen küßte ich ihr die Hand und sagte ihr immer aufs neue, wie sehr mich ihre Freundschaft beglücke, wie wohl mir sei in ihrer Nähe. Ja selbst meine anfängliche Furcht vertraute ich ihr an. Sie lächelte darauf, umschlang meinen Hals, um mich an sich zu ziehen, und küßte mich auf die Stirne mit einer Bewegung innigster Zärtlichkeit. „Geliebtes Kind," sagte sie dann, „wir erwarten Gäste zu Tisch heute abend; Sie werden mit mir dafür sein, Ihren Eintritt in die Gesellschaft zu verschieben, bis die Schneiderin Sie fassoniert haben wird. Sie werden also, nachdem Sie Ihren Vater und Ihren Bruder begrüßt haben, sich in Ihre Gemächer zurückziehen."

Ein Vorschlag, dem ich aus vollem Herzen zustimmte. Aus der entzückenden Toilette meiner Mutter blickte mich zum ersten Male die Welt an, wie ich sie in Träumen geschaut; dennoch regte sich in mir nicht der geringste Anflug von Neid. Mein Vater trat ein.

„Mein Herr, begrüßen Sie hier Ihre Tochter", sagte die Herzogin.

Mein Vater begegnete mir sogleich aufs zärtlichste; und so gut spielte er seine Vaterrolle, daß ich ihm das Herz dazu glaubte.

„Da haben wir Sie also, rebellisches Kind", sagte er, indem er meine beiden Hände mit den seinen umschloß und sie mit einem Anflug von Galan-

terie eher als mit väterlicher Zärtlichkeit küßte. Dann zog er mich an sich, umschlang mich und küßte mich auf Stirn und Wangen.
„Sie werden den Kummer, den uns Ihre Eigenwilligkeit bereitete, durch die Freude an Ihren Erfolgen in der Gesellschaft vergüten. Wissen Sie auch, Madame, daß sie sehr schön werden wird, daß Sie eines Tages stolz sein können auf sie? Doch da kommt Ihr Bruder Rhétoré. „Alphonse," wandte er sich an einen schönen jungen Mann, der eben eintrat, „begrüßen Sie Ihre Schwester, die Nonne, die im Begriff ist, das Ordenskleid wegzuwerfen." Mein Bruder näherte sich ohne allzugroßen Eifer, nahm meine Hand und drückte sie. „So umarmen Sie sie doch", ermunterte ihn der Herzog, worauf jener mich auf beide Wangen küßte. „Ich bin entzückt, Sie zu sehen, meine Schwester," sagte er, „und Sie erblicken in mir einen Bundesgenossen gegen den Plan unseres Vaters!"
Ich bedankte mich; doch bin ich der Meinung, daß er mir sehr wohl seine Aufwartung in Blois hätte machen können, als er damals nach Orléans reiste, um unseren Bruder, den Marquis, in der Garnison aufzusuchen. Bald darauf zog ich mich zurück aus Angst, den fremden Gästen zu begegnen. Ich habe einige Umstellungen bei mir vorgenommen, auf dem schönen Tisch mit dem mohnfarbenen Sammet steht jetzt mein Schreibzeug; unablässig beschäftigen sich die Gedanken mit meiner veränderten Lage.
Solcher Art, mein schönes, weißes Reh – nicht mehr und nicht weniger – waren die Ereignisse bei der Rückkehr eines achtzehnjährigen jungen

Mädchens in den Schoß einer der glorreichsten Familien des Königreichs – nach neunjähriger Abwesenheit. Die Reise und die Aufregung der Heimkehr hatten mich müde gemacht; wie im Kloster legte ich mich um acht Uhr zu Bett, nachdem ich zu Nacht gegessen hatte. Sogar das kleine Service aus Meißener Porzellan, das die gute Prinzessin zu benutzen pflegte, wenn sie die Laune ankam, allein in ihrem Zimmer zu speisen, hatte man für mich aufbehalten.

✩

2) *Dieselbe derselben*

Den 25. November

AM NÄCHSTEN MORGEN FAND ICH MEINE Wohnung in schönste Ordnung gebracht durch den alten Philipp, der alle Vasen mit Blumen gefüllt hatte. Endlich bin ich eingerichtet. Leider hatte niemand daran gedacht, daß ein Zögling der Karmeliterinnen schon zu früher Stunde Hunger verspürt, und Rose konnte nur mit größter Mühe ein Frühstück auftreiben. „Mademoiselle hat sich gestern zu Bett begeben, just als das Diner serviert wurde, und erhebt sich in dem Augenblick, wo der Herr Graf nach Hause kommt“, setzte sie mir erläuternd auseinander. Ich nahm mein Schreibzeug zur Hand. Gegen ein Uhr klopfte mein Vater an die Türe des kleinen Salons mit der Frage, ob ich schon zu sprechen sei. Ich öffnete, er trat ein und fand mich im Begriff, an Dich zu schreiben. „Meine Liebe, Sie werden sich mit einer vollständigen Garderobe zu versehen haben, in dieser Börse finden Sie zwölftausend Franken. Ich stelle

Ihnen zur Ihrem Unterhalt die Einkünfte eines Jahres zur Verfügung. Sie werden sich mit Ihrer Mutter wegen einer Gouvernante nach Ihrem Geschmack beraten, falls Miß Griffith Ihnen nicht zusagt, denn Madame de Chaulieu hat keine Zeit, Sie des Morgens zu begleiten. Außerdem steht ein Wagen und ein Diener zu Ihrem Befehl."

„Lassen Sie mir Philipp", bat ich ihn.

„Gut", antwortete er. „Im übrigen mögen Sie unbesorgt sein. Ihr Vermögen ist beträchtlich genug, um Sie weder Ihrer Mutter noch mir zur Last fallen zu lassen."

„Wäre es unbescheiden, wenn ich Sie um nähere Angaben über meine Vermögenslage befragte?"

„Keineswegs, mein Kind", gab er zur Antwort. „Ihre Großmutter hinterließ Ihnen ihre ganzen Ersparnisse im Werte von fünfhunderttausend Franken, denn sie wollte ihre Familie nicht um das kleinste Stückchen Landes schädigen. Diese Summe wurde in das Hauptbuch eingetragen. Die angelaufenen Zinsen belaufen sich heute auf vierzigtausend Franken. Ich habe die Absicht, mit dieser Summe Ihrem zweiten Bruder ein Vermögen anzulegen. Sie kreuzen also lebhaft meine Pläne, doch werden Sie eines Tages vielleicht wieder gutmachen, was Sie mir heute verderben; ich erwarte alles von Ihrer Einsicht. Sie scheinen mir vernünftiger zu sein, als ich annehmen durfte. Auch wissen Sie genugsam, wie eine Demoiselle de Chaulieu sich zu benehmen hat. Der Stolz, der sich in Ihren Zügen malt, ist mein Bürge. Vorsichtsmaßnahmen, wie sie der kleine Bürger zum Schutze seiner Töchter anwendet, sind unseres Hauses nicht würdig. Eine üble Nachrede zu Ihren

Lasten kann dem, der sie führte, oder einem Ihrer Brüder, wenn der Himmel eine Ungerechtigkeit zuließe, das Leben kosten. Nicht nötig, sich noch weiter auf dieses Kapitel einzulassen. Adieu, mein liebes Kind." Er küßte mich auf die Stirne und verließ mich. Nach einer Beharrlichkeit von neun Jahren verstehe ich diese plötzliche Aufgabe seines Planes nicht. Ich liebe die sachliche Art meines Vaters, es fehlt seinen Worten jede Doppelzüngigkeit. Er hat mein Vermögen seinem Sohn dem Marquis bestimmt. Von wem aber stammt dieser Plan? Von meiner Mutter? – meinem Vater? – oder von meinem Bruder selbst?

Lange verharrte ich auf demselben Platz, die Augen auf die Börse gerichtet, die mein Vater auf dem Kamin zurückgelassen hatte, befriedigt und unzufrieden zugleich über die Aufmerksamkeit, die meine Gedanken an das Geld fesselte. Immerhin bin ich jetzt aller Unklarheit enthoben, meine Zweifel sind gelöst; und es liegt etwas Würdiges darin, meinem Stolz jede demütigende Sorge erspart zu haben. Den ganzen Tag lief Philipp bei den zahlreichen Lieferanten umher, denen die Aufgabe meiner Metamorphose obliegt. Eine berühmte Schneiderin, eine gewisse Victorine, hat mir bereits ihre Aufwartung gemacht; ebenso die Weißnäherin und ein Schuhmacher. Ich bin ungeduldig wie ein Kind auf den Augenblick, da ich der klösterlichen Hülle entsteigen werde. Doch brauchen alle diese Leute viel Zeit. Der Korsettschneider verlangt eine Woche, andernfalls meine Taille Schaden nehmen könnte. Jetzt wird es ernst: Ich verfüge also über eine Taille!

Janssen, der Schuhmacher von der großen Oper,

versicherte mir zuverlässig, ich hätte genau den Fuß meiner Mutter. Den ganzen Vormittag habe ich über diesen wichtigen Obliegenheiten zugebracht. Es kam auch ein Handschuhmacher, das Maß der Hände zu nehmen. Die Weißnäherin empfing meine Anordnungen. Bei meinem Mittagessen, das hier auf die Frühstücksstunde fällt, teilte mir meine Mutter mit, daß sie mich selber zu den Modistinnen begleiten werde, um meinen Geschmack zu bilden, damit ich künftig meine Bestellungen selbständig auszuführen vermöchte. Diese zunehmende Unabhängigkeit steigt mir zu Kopf, es geht mir wie einem Blinden, der seine Sehkraft wiedergewinnt. Erst jetzt kann ich ermessen, was eine Karmeliterin gegen eine Weltdame bedeuten will. Der Unterschied ist größer, als wir uns je träumen ließen.

Mein Vater war zerstreut während des Frühstücks, und wir überließen ihn seinen Gedanken; er ist in die Geheimnisse des Königs tief eingeweiht. Mich hatte er völlig vergessen, doch wird er sich meiner in dem Augenblick erinnern, wo er mich benötigt, soviel ist mir gewiß. Mein Vater ist trotz seiner fünfzig Jahre ein scharmanter Mann von jugendlichem Aussehen; er ist gut gewachsen, blond; Haltung und Manieren sind die allerbesten; sein Gesicht besitzt die schweigende Beredsamkeit eines Diplomaten; die Nase ist lang und schmal, die Augen braun. Welch ein schönes Paar! Seltsame Gedanken bestürmten mich. Es ist mir nicht entgangen, daß diese beiden Wesen, gleich edel, reich und auserlesen, nicht zusammenleben, ja, daß nichts sie verbindet als der gemeinsame Name, wenn schon sie sich der Welt gegenüber in völliger

Einheit geben. Die Elite des Hofes und der Diplomatie war gestern hier versammelt. In wenigen Tagen besuche ich einen Ball bei der Herzogin de Maufrigneuse und werde bei dieser Gelegenheit in die Gesellschaft eingeführt, auf die ich so begierig bin. Der Tanzlehrer kommt nun jeden Morgen; in einem Monat muß ich tanzen können, wenn ich nicht auf die Bälle verzichten soll. Vor dem Diner besuchte mich meine Mutter in der Angelegenheit der neuen Gouvernante. Ich habe mich für Miß Griffith entschieden, die ihr seinerzeit vom englischen Gesandten empfohlen wurde. Diese Miß ist eine Ministerstochter, sie hat die beste Erziehung genossen; ihre Mutter war adelig; sie zählt sechsunddreißig Jahre und wird mich mit dem Englischen vertraut machen. Ihr Äußeres würde sie noch immer zu Ansprüchen berechtigen, aber sie ist arm und stolz, eine echte Schottin; sie wird also meine Anstandsdame sein; ich habe ihr Roses Zimmer angewiesen, und Rose selbst steht zu ihren Diensten. Indessen ist mir sofort klar geworden, daß ich meine Meisterin meistern werde. In den sechs Tagen, die wir gemeinsam verlebten, hat sie gefühlt, daß ich allein hier Verständnis für sie besitze. Ich hingegen weiß, daß sie mir, ihrer gebieterischen Haltung ungeachtet, durchaus ergeben sein wird. Sie scheint ein gutmütiges, aber verschwiegenes Geschöpf zu sein. Es gelang mir nicht, herauszubekommen, was zwischen ihr und meiner Mutter vereinbart wurde.
Noch eine andere Neuigkeit, die mir schon ganz an der Tagesordnung scheint: Mein Vater hat heute morgen ein Minister-Portefeuille ausgeschlagen! Daher seine Nachdenklichkeit von gestern. Er zieht

den Widerwärtigkeiten der öffentlichen Debatten einen Gesandtschaftsposten vor, das sind seine eigenen Worte. Spanien winkt ihm. Ich erfuhr diese Neuigkeit beim Frühstück, dem einzigen Augenblick des Tages, wo wir uns, mein Vater, meine Mutter, mein Bruder und ich, in einer gewissen Vertraulichkeit zusammenfinden. Auch erscheinen die Dienstboten dann nur auf ein Zeichen. Die übrige Zeit sind sowohl Bruder wie Vater abwesend. Meine Mutter kleidet sich an, von zwei bis vier bleibt sie unsichtbar; um vier Uhr unternimmt sie einen Spaziergang von einer Stunde, und zwischen sechs und sieben empfängt sie, wenn sie nicht in der Stadt speist; dann kommt der Abend, der den Vergnügungen, Vorstellungen, Bällen, Konzerten, Einladungen vorbehalten bleibt. Kurz, ich glaube nicht, daß sie sich auch nur eine Viertelstunde lang selbst überlassen ist, so ausgefüllt ist ihr Dasein. Eine beträchtliche Zeit muß sie ihrer Morgentoilette widmen, denn sie erscheint in überirdischer Schönheit beim Frühstück, das zwischen elf und zwölf Uhr eingenommen wird. Nach und nach lerne ich die Geräusche verstehen, die aus ihren Räumen zu mir heraufdringen: Sie nimmt zu Anfang des Tages ein fast kaltes Bad; folgt eine Tasse kalten Kaffees mit Rahm; dann kleidet sie sich an; nie erwacht sie vor neun Uhr, ausgenommen bei besonderen Gelegenheiten; im Sommer werden morgendliche Ritte unternommen; um zwei Uhr empfängt sie einen jungen Mann, den ich noch nicht zu Gesicht bekommen habe. So sieht unser Familienleben aus! Wir begegnen uns beim Frühstück und beim Diner, doch sind meine Mutter und ich auch häufig allein bei dieser Mahlzeit. Ich glaube, daß ich noch öfters mit Miß Griffith in meinen Räumen speisen werde, wie einst die Großmutter. Meine Mutter diniert häufig in der Stadt. Es wundert mich nicht mehr, daß meine Familie sich so wenig um mich kümmert. Liebe, in Paris gehört schon Heroismus dazu, nur die Menschen der nächsten Umgebung zu lieben, ist man doch kaum je mit sich allein. Und wie sehr vergißt man in dieser Stadt die Abwesenden! Ich habe noch keinen Fuß vors Haus gesetzt, ich kenne noch nichts, ich warte ab, bis meine Verwandlung vollkommen ist, bis Anzug und Ausdruck im Einklang sein werden mit dieser Welt, deren Pulsschlag mich in Erstaunen setzt, wenn er auch erst aus weiter Ferne zu mir dringt. Noch bin ich nicht über den Garten hinausgekommen. In den nächsten Tagen beginnt die italienische Oper. Meine Mutter hat eine Loge. Ich bin toll vor Ungeduld, italienische Musik zu hören und eine französische Oper zu sehen. Ich breche mit den Gepflogenheiten des Klosters und schlüpfe in die weltlichen hinein. Ich schreibe Dir abends vor dem Schlafengehen, das jetzt auf zehn Uhr vorgerückt ist, die Zeit, in der meine Mutter auszugehen pflegt, wenn sie nicht schon vorher irgendein Theater besucht. Zwölf Theater gibt es in Paris. Meine Unwissenheit ist groß; ich lese viel, aber ich lese ohne Richtung, von einem Buch zum andern. Die Titel finde ich jeweilen auf der Einbanddecke dessen, in dem ich gerade lese; niemand leitet mich an, und ich stoße auf diese Weise auf manches Unkraut. Alles, was ich von moderner Literatur zu mir genommen habe, handelt von der Liebe, diesem Gegenstand, der uns soviel beschäftigte, da doch unser ganzes Dasein durch und für den Mann gemacht zu sein scheint; aber wie weit stehen diese Verfasser hinter zwei kleinen Mädchen zurück, die sich weißes Reh und Herzblatt nennen, Renée und Louise! Lieber Engel, welch armselige Begebenheiten, welche bizarre Laune, und wie dürftig der Ausdruck der Gefühle! Zwei Bücher haben mich dennoch seltsam bewegt, das eine ist „Corinne", das andere „Adolphe". Bei dieser Gelegenheit fragte ich meinen Vater, ob ich wohl Madame de Staël einmal sehen dürfte. Meine Mutter, mein Vater und Alphonse begannen einstimmig zu lachen. Alphonse sagte:

„Woher kommt sie eigentlich?" Und mein Vater darauf:

„Wir sind recht töricht. Von den Karmeliterinnen doch!"

„Meine Tochter," belehrte mich sanft die Mutter, „Madame de Staël ist gestorben."

„Wie kann eine Frau sich betrügen lassen?" sagte ich zu Miß Griffith, als ich „Adolphe" zu Ende gelesen hatte.

„Nun, wenn sie liebt!" sagte Miß Griffith.

Dich aber frage ich, Renée, wird uns ein Mann jemals betrügen können? . . . Miß Griffith ist nach und nach zu der Einsicht gelangt, daß ich nur halb so dumm bin, als ich mir den Anschein gebe, daß ich eine höchst geheimnisvolle Erziehung genossen habe, diejenige nämlich, die wir uns selber gegenseitig gegeben haben in unsern uferlosen Betrachtungen. Sie hat zuletzt begriffen, daß meine Unwissenheit sich nur auf äußere Dinge erstreckt. Das arme Wesen hat mir ihr Herz erschlossen. Ihre lakonische Antwort, als einziges Gegengewicht in die Wagschale aller erdenklichen Mißgeschicke geworfen, ließ mich erschauern. Sie wird nicht müde, mich vor dem trügerischen Glanze dieser Welt zu warnen, vorzüglich der Dinge, die uns am meisten zusagen. Mehr weiß und kann sie mir darüber nicht mitteilen. Ihre Reden sind etwas eintönig, und sie ähnelt hierin der Natur des Vogels, der auch nur einen Laut hat.

☆

3) *Dieselbe derselben*

Dezember

MEIN HERZBLATT, SIEH MICH BEREIT, DIE weltlichen Bretter zu betreten, und aufs übermütigste dazu vorbereitet. Heute morgen fand ich mich, nach mannigfachen Versuchen, gut und geziemend korsettiert, gestiefelt, geschnürt, frisiert, gekleidet und geschmückt. Wie die Fechter vor dem Duell, übte ich mich hinter verschlossenem Riegel. Ich wollte mich im Waffenschmuck bewundern und stellte mit Genugtuung meine sieghaft triumphierende Miene fest, die unwiderstehlich erobern muß. Ich bin über mich selber zu Gericht gesessen und habe mich eingehend geprüft. Meine Fähigkeiten mußten vor mir defilieren; ich setzte die schöne Maxime des Altertums in die Tat um: Erkenne dich selbst! Unendliche Freuden ließ mich diese Bekanntschaft mit mir selber genießen. Nur Griffith wurde in mein Puppenspiel eingeweiht. Ich war gleichzeitig die Puppe und das Kind. Du glaubst mich zu kennen? Keineswegs! Betrachte hier, Renée, das Porträt Deiner ehemals als Karmeliterin verkleideten, heute als leichtbeschwingtes Weltkind auferstandenen Schwester. Abgesehen von der Provence, möchte ich mich eine der schönsten Personen Frankreichs nennen. Dies, scheint mir, ist das Fazit dieses so angenehmen Kapitels. Ich habe Fehler, doch, wäre ich ein Mann, ich würde sie lieben. Fehler sind nichts anderes als Hoffnungen, die noch ihrer Erfüllung warten. Wenn man während vierzehn Tagen die vollendete Rundung der mütterlichen Arme bewundern mußte und diese Mutter gleichzeitig die Herzogin von Chaulieu ist, verstimmt die eigene Magerkeit; doch rasch ist man getröstet durch die zarten Gelenke, eine gewisse Weichheit der Linien in den Vertiefungen, in denen eines Tages sammetzartes Fleisch die angenehmste Fülle herstellen wird. Die etwas spröde Kurve findet sich in den Schultern wiederholt. Um die Wahrheit zu gestehen, es sind noch gar keine Schultern, sondern spitzige Schulterblätter, die zwei rechteckige Flächen bilden. Ebenso ungeschmeidig präsentiert sich die Taille, und meine Hüften sind stockgerade. So, jetzt habe ich alles gebeichtet. Aber die Konturen sind fein und entschieden, der Gesundheit reine, lebendige Flamme nährt die empfindsamen Formen, Leben und blaues Blut fließt in reichen Strömen unter der durchsichtigen Haut. Die blondeste Tochter der blonden Eva wäre eine Negerin neben mir. Meine Füße sind wie die der Gazellen, alle Gelenke sind zart, und meine Züge weisen die Regelmäßigkeit griechischer Bildnisse auf. Zugegeben, Mademoiselle, die Töne der Haut sind noch ohne Schmelz, doch von lebhafter Frische: Ich bin eine entzükkende unreife Frucht mit allen Reizen der Vorreife. Ja, ich gleiche der Gestalt, die in dem alten

Brevier meiner Großmutter dem Kelch einer blaßvioletten Lilie entsteigt. Meine blauen Augen sind nicht unbedeutend, und zwei Streifen lebhaft glänzenden, von hübschen Äderchen durchzogenen Perlmutters rahmen sie ein. Darüber schatten die langen, dichten Wimpern wie Seidenfransen. Meine Stirne strahlt; in anmutigstem Ansatz schwellen die Haare in kleinen goldenen Wellen, die nach dem Scheitel zu dunkler werden, wo sich einige widerspenstige Härchen kräuseln, die genugsam bekunden, daß ich keineswegs zu den faden, zu Ohnmachten geneigten Blondinen gehöre, sondern eine vollblütige südliche Blonde bin, eine Blonde, die angreift, statt sich treffen zu lassen. Wollte mir nicht der Friseur das Haar in zwei glatten Scheiteln ordnen, mit einer Perle, die, von einer feinen Goldkette gehalten, mir auf der Stirn hängen sollte! Ich sähe so ganz mittelalterlich aus, meinte er.

„Lassen Sie sich belehren," antwortete ich, „daß ich erstens nicht alt genug bin, um im Mittelalter zu figurieren, andererseits viel zu jung, um einen Schmuck zu tragen, der jünger macht." Meine Nase ist schlank, die Nüstern scharf geschnitten und durch ein zartrosa Mäuerchen getrennt; sie ist herrisch, mokant, und ihre Spitze viel zu nervös, um je dick oder rot werden zu können. Mein geliebtes Reh, wenn bei solchen Schätzen ein Mann noch nach Mitgift fragt, so kenne ich mich nicht aus. Meine Ohren sind zu koketten Muscheln gewunden, und eine Perle an jedem Ohrläppchen müßte gelb daneben erscheinen. Der Hals ist länglich und besitzt die schlangenhafte Geschmeidigkeit, die soviel Hoheit verleiht. Im Schatten vergoldet sich seine

Blässe. Vielleicht ist mein Mund etwas zu groß, dafür aber um so ausdrucksvoller; die Lippen leuchten im frischesten Rot, die Zähne lachen herzerquickend! Und dann, meine Liebe, fügt sich alles zu schöner Harmonie. Man hat außerdem seinen Gang, man hat eine Stimme! Man erinnert sich des Faltenspiels der großmütterlichen Röcke, das sich ganz von selbst zu machen schien. Kurz, ich bin schön und anmutig. Ich werde nach Laune lachen können, wie wir das gemeinsam so oft getan, und ohne meine Würde zu verletzen. In den Grübchen, die mit leichtem Finger der Übermut mir in die weißen Wangen drückt, wird ein Unbeschreibliches von Hoheit immer zurückbleiben. Auch verstehe ich es gar wohl, die Augen niederzuschlagen und auf meiner Stirn eisige Unnahbarkeit thronen zu lassen. Ich weiß so gut mit melancholisch gebogenem Schwanenhals eine heilige Jungfrau zu posieren, daß selbst die Madonnen, wie die Maler sie schildern, hinter mir zurückstehen müssen, und höher als der ihre ist mein Sitz im Himmel aufgerichtet. Ein Mann wird seine Stimme in Musik verwandeln müssen, um von mir angehört zu werden.

So bin ich nun also bis an die Zähne bewaffnet und bereit, die Klaviatur der Koketterie vom tiefsten Alt bis zur Flötensüße zu meistern. Es ist ein unendlicher Vorzug, nicht eintönig zu wirken. Meine Mutter ist weder übermütig noch jungfräulich schüchtern; sie gibt sich ausschließlich würdevoll und gebieterisch und durchbricht diese Schranken nur, um zur gefährlichen Löwin zu werden; und wenn sie verwundet, heilt sie nur selten. Ich werde verwunden und heilen. Ich bin ganz anders als

meine Mutter. Darum ist auch zwischen uns keine Nebenbuhlerschaft denkbar, es sei denn, wir wetteiferten in der Vollkommenheit der äußeren Erscheinung, die immerhin einige Ähnlichkeit aufweist. Ich arte meinem Vater nach, der zugleich fein und ungezwungen ist. Ich habe die Manieren meiner Großmutter und den bezaubernden Klang ihrer Stimme geerbt, einer Stimme, die in der Spannung zur Kopfstimme wird, im vertraulichen Zwiegespräch aber zur sonoren Melodie herabsteigt. Mir ist, als hätte ich erst heute das Kloster verlassen. Noch habe ich die Welt nicht betreten, noch bin ich unbekannt. Welch ein beseligender Augenblick! Ich gehöre noch mir, wie die Blume, die, schon erschlossen, von keinem Auge je erblickt wurde. Laß mich Dir sagen, mein Engel: als ich, mich musternd, in meinem Salon auf- und niederging, fiel mein Blick auf die schlichte Nonnenhülle, die schon abgestreift am Boden lag, da griff mir ein unbestimmtes Weh ans Herz: Sehnsucht nach der Vergangenheit – sorgendes Zukunftsgefühl – Angst vor der Welt – Abschied von den blassen Margueriten, die wir arglos brachen und unbekümmert zerpflückten; von allem diesen war etwas beigemischt, doch auch von jenen phantastischen Ideen, die ich in die Tiefen meiner Seele zurückdrängte, aus welchen sie emporsteigen und die ich nicht zu erforschen wage.
Meine Renée, ich besitze eine richtige Brautausstattung! Mein Schatz ruht wohlgeordnet und duftend in den mit japanischen Lackplatten gezierten Zedernholzladen meines entzückenden Ankleidezimmers. Ich besitze Bänder, Schuhe und Handschuhe die Fülle. Mein Vater hat mir frei-

gebig die Schmuckstücke des jungen Mädchens verehrt: ein Nécessaire, die feinen, zahlreichen Putztischgeräte, ein Riechdöschen, einen Fächer, einen Sonnenschirm, ein Gebetbuch, eine goldene Kette und einen Cachemire; er versprach außerdem, mich reiten zu lassen. Endlich kann ich tanzen! Morgen, ja morgen abend, soll ich eingeführt werden. Mein Kleid ist aus weißem Musseline, das Haar ist auf griechische Weise geordnet und mit einer Ranke weißer Rosen geziert. Ich werde meine Madonnenmiene aufsetzen. Ich will recht unberaten erscheinen, um die Frauen für mich zu gewinnen. Meine Mutter ahnt nicht, wie ich mit Dir spreche. Sie hält mich derartiger Betrachtungen für unfähig. Käme ihr dieser Brief vor die Augen, sie wäre starr vor Erstaunen. Mein Bruder beehrt mich mit weitgehender Verachtung und traktiert mich weiter mit den Aufmerksamkeiten seiner liebenswürdigen Gleichgültigkeit. Er ist ein schöner Mensch, doch launisch und zu Schwermut geneigt. Ich halte indessen den Schlüssel zu seinem Wesen. Weder der Herzog noch die Herzogin haben ihn erraten. Er ist, obwohl noch jung und selber Herzog, eifersüchtig auf seinen Vater, er bedeutet nichts im Staat, er bekleidet keine Würde, keine Hofcharge, er kann nicht von sich sagen: ich gehe in die Kammer. Ich allein im Hause habe sechzehn Stunden frei zum Nachdenken. Mein Vater gehört den öffentlichen Geschäften und den Vergnügungen, meine Mutter ist auf ihre Weise beschäftigt; keiner kommt zu sich selber, sie haben zu wenig Zeit zum Leben. Ich bin neugierig bis zum Übermaß auf den unwiderstehlichen Reiz dieser Welt, die sie alle, Abend für Abend, von neun Uhr bis früh um drei Uhr in ihren Bann zieht, die ihnen so große Kosten auferlegt und so viele Mühseligkeiten aufbürdet. Meine Sehnsucht ahnte solche Zauber nicht, nicht die große Kluft, die mich damals von ihr trennte. Doch vergesse ich in Wahrheit, daß es sich ja um Paris handelt. So ist es in der Tat möglich, nahe beieinander in einer Familie habe also wieder ein neues Stück von Paris kennen- Eine Pseudo-Nonne betritt den Schauplatz und entdeckt in vierzehn Tagen, was selbst ein Staatsmann in seinem eigenen Hause nicht ahnt. Doch ahnt er es vielleicht und schließt in väterlicher Nachsicht die Augen. Diese dunkle Stelle muß ich ergründen.

✩

4) Dieselbe derselben

15. Dezember

GESTERN, AN EINEM JENER HERBSTTAGE, wie wir sie an den Ufern der Loire so oft bewunderten, fuhr ich um zwei Uhr in den Champs Elysées und im Bois de Boulogne spazieren. Ich habe also wieder ein neues Stück von Paris kennengelernt. Der Platz Louis XV. ist wirklich schön, aber von jener Schönheit, die den Stempel der Menschenhände trägt. Ich war gut gekleidet, melancholisch, wenngleich zum Lachen aufgelegt; aber es gelang mir nicht, auch nur einen einzigen jener grünen Jünglinge an die Stelle zu bannen; niemand drehte sich nach mir um, und doch bewegte sich der Wagen in langsamem, meiner Haltung angemessenem Tempo. Nein, ich irre mich: Ein scharmanter Herzog wandte jählings sein Pferd. Dieser Mann, der vor der Öffentlichkeit meine

Ehre rettete, war mein Vater, dessen Stolz, wie er mir nachher gestand, angenehm berührt wurde. Ich begegnete auch meiner Mutter, die mir die Andeutung einer Kußhand zuwarf. Meine Griffith ließ unbekümmert ihre Blicke nach allen Seiten schweifen. Meiner Ansicht nach sollte eine jugendliche Person ihre Blicke bedachtsam gebrauchen. Ich war wütend. Ein Mann prüfte eingehend meine Equipage, ohne mich selber im mindesten zu beachten. Dieser Bewunderer war gewiß ein Wagenbauer. Ich habe mich in der Bewertung meiner Kräfte geirrt: Die Schönheit, dieses von Gott allein verliehene, seltene Vorrecht, ist in Paris allgemeiner, als ich dachte. Zierpuppen wurden aufs liebenswürdigste begrüßt. Vor derb roten Gesichtern haben Männer sich heimlich gesagt: „Diese soll es sein!" Meine Mutter wurde allseitig bewundert. Dieses Rätsel hat einen Schlüssel, und ich werde ihn finden. Meine Liebe, die Männer gefielen mir samt und sonders schlecht. Die schönen unter ihnen ähneln uns im Schlimmen. Auch weiß ich nicht, welch unheilvoller Geist ihre Kleidung erfunden hat: Sie ist erstaunlich plump im Vergleich zu derjenigen vergangener Jahrhunderte. Sie ist farblos, schmucklos, ohne Poesie; sie spricht weder zu den Sinnen noch zu dem Geist, noch schmeichelt sie den Augen, und obendrein erscheint sie mir unbequem. Es fehlt ihr die Fülle, ja sie sieht abgenagt aus. Ganz besonders mißfällt mir der Hut. Er ist ein Säulenstumpf, er paßt sich nicht der Form des Kopfes an; doch habe ich mir sagen lassen, es sei leichter eine Revolution als eine gefällige Hutform durchzusetzen. Der Heldenmut Frankreichs versagt vor einem Filz mit runder Kalotte, und der

Kleinmut eines einzigen Tages verdammt zu einer lebenslänglich lächerlichen Kopfbedeckung. Dabei spricht man von der Leichtigkeit der Franzosen! Übrigens sind die Männer, in welchen Hüten immer, durchaus abscheulich. Ich habe bis auf heute nur müde und harte Gesichter gesehen, in denen man umsonst nach Heiterkeit und Ruhe forscht; die Züge sind roh gehämmert; zahllose Runzeln verraten getäuschten Ehrgeiz, mißglückte Eitelkeit. Selten sieht man eine schöne Stirne.

„Das sind nun also die Pariser!" sagte ich zu Griffith.

„Liebenswürdige und geistvolle Kavaliere," antwortete sie darauf. Ich schwieg. Ein Mädchen von sechsunddreißig Jahren hat ein nachsichtiges Herz.

Abends besuchte ich den Ball und hielt mich an der Seite meiner Mutter, die mir ihren Arm lieh; eine Fürsorge, die nicht unbelohnt blieb. Meine Ehren gehörten ihr, ich wurde der Anlaß zu den angenehmsten Schmeicheleien für sie. Sie brachte es fertig, mir lauter Flachköpfe als Tänzer vorzuführen, die mich sämtlich von der Hitze unterhielten, als wäre ich selber eingefroren, und von der Schönheit des Balles, als hätte ich keine Augen im Kopf. Nicht einer konnte es unterlassen, sich über eine seltsame, unerhörte, ganz außergewöhnlich merkwürdige und bizarre Tatsache leidenschaftlich zu ergehen, nämlich, mir zum erstenmal auf einem Ball zu begegnen. Meine Toilette, die mich in meinem weißen Salon so entzückt hatte, war inmitten des reichen Aufwandes der anderen Frauen kaum beachtenswert. Jede von ihnen hatte einen Kreis von Getreuen. Alle beobachteten sie sich mit Seitenblicken; manche von ihnen strahlten in gebietender Schönheit, wie meine Mutter. Eine junge Person zählt nicht auf einem Ball, sie ist nur eine Tanzmaschine. Die Männer sind mit wenigen Ausnahmen hier nicht besser als in den Champs Elysées. Sie sind abgenützt, ihre Züge ohne Ausdruck oder besser, alle haben denselben Ausdruck. Eine stolze, kraftvolle Haltung findest Du nur noch auf den Porträts unserer Vorväter, die es verstanden, körperliche Stärke und geistige Kraft in schönem Einklang zu verbinden; heute suchst Du sie umsonst. Ein Mann jedoch fand sich in dieser Versammlung, von bedeutendem Talent, dessen auffallende Erscheinung die Masse überragte; doch auch er vermochte in mir nicht das lebhafte Interesse zu wecken, zu dem er berechtigte. Erstens kenne ich keines seiner Werke, und dann: Er ist kein Edelmann. Wie groß auch immer das Genie und die Tugend eines Bürgerlichen oder Geadelten sein mögen, es erwärmt sich kein Tropfen Blut in mir zu seinen Gunsten. Außerdem bemerkte ich, wie sehr er mit sich selber, wie wenig mit den andern beschäftigt war. Es wollte mir scheinen, als wären wir für diese großen Gedankenjäger nicht menschliche Wesen, sondern nur Gegenstände der Betrachtung. Leute von Genie sollten nicht schreiben, wenn sie lieben, oder sie werden schlecht lieben. In ihrem Gehirn lebt ein Etwas, das der Geliebten vorgeht. Dies alles glaubte ich dem Gehaben dieses Mannes zu entnehmen, der, wie man sagt, Gelehrter, Redner und Dichter zugleich ist und den der Ehrgeiz in den Dienst aller Großen treibt. Meine Meinung über ihn war auf der Stelle gefaßt. Ich fand es unter meiner Würde, die Welt meinen mangelhaften Erfolg entgelten zu lassen. Ich übergab mich also gedankenlos dem Tanzvergnügen. Übrigens fand ich Geschmack am Tanzen. Man trug mir ungezählte geistlose Klatschereien über Leute vor, die ich nicht kenne; doch muß ich vielleicht manches erst noch lernen, um sie verstehen zu können, denn die meisten Frauen und Männer zeigten ein lebhaftes Vergnügen, gewisse Dinge auszusprechen und anzuhören. Die Gesellschaft ist voller Rätsel, deren Lösung nicht leicht zu finden scheint. Zahllos sind ihre Intrigen. Aber meine Augen sehen scharf, und mein Gehör ist fein; und was meine Fassungskraft anbetrifft, darüber dürften Sie unterrichtet sein, Mademoiselle de Maucombe!

Ermattet und glücklich über diese Mattigkeit kehrte ich heim. Unbefangen sprach ich zu meiner Mutter, in deren Begleitung ich mich befand, von diesem wohligen Zustand; sie empfahl mir, über diese Dinge mit keinem andern außer ihr zu sprechen.

„Mein liebes Kind," fügte sie hinzu, „der gute Geschmack zeigt sich ebenso in dem, was man verschweigt, als in dem, was man sagt."

Dieser Ratschlag ließ mich ahnen, bei welcher Art von Empfindungen es sich empfiehlt, vor der Welt und vielleicht sogar vor der eigenen Mutter Schweigen zu bewahren. Ein einziger Blick öffnete mir das weite Gebiet weiblicher Verstellungskünste. Ich versichere Dir, mein Reh, wir stellten mit der Kühnheit unserer unschuldigen Betrachtungen zwei nicht übel aufgeweckte Frauenzimmer vor. Wie vielsagend kann ein Finger sein, der sich auf die Lippe legt, ein Wort, ein Blick. Ich wurde mit einem Male ganz verzagt. Es ist also schon ein Unrecht, über das natürliche Glücksgefühl zu sprechen, mit dem der Tanz uns beschenkt. Wie muß ich es dann erst mit meinen Gefühlen halten, sagte ich zu mir selber. Traurig begab ich mich zu Bett. Noch ist mir die Wucht dieses ersten Angriffes der harten gesellschaftlichen Gesetze auf meine offene, frohe Natürlichkeit deutlich spürbar. Schon mußte ich von meiner weißen Wolle an den Sträuchern des Lebens lassen. Leb wohl, liebes Herz!

☆

5) Renée de Maucombe an Louise de Chaulieu

Oktober

WIE HAT DEIN BRIEF MICH BEWEGT! BEwegt durch den Vergleich unserer beiden Geschicke! Wie glänzend ist das Dasein, in dem Du leben wirst, und wie friedlich die Zurückgezogenheit, in der ich meine unscheinbare Laufbahn beendigen werde! Vierzehn Tage nach meiner Ankunft im Schloß Maucombe, das ich Dir genugsam geschildert habe, um nicht noch einmal darauf zurückzukommen – wo ich mein Zimmer fast unverändert vorfand und die herrliche Landschaft des Gémenostales anschaute, die ich als Kind betrachtete, ohne sie doch zu sehen –, begleitete ich meine Eltern und meine zwei Brüder zu einem Diner bei einem unserer Nachbarn, dem alten Herrn de l'Estorade, einem Edelmann, der zu großem Reichtum gelangt ist auf die Art, wie man in der Provinz reich wird, nämlich durch bloßes geiziges Zusammenraffen. Der Alte hatte umsonst versucht, seinen einzigen Sohn den Fängen Buonapartes zu entreißen; nachdem er von der Aushebung verschont blieb, mußte er ihn 1813 zur Ehrenwache in die Armee schicken! Seit Leipzig fehlte dem alten Baron de l'Estorade jegliche Nachricht von ihm. Herr von Montriveau, den Monsieur de l'Estorade 1814 besuchte, versicherte ihm, seine Gefangennahme durch die Russen mit angesehen zu haben. Aus Kummer über diese Nachricht starb Madame de l'Estorade, nach erfolglosen Nachforschungen in Rußland. Der Baron, ein frommer alter Mann, pflog der schönen christlichen Tugend, die wir in Blois üben lernten: der Hoffnung. Sie ließ ihn seinen Sohn im Traume sehen, für ihn häufte er seine Einkünfte an; auch wahrte er die Interessen seines Sohnes bei der Erbfolge der seligen Madame de l'Estorade. Niemand hatte den Mut, den Alten zu verspotten. Heute weiß ich, daß die unverhoffte Rückkehr dieses Sohnes den Anlaß zu der meinen gab. Während sich also unsere Gedanken in weiten Fahrten ergingen, irrte unterdessen mein Zukünftiger langsam zu Fuß durch Rußland, Polen, Deutschland. Erst in Berlin fand sein Mißgeschick ein Ende, allwo der französische Minister ihm die Heimkehr nach Frankreich erleichterte. DerName des kleinen Landedelmannes, mit seinen zehntausend Pfund Einkommen, wog zu leicht in der europäischen Wagschale, als daß man seinem Sohn, dem Chevalier de l'Estorade, dessen Name auch eigentümlich nach Abenteuern schmeckte, das geringste Interesse geschenkt hätte.

Zwölftausend Pfund, die jährlichen Zinsen des mütterlichen Vermögens, zusammen mit den Ersparnissen von Monsieur de l'Estorade, machen

dem armen Leibgardisten das für die Provence nicht unbeträchtliche Vermögen von zweihundertfünfzigtausend Pfund aus, ungerechnet die Erträgnisse des Bodens. Der gute de l'Estorade kaufte am Vorabend seines Wiedersehens mit dem Chevalier eine schöne, aber schlecht unterhaltene Domäne, um sie mit zehntausend Maulbeerbäumen zu bepflanzen, die er zu diesem Zweck im voraus gezüchtet hatte. Jetzt nach der Rückkehr seines Sohnes kennt der Baron keinen anderen Wunsch, als ihn zu verheiraten, und zwar mit einem Mädchen von höherem Adel. Meine Eltern stimmten also gleich in den Vorschlag ihres Nachbarn ein, der sich anerbot, Renée de Maucombe ohne jegliche Mitgift als Schwiegertochter anzuerkennen und der besagten Renée im Ehekontrakt das gesamte Vermögen in der Erbfolge zuzusichern. Mein jüngerer Bruder Jean de Maucombe hat gleich nach seiner Mündigsprechung einen Vorschuß auf sein künftiges Erbe in der Höhe eines Drittels des Gesamtvermögens bezogen. Auf diese Weise umgehen die adeligen Familien der Provence den infamen Code Civile des Sieur de Buonaparte, durch dessen Verfügung jetzt ebensoviele Mädchen ungefragt zum Kloster verdammt werden wie vordem zur Ehe. Der französische Adel ist, nach dem wenigen, was ich darüber gehört habe, über diesen wichtigen Gegenstand sehr geteilter Meinung.
Dieses Diner, mein geliebtes Herz, führte zur ersten Begegnung zwischen Deinem Reh und dem Verbannten. Doch gehen wir der Reihe nach vor. Die Leute des Grafen von Maucombe hatten die alten galonierten Livreen und die gestickten Hüte angetan, der Kutscher seine großen Stulpenstiefel. Zu

fünft saßen wir in der alten Karosse und fuhren – das Diner war um drei Uhr angesagt – gegen zwei Uhr in vollem Aufzug vor dem Landhaus des Barons de l'Estorade vor. Mein Schwiegervater bewohnt kein Schloß, sondern ein einfaches Landhaus, das am Fuße eines Hügels am Ausgang unseres schönen Tales liegt, dessen Glanzpunkt zweifellos das alte Kastell derer von Maucombe bildet. Dieses Landhaus ist ein wirkliches Landhaus: Vier starke Kieselmauern, von gelblichem Zement überzogen und mit gewölbten, schön roten Ziegeln gedeckt; die Dächer biegen sich unter der Last der Ziegelmassen. Die ohne jegliche Symmetrie eingebrochenen Fenster sind mit riesigen, gelb gestrichenen Läden versehen. Der Garten, der diese Behausung umschließt, ist so recht ein provenzalischer Garten: ummauert von großen, runden, in Schichten aufgetürmten Kieseln; die geschickte Art, mit der sie wechselweise schräg oder aufrecht angeordnet sind, macht der Kunst des Maurers Ehre; die Lehmkruste, die darüber gedeckt ist, bröckelt an vielen Stellen ab. Der domänenartige Eindruck dieses Landhauses rührt von dem Eingangsgitter her. Dieses Gitter ist eine recht armselige Errungenschaft und erinnert mich in seiner Dürftigkeit an Schwester Angelica. Vor dem Haus liegt eine steinerne Plattform und darüber ein Schutzdach, für das sich ein Bauer von der Loire mit seinem schmucken weißen Steinhäuschen und dem blauen Dach, über dem die Sonne lacht, bedanken würde. Garten und Umgebung sind entsetzlich staubig und die Bäume verdorrt. Man merkt deutlich, daß das Leben des alten Barons seit langem aus nichts anderem mehr besteht als aufzustehen, zu Bett zu gehen, einen Tag wie den anderen, mit der einzigen Sorge, Taler auf Taler zu häufen. Er ißt, was seine beiden Dienstboten essen, ein provenzalischer Junge und das alte Stubenmädchen seiner Frau. Die Zimmer sind notdürftig möbliert. Immerhin hatte sich das Haus de l'Estorade in Unkosten gestürzt: die Schränke waren ihres Inhaltes entleert, ein erstes und zweites Aufgebot an die Hörigen zu dem Diner erlassen worden, das uns in altem, schwarzem und zerbeultem Silber serviert wurde. Der Verbannte, mein liebes Herz, ist wie das Gitter, recht mager. Er ist blaß, vergrämt und sehr schweigsam. Er sieht mit seinen siebenunddreißig Jahren aus wie ein Fünfziger. Das Ebenholz seiner einstmals schönen Jünglingshaare ist weiß gesprenkelt wie ein Lerchenflügel. Die schönen blauen Augen liegen in tiefen Höhlen, er ist etwas schwerhörig, ein Umstand, der die Ähnlichkeit mit dem Ritter von der traurigen Gestalt noch erhöht. Desungeachtet habe ich huldvoll eingewilligt, Madame de l'Estorade zu werden, mich mit zweihundertfünfzigtausend Pfund dotieren zu lassen, unter der Bedingung jedoch, das Landhaus nach freiem Ermessen verändern und einen Park anlegen zu dürfen. Ich habe meinen Vater bewogen, mir in aller Form eine Quelle abzutreten, die von Maucombe hierhergeführt werden kann. In einem Monat, meine Liebe, werde ich Madame de l'Estorade sein, denn ich habe Gnade gefunden. Nach den sibirischen Schneemassen ist ein Mann nur allzu leicht geneigt, ein Paar schwarze, glutvolle Augen zu würdigen, die, wie Du sagst, mit einem Blick Früchte zu reifen vermöchten. Louis de l'Estorade preist sich glücklich, die „schöne Renée de Maucombe“ zu ehelichen, so lautet der Ehrentitel Deiner Freundin. Während Du Dich also anschickst, die Freuden des reichhaltigsten Daseins zu ernten, als echte Demoiselle de Chaulieu in dem Paris, in dem Du Königin sein wirst, ist Dein armes Reh Renée, die Tochter der Wüste, aus den Feuerhimmeln, zu denen wir uns einst erhoben, in die profane Wirklichkeit eines schlichten Gänseblümchendaseins zurückgefallen. Ja, ich habe bei mir selber gelobt, diesen armen, um seine Jugend betrogenen Menschen, der vom Schoß der Mutter ins Feuer des Krieges, von den unschuldigen Freuden seines Landhauses in Schnee und Zwangsarbeit Sibiriens getrieben wurde, zu trösten. Die Einförmigkeit meiner kommenden Tage wird nur durch bescheidene ländliche Vergnügungen belebt sein. Ich will die Oase des Gémenostales bis zu meinem Hause fortsetzen, das bald im Schatten schöner Bäume majestätisch ruhen soll. Ich werde immergrüne Rasenflächen mein eigen nennen; bis zum Hügel soll sich mein Park erstrecken, und auf seinem höchsten Punkt will ich von einem Lust- und Gartentempelchen aus die leuchtende Fläche des Mittelmeeres schauen. Orangen und Zitronen, die reichsten botanischen Erzeugnisse sollen meine Zurückgezogenheit schmücken, in der ich Herrin und Mutter sein will. Eine natürliche und unzerstörbare Poesie wird uns einhegen. Und indem ich meinen selbstgewählten Pflichten treu bleibe, brauche ich kein Unheil zu fürchten. Mein Schwiegervater und der Chevalier de l'Estorade teilen meine christlichen Gefühle. Ach, geliebtes Herz, nun breitet sich das Leben wie eine der großen Alleen Frankreichs sanft, gleichmäßig und von ewigen Bäumen beschattet vor mir aus. Dieses Jahrhundert erschüttert kein zweiter Buonaparte, ich werde also die Kinder, die ich zur Welt bringe, behalten dürfen, um sie zu erziehen und Männer aus ihnen zu machen; in ihnen will ich mein Leben genießen. Und wenn Du Dein Schicksal als Gattin eines der Großen dieser Erde erfüllst, werden die Kinder Deiner Renée eine tätige Beschützerin an Dir haben. So lebt denn wohl, für mich wenigstens, Romane und seltsame Geschicke, als deren Heroinen wir uns fühlten. Ich kenne meine Geschichte im voraus: Das Zahnen der jungen Herren de l'Estorade, ihre Ernährung, die Verwüstungen, die sie in meinen Blumenbeeten und an meiner eigenen Person anrichten werden, das sind die großen Ereignisse meines Lebens und meine Freuden; ihnen Häubchen zu sticken und geliebt und bewundert zu werden von einem armen, kränklichen Mann, in der Stille des Gémenostales. Und eines Tages vielleicht wird die Landdame einen Winter in Marseille zubringen, aber auch dann steht sie nur auf den Brettern eines Provinztheaters, dessen Kulissen ungefährlich sind; ich werde nichts zu fürchten haben, nicht einmal eine jener Huldigungen, die uns stolz machen können. Unser ganzes Interesse gilt den Seidenwürmern, zu deren Zucht wir die Maulbeerblätter verkaufen. Wir werden die seltsamen Geschicke des provenzalischen Daseins erfahren und die Stürme eines möglichst friedlichen Haushaltes. Monsieur de l'Estorade hat feierlich seine Absicht bekundet, sich von seiner Frau beherrschen zu lassen; da ich diesen weisen Entschluß nur billigen kann, wird es wahrscheinlich dabei bleiben. Du, liebe Louise, bist künftig die romantische Seite meines Daseins. Darum erzähle mir nur ausführlich von Deinen Erlebnissen, schildere mir die Bälle und Feste, beschreibe mir genau, wie Du Dich kleidest, mit welchen Blumen Du Dein schönes blondes Haar schmückst. Erzähle mir von den Reden und Manieren der Männer. Dann wirst Du für zwei sie anhören, mit ihnen tanzen, ihren leisen Fingerdruck spüren. Ach, gerne genösse ich die Freuden, die Paris so reichlich schenkt, und ließe Dich derweilen Hausmutter sein in La Crampade, so heißt unser Landhaus. Armer Mann, der wähnt, eine einzige Frau zu heiraten! Wird er entdecken, daß es ihrer zwei sind? Ich fange an, tolles Zeug zu schreiben, und da ich meine Streiche nur noch in Dir begehen kann, will ich lieber einhalten. Einen Kuß denn auf beide Wangen, meine Lippen sind noch die eines jungen Mädchens (er hat bisher nur gewagt, meine Hand zu nehmen). Oh, wir sind gegenseitig von beinahe beängstigendem Respekt und Anstand. So, da fange ich schon wieder an ... adieu, Liebe.

P.S. Eben öffne ich Deinen dritten Brief. Liebe, ich verfüge über ungefähr tausend Pfund und bitte Dich, sie in hübschen Dingen für meinen Gebrauch zu verwenden. Hier in der Umgegend und selbst in Marseille ist nichts aufzutreiben. Denke auf Deinen Gängen an die Klausnerin von La Crampade. Weder meine Eltern noch Schwiegereltern kennen in Paris Leute von gutem Geschmack, die meine Einkäufe besorgen könnten. Deinen Brief beantworte ich später.

☆

6) *Don Felipe Henarez an Don Fernandez*

Paris, im September

DER POSTSTEMPEL DIESES BRIEFES ZEIGT Ihnen, mein Bruder, daß das Oberhaupt unseres Hauses sich außer Gefahr befindet. Wenn wir durch das Blutbad unserer Ahnen im Löwenhof auch wider willen zu Spaniern und Christen gemacht wurden, so blieb uns doch unsere arabische Schlauheit; ja vielleicht verdanke ich meine Rettung dem Blut der Abencerragen, das noch in meinen Adern fließt. Die Furcht machte Ferdinand zum so geschickten Schauspieler, daß Valdez seinen Beteuerungen Glauben schenken mußte. Ohne mich war der gute alte Admiral verloren. Niemals wird ein Liberaler wissen, was ein König ist. Doch ist mir der Charakter dieses Bourbonen schon lange bekannt. Je eindringlicher uns Seine Majestät ihres Schutzes versicherte, desto stärker wuchs mein Mißtrauen. Ein echter Spanier wiederholt kein einmal gegebenes Versprechen. Wer zuviel redet, will täuschen. Es gelang Valdez, ein englisches Schiff zu erreichen. Was mich betrifft, so schrieb ich, sobald das Geschick meines geliebten Spaniens in Andalusien verloren war, an den Verwalter meiner Güter in Sardinien und betraute ihn mit der Sorge meiner Rettung. Geschickte Korallenfischer erwarteten mich mit einer Barke an einem bestimmten Punkt der Küste. Und während Ferdinand die Franzosen aufforderte, sich meiner Person zu bemächtigen, befand ich mich schon auf meiner Baronie Macumér mitten unter Banditen, die sich um kein Gesetz und keine Rache scheren. So hat nun der letzte hispano-maurische

Sproß aus Granada sich in seine afrikanische Wüste zurückgefunden auf einem sarazenischen Pferd, das noch aus seinem Besitztum stammt. Die Augen aller dieser Banditen funkelten vor Freude und wildem Stolz, als sie erfuhren, daß sie den Herzog von Soria, ihren Herrn, kurz, einen Henarez, den ersten, der sie aufsuchte, seit der Zeit, da die Insel noch maurisch war, gegen die Blutrache des spanischen Königs beschützen sollten. Zweiundzwanzig Karabiner erboten sich, dem Ferdinand von Bourbon zu begegnen, diesem Sohn eines Geschlechtes, das in den Tagen, als die Abencerragen schon siegreich die Ufer der Loire betraten, noch unbekannt war. Ich habe geglaubt, von den Einkünften dieser ungeheuren Domänen, denen wir leider zu wenig Aufmerksamkeit geschenkt haben, leben zu können. Mein dortiger Aufenthalt bewies mir meinen Irrtum und die Wahrhaftigkeit von Queverdos' Berichten. Der Arme hatte zweiundzwanzig meinem Dienst verpflichtete Leute und besaß keinen Real, sie zu bezahlen; Savannen von zwanzigtausend Morgen Ausdehnung und kein Dach über dem Kopf; ganze Urwälder und nicht einen einzigen Stuhl. Eine Million Piaster und die Gegenwart des Herrn während eines halben Jahrhunderts wären nötig, um diese wundervollen Erdstriche tragbar zu machen; es lohnt sich, darüber nachzudenken.

Besiegte pflegen auf ihrer Flucht über sich selber sowohl, als über ihre verlorene Sache nachzusinnen. Meine Augen schwammen in Tränen, als sie die schöne, von den Mönchen zerhackte Leiche sahen! Spaniens traurige Zukunft zeigte sich vor meinem inneren Blick. In Marseille erfuhr ich

Riégos Ende. Es wurde mir schmerzlich bewußt, daß auch mein Leben mit einem Martyrium enden wird – mit einem langen, dunkeln. Heißt das noch leben, sich weder seinem Lande opfern, noch für eine Frau leben zu dürfen? „Lieben, Erobern", dieses Doppelantlitz eines und desselben Gedankens, war als Parole in unsere Säbel eingeritzt, stand in goldenen Buchstaben auf den Gewölbebogen unserer Paläste, stieg im silbernen Wasserstrahl der Springbrunnen aus unseren Marmorbecken auf. Doch die flammenden Worte wollen sich nicht mehr entzünden; der Säbel liegt zerbrochen, die Paläste verschüttet, und die lebendigen Brunnen trank der dürre Wüstensand.

Nimm hier mein Testament: Sie werden verstehen lernen, Don Fernandez, weshalb ich, Ihren Eifer zügelnd, Ihnen befahl, dem „Roy Netto" treu zu bleiben. Als Dein Freund und Bruder bitte ich Dich zu gehorchen; als Ihr Herr befehle ich es Ihnen: Gehen Sie zum König und fordern Sie von ihm meine Grandenwürde, meine Güter, meine Chargen und meine Titel; sagen Sie ihm, daß Sie von Marie Heredia geliebt werden und daß Marie nur den Herzog von Soria heiraten kann. Sie werden seine freudige Überraschung bemerken: Das Riesenvermögen der Heredia allein stand ihm noch im Wege, meinen Ruin vollständig zu machen. Auf diese Weise wird er ihm endgültig erscheinen, Sie werden ohne weiteres meinen Nachlaß bekommen. Sie werden Marie heiraten; längst erriet ich das Geheimnis Ihrer gegenseitigen unterdrückten Liebe. Auch habe ich den alten Grafen auf diese Unterschiebung schon vorbereitet. Marie und ich gehorchten einzig der Vereinbarung unserer Väter.

Sie, mein Bruder, sind schön wie ein Kind der Liebe, ich bin häßlich wie ein spanischer Grande; Sie sind geliebt, ich Gegenstand verborgenen Widerwillens; Sie werden in Bälde den geringen Widerstand besiegt haben, den mein Unglück in dieser edlen Spanierin vielleicht hervorrufen wird. Herzog von Soria, Ihr Vorgänger möchte Sie weder ein Bedauern kosten, noch um einen Maravedi schmälern. Maries eigene Juwelen werden die Diamanten meiner Mutter ersetzen. Schicken Sie mir diese Diamanten, die ausreichen, mein Leben sicher und unabhängig zu stellen, durch meine Amme, die alte Uracca, die einzige unter meinen Leuten, die ich bei mir zu behalten wünsche; sie allein versteht es, mir die Schokolade zu bereiten. Durch die angestrengten Arbeiten während unserer kurzen Revolution lernte ich meine Lebensbedürfnisse auf das mindeste einzuschränken, und das Gehalt meiner Stellung reichte hinlänglich aus. Sie werden somit die Einkünfte der beiden letzten Jahre in den Händen Ihres Verwalters vorfinden. Diese Summe ist mein Eigentum. Da aber die Hochzeit eines Herzogs von Soria beträchtliche Ausgaben erfordert, möchte ich sie mit Ihnen teilen. Weisen Sie dieses Hochzeitsgeschenk Ihres Bruders, des Banditen, nicht zurück. Übrigens, es ist mein Wille! Die Baronie von Macumér, da sie außerhalb königlich-spanischen Bereiches liegt, bleibt mir und verschafft mir Titel und Heimat, wenn ich noch irgend etwas im Leben erstreben sollte.

Gott sei gelobt, die Geschäfte sind erledigt, das Haus der Soria gerettet!

In diesem Augenblick, wo ich nur noch Baron von Macumér bin, verkünden die französischen Kanonen den Einzug des Herzogs von Angoulême. Sie werden begreifen, mein Herr, warum ich dieses Schreiben abbreche...

☆

Oktober

ALS ICH HIERHERKAM, BESASS ICH KEINE zehn Dublonen. Aber ist es nicht kleinlich, wenn ein Staatsmann inmitten der Katastrophen, die er nicht zu verhindern wußte, sich um seine eigene Zukunft sorgt? Dem besiegten Mauren ein Pferd und die Wüste; dem in seiner Hoffnung getäuschten Christen das Kloster und ein paar Golddukaten. Nichtsdestoweniger ist meine Resignation nur Müdigkeit. Ich stehe dem Kloster noch zu ferne, um nicht über meine Zukunft nachzudenken. Ozalga hatte mir für alle Fälle Empfehlungsschreiben mitgegeben; darunter eines an einen Buchhändler, der für unsere Landsleute das gleiche bedeutet, wie Galignani für die Engländer. Dieser Mann hat mir acht Schüler zu drei Franken die Stunde verschafft; einen über den andern Tag besuche ich jeden von ihnen; ich gebe im Tag also vier Stunden und verdiene damit zwölf Franken, eine Summe, die meine Bedürfnisse reichlich deckt. Wenn Uracca kommt, werde ich irgendwelchen verbannten Spanier mit der Abtretung meiner Kundschaft beglücken. Ich wohne in der Rue Hillerin-Bertin bei einer armen Witwe, die Pensionäre bei sich aufnimmt. Mein Zimmer geht nach Süden mit dem Ausblick auf einen kleinen Garten. Kein Laut stört meine Einsamkeit; ich sehe ins Grüne und brauche alles in allem einen Piaster pro Tag; ich staune über die reinen, friedlichen Freuden, wie sie solch ein Leben mit sich bringt. Von Sonnenaufgang bis zehn Uhr rauche ich und trinke meine Schokolade am Fenster und schaue auf zwei spanische Pflanzen, einen Ginster, der sich inmitten blühender Jasminmassen erhebt: Gediegenes Gold auf weißem Grund, ein Anblick, der einem maurischen Sprößling stets das Herz bewegen wird. Von zehn bis vier Uhr bin ich außer Hause bei meinen Stunden. Dann komme ich zum Essen zurück, rauche und lese bis zum Schlafengehen. Ich könnte dieses Leben, das Arbeit und Betrachtung, Einsamkeit und Geselligkeit vereint, lange so weiterführen.

Sei denn also glücklich, Fernandez, meine Abdankung erfolgte ohne Hintergedanken; keine Reue, wie Karl V. sie empfand, beschwert mein Herz; kein Wunsch, die Partie aufs neue zu beginnen wie seinerzeit Napoleon. Fünf Tage und fünf Nächte sind über meinem Testament dahingegangen, in meinen Gedanken wurden fünf Jahrhunderte daraus. Meine Grandenwürde, meine Titel und Güter liegen mir schon so fern, als hätte ich sie nie besessen. Nun, da die Schranken des Respektes zwischen uns gefallen sind, darf ich Dich in meinem Herzen lesen lassen, liebes Kind. Dieses Herz, von der Strenge meines Wesens wie mit einem undurchdringlichen Panzer umschlossen, ist voll unangewandter Zärtlichkeit und Hingabe; doch hat keine Frau es je erraten, nicht einmal diejenige, die mir von der Wiege her bestimmt war. Da hast Du den Schlüssel zu meinem leidenschaftlichen, politischen Treiben. Aus Mangel an einer Geliebten, habe ich Spanien angebetet. Aber auch Spa-

nien ist mir entglitten! Und heute, da ich nichts mehr bin, betrachte ich mein zerstörtes Ich und frage mich umsonst, warum das Leben mich geschaffen hat und wann es endlich von mir lassen wird? Warum sammelte das unter allen übrigen ritterlichste Geschlecht in seinem letzten Sproß noch einmal seine vorzüglichsten Tugenden, seine heiße afrikanische Leidenschaft, die glühende Poesie, wenn das Korn doch dazu verdammt ist, ewig in seiner runzeligen Hülle stecken zu bleiben, wenn ihm verwehrt wird, seinen Halm zu treiben und aus seinem strahlenden Kelch alle Düfte des Morgenlandes zu ergießen? Welches war das Verbrechen, das ich vor meiner Geburt begehen konnte, damit kein Wesen mir je Liebe entgegenbrächte? War ich denn schon seit meiner Geburt ein Wrack, bestimmt, am steilen Gestade zu scheitern? In meiner Seele findet sich die heimatliche Wüste wieder von einer Sonne bestrahlt, die brennt, ohne Leben zu erzeugen. Und so will ich – stolzer Überrest eines verfallenen Geschlechtes – ungenützte Kraft – verlorene Liebe – alter junger Mann – nirgends lieber als hier die letzte Gunst des Lebens: den Tod erwarten. Ach, unter diesem trüben Himmel weckt kein Funke die Flamme, die unter tiefer Asche schläft. Auch werde ich wie Jesus Christus am Ende die furchtbaren Worte sprechen können: „Mein Gott, mein Gott, warum hast du mich verlassen!“ Schrecklicher Spruch, den keiner je zu ergründen wagte!
Bedenke, Fernandez, wie wohl es mir tut, in Dir und Marie neu aufzuleben! Ich werde Euch künftig mit dem Stolz des Schöpfers betrachten, der sich seines Werkes freut. Liebet Euch recht und

immer, bereitet mir keinen Kummer – ein Unwetter zwischen Euch wäre schlimmer für mich als für Euch selbst. Unsere Mutter hat vorausgefühlt, daß die Ereignisse ihren Wünschen dereinst günstig sein würden. Vielleicht schließt der Wunsch einer Mutter einen heimlichen Pakt mit dem Himmel. Gehörte sie nicht eben zu jenen geheimnisvollen Wesen, die mit den Göttern in Verbindung stehen und von ihnen die Visionen der Zukunft erhalten? Oft las ich in den Falten ihrer Stirne, wie sehr sie für ihren Fernandez die Ehren und Schätze wünschte, die Felipe gehörten! Ich sagte es ihr offen, und sie antwortete mit zwei Tränen, die mir die Wunde eines Herzens zeigten, das uns beiden gleich bestimmt war, das aber eine unbesiegliche Liebe Dir allein zuwandte. Jetzt schwebt ihr beseligter Schatten über Euern Häuptern, die Ihr vor dem Altar neigt. Werden Sie nun endlich für Ihren Felipe die Liebkosung übrighaben. Dona Clara, die Sie ihm im Leben mißgönnten? Sie sehen, er tritt Ihrem vielgeliebten Jüngsten sogar das Mädchen ab, das Sie ihm widerwillig zugeführt! Was ich hier tue, wird den Frauen, den Toten und einem König wohlgefällig sein! Gott hat es so gewollt, störe seine Pläne nicht, Fernandez: Gehorche und schweige!

P. S. Schärfe Uracca dringend ein, mich nicht anders als Herr Henarez zu nennen. Sprich nicht von mir zu Marie. Du sollst als einziger das Geheimnis des letzten getauften Mauren hüten, in dessen Adern das Blut der erlauchten Familie stirbt, die der Wüste entstammt und in der Einsamkeit endet.

✩

7) Louise de Chaulieu an Renée de Maucombe

Im Januar 1824

IST ES MÖGLICH, BALD VERHEIRATET! NIMMT man einen Mann so ohne weiteres! Nach kaum einem Monat übergibst Du Dich einem Menschen, den Du nicht kennst, von dem Du nichts weißt. Dieser Mann ist vielleicht taub, man kann das auf mancherlei Weise sein! Vielleicht ist er langweilig, unausstehlich! Siehst Du denn gar nicht, Renée, was man aus Dir machen will? Du bist ihnen nötig, um ihr glorreiches Geschlecht de l'Estorade fortzupflanzen, das ist alles! Du wirst eine Landpomeranze werden! Wo bleiben unsre gegenseitigen Gelübde? An Deiner Stelle zöge ich es vor, auf einer Schaluppe nach den Hyerischen Inseln auszuwandern und mich von einem algerischen Korsaren rauben zu lassen, der mich an den Großsultan verkaufte. Dann wäre ich Sultanin und eines Tages Vallidé. Das Serail aber würde ich auf den Kopf stellen, in jungen wie in alten Tagen, darauf kannst Du Dich verlassen. Du tauschest ein Kloster für das andere ein! Ich kenne Dich, Du bist feig, Du wirst mit Lammesfrömmigkeit in die Ehe gehen. Höre auf meinen Rat, komm nach Paris, wir werden die Männer betören und uns zu Königinnen aufschwingen. Dein Gatte, mein schönes Reh, kann in drei Jahren Abgeordneter sein. Ich weiß jetzt, was ein Abgeordneter ist, und werde es Dir erklären; Du findest Dich in diesem Sattel bald zurecht. Dabei wirst Du in Paris wohnen können und, wie meine Mutter es nennt, eine Frau à la mode werden. Ich lasse Dich auf keinen Fall in Deinem Landhaus!

Montag

NUN LEBE ICH SCHON SEIT ZEHN TAGEN ALS Weltdame: Ein Abend bei den „Italienern", den andern in der großen Oper und von dort immer auf einen Ball! Ach, das Leben ist ein Feentraum! Die Musik der Italiener begeistert mich, und während meine Seele in himmlischen Entzückungen schwebt, werde ich von allen Seiten lorgnettiert und bewundert. Doch vor einem einzigen meiner Blicke senken sich die Augen des kühnsten jungen Mannes. Ich habe reizende junge Leute kennengelernt. Was soll ich Dir sagen? Kein einziger gefällt mir, keiner vermag in mir Gefühle zu wecken wie Garcia in seinem wunderbaren Duett mit Pellegrini im „Othello". Lieber Gott, wie eifersüchtig muß Rossini selbst gewesen sein, um Eifersucht so trefflich zu schildern! Welch ein Schrei, wie dieser: „Il mio cor se divide!" Ach, ich rede spanisch für Dich, Du hast Garcia nie gehört, aber Du weißt, wie eifersüchtig ich sein kann. Hingegen welch ein trauriger Dichter ist dieser Shakespeare! Othello bläht sich; er heimst seine Siege ein; er befiehlt und paradiert; immer ist er anderswo beschäftigt, während Desdemona in einem Winkel versauert; und Desdemona, obschon sie sich den Albernheiten des öffentlichen Lebens geopfert sieht, zürnt nicht einmal! Dieses Schaf verdient den Tod! Daß derjenige, den ich meiner Liebe einstens würdig erachte, sich ja nicht erdreiste, etwas anderes außer mir zu lieben. Ich halte es mit den langen Prüfungen der Ritter von einst; ich erachte den Tölpel von einem Ritter für sehr frech und dumm, der es übel aufnehmen konnte, daß seine Geliebte ihn den Handschuh holen ließ, den sie unter die Löwen geworfen hatte: Ach, sicher hielt sie eine seltene Liebesblume für ihn bereit, die der Freche verschmähte, als er sie pflücken durfte! Doch ich schwatze, als gäbe es keine großen Neuigkeiten zu berichten: Mein Vater wird sehr wahrscheinlich unsern Herrn und König in Madrid vertreten; ich sage „unsern" Herrn, denn ich werde mit von der Gesandtschaft sein. Meine Mutter wünscht hierzubleiben, mein Vater nimmt mich also mit, um eine Frau bei sich zu haben.

Du wirst, meine Liebe, darin nichts Unnatürliches finden, und doch verbergen sich Ungeheuerlichkeiten hinter dieser schlichten Tatsache. Ich bin in Zeit von vierzehn Tagen hinter die Geheimnisse des Hauses gekommen. Meine Mutter würde meinem Vater willig nach Madrid folgen, wenn dieser einen Herrn de Canalis als Botschaftssekretär mitnähme; doch da der König den Sekretär zu bezeichnen pflegt und der König sehr bestimmt ist, wagt der Herzog weder ihm zuwiderzuhandeln, noch auch meine Mutter zu erzürnen. Nun meint der große Politiker den Knoten damit zu lösen, daß er die Herzogin zurückläßt. Herr de Canalis, der große Dichter des Tages, ist ebenderselbe junge Mann, der die Gesellschaft meiner Mutter pflegt und mit ihr zweifellos von drei bis fünf den diplomatischen Wissenschaften obliegt. Die Diplomatie muß eine schöne Sache sein, denn er zeigt sich eifrig wie ein Börsenspekulant. Der Herzog de Rhétoré, unser feierlicher, kalter und launenhafter Ältester, würde von seinem Vater auch in Madrid in Schatten gestellt, er bleibt also ebenfalls in Paris. Übrigens hat Miß Griffith in

Erfahrung gebracht, daß Alphonse eine Tänzerin von der Oper liebt! Wie ist es möglich, sich in Beine und Pirouetten zu verlieben? Wir haben beobachtet, daß mein Bruder allen Vorstellungen beiwohnt, in denen Tullia auftritt; er applaudiert die Pas dieser Person und verläßt dann die Loge. Fast glaube ich, daß zwei Mädchen in einem Hause größere Verheerungen anrichten können als selbst die Pest. Was meinen jüngsten Bruder angeht, so habe ich ihn noch nicht zu Gesicht bekommen, da er noch immer bei seinem Regiment steht. Auf diese Weise bin ich also zur Antigone eines Gesandten Seiner Majestät ausersehen worden. Vielleicht verheirate ich mich in Spanien; und vielleicht geht die Absicht meines Vaters dahin, mich ohne Mitgift zu verheiraten, nicht anders als wie man Dich diesem Überbleibsel eines Ehrengardisten gibt. Mein Vater selbst machte mir den Vorschlag, ihn zu begleiten; und empfahl mir seinen spanischen Lehrer. „Sie haben die Absicht", entgegnete ich ihm, „mich in Spanien zu verheiraten?"

Statt aller Antwort beehrte er mich mit einem schlauen Blick. Er liebt es seit einigen Tagen, mich beim Frühstück zu necken; er beobachtet mich, und ich heuchle. Auch habe ich ihn in seiner Eigenschaft als Vater und zukünftigen Gesandten grausam hinters Licht geführt. Muß er mich nicht für ein Gänschen halten? Er befragte mich über einige junge Herren und Damen, denen ich in verschiedenen Salons begegnet war. Statt aller Antwort ließ ich mich in dümmster Weise über deren Haarfarbe, Unterschiede der Figur und Physiognomien weitläufig aus. Mein Vater war sichtlich enttäuscht, mich so albern zu finden, und bereute seine Frage.

„Glauben Sie doch ja nicht, mein Vater," fügte ich hinzu, „daß ich sage, was ich wirklich denke. Meine Mutter hat mich erst neulich vor den Gefahren einer offenen Aussprache gewarnt –"

„Innerhalb der Familie mögen Sie unbekümmert nach Ihrem Sinn reden", antwortete meine Mutter. „Nun denn", begann ich von neuem, „die jungen Leute kommen mir bis jetzt mehr interessiert als interessant vor, weit mehr mit sich selber als mit unsereinem beschäftigt; doch verstellen sie sich in Wahrheit nur schlecht. Im nächsten Augenblick ist die Maske abgelegt, die sie vornehmen, wenn sie mit uns sprechen; bilden sie sich ein, daß wir unsre Augen nicht zu gebrauchen verstehen? Der Mann, der mit uns spricht, ist der Liebhaber – der Mann, der aufgehört hat, mit uns zu sprechen, der Gatte! Was die jungen Mädchen betrifft, so sind sie so falsch, daß es unmöglich ist, ihren Charakter anders als aus ihrem Tanz zu erraten; ihre Figur und ihre Bewegungen allein lügen nicht. Am meisten entsetzt mich die Roheit der vornehmen Gesellschaft. Wenn es zum Souper geht, ereignen sich Szenen, die, entsprechend übertragen, mir eine deutliche Vorstellung von einem Volksaufruhr vermitteln. Höflichkeit verbirgt nur ungenügend die allgemeine Selbstsucht. Ich habe mir die Gesellschaft anders vorgestellt. Die Frau gilt wenig, aber vielleicht ist dies ein Rest der bonapartistischen Herrschaft."

„Armande hat erstaunliche Fortschritte gemacht", sagte meine Mutter, als ich geendet hatte.

„Sie glauben doch nicht, meine Mutter, daß ich

Sie noch weiterhin fragen werde, ob Madame de Staël gestorben ist?"
Mein Vater lächelte und erhob sich.

☆

Samstag

MEINE LIEBE, ICH HABE NOCH NICHT ALLES gesagt, doch bleibt das Folgende Dir allein vorbehalten. Die Liebe, wie wir sie uns träumten, muß tief verborgen sein, denn ich konnte bis jetzt noch keine Spur von ihr entdecken. Wohl fing ich einige blitzschnell getauschte Blicke in den Salons auf, aber mein Gott, welche Lauheit! Unsere Liebe, diese Welt der Wunder, schönster Träume, entzückender Wirklichkeiten, der Freuden und ihres Echos, der Schmerzen; jenes Lächeln, welches das Wesen entschleiert, berückende Worte, unaufhörlich gespendetes, unaufhörlich empfangenes Glück; Trauer bei Entfernung des geliebten Wesens und Seligkeit des Wiederfindens!... von alledem keine Spur. Wo wachsen diese wundersamen Blüten der Seele? Wer lügt? unser Gefühl? oder die Welt? Ich habe junge Leute, Männer, zu Hunderten gesehen, nicht einer vermochte mein Herz im mindesten zu rühren; sie hätten mir ihre ganze Hingabe und Bewunderung zu Füßen legen, sich für mich schlagen können, mein Auge wäre trocken geblieben. Die Liebe, meine Beste, ist ein so seltenes Phänomen, daß man ein ganzes Dasein leben kann, ohne dem Wesen zu begegnen, dem die Natur das Vermögen verliehen hätte, uns glücklich zu machen. Seit einiger Zeit erfüllt mich die Betrachtung unseres Geschicks mit Entsetzen, und ich fange an zu verstehen, warum viele Frauen so traurig aussehen unter dem Schmelz von Purpur, den die lügnerische Freude eines Festes ihnen auflegt. Man heiratet auf gut Glück, und auch Du verheiratest Dich nicht anders. Stürme und Gedanken tobten durch meine Seele. Täglich mit derselben Kraft geliebt zu werden und dennoch immer neu; nach zehn glücklichen Jahren angebetet wie am ersten Tag! Eine solche Liebe braucht Jahre. Wir müssen uns lange umwerben lassen, manche Neugierde reizen und stillen, tausend Sympathien wecken und erwidern. Gibt es wirklich Gesetze für die Geschöpfe des Herzens wie für die sichtbaren Geschöpfe der Natur? Gibt es eine Seligkeit von Bestand? In welchem Maße sollen Tränen und Freuden in der Liebe sich mischen? Kannst Du verstehen, daß mir mit einem Mal das frostige Los eines düstern, eintönigen, endlosen Klosterlebens annehmbar erschien, während mir die Reichtümer, Herrlichkeiten, die Tränen, Entzückungen, Feste, Freuden und Wonnen der geteilten, gegenseitigen, erlaubten Liebe in unwirklicher Ferne verschwammen? Ich sehe in dieser Stadt keinen Raum für die Süßigkeit der Liebe, keinen Raum für ein frommes Wandeln in Hagebuchengängen beim Schein des Vollmondes, der auf den Wassern glänzt, während man allzu heißen Wünschen milde wehrt! Reich, jung und schön, wie ich bin, ist Liebe mein Ziel; Liebe soll meines Lebens Inhalt, meine einzige Beschäftigung sein! Doch habe ich in den ganzen drei Monaten, in denen ich mich mit zitternder Neugier unter den leuchtenden, begehrlichen, erregten Blicken bewege, nichts gefunden! Keine Stimme rührte mich an, kein Auge erhellte mir die Welt! Musik allein füllte mir die Seele, sie allein konnte mir geben, was unsere Freundschaft mir gibt. Manchmal blieb ich nachts eine Stunde an meinem Fenster stehen im Anblick des schlummernden Gartens und rief die Ereignisse, forderte sie leidenschaftlich von dem dunkeln Quell ihres Entstehens. Manchmal, wenn ich im Wagen ausfuhr und in den Champs Elysées halten ließ, stellte ich mir lebhaft den Mann vor, der meine schlafende Seele wecken würde; wie er herankäme, mir folgte, mich anblickte; doch begegneten mir an solchem Tage sicher nur Seiltänzer, Lebkuchenhändler, Taschenspieler, Vorübergehende, die ihren Geschäften nachstürmten, oder Liebespaare, die sich scheu den Blicken entzogen, und es überkam mich die Versuchung, sie anzuhalten und zu fragen: Ihr, die ihr glücklich seid, sagt mir, was ist die Liebe? Aber ich zügelte meine stürmischen Gedanken, stieg in meinen Wagen zurück und gelobte mir innerlich, eine alte Jungfer zu werden. Gewiß ist Liebe Inkarnation; doch welcher Vorbedingungen bedarf es, um sie zu verwirklichen? Da wir nicht einmal mit uns selber Frieden und Eintracht halten mögen, wie wird es erst zu zweien sein? Gott allein löst dieses Rätsel. Manchmal will mir scheinen, ich kehrte am besten ins Kloster zurück; bleibe ich in dieser Welt, so werde ich sicher Torheiten begehen, denn unmöglich kann ich mich den Dingen, wie ich sie jetzt vor mir sehe, anpassen. Alles verletzt mein Feingefühl, die Gesetze meiner Seele, meine geheimsten Gedanken! Ach, meine Mutter ist die glücklichste Frau der Welt, sie wird von ihrem großen kleinen Canalis vergöttert. Eine ruchlose Neugierde erfaßt mich, mein Engel, zu erfahren, was zwischen ihr und diesem jungen Manne geschieht. Griffith war, wie sie mir gestand, von denselben Gedanken heimgesucht. Sie hatte Lust, allen glücklichen Frauen ins Gesicht zu springen; sie hat sie geschmäht und verlästert! Nach ihrer Meinung besteht die Tugend darin, diese wilden Anwandlungen im tiefsten Herzensgrunde zu begraben. Und was ist also der tiefste Herzensgrund? Ein Freihafen für alles Schlechte in uns. Ich fühle mich recht gedemütigt, keinen Anbeter gefunden zu haben. Ich bin ein heiratsfähiges junges Ding, aber ich habe Brüder, eine Familie, anspruchsvolle Eltern. Wenn dieses die Gründe für die Zurückhaltung der Männer sein sollten, müßte ich sie für sehr feige halten. Die Rollen der Chimème im Cid und des Cid selber begeistern mich. Was für ein wundervolles Theaterstück! Doch nun genug für heute. Leb wohl.

☆

8) Dieselbe derselben

Januar

UNSER LEHRER IST EIN ARMER FLÜCHTLING, der sich wegen seiner Mithilfe bei der Revolution, welche vom Herzog von Angoulême niedergeworfen wurde, versteckt halten muß; übrigens gab dieser Sieg den Anlaß zu schönen Festlichkeiten. Obwohl liberal gesinnt und ohne Zweifel ein Bürgerlicher, hat dieser Mann mein Interesse geweckt: Ich stelle mir vor, er sei zum Tode verurteilt gewesen. Um hinter sein Geheimnis zu kommen, versuche ich, ihn zum Sprechen zu bewegen; doch

ist er von castilianischer Schweigsamkeit, nicht weniger stolz als Gonzalvo de Cordova und dennoch sanft und von engelhafter Geduld; auch ist sein Stolz ganz innerlich und nicht gereizt wie bei Miß Griffith. Er läßt sich von uns geben, was ihm zukommt durch die Erfüllung seiner Verpflichtungen; im übrigen hält er sich fern durch den Respekt selbst, den er uns bezeigt. Mein Vater behauptet, daß in dem Herrn Henarez, den er scherzhaft unter uns Don Henarez nennt, etwas von einem Grandseigneur stecke. Als ich mir vor einigen Tagen herausnahm, ihn in dieser Form anzusprechen, richtete er die Blicke, die er gewöhnlich gesenkt hält, auf mich und traf mich mit zwei Blitzen, die mich sprachlos machten: Meine Liebe, er hat zweifellos die schönsten Augen der Welt. Ich fragte ihn daraufhin, ob ich ihn durch irgend etwas erzürnt habe, worauf er mir in seiner großartigen und sublimen spanischen Sprache entgegnete: „Mademoiselle, ich bin hier, um Sie das Spanische zu lehren.“ Ich fühlte mich gedemütigt. Ich wurde rot; ich war drauf und dran, ihm eine gebührend scharfe Antwort zu erteilen, als ich mich der Lehren unserer lieben Mutter im Herrn erinnerte und zu ihm sagte:
„Sie würden mich durch eine Belehrung, falls ich eine verdient habe, nur verpflichten.“
Er fuhr zusammen, das Blut schoß ihm in das olivenfarbene Antlitz, und er antwortete mit sanftbewegter Stimme: „Besser, als ich es zu tun vermöchte, wird die Religion Sie gelehrt haben, fremdes Unglück zu achten. Wäre ich Don in Spanien und hätte durch den Siegeszug Ferdinands VII. alles verloren, so hieße Ihr Scherz eine Grausam-

keit; bin ich aber wirklich nichts weiter als ein armer Sprachlehrer, ist er dann nicht eine ungeheure Verspottung? Weder das eine noch das andere ist eines Edelfräuleins würdig."
Ich ergriff seine Hand und sagte: „So werde ich die Mithilfe der Religion erbitten, um Sie mein Unrecht vergessen zu lassen."
Er senkte den Kopf, öffnete meinen Don Quixote und nahm Platz. Dieser kleine Vorfall versetzte mich in größere Verwirrung als alle Komplimente, Blicke und Redensarten der Soirée, auf der mir stark der Hof gemacht wurde. Während des Unterrichts betrachtete ich mit Aufmerksamkeit den Mann, der sich unbewußt beobachten ließ; nie hebt er die Augen zu mir auf. Dabei entdeckte ich, daß unser Lehrer, den wir auf vierzig Jahre schätzten, noch jung ist: er zählt kaum mehr als sechsundzwanzig bis achtundzwanzig Jahre. Meine Gouvernante, der ich ihn für kurze Zeit überließ, machte mich auf die Schönheit seiner schwarzen Haare und seiner Zähne, die wie Perlen gereiht sind, aufmerksam. Seine Augen aber scheinen aus Sammet und Feuer. Damit ist alles gesagt, im übrigen ist er klein und häßlich. Er schilderte uns die Spanier als wenig reinlich. Er selber aber ist außerordentlich gepflegt; seine Hände sind weißer als das Gesicht; sein Rücken ist leicht gewölbt, der Kopf enorm und von bizarrer Form; seine übrigens geistvolle Häßlichkeit wird von den Pockennarben, die das Gesicht durchfurchen, noch verschärft. Die Stirne ist gewölbt; die allzu dichten Brauen begegnen sich und geben ihm ein hartes Aussehen, das abschreckend auf die Gemüter wirkt. Er hat das finstere, leidende Aussehen der

der Kinder, denen ein früher Tod bestimmt ist und die ihr Leben nur der unermüdlichen Sorge anderer verdanken, geradeso wie Schwester Martha. Mein Vater sagt nicht ohne Grund, er erinnere ein wenig an den Kardinal Ximenes. Er liebt ihn nicht und fühlt sich beengt in seiner Nähe. Die Manieren unseres Lehrers sind von einer angeborenen Würde getragen und beunruhigen den guten Herzog, der keinerlei Überlegenheit in seiner Nähe ertragen kann. Sobald mein Vater des Spanischen mächtig ist, reisen wir nach Madrid. Als, zwei Tage nach der Lektion, die ich von ihm empfangen, Henarez wieder zur Stunde kam, sagte ich, um meine Dankbarkeit auf irgendeine Weise zu bezeugen: „Ich zweifle nicht, daß Sie Spanien im Zusammenhang mit politischen Ereignissen verlassen mußten. Wenn mein Vater dort Gesandter wird, wie man sagt, wird es uns ein Leichtes sein, Ihnen einen Dienst zu leisten und im Fall einer Verurteilung Ihre Begnadigung zu erlangen."
„Es liegt in niemandes Vermögen, mich zu verpflichten", antwortete er darauf.
„Wie, mein Herr?" rief ich aus. „Wollen Sie von niemandem eine Gefälligkeit annehmen, oder wäre Ihre Sache so aussichtslos?"
„Das eine wie das andere," gab er zurück mit einer Stimme, die jedes weitere Wort abschnitt.
Das Blut meines Vaters grollte in meinen Adern. Dieser Hochmut empörte mich, ich kümmerte mich nicht weiter um den Herrn Henarez. Und doch, Liebe, zwingt ein Etwas mich, den Stolz zu bewundern, der von keinem etwas will. „Nicht einmal unsere Freundschaft würde er annehmen," dachte ich, während ich ein Verbum konjugierte.

Dabei hielt ich inne und sprach den Gedanken laut aus, der mich beschäftigte, aber auf spanisch. Henarez antwortete mir mit der vollendetsten Höflichkeit, daß Gefühle eine gewisse Gleichheit voraussetzten, die in diesem Falle nicht vorhanden sei; meine Frage wäre somit hinfällig.

„Meinen Sie eine Gleichheit in bezug auf die gegenseitigen Gefühle oder den Unterschied des Ranges?" fragte ich, um ihn aus dem feierlichen Ernst herauszulocken, der mich verdrießt. Er hob die Augen zu mir auf, und ich senkte die meinen. Liebe, dieser Mann ist ein unlösbares Rätsel. Es schien, als wollte er ergründen, ob sich in meinen Worten eine Erklärung verhülle; in seinem Blick war etwas von Glück, Stolz, Angst der Ungewißheit, das mir das Herz zusammenpreßte. Und ich begriff, daß die Art der Koketterie, die wir in Frankreich nach Verdienst bewerten, bei diesem Spanier eine gefährliche Tragweite gewinnt. Ganz begossen zog ich meine Fühler ein. Zum Schluß der Stunde grüßte er mich mit einem Blick, der eine demütige Bitte enthielt, als wollte er mir sagen: „Spielen Sie nicht mit einem Unglücklichen!" Dieser plötzliche Gegensatz zu dem stolzen, feierlichen Gebaren von vorhin machte den stärksten Eindruck auf mich. Ist es nicht schrecklich, denken und aussprechen zu müssen: Es sind in diesem Manne Schätze an Gefühl verborgen?

☆

9) Madame de l'Estorade an Mademoiselle de Chaulieu

Dezember

ALLES IST SCHON GESAGT UND GESCHEHEN, liebes Kind: Madame de l'Estorade ist es, die an Dich schreibt: aber zwischen uns ist nichts verändert – es gibt nur ein Mädchen weniger in der Welt. Sei unbesorgt: ich habe meine Zustimmung reiflich bedacht und nicht überstürzt gegeben. Mein Leben ist jetzt fest umgrenzt. Die geordnete Sicherheit eines geebneten Weges sagt meiner Vernunft und meinem Charakter gleicherweise zu. Eine starke moralische Kraft in mir hat auf immer das, was wir die Zufälligkeiten des Lebens nannten, ausgeschaltet. Wir besitzen Boden, der ertragfähig gemacht, ein Haus, das verschönt und ausgeschmückt werden soll; meine Aufgabe ist hinfort, meinen Haushalt zu führen und traulich zu gestalten; einen Mann mit seinem Leben auszusöhnen. Was willst Du mehr, das alltägliche Leben wird nie etwas Bedeutendes oder Außerordentliches sein. In diesem Abkommen ist freilich kein Raum für die unendliche Sehnsucht, die Seele und Sinne weitet – so scheint es wenigstens jetzt. Doch wer wird mich verhindern, die Fahrzeuge, die wir einst aussetzten auf dem Meer der Unendlichkeit, weiterschwimmen zu lassen? Auch darfst Du nicht glauben, daß die unscheinbare Pflicht, der ich mich geweiht habe, jeder Leidenschaft bar wäre. Die Aufgabe, einem armen Menschen, der dem Schicksal als Spielball dienen mußte, den Glauben an das Glück zurückzugeben, ist eine schöne Sache und hinreichend, die Eintönigkeit meines Daseins zu beleben. Ich sehe keinen Grund, verzagt zu sein, es gibt so viel Gutes zu tun. Unter uns gesagt, ich liebe Louis de l'Estorade nicht mit jener Liebe, die das Herz höher schlagen läßt, wenn ein Schritt sich nähert, die uns beim leisen Klang einer Stimme, oder wenn ein Feuerblick uns trifft, in allen Tiefen aufrührt; aber er mißfällt mir auch nicht. Wohin nun mit den Gefühlen für die sublimen Dinge? Wohin mit den mächtigen Gedanken, die in uns wirken und uns verbinden? wirst Du mich fragen. Das eben ist es, was mich besorgt gemacht hat. Aber liegt nicht auch etwas Großes darin, sie zu verbergen, sie, ohne daß jemand darum wüßte, zum Wohl der Familie anzuwenden, sie zu einer Freudenquelle für alle diejenigen, die uns anvertraut sind, und denen wir uns verpflichtet haben, umzuwandeln? Der Zeitraum ist kurz bemessen, in dem bei uns Frauen alle Fähigkeiten strahlen; schnell ist er vorüber; und wenn mein Leben schon nicht großartig sein durfte, so wird es doch friedlich, einig und ohne Erschütterungen verlaufen. Zwei große Glücksmöglichkeiten stehen an der Wiege jeder Frau; wir dürfen wählen zwischen Liebe und Mutterschaft. Nun wohl, ich habe gewählt: Meine Kinder sollen meine Götter, dies Stück Erde mein Eldorado sein. Das ist alles, was ich Dir heute sagen kann. Ich danke Dir für die hübschen Gegenstände, die Du mir geschickt hast. Wirf einen Blick auf die Liste, die diesem Brief beigelegt ist. Ich will in einer Atmosphäre von Luxus und Eleganz leben und von der Provinz nur annehmen, was sie an Schönem zu bieten vermag. Übrigens braucht eine Frau, auch wenn sie in der Einsamkeit lebt, keine Landpomeranze zu werden: Sie bleibt, was sie ist. Ich rechne stark auf Deinen

Beistand, mich über den Wechsel der Mode auf dem laufenden zu erhalten. Mein Schwiegervater versagt mir in seiner Begeisterung keinen Wunsch und stellt das ganze Haus auf den Kopf! Wir lassen Arbeiter aus Paris kommen. Alles wird von Grund auf neu gemacht.

☆

10) *Mademoiselle de Chaulieu an Madame de l'Estorade.*

Januar

O RENÉE, DU HAST MICH FÜR VIELE TAGE traurig gestimmt! So wird nun also dieser entzückende Körper, das schöne, stolze Antlitz, das mit natürlichstem Anstand ausgestattete Wesen, dieses reichbegabte Herz, diese Augen, in denen sich die Seele wie in einer frischen Quelle labte, dieses von den zartesten Rücksichten bewegte Gemüt, der weite Geist, alle die seltenen Fähigkeiten, die Bemühungen der Natur und unserer gegenseitigen Erziehung, Schätze, aus denen für Leidenschaft und Sehnsucht einzigartige Reichtümer strömen sollten, Stunden, die Jahre aufgewogen, Freuden, die einen Mann zum Sklaven einer einzigen reizenden Bewegung gemacht hätten –, so wird sich dieses alles in der Öde einer gemeinen, alltäglichen Ehe verlieren – ertrinken in der Leere eines Lebens, das Dir zum Überdruß gereichen muß! Ich hasse zum voraus die Kinder, die Du zur Welt bringst, sie werden mißgestaltet sein! In Deinem Leben ist nun alles vorgesehen, Dir bleibt nichts mehr zu hoffen, zu fürchten, zu leiden. Was aber, wenn an einem Tag der Herrlichkeit

Du dem Wesen begegnest, das Dich dem Schlummer, der Dich jetzt umfängt, stürmisch entreißt? ... Ach, ein Schauder überfällt mich bei diesem Gedanken. Vergiß dann nicht, daß Du eine Freundin hast! Du wirst ohne Zweifel der gute Geist Deines Tales werden, in seine Schönheiten eindringen; mit dieser Natur leben, ihre Geheimnisse ergründen; die Größe der Schöpfung wird Dich durchdringen; das allmähliche Werden der Pflanzen, der rasche Flug des aufstrebenden Gedankens; und im Anblick der lachenden Blüten wirst Du Dich zu Dir selbst zurückfinden. Ich weiß zum voraus, was Du mir schreiben wirst, wenn Du zwischen Deinem voranschreitenden Gatten und den nachtrippelnden Kindern gehst; das eine jauchzend und lallend in unschuldiger Freude, das andere stumm und selbstzufrieden. Das dunstige Tal mit seinen steilen oder grünbelaubten Hügeln, die eigenartigen Wiesenflächen der Provence, ihre in feine Fäden zerstreuten klaren Gewässer, die mannigfaltigen Töne des Lichtes, die ganze Unendlichkeit, die Dich umgibt und die Gott selber in stetem Wechsel bewegt, werden Dir die unendliche Monotonie Deines eigenen Herzens nur um so deutlicher zeigen. Doch bin ich da, geliebte Renée, und Du wirst in mir stets die Freundin finden, deren von keinen gesellschaftlichen Schranken berührtes Herz Dir ganz gehört.

☆

Montag

LIEBSTE, DIE MELANCHOLIE MEINES Spaniers ist entzückend. Es ist in ihm etwas Unsagbares von Ruhe, Reinheit, Würde und Tiefe, das mich unwiderstehlich anzieht. Die unerschütterliche Feierlichkeit und Schweigsamkeit, die über diesem Mann gebreitet liegen, haben für den andern etwas Herausforderndes. Er ist stumm und großartig wie ein entthronter König. Griffith und ich sind ständig mit diesem Rätsel beschäftigt. Ist es nicht ein sonderbarer Fall: Ein Sprachlehrer gewinnt meine Beachtung wie noch kein anderer Mann zuvor; und doch passierten die Söhne der edelsten Familien Frankreichs, alle Gesandtschaftsattachés und Gesandten, Generäle und Leutnants, die Pairs, ihre Söhne und Neffen, der Hof und die ganze Stadt vor mir Revue. Die Kälte dieses Mannes irritiert mich. Sein tiefgründiger Stolz breitet eine Wüste zwischen ihn und uns; er hüllt sich ins undurchdringlichste Dunkel. Jetzt ist er der Kokette, und ich dringe mit Kühnheit auf ihn ein. Dieses seltsame Spiel gefällt mir um so mehr, als es auf sich selbst beschränkt bleiben muß. Was kann ein Mann, ein Spanier, ein Sprachlehrer, bedeuten? Ich empfinde nicht den mindesten Respekt vor einem Mann, sei er, wer er sei – und wäre es ein König. Ich finde uns wertvoller als alle Männer, auch die berühmtesten. O wie hätte ich mir Napoleon unterwürfig gemacht, wie ihn fühlen lassen, falls er mich geliebt hätte, daß er mir bedingungslos anheimgegeben ist! Gestern warf ich meinem Lehrer Henarez ein Epigramm hin, das ihn empfindlich getroffen haben muß, er entgegnete nichts darauf; die Stunde war eben beendet, er nahm seinen Hut und verabschiedete sich mit einem Blick, der mich fürchten läßt, er werde nicht wiederkommen. Das geht mir nahe. Es wäre eine düstere Vorbedeutung, wenn ich die

„Nouvelle Héloise" von Jean-Jacques Rousseau wieder aufnehmen müßte, die ich kürzlich gelesen und die mir die Liebe gründlich verleidet hat! Diese belehrende, schönrednerische Liebe ist mir verhaßt. Auch „Clarissa" war zu selbstgerecht, als sie ihren großen kleinen Brief schrieb; doch soll dieses Werk Richardsons, wie mein Vater mir sagt, das Wesen der Engländerinnen sehr genau wiedergeben. Rousseaus Roman machte mir den Eindruck einer philosophischen Betrachtung in Briefform.

Mir scheint die Liebe ein rein persönliches Gedicht zu sein. Alles, was diese Schriftsteller uns schildern, ist falsch und wahr zu gleicher Zeit. Wirklich, meine Liebe, Schöne, da Du nur noch über eheliche Liebe reden kannst, ist es für unser Doppeldasein dringend nötig, daß ich Mädchen bleibe und einige schöne Passionen erlebe, damit wir das Leben dennoch gründlich kennenlernen. Erzähle mir ausführlich alles, was Dir in den ersten Tagen Deines Zusammenseins mit diesem Tier – ich kann einen Gatten nicht anders nennen – begegnet! Ich verspreche Dir die gleiche Genauigkeit, wenn ich je geliebt werden sollte. Adieu – arme verschlungene Geliebte!

✩

11) Madame de l'Estorade an Mademoiselle de Chaulieu

Auf La Crampade

LIEBES HERZ, DU UND DEIN SPANIER, Ihr macht mich erzittern. Ich schreibe Dir in Eile diese wenigen Worte und bitte Dich inständig, ihn zu entlassen. Alles, was Du mir über ihn sagst, läßt mich auf einen jener gefährlichen Charaktere schließen, die, da sie nichts zu verlieren haben, alles wagen. Dieser Mann darf nicht Dein Geliebter werden und kann Dein Gatte nicht sein. Näheres über die intimen Ereignisse meiner Heirat schreibe ich Dir erst, wenn Du mein Herz von der Unruhe befreit haben wirst, in die mich Dein letzter Brief versetzt hat.

✩

12) Mademoiselle de Chaulieu an Madame de l'Estorade

Februar

LIEBSTE, HEUTE MORGEN UM NEUN UHR sagte sich mein Vater bei mir an. Ich war bereits aufgestanden und angekleidet. Ich fand ihn in meinem Salon in der Kaminecke sitzen, ernst und nachdenklich gegen seine sonstige Gewohnheit. Er wies mir den Lehnstuhl ihm gegenüber an; ich verstand und ließ mich mit gut gespielter Feierlichkeit darauf nieder, so daß er sich eines Lächelns nicht erwehren konnte, doch war es ein Lächeln, das den Stempel ernster Trauer trug.

„Sie sind mindestens so geistreich wie Ihre Großmutter", sagte er zu mir.

„Nun, mein Vater," antwortete ich, „spielen Sie hier nicht den Kurmacher, Sie haben mir etwas Wichtiges mitzuteilen."

Er erhob sich in großer Erregung und sprach mit mir wohl eine halbe Stunde lang. Dieses Gespräch, meine Liebe, ist wert, aufgezeichnet zu werden. Kaum hatte er mich verlassen, als ich mich auch schon an meinen Schreibtisch begab, in der Absicht, seine Worte festzuhalten. Zum erstenmal ließ mich mein Vater seine geheimsten Gedanken sehen. Er begann mit einer Schmeichelei und benahm sich dabei nicht eben ungeschickt; ich muß es ihm zugute halten, mich erkannt und gewürdigt zu haben.

„Armande,“ begann er, „Sie haben mich nicht schlecht getäuscht und aufs angenehmste überrascht. Bei Ihrer Ankunft aus dem Kloster mußte ich Sie für ein junges Mädchen wie alle übrigen jungen Mädchen halten, ohne Bedeutung, unwissend, mit irgendwelchem Flitterkram leicht zu gewinnen, ein Luxusgegenstand, ohne einen ernsten Gedanken.“ „Ich danke Ihnen im Namen der Jugend, mein Vater.“ „O es gibt keine Jugend mehr!“ sagte er und konnte eine staatsmännische Geste nicht unterdrücken. „Ihr Verstand ist von erstaunlicher Weite, Sie beurteilen die Dinge nach ihrem Wert, Ihre Hellsicht ist außerordentlich; dabei sind Sie maliziös: man glaubt, Sie haben nichts bemerkt, wo Sie den Ursachen der Erscheinungen schon auf den Grund gekommen sind, an denen sich die andern noch den Kopf zerbrechen. Sie sind ein Minister im Unterrock! Nur Sie allein hier haben die Fähigkeit, mich zu verstehen; auch bleibt einem nichts anderes übrig, als Sie gegen sich selbst zu verwenden, wenn man ein Opfer von Ihnen will. Lassen Sie mich offen über die Pläne mit Ihnen reden, zu denen Notwendigkeit mich trieb und auf denen ich bestehen muß. Ich werde mich mit Ihnen in politische Betrachtungen einlassen müssen, die für das Königreich von höchster Wichtigkeit sind und jeden andern außer Ihnen nur langweilen könnten. Sie mögen, nachdem Sie mich gehört haben, fleißig darüber nachdenken, ich gebe Ihnen, wenn nötig, sechs Monate Frist. Sie bleiben durchaus Ihr freier Herr, und sollten Sie das Opfer, das ich von Ihnen fordere, zurückweisen müssen, würde ich mich, ohne weiter in Sie zu dringen, Ihrer Absage fügen."

Nach diesem Exordium, mein liebes Reh, wurde ich wirklich ernsthaft und sagte:

„Reden Sie, mein Vater!"

Und nun höre, wie sich der Staatsmann geäußert hat: „Mein Kind, Frankreich befindet sich in einer gefährlichen Lage, die außer von dem König nur von wenigen, auserlesenen Geistern erkannt wird; doch ist der König ein Kopf ohne Arme, und die bedeutenden Geister, die in das Geheimnis dieser Gefahr eingeweiht sind, bleiben ohne Einfluß auf die Männer, die allein unsere Sache zu einem guten Ende führen könnten. Diese Männer, von der Volksabstimmung ausgeworfen, wollen sich nicht zu Werkzeugen hergeben. Wie bedeutend sie zuweilen sein mögen, fördern sie nur das Werk der sozialen Zersetzung, anstatt uns zu helfen, das Staatsgebäude neu zu befestigen. Mit einem Wort, es gibt jetzt nur zwei Parteien: Die des Marius und die des Sulla; ich bin für Sulla gegen Marius. Das ist in großen Zügen unsere heutige Lage. Nun die Einzelheiten: Die Revolution wächst weiter; sie ist in den Boden eingegraben, sie arbeitet beständig in allen Geistern: sie ist um so bedrohlicher, als sie den nächsten Ratgebern des Thrones als erledigt erscheint, weil diese sie ohne Soldaten und ohne Geldmittel sehen. Der König selbst besitzt einen umfassenden Verstand, er sieht klar; doch tagtäglich von den Anhängern seines Bruders bestürmt, die zu schnell vorgehen möchten, wird er keine zwei Jahre mehr zu leben haben, und der Sterbende ordnet nur noch seine Linnen, um in Ruhe dahin zu gehen. Soll ich dir, mein Kind, die zerstörendsten Ergebnisse der Revolution nennen? Du kannst sie nicht erraten: mit dem Haupte Ludwigs XVI. fielen alle Familienhäupter überhaupt. Es gibt heute keine Familien mehr, es gibt nur noch Individuen. Als Frankreich eine Nation werden wollte, hörte es auf, ein Reich zu sein. Mit dem Sieg der Gleichheitsproklamationen über die väterlichen Rechte wurde der Familiengeist vernichtet und der Fiskus geschaffen. Sie haben den Schwächen der Vorgesetzten Vorschub geleistet und der blinden Gewalt der Massen; sie haben die Vernichtung der Künste und die persönliche Interessenwirtschaft herbeigeführt; sie haben einer künftigen Eroberung die Wege bereitet. Es gilt heute zu wählen zwischen zwei Möglichkeiten: den Staat auf der Familie oder auf dem persönlichen Vorteil aufzubauen; mit anderen Worten, zwischen Demokratie oder Aristokratie; – Diskussion oder unbedingtem Gehorsam; Katholizismus oder religiöser Indifferenz; – das ist in wenigen Worten die Sachlage. Ich gehöre zu der kleinen Zahl derjenigen, die dem, was man heute das Volk nennt, Widerstand leisten wollen, und zwar in dessen eigenstem Interesse. Es geht nicht mehr um feudale Rechte, wie man es den Dummköpfen einreden möchte, noch um Junkertum. Es handelt sich um den Staat; es handelt sich um die Existenz Frankreichs. Ein Land, das sich nicht auf väterliche Macht gründet, verliert den gesicherten Boden. Hier beginnt die Leiter der Verantwortlichkeit und der Subordination, die bis zum König hinaufreicht. Der König, das sind wir alle! Für den König sterben heißt für sich selber, für seine Familie sterben, die so wenig wie das Königreich zugrunde gehen darf. Jedes Tier hat seinen Instinkt; der Instinkt des Menschen heißt: die Familie. Ein Land, das sich aus reichen Familien zusammensetzt, dessen einzelne Glieder nur auf Verteidigung des gemeinsamen Gutes bedacht sind, ist stark; dieses Gut mag heißen: Geld, Ehre, Vorrechte, Genuß, – gleichviel. Es ist schwach, wenn es sich aus unsolidarischen Einzelwesen zusammensetzt, denen es nicht darauf ankommt, einem einzigen oder sieben Menschen, einem Russen oder einem Korsen zu gehorchen, wenn nur jeder seinen eigenen Platz behalten darf, und die Unseligen sehen nicht ein, daß man ihnen diesen eines Tages um so sicherer wegnehmen wird. Wir steuern im Fall eines Mißerfolges auf ein Jahrhundert der Greuel zu. Es wird nur noch kriminale und fiskalische Gesetze geben; die Börse oder das Leben. Das großmütigste Land der Erde will sich nicht mehr von Gefühlen regieren lassen! Unheilbare Wunden sind geschlagen und werden künstlich offen gehalten: zuerst der allgemeine Neid! Die oberen Klassen werden vernichtet, die Gleichheit der Wünsche für Gleichheit der Kräfte gehalten; die anerkannte und bestätigte, wirkliche Obrigkeit wird von den Fluten der Bourgeoisie hinweggeschwemmt. Es war möglich, aus Tausenden einen Mann zu wählen; unter drei Millionen Ehrgeiziger, die alle in der gleichen Livree, nämlich derjenigen der Mittelmäßigkeit, stecken, sucht man umsonst. Diese siegreiche Masse merkt nicht, daß sie eine andere, schreckliche Masse gegen sich hat, nämlich die der besitzenden Bauern. Zwanzig Millionen Morgen lebendiges Land, das vorrückt, räsoniert, auf nichts hört, immer mehr verlangt, alles verbarrikadiert, mit brutaler Kraft schaltet und waltet –..."

„Aber ich, mein Vater, was kann ich für den Staat tun? Ich finde in mir nicht die geringste Anlage, eine Jeanne d'Arc der Familien zu werden und auf dem Scheiterhaufen eines Klosters zugrunde zu gehen."

„Teufelsmädchen," sagte mein Vater, „rede ich vernünftig mit Ihnen, antworten Sie mir mit einem Scherz; spaße ich, so weisen Sie mich zurecht wie ein Gesandter."

„Die Liebe lebt von Gegensätzen", war meine Antwort.

Er lachte bis zu Tränen.

„Sie werden über das nachdenken, was ich Ihnen eben auseinandergesetzt habe, und erkennen, was für ein Vertrauen und welche Größe darin liegt, mit Ihnen zu sprechen, wie ich es tue. Vielleicht kommen die Ereignisse meinen Plänen zu Hilfe. Ich weiß, daß Sie diese Pläne als kränkend und unbillig empfinden, und ich wende mich zu deren Rechtfertigung weniger an Ihr Herz und Ihre Phantasie als an Ihre Vernunft. Ich habe in Ihnen mehr Vernunft und Klugheit gefunden als in irgend jemand..."

„Sie schmeicheln sich selber", sagte ich lächelnd, „bin ich doch Ihre Tochter."

„Zu guter Letzt also", begann er von neuem, „ich kann nicht inkonsequent sein: wer den Zweck will, muß auch die Mittel wollen, und wir sind den andern ein Beispiel schuldig. Sie dürfen also auf Ihr Vermögen keinen Anspruch erheben, bevor nicht dasjenige Ihres jüngeren Bruders gesichert ist; ich will Ihre ganzen Kapitalien dazu verwenden, um ein Majorat zu begründen."

„Wird es mir gestattet sein, nach meinem Geschmack zu leben und glücklich zu sein, wenn ich Ihnen mein Vermögen überlasse?"

„Solange dieses Leben, wie Sie es verstehen, der Ehre, dem Ansehen und dem Ruhm Ihrer Familie nicht schadet."

„Oh," rief ich aus, „Sie entsetzen mich sehr rasch der hervorragenden Klugheit, die Sie mir noch eben zugestanden!"

„In Frankreich wird sich kein Mann finden, der ein junges Mädchen aus dem obersten Adel ohne Mitgift zur Frau nähme – ja, ihr noch selber eine solche zugestände," sagte er bitter, „er müßte denn aus der Klasse der Bourgeois-Parvenüs stammen, – und ich gehöre, was das betrifft, noch ins elfte Jahrhundert."

„Auch ich", pflichtete ich bei. „Doch warum so schnell verzweifeln: Gibt es keine alten Pairs von Frankreich?"

„Sie sind sehr vorgeschritten, Louise!" rief er aus. Dann verließ er mich lächelnd, indem er mir die Hand küßte.

Ich hatte an diesem selben Vormittag Deinen Brief erhalten, der mich gerade über den Abgrund nachdenken ließ, in den ich, wie Du behauptest, zu stürzen im Begriffe bin. Mir war, als riefe in meinem Innern eine Stimme: „Du wirst hineinstürzen!" Ich traf also meine Vorkehrungen.

Liebste, Henarez wagt es, die Augen zu mir aufzuheben, und seine Blicke verwirren mich; sie rufen in mir ein Empfinden hervor, das sich mit nichts anderem als dem tiefsten Entsetzen vergleichen läßt: Man sollte diesen Mann so wenig ansehen wie eine Kröte; er ist häßlich und faszinierend zugleich. Seit zwei Tagen gehe ich mit mir zu Rate, ob ich meinen Vater kurzerhand bitten soll, Henarez zu entlassen, da ich des spanischen Unterrichts müde sei; doch kaum habe ich diesen männlichen Entschluß gefaßt, finde ich ein Verlangen nach den schrecklichen Empfindungen, die mir der Anblick dieses Mannes erweckt, und ich sage zu mir: „Nur noch einmal, und ich werde reden!" Liebe, seine Stimme besitzt eine durchdringende Süßigkeit; er spricht wie die Fodor singt. Seine Gebärden sind einfach, ohne die leiseste Affektation. Und welch schöne Zähne! Als er mich eben verließ, schien er bemerkt zu haben, wie lebhaft mein Interesse für ihn ist; er machte eine Bewegung – voller Ehrerbietung übrigens – als wollte er meine Hand ergreifen, um sie zu küssen. Doch wie erschrocken über seine eigene Kühnheit, über den Abgrund, den zu überschreiten er im Begriffe war, hielt er inne. So wenig von diesem Geschehnis äußerlich auch zu bemerken war, erriet ich ihn doch und lächelte; denn nichts ist rührender als die lebendige Regung einer geheimen Natur, die sich schamvoll in sich selbst zurückzieht. Es liegt so viel Kühnheit in der Liebe eines Bürgerlichen zu einem Mädchen von Adel. Mein Lächeln verwirrte ihn; der Arme suchte seinen Hut, ohne ihn zu sehen, oder er wollte ihn nicht sehen. Mit großem Ernst reichte ich ihn ihm. In seinen Augen schimmerten verhaltene Tränen. Dieser kurze Augenblick schloß eine Welt von Ereignissen und Gedanken ein. Wir verstanden uns so gut, daß ich ihm in diesem Augenblick nun selber die Hand zum Kusse bot. Vielleicht sagte ihm diese Regung, Liebe könnte den Abgrund überbrücken, der uns trennt. Ach, ich weiß nicht, was mich dazu trieb! Griffith wandte uns den Rücken; stolz streckte ich ihm mein weißes Pfötchen entgegen und fühlte die Glut seiner Lippen, von zwei großen Tränen gekühlt. Ach, lieber Engel! Kraftlos und ganz verwirrt blieb ich auf meinem Sessel zurück, ich war glücklich, doch ich kann Dir nicht sagen, wie und warum. Was ich erlebte, war Poesie. Die Erniedrigung, deren ich mich in dieser Stunde schäme, erschien mir dann als Größe. Er hat mich bezaubert, das ist meine ganze Entschuldigung.

✩

Freitag

DIESER MENSCH IST WIRKLICH SCHÖN. Seine Worte sind elegant, sein Geist von bemerkenswerter Überlegenheit. Er zeigte sich stark und logisch wie Bossuet, als er mir den Mechanismus, nicht nur der spanischen Sprache, sondern des menschlichen Gedankens und aller Sprachen erklärte. Französisch scheint seine Muttersprache zu sein. Als ich mein Erstaunen hierüber äußerte, erzählte er mir, daß er in sehr jungen Jahren mit dem spanischen König nach Valencay gekommen sei. Was ist mit diesem Menschen vorgegangen? Er ist nicht mehr derselbe. Er kam heute und war einfach, aber durchaus wie ein Grandseigneur, der seinen Morgenspaziergang macht, gekleidet. Sein

Verstand strahlte wie ein Leuchtturm während des Unterrichts: Er entfaltete seine ganze Beredsamkeit. Wie ein Ermatteter, der plötzlich seine Kräfte wiederfindet, enthüllte er mir sein so sorgfältig gehütetes Inneres. Er erzählte mir die Geschichte eines Dieners, eines armen Teufels, der sich um einen Blick der spanischen Königin töten ließ.

„Ihm blieb nichts anderes übrig als zu sterben!" versetzte ich.

Diese Antwort begeisterte ihn, und seine Blicke haben mich wahrhaft erschreckt. Abends besuchte ich einen Ball bei der Herzogin de Lenencourt. Dort traf ich auf den Prinzen de Tayllerand. Ich ließ ihn durch Monsieur de Vandenesse, einen reizenden jungen Mann, fragen, ob sich unter seinen Gästen im Jahre 1809 nicht ein gewisser Henarez befunden habe. „Henarez ist der maurische Name der Soria, die, wie sie selbst behaupten, zum Christentum bekehrte Abencerragen sind. Der alte Graf begleitete damals den König mit seinen beiden Söhnen. Der ältere, gegenwärtiger Herzog von Soria, wurde vor kurzem durch König Ferdinand aus Rache für eine alte Feindschaft seiner sämtlichen Güter, Ehren und Würden entsetzt. Der Graf hatte, indem er das verfassungsgemäße Ministerium mit Valdez an der Spitze guthieß, einen ungeheuren Fehler begangen. Glücklicherweise gelang es ihm, sich nach Cadix zu flüchten, noch vor dem Einzug Monseigneurs des Grafen von Angoulême, der trotz seines guten Willens ihn nicht vor dem Zorn des Königs hätte schützen können."

Diese Antwort, die mir der Vicomte de Vandenesse wörtlich überbrachte, gab mir nicht wenig zu denken. Ich kann Dir nicht sagen, in welcher Beklemmung ich die Zeit bis zu meinem nächsten Unterricht, der heute stattfand, zubrachte. Während der ersten Viertelstunde fragte ich mich beständig, indem ich mich prüfend betrachtete, ob er wohl Graf oder Bürger sei, ohne mir darüber klar werden zu können. Er schien meine Gedanken im Entstehen zu erraten, und gefiel sich darin, mich zu verwirren. Endlich hielt ich nicht länger zurück; heftig legte ich mein Buch beiseite; und die Übersetzung, die ich laut vortrug, unterbrechend, sagte ich auf Spanisch diese Worte zu ihm:

„Sie täuschen uns, mein Herr, Sie sind kein armer, liberal gesinnter Bürger – Sie sind der Herzog von Soria."

„Mademoiselle," antwortete er mit einer schmerzlichen Bewegung, „leider bin ich nicht der Herzog von Soria!"

Ich fühlte die ganze Verzweiflung, die in dem Worte „leider" lag. Ach, Liebe, kein anderer Mann vermöchte solche Leidenschaft und solchen Ausdruck in ein einziges Wort zu legen! Er hielt die Augen gesenkt und wagte nicht mehr, mich anzusehen.

„Monsieur de Tayllerand, bei dem Sie die Jahre Ihres Exils verbracht haben, läßt einem Henarez nur die Wahl zwischen einem Herzog von Soria oder einem Kammerdiener!"

Er richtete seine Augen auf mich und zeigte mir zwei schwarze, glänzende Kohlenbecken; zwei gleichzeitig flammende und demütige Augen. Er machte mir den Eindruck eines Gefolterten.

„In der Tat," sagte er, „mein Vater befand sich damals in Diensten des spanischen Königs."

Für Griffith war diese Art des Unterrichts etwas Neues. Es entstanden beängstigende Pausen nach jeder Frage und jeder Antwort.

„Kurz und gut," drang ich in ihn, „sind Sie adlig oder ein Bürgerlicher?"

„Wie Sie wissen, Mademoiselle, sind in Spanien alle Menschen, selbst die Bettler, adlig!"

Dieser Widerstand brachte mich auf. Ich hatte mir seit der letzten Stunde einen Plan ausgedacht, der meine Phantasie reizte: ich hatte nämlich in einem Brief das ideale Porträt des Mannes entworfen, von dem ich wünschte, geliebt zu werden, und wollte Henarez bitten, mir das Schreiben zu übersetzen. Bis jetzt pflegte ich nur aus dem Spanischen ins Französische, nicht aber aus dem Französischen ins Spanische zu übersetzen; ich machte ihn auf diesen Umstand aufmerksam und bat Griffith, mir den Brief zu suchen, den ich von einer meiner Freundinnen erhalten hätte. „Aus dem Eindruck, den mein Programm auf ihn machen wird," dachte ich mir, „werde ich schließen können, welches Blut in seinen Adern fließt." Ich nahm das Papier aus Griffiths Händen mit den Worten: „Laß sehen, ob ich ihn richtig abgeschrieben habe."

Denn das Ganze war in meiner Handschrift. Ich reichte ihm das Blatt – die Falle, wenn Du lieber willst, und beobachtete ihn scharf, während er folgendes las:

„Der Mann, der mir gefallen soll, meine Liebe, wird gegen Männer rauh und stolz – gegen Frauen zart sein. Sein Adlerauge wird augenblicklich alles, was ans Lächerliche grenzt, verscheuchen. Er wird ein mitleidiges Lächeln für diejenigen haben, welche die geheiligten Dinge, namentlich die Poesie des Herzens, verspotten, ohne deren Wirken das Leben doch eine traurige Wüste wäre. Ich verachte aus tiefstem Herzen alle diejenigen, die uns die religiösen Ideen, aus denen uns so reichliche Tröstung fließt, versanden möchten. Auch müßten seine gläubigen Gefühle von kindlicher Einfalt getragen und mit der unerschütterlichen Überzeugung des Mannes vereinigt sein, der seine Glaubensgründe erprobt und gefestigt hat. Sein junger, eigenartiger Geist wird ohne Affektation und falsche Schaustellung sein. Er wird weder zu Vieles noch Ungemäßes äußern, und unfähig sein, sich selbst und andere zu langweilen. Denn seine Seele verschließt unerschöpfliche Reichtümer. Jeder seiner Gedanken ist von edler Art, hochherzig, ritterlich und ohne Selbstsucht. In seinen Handlungen offenbart sich der vollständige Mangel an Berechnung und Interessiertheit. Seine Fehler selbst sind nur die Folgen seines weiten Geistes, der über seine Zeit hinausragt. Er wird in jeder Beziehung seiner Epoche vorauseilen. In zarter Rücksicht für alles Schwache, wird er gut zu den Frauen sein, wenngleich für eine Einzige nur schwer entzündbar. Er wird die Liebe viel zu ernst nehmen, um je ein Spiel aus ihr zu machen. Und so wäre es denkbar, daß er zeitlebens die wahre Liebe nicht erführe, wenngleich mit allen Eigenschaften begabt, eine große Leidenschaft zu entflammen. Fände sich aber einmal das Ideal einer Frau, wie man es in wachen Träumen zuweilen erblickt, begegnete er dem Geschöpf, das ihn verstünde, das seine Seele zu erfüllen vermöchte und auf sein Leben den Strahl des Glücks herabzöge, der wie ein Stern aus dunklem Gewölk auf diese finstere, kalte, eisige Welt fällt – ein Wesen, das seinem Leben neuen Reiz verliehe und die bis dahin stummen Saiten seiner Seele zum Tönen brächte –: dann, unnötig es zu sagen, würde er sein Glück dankbar anerkennen. Auch würde er diese Frau zur glücklichsten aller Sterblichen machen. Nie, weder durch Wort noch Blick das liebende Herz kränken, das sich mit der blinden Liebe eines Kindes, das in der Mutter Arm schläft, in seine Hände gegeben hat. Denn müßte sie aus ihrem süßen Traum erwachen, wäre es nur mit ewig zerrissener Seele. Er wird sich nicht anders als mit Darangabe seines ganzen Wesens dem Ozean der Liebe anvertrauen.

Dieser Mann muß notwendig das Aussehen, den Gang, – kurz, die Art und Weise überlegener Geister besitzen, welche die größten wie die geringsten Dinge, schlicht und ohne künstlichen Anstrich ausführen. Er könnte häßlich sein, aber seine Hände wären schön; seine Oberlippe leicht aufgeworfen durch ein spöttisch verächtliches Lächeln für alle Gleichgültigen. Nur der Frau seiner Liebe wird der himmlische und leuchtende Strahl seines seelenvollen Auges vorbehalten bleiben."

„Mademoiselle," preßte er in spanischer Sprache mit tiefbewegter Stimme hervor, „werden Sie mir erlauben, dieses Blatt zu Ihrem Gedächtnis aufzubewahren. Es ist heute der letzte Unterricht, den ich die Ehre habe, Ihnen zu erteilen, derjenige, den ich von Ihnen durch diesen Brief empfing, soll mir mein ganzes künftiges Leben zur Richtschnur werden. Ich verließ Spanien als ein Flüchtling und mittellos; heute wurde mir von meiner Familie eine Summe zugestellt, die zu meinem Unterhalt ausreicht. Ich werde mir erlauben, Ihnen etwelchen armen Spanier als meinen Stellvertreter zu senden.“

Damit schien er mir zu sagen: „Genug gespielt.“ Er erhob sich mit einer Bewegung unglaublicher Würde und ließ mich in verwirrter Bewunderung für dieses bei Männern seiner Klasse unerhörte Zartgefühl zurück. Er begab sich hinunter und verlangte meinen Vater zu sprechen. Bei Tisch sagte lächelnd mein Vater:

„Louise, Sie haben Ihre spanischen Stunden von einem Exminister des spanischen Königs und einem zum Tode Verurteilten empfangen.“

„Dem Herzog von Soria!“ antwortete ich.

„Herzog!“ sagte mein Vater, „er ist es nicht mehr. Er führt jetzt den Titel eines Barons von Macumér, der ihm aus einem Lehen, das ihm in Sardinien geblieben ist, zukommt. Es scheint ein origineller Kauz zu sein.“

„Brandmarken Sie nicht mit diesem Wort, das in Ihrem Munde immer etwas Spott mit Verachtung verbindet, einen Mann, der Ihrer würdig ist und, wie ich glaube, eine schöne Seele besitzt.“

„Baronin de Macumér?“ rief mein Vater aus und betrachtete mich mit spöttischem Lächeln. Ich senkte mit einer stolzen Bewegung den Blick. „Wirklich!“ sagte meine Mutter, „dann muß Henarez auf der Treppe dem Gesandten von Spanien begegnet sein?“ „Gewiß“, entgegnete mein Vater. „Der Gesandte fragte mich scherzhaft, ob ich gegen seinen Herrn den König konspirierte; doch grüßte er den Exgranden von Spanien mit ausgezeichneter Ehrerbietung und stellte sich zu seiner Verfügung.“

Dieses, meine liebe Madame de l'Estorade, ereignete

sich vor vierzehn Tagen. Es sind also vierzehn Tage vergangen, ohne daß ich den Mann gesehen habe, der mich liebt; denn er liebt mich! Was treibt er? Ich möchte zur Fliege, Maus, zum Vogel werden! Ich möchte ihn ungesehen bei sich zu Hause beobachten können. Jetzt habe ich den Mann, zu dem ich werde sagen können: „Sterben Sie für mich!“ Er wird mir augenblicklich gehorchen. So wenigstens schätze ich ihn ein. Endlich lebt in Paris ein Mann, an den ich denken kann, dessen Blicke mich innerlich in ein Lichtermeer tauchen. Oh, er ist ein Feind, dessen Unterwerfung mich reizt! Wie, es sollte einen Mann geben, ohne den ich nicht zu leben vermöchte, der mir unentbehrlich wäre! Du verheiratest Dich, und ich liebe! Die beiden Tauben, die ihren Flug so hoch nahmen, sind in einer Frist von vier Monaten schon in den Sumpf gemeiner Wirklichkeit hinabgestürzt!

✩

Sonntag

GESTERN BEI DEN ITALIENERN FÜHLTE ICH mich beobachtet, meine Augen wurden magisch von zwei Flammen angezogen, die wie Karfunkelsteine in einem dunklen Winkel des Parketts brannten. Henarez wandte die Blicke nicht von mir. Das Ungeheuer hatte den einzigen Platz ausfindig gemacht, von dem aus ich zu sehen bin, und hält ihn fest. Was er in der Politik geleistet hat, weiß ich nicht; in der Liebe ist er ein Genie.

„Nun kannst du Schöne sehn, wie weit es mit mir kam“, sagt der große Corneille.

✩

13) Madame de l'Estorade an Mademoiselle de Chaulieu

Februar, auf La Crampade

MEINE LIEBE LOUISE, ICH MUSSTE EINE Zeitlang warten, ehe ich wieder schrieb. Doch weiß ich jetzt, oder besser gesagt, lernte ich viele Dinge, die ich Dir um Deines künftigen Glückes willen mitteilen möchte. Es besteht ein weiter Unterschied zwischen einem jungen Mädchen und einer verheirateten Frau, den das junge Mädchen so wenig begreifen wird, als es der Verheirateten möglich ist, wieder Mädchen zu werden. Ich zog es vor, Louis de l'Estorade zu heiraten, statt ins Kloster zurückzukehren. Das ist klar. Nachdem ich eingesehen hatte, daß mir nur das Kloster übrigblieb, wenn ich Louis abwies, mußte ich mich in alles Weitere fügen. Indem ich mich aber fügte, begann ich meine Lage näher zu prüfen, um das Beste daraus zu machen.

Vorerst erfüllte mich die Wichtigkeit meiner Verpflichtungen mit Furcht und Schrecken. Die Ehe rechnet mit dem Leben, während die Liebe nur das Vergnügen in Betracht zieht; dagegen bleibt die Ehe bestehen, wenn das Vergnügen schon längst entschwunden ist, und bringt weit köstlichere Freuden hervor, als sie die Vereinigung von Mann und Frau zu geben vermöchte. Vielleicht braucht es zu einer glücklichen Ehe nichts weiter als Freundschaft, die mit ihrem sanften Wesen die vielen menschlichen Unvollkommenheiten verzeiht. Nichts stand einer solchen Freundschaft zwischen mir und Louis de l'Estorade entgegen. Fest entschlossen, in dieser Ehe nicht nach den Freuden der Liebe zu suchen, die wir uns so oft und mit gefährlicher Überschwenglichkeit ausmalten, fühlte ich in mir die süßeste Ruhe. „Wenn mir schon die Liebe nicht beschieden sein soll, warum nicht auf anderem Wege nach dem Glücke trachten?“ dachte ich mir innerlich. Übrigens werde ich geliebt und werde mich lieben lassen. Meine Ehe wird keine Sklaverei, sondern unumschränkte Herrschaft sein. Und welcher Nachteil könnte der Frau, die freie Herrin ihrer selbst bleiben will, aus einer solchen Lage der Dinge erwachsen?

Über diesen wichtigen Punkt: nämlich die Ehe ohne Gatten einzugehn, wurde in einem Gespräch zwischen Louis und mir entschieden, bei welchem die Vortrefflichkeit seines Charakters und die Zartheit seines Herzens klar zutage traten. Liebe, ich wünschte so sehr, in dem lichten Frühling liebender Hoffnung zu verharren, die, weil sie ohne Wollust ist, der Seele ihre Jungfräulichkeit beläßt. Der Pflicht, dem Gesetz keine Zugeständnisse machen zu müssen, nur auf sich selbst gestellt, seinen freien Willen zu behalten! ... Wie schön und wie edel! Ein solcher geheimer Pakt gegen das Gesetz und gegen das Sakrament selber konnte nur zwischen Louis und mir ganz allein abgeschlossen werden. Diese Schwierigkeit – die erste, die sich mir darbot – mußte meine Eheschließung etwas verzögern. Wenn ich anfangs auch zu allem entschlossen war, nur um dem Kloster zu entgehen, so liegt es in unserer Natur begründet, von dem Wenigen nach dem Mehr zu greifen, und Du und ich, lieber Engel, wir gehören zu denen, die alles wollen. Ich beobachtete meinen Louis von der Seite und fragte mich: „Hat ihn sein Mißgeschick gut oder böse gemacht?“ Und, indem ich ihn genauer beobachtete, machte ich die Entdeckung, daß seine Liebe sich bis zur Leidenschaft versteigt. Da ich nun also die Höhe eines Idols erreicht hatte, das ihn durch einen kühlen Blick zittern und erbleichen machen konnte, begriff ich, daß alles zu wagen war! Ich nahm ihn natürlich abseits von den Eltern und erforschte auf einsamen Wegen vorsichtig sein Herz. Ich brachte ihn zum Reden; ließ mir Rechenschaft ablegen von seinen Ideen, Plänen, kurz, unserer Zukunft. Meine Fragen verrieten so viel vorausgreifendes Denken, trafen so sicher die wunden Punkte dieses schrecklichen Daseins zu zweit, daß Louis, wie er mir später eingestand, sich über eine so aufgeklärte Jungfrauenschaft entsetzte. Ich hörte mir seine Einwände an; er verfing sich darin so gut wie einer, dem die Furcht alle Fähigkeiten lähmt. Ich erkannte endlich, daß der Zufall mir einen Gegner zugespielt hatte, der mir um so sicherer unterlegen sein mußte, als er meine „große Seele", wie Du sie stolz zu nennen pflegtest, erriet. Von Unglück und Elend gebrochen, betrachtete er sich ungefähr als vernichtet und verlor sich in drei schlimmen Befürchtungen: Erstens ist er siebenunddreißig, ich aber bin nur siebzehn Jahre alt; er maß also nicht ohne Schauder die zwanzig Jahre Abstand, die uns trennen. Zweitens hält er mich für eine große Schönheit, und da er unsere Ansichten über diese Dinge teilt, verhehlte er sich nicht ohne bittern Schmerz, wie sehr die eigenen Leiden ihn seiner Jugendkraft beraubt hatten. Drittens fühlte er mich, als Frau, sich, als Mann, schon ohnehin überlegen. Mißtrauisch gemacht gegen sich selber durch diese drei sichtbaren Mängel, fürchtete er, mich nicht glücklich machen zu können und in meinem Dasein nur als Lückenbüßer zu figurieren. „Ohne die Angst vor dem Kloster“, sagte er eines Abends schüchtern, „würden Sie mich, Mademoiselle, schwerlich heiraten!“

„Darin mögen Sie recht haben“, entgegnete ich ihm ernst. Liebe, er lehrte mich zum ersten Male eine jener großen Erschütterungen empfinden, wie sie uns von einem Manne kommen können. Ich wurde in der Seele bewegt durch zwei große Tränen, die sich aus seinen Augen lösten.

„Louis“, sagte ich tröstend, „es liegt nur an Ihnen, diese Vernunftehe zu einer Gemeinschaft zu machen, in die mein ganzes Wesen einstimmen wird. Was ich jetzt von Ihnen verlangen möchte, erheischt eine noch größere Selbstverleugnung als die bloße Ergebenheit Ihrer Liebe, wenn diese echt ist. Sind Sie fähig, sich zu einer reinen Freundschaft, wie ich sie verstehe, zu erheben? Man hat im Leben nur einen Freund, lassen Sie mich der Ihrige sein. Freundschaft ist das Band zwischen zwei Gleichgesinnten, durch ihre Kräfte vereinigten, dennoch unabhängigen Seelen. Lassen Sie uns Freunde und Verbündete des Lebens werden. Lassen Sie mir meine uneingeschränkte Freiheit! Ich verbiete Ihrer Liebe nicht, um mich zu werben; aber ich möchte nicht anders als aus freiem Willen Ihre Frau werden. Wecken Sie in mir den Wunsch, Ihnen meinen freien Willen hinzugeben, und ich werde ihn ohne Bedenken opfern. Ich untersage Ihnen also keineswegs, unsere Freundschaft leidenschaftlich zu begeistern; sie mit der Stimme der Liebe süß zu verwirren: ich selbst will Ihnen helfen, unser Gefühl vollkommen zu machen. Vor allem aber ersparen Sie mir jede Unannehmlichkeit, wie sie unsere seltsame Lage bei der Außenwelt hervorrufen könnte. Ich will weder prüde noch launenhaft erscheinen, denn ich bin es nicht; und ich halte Sie für taktvoll genug, den Schein der Ehe nach außen hin zu wahren."

Liebste, nie sah ich einen glücklicheren Menschen als Louis, auf diesen Vorschlag hin. Seine Augen leuchteten, das Feuer der Freude hatte seine Tränen getrocknet.

„Bedenken Sie," schloß ich, „daß diesem Verlangen nichts Unnatürliches anhaftet. Meine Bedingung wurzelt in dem unbegrenzten Wunsch, mich Ihrer Achtung zu versichern. Was könnte Ihnen dereinst meine freie Hingabe Großes bedeuten, wenn Sie sich meines Besitzes schon durch die bloße Heirat, die religiös und gesetzlich geheiligte, bemächtigt hätten? Und sollte ich, ohne Gefallen an Ihnen zu finden, und aus pflichtigem Gehorsam, wie meine hochverehrte Mutter mir soeben nahe gelegt hat, ein Kind von Ihnen bekommen, glauben Sie, ich könnte dieses Kind ebenso lieben wie den Sohn einer freien Neigung? Ist es schon nicht unbedingt nötig, sich wie Verliebte zu gefallen, so braucht man sich, das werden Sie mir zugeben, mein Herr, doch auch nicht gerade zu mißfallen! Nun wohl, wir befinden uns in einer gefährlichen Lage: wir müssen auf dem Lande leben; sollte es da nicht klug sein, mit der Unbeständigkeit aller Leidenschaften zu rechnen? Sollte es verständigen Leuten nicht gelingen, sich gegen die Mißlichkeiten des launischen Geschickes zu sichern?" Er war aufs höchste erstaunt, mich so klug und philosophisch zu finden; aber er gab mir ein feier-

liches Versprechen; worauf ich seine Hand ergriff und liebevoll drückte.
Ende der Woche wurden wir getraut; und meiner Freiheit gewiß, verwandte ich viel Lust und Liebe auf die lächerlichen Kleinigkeiten und vielen Zeremonien; auch vermochte ich ganz ich selber zu sein, und werde wohl manchem der Gäste als „leichtsinniges Frauenzimmer" erschienen sein, um einen Ausdruck von Blois zu gebrauchen. Man nahm das junge Mädchen, das entzückt war über die neue Lage und die reizenden Verhältnisse, in die es sich zu betten gewußt hatte, für eine sehr zielbewußte Frau. Liebste, ich hatte wie durch eine Vision alle Schwierigkeiten meines bisherigen Lebens erblickt und faßte den aufrichtigen Entschluß, diesen Mann, der mich davon befreite, glücklich zu machen. In der Einsamkeit aber, in der wir leben, muß eine Ehe in kurzer Zeit unerträglich werden, wenn die Frau sich nicht zur Gebieterin macht. Ihr steht die Aufgabe zu, die Reize der Geliebten mit den Eigenschaften der Gattin zu vereinigen. Und dem Genuß die Ungewißheit beizumischen, heißt das nicht den holden Wahn ausdehnen; die Freuden der Eitelkeit, an denen wir alle und mit gutem Rechte hängen, ins Ungemessene fortsetzen? Auf diese Weise schmückt die eheliche Liebe eine Frau mit immer neuen Überraschungen; macht sie überlegen, verleiht ihr unerschöpfliche Kraft und eine Lebenswärme, die ihre ganze Umgebung aufblühen läßt. Je mehr sie Herrin ihrer selbst bleibt, um so lebenskräftiger werden Liebe und Glück sein, die sie austeilt. Ich habe über unsere geheimen Abmachungen tiefste Verschwiegenheit gebreitet. Denn der Mann, der von

seiner Frau unterjocht erscheint, ist mit Recht der Lächerlichkeit preisgegeben. Unser Einfluß muß stets verborgen bleiben; wie denn das Geheimnis für all unser Tun in der Grazie liegt. Wenn ich es auf mich nehme, ein niedergedrücktes Gemüt neu zu beleben und den Eigenschaften, die ich in ihm ahne, den früheren Glanz zurückzugeben, so muß es den Anschein haben, als geschähe dies alles aus Louis' eignem Antrieb. Darin besteht die immerhin schöne Aufgabe, die ich mir gestellt habe, und die meinem weiblichen Ehrgeiz genügt. Ich bin beinahe stolz darauf, ein Geheimnis zu haben, das mein Dasein beleben, alle meine Kräfte anspannen soll und nur von Dir und Gott gekannt sein wird.

Fast könnte ich mich glücklich nennen, und wäre es weniger, wenn ich mich nicht Deinem befreundeten Herzen anvertrauen könnte. Denn ihm mich mitteilen?! Mein Glück würde ihn verletzen; ich muß es ihm verschweigen. Meine Liebe, er besitzt die Empfindsamkeit einer Frau, wie alle Männer, die viel gelitten haben. Während dreier Monate blieb zwischen uns alles, wie es vor der Hochzeit gewesen ist. Ich versenkte mich, wie Du Dir denken kannst, in eine Unmenge kleiner, persönlicher Fragen, auf die die Liebe größeren Wert legt, als man meint. Trotz meiner Kälte hat sich seine Seele entfaltet; ich sah sein Gesicht sich verändern und jünger werden. Die Anmut, die ich im Hause eingeführt habe, blieb nicht ohne Einfluß auf seine Person. Unmerklich gewöhnte ich mich an ihn; er wurde mir zum zweiten Ich. Bei seinem steten Anblick lernte ich die Übereinstimmung seiner Seele mit dem Ausdruck seines Gesichtes

erkennen. Das Tier, wie wir den Gatten nannten, verschwand. Ich fand mich plötzlich an irgendeinem süßen Abend dem Liebhaber gegenüber, dessen Worte mein Herz trafen, auf dessen Arm ich mich mit unaussprechlicher Lust stützte. Kurz, um ganz ehrlich vor Dir zu sein, wie ich es bin vor Gott, den nichts zu täuschen vermag, Neugierde erhob sich in mir, aufgestachelt durch sein frommes Worthalten. Sehr beschämt über meine Schwäche suchte ich mir selber Widerstand zu leisten! Ach! Wenn nur noch äußere Würde uns hält, hat der Verstand sehr bald eine Hintertüre gefunden. Unser Fest war geheim wie unter Liebenden; und es soll geheim bleiben. Wenn Du Dich einmal verheiratest, wirst Du mein Schweigen verstehen lernen. Wisse immerhin, daß nichts von allem fehlte, was sich die zarteste Liebe wünschen könnte: weder der Zauber des Unerwarteten, der bis zu einem gewissen Grade die Ehre dieses Augenblickes rettet; noch die geheimnisvollen Gaben, die unsere Phantasie fordert; die hinreißende Gewalt, die uns entschuldigt; das abgerungene Zugeständnis; die überirdische Wollust, die, lange vorausgeahnt, unsere Seele schon ergriffen hat, bevor wir uns der Wirklichkeit überlassen; alle Verführungskünste trieben ihr zauberisches Spiel.
Doch mußt Du wissen, daß, dieser schönen Dinge ungeachtet, ich meinen freien Willen zurückgefordert habe. Ich kann Dir nicht alle Gründe dafür sagen. Du wirst die einzige Seele bleiben, die diese meine Halbbeichte empfangen hat. Ich glaube, wir würden manches einbüßen, wenn wir die geheimsten Gefühle und Ansichten über die Ehe nicht für uns behielten, ob wir nun unseren Gatten

lieben oder nicht. Meine einzige Freude, und sie war himmlisch! entsprang der Gewißheit, diesem armen Menschen das Leben neu geschenkt zu haben, noch ehe ich es einem Kinde gab. Louis hat seine Jugend zurückgewonnen, seine Kraft, seine Fröhlichkeit. Er ist nicht mehr derselbe Mann. Wie eine Fee tilgte ich die Erinnerung selbst an seine Leiden. Louis ist verwandelt, er ist charmant geworden. In der Gewißheit, mir zu gefallen, entfaltet sich sein Geist und offenbart mir immer neue Tugenden. Unerschöpfliche Glücksquelle zu sein für einen Menschen, der sich dessen bewußt bleibt und seine Dankbarkeit zur Liebe mischt, ach, liebe Freundin, dieses Bewußtsein verleiht der Seele eine Stärke, wie sie die umfassendste Liebe nicht zu schenken vermöchte. Diese gebietende und dauerhafte Stärke, eindeutig und vielfach zugleich, legt den Grundstein zur Familie, dem schönen Werk der Frau, das ich erst jetzt in seiner ganzen fruchtbaren Bedeutung verstehen lerne: Der alte Vater ist nicht mehr geizig, er erfüllt mir blindlings jeden Wunsch. Die Dienstboten sind vergnügt, es ist, als ob Louis' Seligkeit durch alle Räume strahlte, in denen ich durch Liebe herrsche. Der Alte hat mit meinen Verbesserungen Schritt gehalten. Er wollte in meinem strahlenden Luxus nicht der dunkle Fleck sein und hat mir zu Gefallen die Kleidung unserer heutigen Zeit und mit der Kleidung auch die Manieren angenommen. Wir besitzen englische Pferde, ein Coupé, eine Kalesche und einen Tilbury. Unsere Dienerschaft trägt eine einfache, aber elegante Livree. Die ganze Gegend bestaunt uns wie ein Wunder. Ich richte meine ganze Klugheit darauf (lach nicht!), einen sparsamen Haushalt zu führen, die schönsten Annehmlichkeiten mit den kleinsten Ausgaben zu ermöglichen. Ich habe Louis von der Notwendigkeit überzeugt, neue Wege anzulegen, die ihm den Ruf eines Mannes, der für das Wohl seines Landes besorgt ist, eintragen sollen. Ich ermutige ihn, seine Studien fortzusetzen, und hoffe ihn bald Mitglied des Rats in seinem Departement zu sehen, gestützt durch den Einfluß meiner Familie und denjenigen seiner Mutter. Ich habe ihm kurzerhand gestanden, daß ich ehrgeizig bin und es nicht ungern sähe, wenn sein Vater unsere Geschäfte weiter besorgte und Ersparnisse machte, damit Louis sich ausschließlich der Politik widmen könnte; ich möchte meine Kinder dereinst glücklich und im Staat gut untergebracht wissen. Ich erwarte mit Sicherheit, ihn aus den kommenden Wahlen als Abgeordneten hervorgehen zu sehen, wenn er nicht meine Achtung und Zuneigung verlieren wolle; meine Familie würde seine Kandidatur unterstützen, uns aber erwüchse auf diese Weise der Vorteil, den Winter in Paris verleben zu können. Ach, mein Engel, an dem Eifer, mit dem er meine Wünsche befolgte, erkannte ich die Größe seiner Liebe. Gestern schrieb er mir von Marseille aus, wohin er für wenige Tage verreist ist, folgenden Brief:

„Als Du mir erlaubtest, Dich zu lieben, süße Renée, pries ich mich schon glücklich; heute sehe ich der Freuden kein Ende mehr! Die Vergangenheit ist nur noch ein blasser Schatten, nützlich, mir den Glanz meiner Seligkeit deutlicher hervorzuheben. In Deiner Nähe ergreift mich die Liebe mit solcher Gewalt, daß ich mich unfähig sehe, die Größe meines Gefühles auszudrücken: Ich kann Dich nur bewundern – anbeten! Die Worte kehren mir erst fern von Dir zurück. Du bist vollkommen schön und von einer so ernsten, hohen Schönheit, daß Dir die Jahre nichts anhaben können; und wenn auch die Liebe unter Gatten nicht so sehr von der Schönheit als von herzlichen Gefühlen lebt – die bei Dir auserlesen sind – so laß mich Dir doch sagen, daß das Bewußtsein, Dich immer schön zu sehen, mich mit einer Freude erfüllt, die mit jedem Blick auf Dich wächst. Die Harmonie und Würde Deiner Züge, in denen sich Deine himmlische Seele offenbart, strahlt reiner unter der gesunden Farbe Deiner Haut. Der Glanz Deiner Augen und die kühne Wölbung Deiner Stirne sprechen von hoher Tugend, einem gefestigten Wesen und einem Herzen, das den Stürmen des Lebens gewachsen sein wird, wenn sie sich einmal erheben sollten. Großmut ist Deine vorzüglichste Eigenschaft; erlaube mir, Dich davon zu unterrichten, ich schreibe Dir diese Worte einzig, um Dir zu zeigen, daß ich den ganzen Wert des Kleinods, das mein eigen ist, erkenne. Wie wenig Du mir immer gewähren magst, für mich ist es Glück; in künftigen Zeiten nicht anders als heute. Ja, ich bin mir der Größe bewußt, die in unserem gegenseitigen Versprechen lag, einer des andern volle Freiheit zu schützen. Unsere Zärtlichkeit soll stets das Kind freiesten Impulses bleiben, und in diesem Sinne sind wir frei trotz eng geschlossener Ketten. Es macht mich stolz, Dich immer neu zu gewinnen; nun, da ich den Preis kenne, der einer solchen Eroberung wartet. Du kannst nicht reden, atmen, denken, ohne daß ich mehr und mehr die Grazie Deines Leibes wie Deiner Seele bewunderte. Es haftet an Dir etwas unsagbar Göttliches, Weisheitsvolles, Bezauberndes, das Überlegung, Eifer, Freude und Hoffnung in seltner Übereinstimmung zusammenfaßt und der Liebe eine weitere Ausdehnung verleiht, als sie das Leben selbst zu geben vermöchte. O mein Engel, möge der Liebesgott mir treu bleiben, und die Zukunft von der Wollust erfüllt sein, durch die Du alles um mich her verschönt hast! Ich möchte Dich Mutter wissen, um die schönen Kräfte Deines Daseins gekrönt zu sehen; um Dich mit Deiner milden Stimme, mit Deinen feinen Gedanken, die Du so neu, so wunderbar klar auszudrücken vermagst, die Liebe segnen zu hören, die mein Herz erquickt und meine Fähigkeiten gestählt hat; die meinen Stolz ausmacht, aus der ich, wie aus einem Zauberbrunnen, immer neues Leben schöpfe. Ja, ich werde alles, was Du willst, erreichen. Ich werde meinem Lande nützlich sein und auf Dich soll der Ruhm zurückstrahlen, dessen einziges Prinzip Deine Zufriedenheit ist."

Meine Liebe, Du siehst, wie ich ihn erziehe. Sein Stil ist noch jungen Datums, nach einem Jahr wird es schon besser sein! Louis ist noch in der ersten Verzückung, und ich erwarte ihn mit dem gleichmäßigen und andauernden Glücksgefühl, das eine gute Ehe verspricht, wenn, einer des andern gewiß, Frau und Mann das Geheimnis entdeckt haben, die Unendlichkeit wechselvoll zu gestalten und den Urgrund des Lebens als zauberhaft zu empfinden. Dieses schöne Geheimnis zwischen wirklichen Gatten, das ich erst ahne, will ich mir zu eigen machen. Du siehst, daß er sich geliebt glaubt – der eingebildete Tor – als wäre

er nicht mein Gatte. Und doch bin ich noch nicht über eine bloß äußerliche Anhänglichkeit hinaus, die mir immerhin die Kraft verleiht, vieles zu ertragen. Louis ist liebenswürdig, von großer Ausgeglichenheit des Wesens. Er tut auf schlichte Weise die Dinge, deren sich mancher Mann nicht wenig rühmen würde. Kurz, wenn ich ihn schon nicht lieben kann, fühle ich doch sehr wohl die Fähigkeit, ihm hold zu sein.
So sind denn meine schwarzen Haare, meine schwarzen Augen, deren Wimpern, um mit Dir zu sprechen, sich wie Gardinen entfalten, meine königliche Miene, ja, meine ganze Person in den Stand unumschränkter Herrschaft erhoben worden. Ob wir uns in zehn Jahren nicht alle beide lächelnd und glücklich in Paris wiederfinden, von wo ich Dich manchmal nach meiner schönen Oase in der Provence entführen werde? O Louise, gefährde nicht unser beider glückliche Zukunft! Laß die Tollheiten, mit denen Du drohst. Ich heirate einen alten jungen Mann, nimm Du Dir einen jungen Alten aus dem Oberhaus; dort bist Du an Deinem Platz.

☆

14) Der Herzog von Soria an den Baron de Macumér

Madrid

MEIN LIEBER BRUDER, SIE HABEN MICH zum Herzog von Soria gemacht, damit ich auch wie ein Herzog von Soria handle. Mein Glück wär mir unerträglich, müßte ich Sie mir umherirrend denken, ohne die Erleichterungen, die das Geld uns überall schafft. Weder Marie noch ich willigen in eine Heirat, bevor wir nicht Ihre Zusage haben, die Summe anzunehmen, die wir Uracca für Sie einhändigten. Diese beiden Millionen stammen aus Ihren eigenen Ersparnissen und denjenigen von Marie. Kniend vor dem gleichen Altar, haben wir für Dein Glück gebetet, Gott allein weiß, mit welcher Inbrunst. O mein Bruder, unsere Wünsche müssen Erhörung finden. Die Liebe, nach der Du suchst, und die Dir Tröstung bringen soll, wird vom Himmel hernieder steigen. Weinend las Marie Deinen Brief; Du hast ihre tiefste Bewunderung. Was mich betrifft, so nehme ich an, nicht für mich, sondern um unseres Hauses willen. Der König hat alle Deine Erwartungen erfüllt. Ach, mit so verächtlichem Stolz warfst Du ihm seine Genugtuung vor die Füße, wie einem Tiger seinen Raub, daß ich ihm zeigen möchte, um Dich zu rächen, wie tief er unter Deiner Größe steht. Das einzige, das ich für mich nahm, geliebter Bruder, das ist mein Glück – das ist Marie! Auch stehe ich vor Dir hinfort wie das Geschöpf vor seinem Schöpfer. In meinem Leben wird es einen Tag geben, der ebenso glücklich ist wie der unserer Vereinigung, den Tag nämlich, an dem Du uns sagst, daß Dein Herz die Frau gefunden hat, die Dich liebt, so wie Du es wünschest und verdienst. Vergiß nicht, daß, wie Du für uns lebst, wir für Dich leben. Du kannst uns ohne Bedenken an die Adresse des Nuntius in Rom schreiben. Der französische Gesandte in Rom wird Deine Briefe selbstverständlich an die Staatskanzlei zu Händen des Monsignor Bemboni weiterleiten, der durch unseren Gesandten schon vorbereitet ist. Jeder andere Weg wäre gefährlich.

Leb wohl, lieber Beraubter – lieber Verbannter! Sei stolz wenigstens auf das Glück, daß Du uns geschenkt hast, wennschon es Dich nicht selbst glücklich machen kann. Sicher wird Gott unsere Gebete, die ganz von Dir erfüllt sind, erhören.

FERNANDEZ

15) Louise de Chaulieu an Madame de l'Estorade

März

ACH, MEIN ENGEL, DIE EHE STIMMT PHILOSOPHISCH!.. Dein liebes Gesicht muß gelb geworden sein, als Du diese schrecklichen Betrachtungen über das menschliche Leben und unsere Pflichten niederschriebst. Glaubst Du wirklich, mich mit diesem Programm unterirdischer Arbeiten für die Ehe zu gewinnen? Dahin als mußten Dich unsere allzu tiefsinnigen Träumereien führen? Wir verließen Blois geschmückt mit Unschuld und bewaffnet mit den spitzen Pfeilen der Überlegung: das Eisen der rein geistigen Kenntnis aller Dinge hat sich gegen Dich selber gekehrt. Kennte ich Dich nicht als das reinste, engelhafteste Geschöpf auf dieser Erde, würde ich sagen, daß Deine Berechnung nach Verderbtheit schmeckt! Wie, Liebe! um Dein eintöniges Landleben zu würzen, verteilst Du Deine Gunst in klüglich abgewogenen Dosen; verfährst mit der Liebe nicht anders als mit Deinen Wäldern! O tausendmal lieber will ich in den Wirbelstürmen meines ungestümen Herzens zugrundegehen, als in der Dürre Deiner weisen Arithmetik zu verschmachten. Du warst mit mir das klügste Mädchen; denn wir hatten über wenige Dinge viel nachgedacht; jedoch, Liebste, eine Philosophie ohne Liebe oder mit einer vorgetäuschten Liebe ist die schrecklichste aller ehelichen Heucheleien. Ich weiß nicht, ob nicht selbst der größte Esel der Welt von Zeit zu Zeit in seinem Rosengarten den Schuhu der Weisheit eingenistet findet. Eine wenig ergötzliche Entdeckung, die selbst die flammendste aller Leidenschaften auszulöschen vermöchte. Du schneiderst Dir Dein Geschick fein säuberlich zurecht, anstatt Dich ihm als Spielball anheimzugeben. Wir entwickeln uns beide auf recht seltsame Weise: Viel Philosophie und wenig Liebe! – so lautet Dein Rezept! Viel Liebe und wenig Philosophie das meine. Rousseaus Julie, die mir schon wie ein Professor vorkam, ist an Dir gemessen nur erst Student! Ausbund weiblicher Tugend! Hast Du Dein Leben auch genau ausgemessen? Ach, ich spotte, und vielleicht hast Du doch recht! Du hast an einem einzigen Tag Deine Jugend hingeopfert und wurdest geizig vor der Zeit. Dein Louis ist ohne Zweifel glücklich. Wenn er Dich liebt, und ich zweifle nicht daran, wird er nie entdecken, daß Du Dich im Interesse Deiner Familie nicht anders benimmst wie eine Kurtisane um des Geldes willen; aber die macht die Männer ja glücklich, wenn man der tollen Verschwendung glauben will, die um ihretwillen begangen wird. Ein hellsichtiger Gatte liebte Dich wahrscheinlich nicht weniger leidenschaftlich, doch müßte er sich nicht zuletzt der Dankbarkeit für eine Frau enthalten, die sich aus ihrer Falschheit ein moralisches Korsett schneidert, das ihrem

Leben so notwendig wird, wie das andere dem Körper?! Denn, Liebste, in meinen Augen bleibt die Liebe der Urquell aller Tugenden, die den Stempel der Göttlichkeit tragen. Die Liebe läßt sich so wenig wie jedes andere Element berechnen, sie ist die Unendlichkeit unserer Seele. Aber wolltest Du nicht vor Dir selbst die furchtbare Lage der Frau rechtfertigen, die ihren Mann im besten Falle achtet? Pflicht! So lautet Deine Regel und Dein Maßstab; aber der bloßen Notwendigkeit folgen, ist das nicht die Moral einer atheistischen Menschheit? Aus Liebe und Gefühl handeln, ist das nicht das geheime Gesetz für die Frauen? Du hast Dich selbst zum Mann gemacht und Deinem Louis den Platz der Frau angewiesen. O Liebste, Dein Brief versenkte mich in unendliche Meditationen. Ich lernte einsehen, daß das Kloster einem Mädchen niemals die Erziehung der Mutter ersetzen kann. Ich flehe Dich an, edler Engel mit den schwarzen Augen, der Du so lauter und so stolz, so ernst und so anmutig bist, gedenke dieses Klageschreis, den Dein Brief mir entlockt. Ich tröste mich mit der Hoffnung, daß im Augenblick, wo ich Dir schreibe, die Liebe vielleicht schon das ganze Baugerüst Deines Verstandes eingerissen hat. Vielleicht stelle ich noch Schlimmeres an, ohne Überlegung und ohne Berechnung. Die Leidenschaft ist eine Gewalt mit nicht minder grausamen Gesetzen als die Deinen.

☆

Montag

GESTERN ABEND VOR DEM SCHLAFENGEHEN stand ich am Fenster in Betrachtung des Himmels, der in überirdischer Reinheit strahlte. Die Sterne waren wie silberne Nägel, die einen blauen Schleier halten. Durch das Schweigen der Nacht drang der Laut eines Atems zu mir, und ich erkannte im gedämpften Licht der Sterne meinen Spanier, der wie ein Eichkätzchen auf den Zweigen eines Baumes in der Gegenallee des Boulevards hockte, – zweifellos in den Anblick meiner Fenster versunken. Diese Entdeckung bewirkte als erstes, daß ich mit fast gelähmten Füßen und Armen in mein Zimmer zurückwich; aber auf dem Grund dieser Furcht lebte ein seliges Entzücken. Ich fühlte mich zerschlagen und glücklich zugleich. Nicht einem der geistreichen Franzosen, die mich heiraten möchten, wäre es eingefallen, seine Nächte auf einer Ulme zuzubringen, auf die Gefahr hin, vom Nachtwächter abgeführt zu werden. Sicher verweilt mein Spanier schon geraume Zeit dort oben. Ah, er gibt mir keine Lektionen mehr, er möchte welche empfangen – und er soll sie haben! Wüßte er, was ich schon alles bei mir selber über seine auffallende Häßlichkeit gedacht habe! Ja, Renée, auch ich philosophiere! Ich bin mit mir übereingekommen, daß es widerlich ist, einen schönen Mann zu lieben. Heißt das nicht zugeben, daß die Liebe, die göttlich sein sollte, zu zwei Dritteln den Sinnen gehört? Von meinem ersten Schrecken erholt, streckte ich mich hinter dem Fenster auf den Fußspitzen, um ihn besser zu sehen, aber schon hatte er mich entdeckt. Mittels eines hohlen Rohres schoß er ein Briefchen, das kunstvoll

um ein Stückchen Blei gewickelt war, durch das offene Fenster herein. Mein Gott, konnte er annehmen, ich hätte mein Fenster mit Willen offen gelassen? Doch es augenfällig zu schließen, hieße mich zu seiner Mitschuldigen machen.
Ich war klüger; kehrte zu meinem Fenster zurück, als hätte ich das Geräusch des Briefes nicht gehört, und sagte mit lauter Stimme: „Griffith, sehen Sie doch die Sterne!"
Griffith schlief wie eine alte Jungfer. Der Maure aber, als er meine Stimme hörte, entschwand mit der Geschwindigkeit eines Schattens. Wahrscheinlich hatte ihn der Schrecken gelähmt wie mich zuvor; denn ich hörte ihn nicht sich entfernen; er blieb ohne Zweifel zu Füßen der Ulme liegen. Nach einer Viertelstunde, während welcher ich im Himmelsblau untertauchte, schwimmend in einem Meer von Neugierde, schloß ich das Fenster, legte mich zu Bett und entrollte das feine Papier mit der liebevollen Sorgfalt der Gelehrten, die in Neapel die antiken Schriftroilen studieren. Meine Finger rührten an Feuer. „Welch eine fürchterliche Gewalt übt dieser Mensch auf mich aus", sagte ich zu mir selber, und schon hielt ich das Papier ans Licht, um es ungelesen zu verbrennen. Ein Gedanke hielt meine Hand zurück: „Was kann er dir zu sagen haben, um es auf so geheime Weise zu tun?" Nun, meine Liebe, ich habe den Brief doch verbrannt! Wenn schon alle Mädchen der Welt ihn verschlungen hätten, braucht doch Armande-Louise-Marie de Chaulieu ihn nicht zu lesen!
Tags darauf bei den Italienern war er auf seinem Posten, aber obschon einstiger verfassungsgemäßer

Premierminister, ist es ihm schwerlich gelungen, aus meinen Mienen das leiseste Anzeichen der Erregung zu erraten, die in meinem Innern tobte: Ich benahm mich ganz so, als hätte ich vergangenen Abend nichts gesehen noch erhalten. Armer Mann! In Spanien ist es so natürlich, daß die Liebe zum Fenster hereinsteigt. Während der Pause promenierte er in den Gängen. Ich erfuhr es durch den ersten spanischen Gesandtschaftssekretär, der mir gleichzeitig eine seiner Handlungen schilderte, die prachtvoll zu nennen ist: Noch als Herzog von Soria sollte er eine der reichsten Erbinnen Spaniens, die junge Prinzessin Marie Heredia heiraten, deren Vermögen sein Exil hätte versüßen können, doch scheint es, daß mein Felipe, dem Willen der Väter zum Trotz, die beide schon als Kinder verlobt hatten, auf die Prinzessin Marie, die den jüngeren Soria liebte, verzichtete und sich kaltblütig vom König von Spanien ruinieren ließ.

„Gewiß hat er diese stolze Handlung ohne Aufwand vollzogen!" entgegnete ich dem jungen Mann auf seine Erzählung.

„Sie kennen ihn also?" fragte dieser naiv.

Meine Mutter lächelte.

„Was wird mit ihm geschehen, da er zum Tode verurteilt ist?" fragte ich.

„Er ist nur in Spanien ein verlorener Mann; in Sardinien sind alle seine Rechte ungeschmälert."

„Wie, es gibt also auch Gräber in Spanien!" sagte ich, um dem Gespräch eine scherzhafte Wendung zu geben.

„Alles gibt es in Spanien," warf meine Mutter ein, ‚selbst noch echte Spanier aus der guten alten Zeit.“ „Der König von Sardinien“, nahm der junge Diplomat wieder auf, „hat dem Baron de Macumér, nicht ohne große Mühe, einen Paß verschafft; doch gelang es ihm zuletzt, sardinischer Untertan zu werden. Er besitzt herrliche Lehen in Sardinien, mit den Rechten der oberen und niederen Gerichtsbarkeit. In Sassari gehört ihm ein Palast. Stürbe Ferdinand VII., würde Macumér höchstwahrscheinlich wieder zur Diplomatie zurückkehren; der Hof von Turin möchte ihn zum Gesandten machen. Denn obgleich noch jung...“

„Ach, ist er wirklich jung?“

„Gewiß, Mademoiselle! ... obgleich noch jung, zählt er doch zu den hervorragendsten Männern Spaniens.“ Während ich diese Worte verschlang, hielt ich Umschau im Saal und schien dem Gespräch nur geringe Aufmerksamkeit zu schenken; aber unter uns gesagt, ich bereute verzweifelt, den Brief verbrannt zu haben. Wie äußert sich ein solcher Mann, wenn er liebt? Denn er liebt mich. Geliebt zu werden, im geheimen angebetet, in diesem Raum, in dem sich alle Würdenträger von Paris befanden, einen Menschen ganz für sich allein zu besitzen, ohne daß jemand darum wüßte! O Renée, ich verstand plötzlich das Geheimnis des Pariser Lebens, seine Bälle und seine Feste! Ich sah die Dinge in ihrer wirklichen Bedeutung. Man braucht die andern, wenn man liebt, und sei es nur, um sie dem Geliebten zu opfern. Ich empfand inmitten meines Seins ein zweites glückliches Sein. Meine Eitelkeit, meine Selbstachtung, mein Stolz waren süß geschmeichelt! Gott weiß, mit welchen Blicken ich die Welt betrachtete!

„O du kleine schlaue Person!“ flüsterte mir lächelnd die Herzogin ins Ohr.
Ja, meine sehr kluge Mutter mußte in meiner Haltung etwas von geheimer Freude gelesen haben. Ich senkte die Waffen vor der überlegenen Frau. Ihre drei Worte haben mich gründlicher in der Wissenschaft der Gesellschaft unterrichtet als das ganze übrige Jahr (denn wir sind schon wieder im März!). Ach, in einem Monat sind die Italiener fort! Was fange ich an ohne Musik, mit einem Herzen voll Liebe? Meine Freundin, nach Hause zurückgekehrt, öffnete ich mit einem Entschluß, würdig einer Chaulieu, das Fenster, um einen Platzregen zu bewundern. Ach, ahnten die Männer die verführerische Macht, die für uns in einer heroischen Tat liegt, sie würden sich alle zur Größe aufraffen, der Feigste wäre ein Held! Was ich von meinem Spanier vernommen hatte, machte mich fiebern. Ich war sicher, ihn an seinem Platz zu finden, bereit, mir einen neuen Brief zuzuwerfen. Diesmal habe ich nichts verbrannt, ich habe gelesen. Nimm hier den ersten Liebesbrief, den ich empfing, philosophische Dame: Jeder den seinen. „Louise, ich liebe Sie nicht um Ihrer himmlischen Schönheit willen, ich liebe Sie nicht Ihres weiten Verstandes wegen, des Adels Ihrer Gesinnung, des unendlichen Reizes, der allen Ihren Handlungen innewohnt; nicht wegen Ihres Stolzes, Ihrer königlichen Verachtung für alles, was nicht aus Ihrer Sphäre stammt, und die bei Ihnen dennoch die Güte nicht ausschließt; denn Sie besitzen das Mitgefühl eines Engels; ich liebe Sie, Louise, weil Sie alle diese erhabenen Eigenschaften einem armen Verbannten zuneigten; weil

Sie mit einer Bewegung, einem Blick den Mann, der so tief unter Ihnen stand und nur auf Ihr Mitleid, wenn auch auf ein großmütiges Mitleid Anspruch erheben durfte, getröstet haben. Sie sind auf dieser Welt die einzige Frau, die um meinetwillen die Strenge ihrer Augen milderte, und da Sie mich mit diesem wohltätigen Blick beschenkten, als ich nur ein Staubkorn zu Ihren Füßen war, gaben Sie mir, was ich, als ich noch mit allen Ehren ausgestattet war, nie empfangen hatte. So ist es mir ein Bedürfnis, Ihnen zu sagen, Louise, daß Sie mir teuer geworden sind, daß ich Sie um Ihrer selbst willen und ohne Anspruch liebe, und weit über die Forderungen hinaus, die Sie an die Liebe stellen. Erfahren Sie denn, mein Idol, das ich in die höchsten Himmel erhoben habe: Es lebt auf dieser Erde ein Sproß des Sarazenengeschlechtes, der Ihnen gehört, von dem Sie, wie von einem Sklaven, alles fordern können, dem es zur Ehre gereicht, den geringsten Ihrer Befehle auszuführen. Ich habe mich Ihnen unwiderruflich übergeben, um eines einzigen Ihrer Blicke, um dieser Hand willen, die sich an einem Morgen Ihrem spanischen Lehrer entgegenstreckte. Nur um des Glücks der Hingabe willen. Sie besitzen in mir einen Diener, Louise, nichts anderes. Nein, ich wage nicht zu denken, daß ich je geliebt werden könnte; doch werde ich vielleicht geduldet, und dieses einzig um meiner Ergebenheit willen. Seit jenem Morgen, an dem Sie als hochherziges Mädchen das Elend meines einsamen, verratenen Herzens errieten, habe ich Sie darin feierlich auf den Thron erhoben. Sie sind unumschränkte Gebieterin über mein Leben, Königin meiner Gedanken, Gottheit meines Herzens; Sie sind das Licht, das mir leuchtet; die Blume der Blumen; der Balsam der Luft, die ich atme; der Reichtum meines Blutes; der Mondschein, in dessen Schutz ich schlummere. Ein einziger Gedanke nur trübte dieses Glück: Sie wußten nichts von dieser grenzenlosen Ergebenheit, dem treuen Arm, dem blinden Sklaven, dem stummen Helfer; denn ich bin nur noch der Verwalter alles dessen, was ich besitze. Sie wußten nicht, daß ein Herz für Sie schlägt, dem Sie alles anvertrauen, von dem Sie alles fordern dürfen, wie von dem Herzen einer Mutter; daß Sie in mir einen Vater haben, dessen Schutz allzeit für Sie bereitsteht, einen Freund, einen Bruder. Alle diese Gefühle, ich weiß es, mangeln Ihrer Umgebung. Ich habe das Geheimnis Ihrer Einsamkeit erraten. Meine Kühnheit entspringt dem Wunsch, Ihnen die ganze Tragweite Ihres Besitzes zu entdecken. Nehmen Sie ihn gnädig an, Louise, und Sie geben mir den Sinn des Lebens wieder, den einzigen, der für mich in Frage kommt: die Hingabe. Sie wagen nichts dabei, wenn Sie mir die Kette der Dienstbarkeit umlegen. Ich wünsche mir von Ihnen keine andere Freude, als Ihnen dienstbar zu sein. Sagen Sie mir auch nicht, daß Sie mich nie lieben werden: Ich weiß, es kann nicht anders sein. Mir ist bestimmt, aus der Ferne zu lieben, ohne Hoffnung, nur um meiner selbst willen. Doch möchte ich wissen, ob Sie mich in Ihren Dienst aufnehmen wollen, und ich habe mir den Kopf zerbrochen nach einem Zeichen, das Ihrer Würde keinen Abbruch tun und mir doch die ersehnte Gewißheit bringen würde; denn seit ich Ihnen ganz gehöre, sind schon viele Tage vergangen, ohne daß Sie darum wußten. Antworten Sie mir damit, daß Sie an einem Abend bei den Italienern, mit einer roten und einer weißen Kamelie in der Hand erscheinen: Sinnbild des rötesten Blutes im Dienst angebeteter Reinheit. Damit soll alles gesagt sein: für alle Zeiten, morgen wie in zehn Jahren; was immer Menschenmögliches Sie verlangen werden, es soll noch in derselben Stunde ausgeführt werden von Ihrem glücklichen Diener

FELIPE HENAREZ

P. S. Gestehe, meine Liebe, daß ein Grandseigneur zu lieben versteht! Wie sich der afrikanische Löwe bäumt! Welch verhaltene Glut, welcher Glaube, welche Innigkeit! Bei solcher Demut, welcher Stolz der Seele! Ich fühlte mich ganz klein und fragte mich beschämt: „Was tun?“ ... Es ist das Vorrecht großer Menschen, die gemeine Berechnung zuschanden werden zu lassen. Er ist erhaben und rührend, kindlich und gigantisch zugleich. Mit einem Briefe stellt er die hundert Briefe eines Lovelace und Saint-Preux in den Schatten. Oh, dieses ist die wahre Liebe ohne Spitzfindigkeiten: Man hat sie oder man hat sie nicht. Aber wer sie besitzt, offenbart sie in ihrer ganzen Unendlichkeit. So ist mir nun jede Koketterie unmöglich gemacht. Annehmen oder ausschlagen – ich stehe zwischen zwei Endpunkten, ohne einen Vorwand, hinter dem sich meine Unschlüssigkeit verbergen könnte. Jede Diskussion ist aufgehoben. Das ist nicht mehr Paris, das ist Spanien oder der Orient; kurz, es ist der Abencerrage, der spricht, der vor der katholischen Eva kniet und ihr seinen Saraß, sein Pferd und sein eignes Haupt darbringt. Soll ich den Letzten der Abencerragen in Gnaden annehmen? Lesen Sie öfters diesen spanisch-sarazenischen Brief, meine Renée. Sie werden erfahren, daß die Liebe alle Judasklauseln Ihrer Philosophie hinwegfegt! Ach, Renée, Dein Brief lastet auf meinem Herzen. Du hast mir das Leben verbürgerlicht. Bedarf es aller dieser Kniffe? Bin ich nicht auf ewig Gebieterin dieses Löwen, dessen Gebrüll sich bei meinem Anblick in demütig frommes Seufzen verwandelt. Wie muß er gegrollt haben in seiner Höhle in der Rue Hillerin-Bertin! Ich weiß jetzt, wo er wohnt, ich besitze seine Karte: „F., Baron de Macumér". Doch hat er mir jede Antwort unmöglich gemacht; es bleibt mir nichts übrig, als ihm zwei Kamelien ins Gesicht zu werfen. Über welche höllische Schlauheit verfügt doch die wahrste, reinste, kindlichste Liebe! Was es für ein Frauenherz Wichtiges und Großes geben kann, ist in eine leichte und schlichte Handlung gebracht. Oh, Morgenland! Ich habe die Geschichten von Tausend und einer Nacht gelesen, soll ich Dir ihr ganzes Wesen zeigen: Diese beiden Blumen! – Damit ist alles gesagt. Wir überspringen die vierzehn Bände der Clarisse Harlowe mit einem Strauß in der Hand. Ich winde mich vor diesem Brief wie eine Schnur im Feuer. Nehme ich die beiden Kamelien? – oder nehme ich sie nicht? Ja? – nein? Töten – oder leben lassen? Aber eine Stimme in mir spricht: „Prüfe ihn!" – Und ich werde ihn prüfen.

✩

16) Dieselbe derselben

März

ICH BIN WEISS GEKLEIDET: ICH TRAGE WEISSE Kamelien im Haar und eine weiße Kamelie in der

Hand; meine Mutter rote: Ich kann von ihr eine Blume nehmen, wenn ich will. Ich spüre eine unbestimmte Lust, ihm seine rote Kamelie mit einigem Zögern zu verkaufen und mich erst auf dem Schauplatz zu entscheiden. Ich bin sehr schön anzusehen; Griffith bat, mich ein paar Augenblicke ungestört bewundern zu dürfen. Die Feierlichkeit des Abends und das Drama dieser geheimen Verständigung haben mir Farbe gemacht: Auf jeder meiner Wangen ist eine rote Kamelie auf einer weißen erblüht!

✩

Ein Uhr

ALLE HABEN MICH BEWUNDERT; NUR EINER verstand es, mich anzubeten. Er senkte das Haupt, als er die weiße Kamelie in meiner Hand erblickte, doch sah ich ihn weißer werden als die Blume, als ich von meiner Mutter die rote Kamelie entlieh. Schon mit beiden Blumen einzutreten, hätte ebensogut ein Spiel des Zufalls sein können; dieses aber war Tat, war eine lebendige Antwort. Ich habe mein Geständnis noch ausgedehnt! Man gab „Romeo und Julia"; aber da Du nicht weißt, was ein Duett zwischen Liebenden ist, kannst Du das Glück der beiden, von der Liebe neu Getauften nicht ermessen, das sie beseligte beim Anhören dieser göttlichen Laute der Zärtlichkeit.

Ich legte mich zu Bett, im Ohr das Geräusch der hallenden Schritte drunten in der Allee. Jetzt aber, mein Engel, steht mir Kopf und Herz in Flammen. Was tut er? Was denkt er? Ist in seinem Kopf ein einziger Gedanke, den ich nicht kenne? Ist er der immer bereite Sklave, wie er vorgibt? Wie mich dessen versichern? Ist in seiner Seele der leiseste

Verdacht, meine Annahme könnte einen Tadel, irgendwelchen Rückzug, einen Dank vorwegnehmen? Ach, ich bin allen Spitzfindigkeiten, allen Listen der Frauen von „Cyrus“ und „Astraia“ ausgeliefert! Weiß er, daß in der Liebe die geringste Handlung Ergebnis einer Welt von Überlegungen, inneren Kämpfen, verlorenen Siegen bedeutet? An was denkt er in diesem Augenblick? Wie ihm befehlen, mir abends alle Einzelheiten seines Tages getreulich aufzuzeichnen? Er ist mein Sklave; ich muß ihn beschäftigen. Ich werde ihn unter einer Last von Arbeit erdrücken.

✩

Sonntag morgen

ICH HABE WENIG UND ERST GEGEN MORGEN geschlafen. Es ist Mittag. Eben ließ ich durch Griffith folgenden Brief schreiben:

An den Baron de Macumér,

Mademoiselle de Chaulieu beauftragt mich, Herr Baron, die Kopie des Briefes, den sie von einer Freundin erhielt und die Sie an sich nahmen, von Ihnen zurückzuerbitten. Genehmigen Sie etc. GRIFFITH

Meine Liebe, Griffith begab sich in die Rue Hillerin-Bertin und ließ sich von meinem Sklaven den Liebesbrief einhändigen. Er schickte mir mein Programm verschlossen und naß von Tränen zurück. Er hat gehorcht! O meine Liebe, es ist ihm nicht leicht geworden! Ein anderer hätte sich geweigert und einen Brief voller Schmeicheleien geschrieben; der Sarazene aber hielt, was er versprach: Er gehorchte. Ich bin zu Tränen gerührt.

17) Dieselbe derselben

2. April

GESTERN, DER TAG WAR UNVERGLEICHLICH schön, habe ich mich als geliebtes Mädchen, das gefallen möchte, geschmückt. Auf meine Bitten schenkte mir mein Vater das hübscheste Gespann, das in Paris zu sehen ist: Zwei Apfelschimmel und eine Kalesche nach der neuesten Mode. Ich probierte also mein Gespann aus. Wie eine Blume saß ich unter meinem mit weißer Seide gefütterten Sonnenschirm. Als ich die Avenue des Champs Elysées hinauffuhr, sah ich meinen Abencerragen auf einem Pferd von auserlesener Schönheit mir entgegenreiten. Die Männer, die heutzutage fast alle ausgemachte Roßtäuscher sind, blieben stehen, um das Tier genauer anzusehen und zu prüfen. Er grüßte mich, und ich machte ihm ein freundschaftlich ermutigendes Zeichen; worauf er den Schritt seines Pferdes mäßigte, so daß ich zu ihm sagen konnte:

„Sie werden es mir nicht übelgenommen haben, Baron, daß ich meinen Brief zurückgefordert habe; er kann Ihnen nichts mehr nützen. Sie haben sein Programm überholt ..." fügte ich mit leiser Stimme hinzu. „Sie reiten ein Pferd, das Aufsehen erregt."

„Mein Verwalter in Sardinien hat es mir in seinem Stolz geschickt: denn dieses Pferd von arabischer Zucht stammt aus meinen Weiden."

Heute morgen, meine Liebe, ritt Henarez einen englischen Fuchs, der, obschon sehr vollkommen, doch nicht auffallend war. Meine kleine mokante Kritik hatte genügt. Er begrüßte mich, und ich antwortete mit einem leichten Kopfnicken. Der

Herzog von Angoulême hat Macumérs arabisches Pferd kaufen lassen. Mein Sklave begriff nur zu gut, daß er, indem er die Aufmerksamkeit der Gaffer auf sich lockte, gegen seine willentliche Einfachheit verstieß. Ein Mann muß um seiner selbst, nicht um seines Pferdes oder anderer Dinge willen auffallen. Ein zu schönes Pferd ist ebenso geschmacklos wie ein zu großer Diamant in der Hemdenbrust. Ich war entzückt, ihn auf einem Fehler ertappt zu haben. Und doch handelte es sich in seinem Fall nur um eine kleine Eitelkeit, die einem armen Verbannten gestattet sein dürfte. Diese Kindlichkeit gefällt mir. Ach, meine alte Philosophin, freust Du Dich an meiner Liebe ebensosehr, wie ich mich über Deine düstere Philosophie betrübe? Liebster Philipp II. im Unterrock! Wie gefällst Du Dir in meiner Kalesche? Siehst Du den samtenen Blick, demütig und stolz auf seine Untertänigkeit, den mir im Vorüberfahren dieser wahrhaft große Mann zuwirft, der meine Livree trägt? Denn sein Knopfloch ist stets mit einer roten Kamelie geschmückt, so wie ich immer eine weiße in der Hand halte. Wie hellsichtig macht doch die Liebe! Und wie gut ich jetzt Paris verstehe! Alles scheint mir voller geistreicher Beziehungen! Ja, hier kann sich die Liebe schöner, größer, entzückender entfalten als irgendwo anders. Ich weiß jetzt ganz gewiß, daß ich niemals einen Dummen quälen und ängstigen, noch irgendeine Macht auf ihn ausüben könnte. Nur hervorragende Männer verstehen uns ganz, und nur auf sie vermögen wir einzuwirken. Oh, verzeih, arme Freundin, ich vergaß unseren de l'Estorade; aber versprachst Du nicht, ein Genie aus ihm zu machen? Oh, ich verstehe warum! Du verwöhnst ihn, um eines Tages verstanden zu werden. – Adieu, ich bin ein wenig toll und will nicht fortfahren.

✩

18) Madame de l'Estorade an Louise de Chaulieu

April

LIEBER ENGEL, ODER SOLLTE ICH NICHT EHER sagen: lieber Dämon! Du hast mich betrübt, ohne es zu wollen; und wären wir nicht ein und dieselbe Seele, würde ich sagen: Du hast mich verletzt; aber kann man sich selbst nicht auch verletzen? Wie deutlich ist es mir geworden, daß Deine Gedanken noch niemals vor dem Worte „unauflöslich", das man dem Bündnis von Mann und Frau beizulegen pflegt, haltgemacht haben. Ich will den Philosophen und Gesetzgebern nicht widersprechen, sie tun es genugsam selber; aber, Liebe, indem sie die Ehe unwiderruflich machten und ihr unerbittlich und für alle Menschen die gleiche Form gaben, haben sie aus jeder solchen Gemeinschaft einen Einzelfall geschaffen, ebenso verschieden einer vom andern, wie es die Individuen unter sich sind. Jede von ihnen hat ihre andern und eigenen Gesetze: Die Ehe auf dem Lande, wo zwei Menschen beständig in gegenseitiger Anwesenheit leben, die Ehe in Paris, wo das Leben wie ein Wasserstrom dahinrauscht, die Ehe in der Provinz, wo das Dasein ruhig und gemächlich läuft. Wenn also die Bedingungen schon nach dem Orte wechseln, wieviel eher nach den Charakteren! Die Frau eines genialen Mannes kann sich ruhig treiben lassen; die eines dummen muß, um der Gefahr vielfacher Mißgeschicke vorzubeugen, selber die Zügel in die Hand nehmen, wenn sie sich ihm schon überlegen fühlt. Vielleicht aber führen Überlegung und Vernunft schon zu dem, was wir Verderbtheit nennen! Denn ist in unseren Augen Berechnung der Gefühle nicht schon Verderbtheit? Eine Leidenschaft, die abwägt, ist entartet; schön ist sie nur, wenn sie, unwillkürlich in herrlichem Schwall jede Selbstsucht mit fortschwemmt. Ach, früher oder später wirst auch Du zugeben müssen, meine Liebe, daß die Falschheit der Frau ebenso unentbehrlich ist wie das Mieder, wenn man mit Falschheit schon das Schweigen derjenigen begreift, die den Mut des Schweigens aufbringt; wenn man mit Falschheit die notwendige Rechnung mit der Zukunft meint. Jede verheiratete Frau muß die sozialen Gesetze, die in so vielen Punkten mit denen der Natur unvereinbar sind, auf eigene Kosten kennenlernen. Es ist leicht möglich, zwölf Kinder zu haben, wenn man sich in unserem Alter verheiratet; aber hieße das nicht ein zwölffaches Verbrechen begehen, zwölffaches Unglück heraufbeschwören? Hieße das nicht unschuldige Wesen dem Elend und der Verzweiflung preisgeben; während zwei Kinder zwiefaches Glück, zwiefache Wohltat bedeuten; denn diese zwei Geschöpfe werden im Einklang bleiben mit Sitte und Gesetz. Natur und Gesetzbuch sind ewige Gegner, und wir selbst bilden den Schauplatz ihrer Kämpfe. Wirst Du das Verderbtheit nennen dürfen, wenn die Weisheit einer Gattin dafür Sorge trägt, daß die Familie sich nicht selbst zugrunde richtet? Eine Berechnung aber oder tausend, gleichviel, schon ist das Herz verraten. Und dieser furchtbaren Berechnung, auch Sie werden ihr eines Tages verfallen, schöne Baronin de Macumér, wenn Sie die glückliche Frau des Mannes sind, der Sie anbetet, oder besser: dieser hochstehende Mann wird sie Ihnen ersparen, indem er sie auf sich nimmt. Du siehst, liebe Törin, wir haben das Gesetzbuch in seiner Beziehung zur ehelichen Liebe studiert. Du wirst einsehen lernen, daß wir außer Gott und uns selber niemandem Rechenschaft schulden über die Mittel, die wir anwenden, um das Glück am häuslichen Herde warm zu halten; und tausendmal wertvoller ist die Berechnung, der solches gelingt, als eine kopflose Liebe, die zu Trauer, Streit und Uneinigkeit führt. Ich habe mit grausamer Aufmerksamkeit die Rolle der Gattin und Familienmutter studiert. Ja, mein Engel, wir müssen hochherzig lügen können! Du zeihst mich der Falschheit, weil ich Louis Schritt für Schritt zur Erkenntnis meiner selbst führen will; aber schafft nicht gerade die zu rasche Kenntnis Uneinigkeit? Ich will ihn viel beschäftigen, um ihn von mir abzulenken, im Interesse seines eigenen Glückes; die Leidenschaft rechnet anders. Liebe mag unerschöpflich sein, Leidenschaft ist es nicht; auch ist es keine kleine Aufgabe für eine anständige Frau, dieselbe weislich auf ein ganzes Leben zu verteilen. Auf die Gefahr Deiner Verachtung hin bestehe ich auf meinen Grundsätzen und halte mich dabei für großmütig und hochherzig. Tugend, liebes Herz, äußert sich verschieden, je nach den Umständen: die Tugend in der Provence, die in Konstantinopel, in London, in Paris sind alle verschieden, ohne doch aufzuhören, Tugenden zu sein. Jedes menschliche Leben weist in seinem Gewebe die gegensätzlichsten Verbindungen auf; aber aus einer gewissen Höhe betrachtet, gleichen sie sich alle. Ich brauchte nichts weiter zu tun, als mich Louis ganz zu überlassen, um ihn unglücklich zu machen und eine körperliche Trennung herbeizuführen. Ich hatte nicht wie Du das Glück, einem hervorragenden Manne zu begegnen, doch wird mir vielleicht die Freude werden, einen solchen aus ihm zu machen, und ich gebe Dir in fünf Jahren ein Stelldichein in Paris; auch Du wirst Dich täuschen lassen und mir sagen: „Du hast Dich geirrt, Louis de l'Estorade ist von Natur hervorragend." Den Liebesfreuden aber, den Wonnen der Leidenschaft, die ich nur durch Dich hindurch fühle, den nächtlichen Posten auf dem Balkon im Schein der Sterne, den unbändigen Liebesergüssen und der Vergötterung mußte ich entsagen – und ich wußte es im voraus. Dein Leben blüht allerwegen. Mein Wirkungskreis beschränkt sich auf die Grenzsteine von „La Crampade", und Du könntest mir noch die Behutsamkeit vorwerfen, die ein so zerbrechliches, verborgenes, armseliges Glück erheischt, um dauerhaft, reich und geheimnisvoll zu werden! Ich glaubte mit meiner Frauenwürde die Grazie der Geliebten zu verbinden, und Du hast mich fast vor mir selber erröten machen. Wer von uns beiden hat recht, wer unrecht? Vielleicht haben wir beide gleichzeitig recht und unrecht; und vielleicht läßt uns die menschliche Gesellschaft unsere Spitzen, Titel und Kinder recht teuer bezahlen. Auch ich besitze meine beiden roten Kamelien, sie blühen auf meinen Lippen und lächeln den beiden Menschen, dem Vater und dem Sohn, denen ich ergeben bin – Sklavin und Herrin zugleich. Ach, Liebe, Deine beiden letzten Briefe haben mir in grausamem Lichte gezeigt, was alles für mich verloren ist! Du hast mir das Opfer, das die verheiratete Frau bringt, in seiner ganzen Tragweite dargetan! Kaum wagte ich meine Augen auf die herrlichen, wilden Steppen zu richten, auf denen Du tollst; und ich will Dir schweigen von den Tränen, die Deine Zeilen netzten; doch war dies schmerzliche Bedauern nicht Reue, wenngleich ihr verwandt. Du sagst, die Ehe mache philosophisch! Ach nein, ich fühlte es nur zu gut, als ich weinend Dich von den Strömen der Liebe mit fortgetragen sah. Mein Vater gab mir einen der tiefsinnigsten Schriftsteller unseres Landes zu lesen, einen Geisteserben Bossuets; einen jener grausamen Politiker, deren Worte unfehlbar überzeugen. Während Du Dich mit „Corinna" abgabst, las ich Bonald, und hier hast Du das ganze Geheimnis meiner Philosophie: vor meinem innern Blick zeigte sich die heilige, starke Familie. Im Sinne Bonalds hatte auch Dein Vater recht mit seiner Rede. Leb' wohl, geliebte Phantasie – meine Freundin –, Du meine süße Törin!

☆

19) Louise de Chaulieu an Madame de l'Estorade

DU BIST ENTZÜCKEND, MEINE RENÉE, UND ich stimme jetzt vollkommen mit Dir überein: daß es ehrlich ist zu lügen! – Bist Du jetzt zufrieden mit mir? Außerdem ist der Mann, der uns liebt, unser Eigentum, es ist unser freies Recht, ein Genie oder einen Dummkopf aus ihm zu machen; unter uns, wir machen zumeist den Dummkopf aus ihm. Du wirst aus dem Deinen ein Genie machen und wahrst obendrein Dein Geheimnis: zwei herrliche Taten! Was aber, meine Liebe, wenn es in Wirklichkeit kein Paradies gäbe, hast Du dann nicht das Nachsehen? Denn Du weihst Dich einem freiwilligen Martyrium; Du willst den Ehrgeiz in ihm wecken und ihn gleichzeitig verliebt erhalten: Kind, das Du bist, es genügt vollständig, daß er verliebt bleibt. Bis zu welchem Punkt ist Berechnung Tugend oder Tugend Berechnung? Wir wollen uns über diese Frage nicht erzürnen, auch haben wir ja Bonald. Wir sind und wollen tugendhaft sein, doch glaube ich im Ernst, daß Du in diesem Augenblick, trotz Deiner reizenden Spitzbübereien, besser bist als ich. Ja, ich bin ein schrecklich falsches Geschöpf: Ich liebe Felipe – und verberge es ihm mit der ruchlosesten Verstellung. Ich möchte, er schwänge sich von seinem Baum auf den Kamm der Mauer, vom Kamm der Mauer auf meinen Balkon; doch würde er ausführen, was ich mir wünsche, meine Verachtung schlüge ihn zu Boden. Du siehst, ich bin rechtschaffen fürchterlich. Was hält mich zurück? Welche geheimnisvolle Macht verhindert mich, meinem geliebten Felipe das ganze Glück einzugestehen, das er mir mit seiner reinen, restlosen, großen, geheimnisvollen Liebe in so reichem Maße schenkt? Madame de Mirbel malt mein Porträt; ich habe mir vorgenommen, es ihm zu schenken. Was mich täglich mit neuem Staunen erfüllt, ist die Aktivität, die die Liebe dem ganzen Leben gibt! Wie wichtig

wird jede Stunde, jede Handlung, die allerkleinste Nebensache; und welch wundersame Verwirrung von Vergangenheit und Zukunft in der Gegenwart! Wir leben in allen drei Zeiten des Verbums zugleich. Wird es auch nach der Erfüllung so bleiben? O antworte, sage mir, was ist das Glück? Stillt es oder reizt es nur auf? Ich lebe in einer tödlichen Angst, ich weiß nicht mehr, wie ich mich benehmen soll: in meinem Herzen ist eine Gewalt, die mich zu ihm treibt gegen alle Vernunft und Sitte! Kurz, ich verstehe jetzt Deine Neugierde mit Louis! Bist Du zufrieden? Felipes Glück, mir zu gehören, seine Liebe auf die Entfernung und sein Gehorsam reizen mich ebensosehr, wie sein strenger Respekt mich reizte, als er noch mein Lehrer war. Ich fühle mich versucht, ihm zuzurufen, wenn er vorübergeht: „Dummkopf, wenn du mich schon im Bilde liebst, warum versuchst du es nicht in der Wirklichkeit?"
O Renée, Du verbrennst doch meine Briefe! Ich werde auch die Deinen verbrennen. Wenn diese Gedanken, die von Herzen zu Herzen gesprochen sind, von anderen als von unseren Augen erblickt würden, müßte ich Felipe den Befehl erteilen, dieselben zu blenden und die Leute aus Sicherheitsgründen gelinde zu töten.

✩

Montag

ACH, RENÉE, WIE DAS HERZ EINES MENSCHEN erforschen? Mein Vater soll mich Deinem Bonald vorstellen, und da er so gelehrt ist, will ich ihn befragen. Ach, ich beneide den lieben Gott, der in den Herzen zu lesen vermag! Bin ich für diesen

Mann noch immer ein Engel? Das ist alles, was ich wissen möchte.
Müßte ich je aus einer Gebärde, aus einem Blick, aus der Betonung eines Wortes die leiseste Verminderung des Respektes erfahren, den er mir entgegenbrachte, als er noch mein Lehrer war, so hätte ich die Kraft, alles zu vergessen! „Warum diese großen Worte, diese hochtrabenden Entschlüsse?" wirst Du fragen. Ach, darum, meine Liebe: Mein charmanter Vater, der sich mir gegenüber benimmt wie ein alter Kavalier gegen eine Italienerin, hat, wie ich Dir schon sagte, mein Porträt von Madame de Mirbel anfertigen lassen. Es gelang mir, eine hinreichend gute Kopie davon ausführen zu lassen, die ich dem Herzog sandte, während das Original für Don Felipe bestimmt war. Gestern fand die Übergabe statt, begleitet von folgenden wenigen Worten: „Don Felipe, man antwortet auf Ihre vollkommene Ergebenheit mit einem blinden Vertrauen: Die Zeit wird lehren, ob diese Gunst Verschwendung war!"
Die Belohnung ist groß, und sieht einem Versprechen ähnlich, wenn nicht – entsetzlicher Gedanke! – einer Aufforderung! Doch was Dir als das Allerentsetzlichste erscheinen wird, ich wollte es nicht anders! Ich wollte in der Belohnung Versprechen und Aufforderung andeuten, ohne gerade bis zum Anerbieten zu gehen! Steht aber in seiner Antwort etwas wie: „Meine Louise" oder auch nur „Louise" – so ist er verloren!

✿

NEIN, ER IST NICHT VERLOREN. DIESER VERfassungsgemäße Minister ist ein anbetungswürdiger Liebhaber! Hier sein Brief: „Jede Stunde, die ich fern von Ihnen verbrachte, war erfüllt von Ihnen. Von allen äußeren Dingen abgekehrt, suchte ich in innerlicher Betrachtung Ihr Bildnis festzuhalten, das mir im dunkeln Palast, in dem die Träume leben und den Sie allein mir erhellten, nie deutlich genug erscheinen wollte. Nun ruhen meine Augen auf dem wundervollen Elfenbein aus, das ich meinen Talisman nennen muß: denn Ihre blauen Augen beleben sich für mich, und die Malerei verwandelt sich auf meinen Wunsch in Wirklichkeit. Die Verzögerung dieses Briefes rührt von meinem Eifer her, mich ganz in dieses Bild zu versenken, zu dem ich sagen darf, was ich vor Ihnen verschweigen muß. Ja, seit gestern, allein mit Ihnen eingeschlossen, gebe ich mich, zum erstenmal in meinem Leben, einem ganzen, restlosen, unendlichen Glück hin! Könnten Sie sehen, welchen Platz ich ihm eingeräumt habe: Zwischen Gott und der heiligen Jungfrau! Sie müßten fühlen, in welch angstvoller Erregung mir die Nacht verging! Doch möchte ich Sie mit diesen Worten nicht verletzen. Ein Blick von Ihnen, bar jener engelhaften Güte, die mein Leben erhält, brächte mir solche Qualen, daß ich zum voraus schon um Gnade bitte. Ach, wenn Sie mir doch, Königin meiner Seele und meines Lebens, ein Tausendstel der Liebe schenken wollten, die ich für Sie empfinde! Das ‚wenn' dieser ständigen Sehnsucht hat mir die Seele verbrannt. Ich bin zwischen Glauben und Zweifel, Leben und Tod, zwischen Finsternis und Licht hin- und hergeworfen! Ein Verbrecher erwartet nicht mit größerer Sehnsucht seine Befreiung aus der Haft, als ich Ihre Absolution für mein kühnes Geständnis. Dem Lächeln, das auf Ihren Lippen spielt, in das ich mich immer wieder vertiefe, gelang es, die Stürme der Angst in mir zu besänftigen. Seitdem ich lebe, hat niemand, nicht einmal meine Mutter, mir ein Lächeln geschenkt. Das schöne junge Mädchen, das mir zugedacht war, verschmähte mein Herz und entbrannte für meinen Bruder. Meine politischen Bestrebungen wurden zunichte. In den Augen meines Königs las ich nie etwas anderes als den Wunsch der Rache; auch sind wir seit unserer Jugend so erbitterte Feinde, daß er selbst die Verfügung, durch welche die Cortez mir zur Macht verhalfen, als einen Schimpf empfand. Wie stark man immer seine Seele befestigen möge, der Zweifel findet doch Eingang zu ihr. Auch bin ich mir über mich selbst völlig klar: Ich kenne mein ungefälliges Äußeres und weiß, wie schwer es ist, durch eine solche Hülle hindurch das Herz zu würdigen. Geliebt zu werden, war ein ferner Traum, als ich Sie kennen lernte. Und ich verstand, als ich mich zu Ihnen hingezogen fühlte, daß nur bedingungslose Hingabe meine Zärtlichkeit für Sie entschuldbar machen würde. Beim Anblick Ihres Bildes aber, und versunken in sein Lächeln, das himmlische Seligkeiten zu versprechen scheint, keimte eine Hoffnung in meiner Seele, die ich mir von selbst nicht erlaubt hätte. Gegen diese Morgenröte kämpfen jetzt endlos die Finsternisse des Zweifels und die Furcht, Sie zu beleidigen, wenn ich mich in Ihrem Lichte sonne. Nein, noch können Sie mich

nicht lieben, das fühle ich. Aber indem Sie die Macht, die Dauer, die Tragweite meines unerschöpflichen Gefühls immer besser erproben, werden Sie ihm zuletzt nicht doch vielleicht einen Winkel Ihres Herzens überlassen? Beleidigt Sie aber mein Streben, so sagen Sie es mir ohne Groll, und ich werde in meine Schranken zurücktreten; doch wollten Sie versuchen, mich zu lieben, so lassen Sie es nicht ohne die peinlichste Vorsicht denjenigen wissen, der das ganze Glück seines Lebens schon darin fand, Ihr Sklave zu sein."
Liebe, bei diesen letzten Worten war mir, als sähe ich ihn erbleichen, wie an jenem Abend, als ihm die Kamelie bedeutete, daß ich das Geschenk seiner Dienstbarkeit annahm. Ich fühlte, daß diese unterwürfigen Worte nichts gemein hatten mit rhetorischen Floskeln nach Art der Liebhaber; in meinem Innern wallte eine heftige Bewegung, ... es war der Atemzug des Glücks!
Heute ist so schlechtes Wetter, daß man unmöglich ins Bois fahren kann, ohne Verdacht zu erregen; selbst meine Mutter, die oft bei Regen ausgeht, blieb heute allein zu Hause.

✩

Mittwoch abend

ICH HABE IHN EBEN IN DER OPER GESEHEN. Liebe, er ist nicht mehr der gleiche Mann: Er besuchte uns in unserer Loge, in Begleitung des sardinischen Gesandten. Als er in meinen Blicken las, daß seine Kühnheit nicht mißfiel, war es, als würde er durch seinen eigenen Körper gehemmt; auch sprach er die Marquise d'Espard mit „Mademoiselle" an. Seine Augen strahlten heller als die

Kronleuchter. Zuletzt verließ er uns wie einer, der fürchtet, eine Tollheit zu begehen.
„Der Baron de Macumér ist verliebt!“ sagte Madame de Maufrigneuse zu meiner Mutter gewandt.
„Das ist um so merkwürdiger bei einem gestürzten Minister“, antwortete meine Mutter. Ich fand den Mut, Madame d'Espard, Madame de Maufrigneuse und meine Mutter anzusehen, und zwar mit der Neugierde einer Person, die eine fremde Sprache nicht versteht und erraten möchte, was gesprochen wird; innerlich aber erfüllte mich eine wollüstige Seligkeit, in der meine Seele untertauchte. Es gibt nur ein Wort, Dir mein Empfinden auszudrücken: Verzückung! Felipes Liebe ist so groß, daß ich ihn meiner Liebe für würdig halte. Ich bin tatsächlich das Prinzip seines Lebens und halte in meinen Händen die Fäden, die seine Gedanken leiten. Kurz, um Dir nichts zu verschweigen, ich sehne mich leidenschaftlich darnach, ihn alle Hindernisse überschreiten und bis zu mir vordringen zu sehen, um mich von mir selber zu verlangen, – damit ich erfahre, ob diese wilde Liebe stumm und demütig wird, auf einen einzigen Blick von mir.
Ach, Liebste, ich mußte aufhören, und noch zittere ich am ganzen Leib. Während ich an Dich schrieb, hörte ich draußen ein leichtes Geräusch und erhob mich, um nachzusehen. Von meinem Fenster aus sah ich ihn auf dem Grat der Mauer schreiten, auf die Gefahr hin, sich den Hals zu brechen. Ich lief zum Fenster meines Schlafzimmers und gab ihm ein Zeichen; er sprang von der zehn Fuß hohen Mauer herunter und lief dann auf die Straße bis zu einem Punkt, wo ich ihn sehen konnte, um mir zu zeigen, daß er keinen Schaden

genommen hatte. Diese zarte Rücksicht, in einem Augenblick, wo er durch den Sprung noch ganz verwirrt sein mußte, hat mich so ergriffen, daß ich weine, ohne zu wissen, warum. Armer Häßlicher, was suchte er? was wollte er mir sagen? Ich wage nicht, meine Gedanken niederzuschreiben, und will mich in mein Glück schlafen legen und mir ausdenken, was wir uns sagen würden, wenn wir jetzt beisammen wären. Leb wohl, schöne Schweigsame. Ich habe keine Zeit, Dich wegen Deiner Saumseligkeit zu schelten, doch ist seit Deinem letzten Brief schon ein Monat vergangen! Solltest Du zufällig glücklich geworden sein? Solltest Du den freien Willen aufgegeben haben, der Dich so stolz machte und der mich heute um ein Haar verlassen hätte?

✩

20) Renée de l'Estorade an Louise de Chaulieu

Mai

WENN DIE LIEBE DAS LEBEN DER WELT IST, warum wird sie von den sittenstrengen Philosophen aus der Ehe verbannt? Warum fordert die Gesellschaft als oberstes Gesetz, daß die Frau sich der Familie opfere? Schafft sie damit nicht im Schoße der Ehe selbst einen dumpfen Kampf? Dieser Kampf kann gefährlich werden, und das hat sie vorausgesehen: sie hat erraten, daß wir ihre ganze Einrichtung zunichte machen können, sei es durch die Macht der Liebe, sei es durch die Beharrlichkeit eines versteckten Hasses. Darum hat sie dem Mann so große Gewalt eingeräumt. Ich sehe in der Ehe zwei entgegengesetzte Kräfte, die

die Gesetzgeber hätten verbinden sollen. Wann werden sie verbunden sein, das frage ich mich, während ich Deine Briefe lese! Ach, Liebe, ein einziger davon stürzt das Gebäude des großen Weisen von Aveyron, in dessen Mauern ich mich mit süßer Befriedigung eingenistet hatte, in Trümmer! Alle Gesetze wurden von Greisen aufgestellt, das fühlen wir Frauen deutlich; sie haben in ihrer Weisheit angeordnet, daß die eheliche Liebe, bar aller Leidenschaft, eine Frau nicht erniedrigt und daß es Pflicht der Frau ist, sich ohne Liebe dem Manne hinzugeben, der sie durch das Gesetz zu seinem Eigentum gemacht hat. Nur auf die Familie bedacht, wollten sie die Natur nachahmen und die Rasse fortpflanzen. Vorher war ich ein Wesen, jetzt bin ich eine Sache! Wie manche Träne habe ich einsam hinuntergeschluckt und hätte ach so gerne ein tröstendes Lächeln dafür eingetauscht! Woher diese Verschiedenheit unserer Geschicke? Wie weitet sich Deine Seele in dieser Liebe, in der die Freude selbst zur Tugend wird. Du kannst nie anders als durch eigene Schuld leiden. Dir wird die Pflicht zum süßesten der Gefühle, wenn Du Deinen Felipe heiratest. Unsere Zukunft geht schwanger mit der Antwort auf meine Fragen – und ich erwarte sie mit angstvoller Neugierde.

Du liebst, Du wirst angebetet. O gib Dich ganz diesem herrlichen Gedicht hin, das uns so viel beschäftigt hat. Deine feine, vergeistigte Frauenschönheit, Gott hat sie Dir gegeben, damit sie beglücke und entzücke: er hat seine eigenen Wege mit Dir vor. Ja, lieber Engel, hüte das Geheimnis Deiner Zärtlichkeit und unterwirf Felipe den feinsten Prüfungen, wie wir sie uns ausdachten, um zu

erproben, ob der Geliebte, den wir uns nur träumten, unserer würdig sei. Frage weniger, ob Du geliebt bist, als ob Du selber liebst: Nichts kann die eigene Seele leichter täuschen als das Spiegelbild unserer Neugier, unserer Wünsche, unseres Glaubens an das Glück. Du, die von uns beiden allein makellos geblieben bist, vertraue Dich nicht ohne sicheres Unterpfand dem gefährlichen Pakt der Ehe an, von dem es kein Zurück gibt; ich beschwöre Dich! Manchmal erhellt eine Gebärde, ein Wort, ein Blick inmitten eines Gespräches ohne Zeugen, wenn die Seelen sich ganz ihres gesellschaftlichen Aufputzes begeben haben, den schrecklichsten Abgrund. Du bist so edel, so sicher Deiner selbst, daß Du kühn die Wege beschreiten darfst, auf denen eine andere sich verirren müßte. Du kannst Dir nicht vorstellen, mit welch angstvoller Sorge ich Dir folge. Ungeachtet der Entfernung sehe ich Dich vor mir und empfinde Deine Erschütterung als die meine. Versäume auch nicht, mir zu schreiben, und lasse nichts ungesagt. Deine Briefe zaubern leidenschaftliches Leben in mein einfaches, stilles Dasein, das sich eintönig, wie eine große Straße an sonnenarmen Tagen hinzieht.
Was hier geschieht, lieber Engel, ist eine Reihe endloser Quälereien mit mir selber, von denen ich heute nicht sprechen will; davon später. Ich nehme mich und gebe mich zurück in dumpfer Hartnäckigkeit und schwanke zwischen Entmutigung und Hoffnung hin und her. Vielleicht fordere ich vom Leben mehr Glück, als es uns schuldig ist. In jungen Jahren sind wir so leicht bereit, an eine Harmonie von Ideal und Wirklichkeit zu glauben. Meine Betrachtungen, die ich jetzt leider

ganz allein am Fuße eines Felsstückes in meinem Park anstelle, haben mich zu der Überzeugung geführt, daß die Liebe in der Ehe ein Zufall ist, mit dem das Gesetz, das auf festen Grundlagen bauen muß, nicht rechnen kann. Mein Philosoph von Aveyron hat recht, wenn er die Familie als einzige soziale Einheit darstellt und die Frau ihrem Dienste opfert, wie es zu allen Zeiten gewesen ist. Die Lösung dieser großen, für uns beinah tragischen Frage liegt in unserem ersten Kind. Darum möchte ich Mutter sein, und wäre es auch nur, um den nagenden, verzehrenden Kräften meiner Seele Nahrung zu geben.

Louis ist stets von bewunderungswürdiger Güte, seine Liebe ist tätig, meine Zärtlichkeit zerstreut; er ist glücklich und pflückt die Blumen allein, unbekümmert um die Mühen des Erdreichs, das sie hervorbringt! Glücklicher Egoismus! Was es mich auch kosten mag, ich pflege seine Illusionen wie eine Mutter, die ihrer selbst nicht achtet, wenn sie dem Kinde eine Freude verschaffen kann.

Sein Glück ist so groß, daß es ihn fast blendet, selbst auf mich fällt ein Widerschein davon zurück. Und ich täusche ihn mit einem Lächeln, mit einem Blick, der warm ist von der Freude, die er mir verdankt. So ist es auch ganz natürlich, daß ich ihn in unserem häuslichen Zusammensein „mein Kind“ nenne. Ich erwarte den Lohn so vieler Opfer, die zwischen Gott, Dir und mir Geheimnis bleiben sollen. Die Mutterschaft ist für mich eine Spekulation, der ich ungeheuren Kredit gegeben habe – sie schuldet mir heute schon fast zu viel; ich fürchte, nicht genügend entschädigt zu werden: Sie soll meine Tatkraft entfalten, mein Herz weit machen, mich mit ungezählten Freuden überschütten! O mein Gott, laß mich nicht zu schanden werden; meine ganze Zukunft – und schrecklich zu denken: meine ganze Tugend liegt dort verankert.

✩

21) Louise de Chaulieu an Renée de l'Estorade

Juni

LIEBES, EHEGEBUNDENES REH! DEIN BRIEF kam just zur rechten Zeit, um mir den Mut zu einem kühnen Plan, der mich Tag und Nacht beschäftigt, zu geben. Ich weiß nicht, welcher Appetit auf die unbekannten, oder wenn Du lieber willst verbotenen Dinge mich zurzeit beherrscht und auf einen ständigen inneren Kampf zwischen den Gesetzen der Moral und denen der Natur hinzuweisen scheint. Noch bin ich mir nicht klar, was stärker ist in mir: Natur oder Konvention; aber ich ertappe mich auf Wechselgeschäften zwischen diesen beiden Mächten. Deutlicher ausgedrückt: Ich will mit Felipe sprechen, aber allein und zu nächtlicher Stunde, unter den Linden am Ende unseres Gartens. Dieses Vorhaben rechtfertigt zweifellos den Beinamen „aufgeweckte Person", den meine Mutter mir lachend gab und den mein Vater nur bestätigen konnte. Dessen ungeachtet aber halte ich meine Fehler für weise und vorsichtig. Denn, indem ich ihn für so viele, im Schatten meiner Mauer verbrachte Nächte belohne, werde ich zugleich erfahren, wie Felipe über diese Eskapade denkt, und ihn bei dieser Gelegenheit prüfen: ihn zu meinem lieben Gatten machen, wenn er mein Vergehen heilig spricht, oder ihn nie mehr wiedersehn, wenn er mir nicht noch ehrerbietiger, noch zaghafter naht als in den Champs Elysées beim Vorüberreiten. Was aber die Welt betrifft, so ist es weniger verfänglich, meinen Liebsten auf diese Weise zu sehen, als ihm bei Madame de Maufrigneuse oder bei der alten Marquise de Beauséant zuzulächeln; denn wir sind jetzt von Spionen umlagert. Gott weiß, mit welchen Blicken man ein Mädchen verfolgt, das im Verdacht steht, einem Ungeheuer wie Macumér gegenüber nicht unempfindlich zu sein. Ach, wüßtest Du, in welche Aufregung mich der bloße Gedanke eines solchen Vorhabens schon versetzt; und wie tausend Vermutungen über seine Verwirklichung mich beschäftigen. Ich vermisse Dich, wir hätten nach Herzenslust geplaudert und uns in den Labyrinthen der Ungewißheit ergangen; alle guten und schlimmen Erlebnisse eines ersten Stelldicheins im Schatten und Schweigen der Nacht, unter den wundervollen Linden des Hotels Chaulieu, die mit zahllosen Mondlichtern übergossen sind, vorausgeschmeckt. Ich habe ganz allein gelebt und gerufen: „Ach, Renée, wo bist Du?“ Du siehst, Dein Brief hat die Lunte an das Pulverfaß gelegt, meine letzten Bedenken sind in die Luft geflogen. Ich habe meinem sprachlosen Anbeter durch das offene Fenster die genaue Zeichnung des Schlüssels zur kleinen Pforte am Ende des Gartens zugeworfen, mit folgendem Billett: „Man will Sie verhindern, weitere Torheiten zu begehen. Sie würden der Ehre einer Person, die Sie zu lieben vorgeben, übel nützen, wenn Sie sich unter deren Fenster den Hals brächen. Sind Sie einer neuen Vertrauensprobe würdig und verdienen Sie, daß man mit Ihnen spricht, zu der Stunde, da der Mond die Linden am Gartenrand im Schatten läßt?"

Gestern um ein Uhr, im Augenblick, als Griffith sich zu Bett legen wollte, sagte ich zu ihr:

„Nehmen Sie Ihr Tuch und begleiten Sie mich, meine Liebe; ich muß ungesehen bis ans Ende des Gartens."

Sie folgte, ohne ein Wort zu erwidern. Welches Gefühl, meine Renée! Nachdem ich ihn in entzückend ängstlicher Erregung erwartet hatte, sah ich ihn gleich einem Schatten herangleiten. Ohne Hindernis erreichten wir den Garten, und ich sagte zu Griffith:

„Erschrecken Sie nicht, ich werde den Baron de Macumér treffen, um seinetwillen habe ich um Ihre Begleitung gebeten."

Sie antwortete nichts.

„Was befehlen Sie?" fragte Felipe, dessen bewegte Stimme verriet, daß schon das Rascheln unserer Röcke im Schweigen der Nacht und der leichte Laut unserer Schritte auf dem Sand ihn um alle Fassung gebracht hatten.

„Ich möchte Sie mündlich wissen lassen, was mir nicht möglich ist, Ihnen zu schreiben", antwortete ich.

Griffith ging in einem gewissen Abstand vor uns her. Es war eine jener lauen, von Blumendüften gewürzten Nächte; ich empfand eine berauschende Freude in diesem Augenblick, fast allein mit ihm zu sein, in der sanften Dämmerung der Linden, während jenseits der Garten in um so hellerem Lichte lag durch den Schein des Mondes, der sich in der weißen Fassade unseres Hauses spiegelte.

War dieses Schauspiel nicht ein Abbild des Mysteriums unserer Liebe, die aus der Verborgenheit in die strahlende Helle einer Heirat münden wird? Nach einem stummen Augenblick, den wir beide der Freude dieser uns so neuen Lage weihten – einer wie der andere von einem süßen Staunen erfüllt –, fand ich die Sprache wieder:
„Obschon ich mich nicht vor Lästerungen fürchte, will ich doch nicht, daß Sie künftig auf diese Bäume steigen", sagte ich, indem ich auf die Ulme wies, „noch auf diese Mauer. Wir haben beide zur Genüge Gymnasiast und Pensionsmädchen gespielt; erheben wir unsere Gefühle jetzt zu der Würde unseres Geschickes. Hätten Sie sich bei jenem Sturz den Tod geholt – müßte ich entehrt sterben ..."
Ich sah ihn an, er war fahl.
„Und würden Sie auf jenen seltsamen Wegen überrascht, so träfe ein Verdacht nicht nur mich, sondern auch meine Mutter."
„Vergebung!" hauchte er mit schwacher Stimme.
„Bleiben Sie auf dem Boulevard, ich kann von dort Ihren Schritt hören und werde, wenn ich Sie sehen will, mein Fenster öffnen; doch ist auch dies ein Wagnis, das ich nur im Ernstfall auf mich zu nehmen wünsche. Warum haben Sie mich durch Ihre Unvorsichtigkeit zu einer größeren genötigt, die Ihnen noch eine schlimme Meinung von mir geben könnte!"
Ich sah Tränen in seinen Augen glänzen, sie schienen mir die schönste Antwort der Welt.
„Glauben Sie mir," sagte ich lächelnd, „mein Vorgehen ist ein außerordentliches Wagnis!"
Nach einem oder zwei schweigsamen Rundgängen unter den Bäumen nahm er endlich das Wort:

„Halten Sie mich nicht für einfältig – ach, ich bin so berauscht von Glück, daß mein Verstand und alle Kräfte mich im Stiche lassen; doch müssen Sie wissen, daß in meinen Augen alle Ihre Handlungen schon dadurch geweiht sind, daß Sie sie ausführen. Die Andacht, die ich für Sie empfinde, läßt sich nur mit derjenigen zu Gott vergleichen. Im übrigen sind wir in Gesellschaft von Miß Griffith."

„Sie ist für die andern da, nicht für uns, Felipe", sagte ich lebhaft.

Meine Liebe, er verstand mich.

„Ich weiß," sagte er mit demütigem Blick, „ihre Abwesenheit könnte an unserem Verhalten nichts ändern; sind wir schon nicht vor den Augen der Menschen, so sind wir doch immer vor Gott und bedürfen der Achtung unserer selbst so gut wie der der Welt."

„Ich danke Ihnen, Felipe", sagte ich, indem ich ihm die Hand reichte, mit einer Bewegung, die Du Dir vorstellen kannst.

„Eine Frau, und ich bitte Sie, mich als Frau zu betrachten, ist geneigt, den Mann zu lieben, der sie versteht. Oh, nur geneigt!" beeilte ich mich zu wiederholen, indem ich den Finger an die Lippen legte. „Ich möchte nicht, daß Ihre Hoffnung größer wäre, als ich es verantworten kann! Mein Herz wird allein demjenigen gehören, der es gut kennt und darin zu lesen versteht. Die Gefühle brauchen nicht vollkommen die gleichen zu sein, aber sie müssen die gleiche Größe, die gleiche Höhe besitzen. Ich will mich nicht überheben, denn was ich in mir als Tugend anspreche, führt wahrscheinlich ebenso viele Fehler mit sich. Doch wäre ich unglücklich, wenn ich sie nicht besäße."

„Nachdem Sie mich als Ihren Diener angenommen haben, geben Sie mir jetzt die Erlaubnis, Sie zu lieben!“ sagte er erzitternd und sah mich bei jedem Worte an. „Ich besitze also mehr, als ich je zu hoffen wagte.“

„Auch ist Ihr Los dem meinigen vorzuziehen,“ wandte ich lebhaft ein, „nicht ungern würde ich mit Ihnen tauschen, und der Tausch wäre nicht zu Ihren Ungunsten.“

„Nun ist es an mir, Ihnen zu danken,“ entgegnete er, „und ich kenne die Pflicht eines ehrenhaften Liebhabers. Ich muß Ihnen beweisen, daß ich Ihrer würdig bin, und Sie haben ein Recht, mich zu prüfen, solange es Ihnen beliebt; Sie können mich verwerfen – mein Gott! – wenn ich Ihre Hoffnung enttäuschen sollte.“

„Ich weiß, daß Sie mich lieben“, sagte ich. „Bis zu dieser Stunde“, ich betonte grausam jedes Wort, „sind Sie der Bevorzugte; darum stehen Sie hier.“

Plaudernd machten wir noch einige Runden, und ich muß Dir gestehen, daß mein Spanier, nachdem er sich sicher fühlte, die wahre Beredsamkeit des Herzens entfaltete, indem er mir von seiner Leidenschaft und von seiner Zärtlichkeit sprach und seine Gefühle in wunderbarer Weise mit der göttlichen Liebe zu vergleichen wußte. Seine volle Stimme lieh Töne der Nachtigall und gab den ohnehin zarten Gedanken einen wunderbaren Reiz. Er sprach gedämpft, in der Mittellage seines herrlichen Organs, und seine Worte folgten sich sprudelnd wie ein siedender Quell: sein Herz floß über.

„Genug,“ bat ich, „ich müßte sonst länger bleiben, als schicklich ist.“ Und ich verabschiedete ihn mit einer Handbewegung.

„Jetzt sind Sie verlobt, Mademoiselle!“ sagte Griffith.

„In England vielleicht – aber nicht in Frankreich,“ antwortete ich leichthin, „ich will eine Liebesheirat machen und nicht betrogen werden, darum dies alles.“

Du siehst, da die Liebe sich nicht bis zu mir wagte, tat ich wie Mohammed mit seinem Berg.

✩

Freitag

ICH HABE MEINEN SKLAVEN WIEDERgesehen: er ist schüchtern geworden und hat eine geheimnisvolle, unterwürfige Miene angenommen, die mir gefällt; er ist durchdrungen von meiner Herrlichkeit und Macht. Aber nichts, weder in seinen Blicken noch in seinem Benehmen, gibt den Prophetinnen der Salons den geringsten Anlaß, die grenzenlose Liebe zu erraten, die nur ich sehen kann. Indessen, meine Freundin, fühle ich mich selber nicht mehr hingerissen, beherrscht, gebändigt; im Gegenteil, ich bin es, die hinreißt, die beherrscht, die bändigt! Ich denke nach! Ach, ich wünsche mir die Angst zurück, die mich erfüllte, vor der bezaubernden Macht meines Lehrers, des Bürgers, dem ich mich versagte. Es gibt zweierlei Liebe: die eine gebietet, die andere gehorcht; sie sind deutlich verschieden und erzeugen zwei verschiedene Arten von Leidenschaft; vielleicht müßte eine Frau alle beide kennen lernen, wenn sie das Leben bis zur Neige auskosten will. Oder wäre es möglich, daß die beiden sich zu einer verschmölzen? Wird ein Mann, dem wir Liebe einflößten, diese auch in uns erwecken? Wird Fe-

lipe eines Tages mein Beherrscher sein? Werde ich zittern, wie er gezittert hat? Diese Fragen verfolgen mich! Ach, er ist blind! An seiner Stelle wäre mir Mademoiselle de Chaulieu in jener Nacht unter den Linden recht gefallsüchtig, kalt, überlegt, eingebildet erschienen! Nein, das heißt noch nicht lieben, das ist mit dem Feuer spielen. Felipe gefällt mir noch immer, doch fühle ich mich jetzt ruhig und behaglich. Keine Hindernisse mehr! – Wie schrecklich? Alles in mir entspannt sich, legt sich – ich habe Angst, mich zu erforschen. Es war nicht recht von ihm, die Gewalt seiner Liebe vor mir zu bändigen; er ließ mich Herrin meiner selbst, und ich weiß ihm keinen Dank für diese Wohltat! Ja, Liebe, so süß mir die Erinnerung an die halbe Stunde unter den nächtlichen Bäumen ist, so steht sie doch hinter der Erregung zurück, die mich beseligte, als ich mich noch fragen mußte: „Werde ich gehen – werde ich nicht gehen? Werde ich ihm schreiben? Werde ich ihm nicht schreiben?" – Sollten alle unsere Freuden diesen Weg gehen müssen? Wäre die Erwartung immer süßer als der Genuß? Hoffnung köstlicher als Besitz? Sind die Reichen im Grunde die Armen? Haben wir beide mit der Maßlosigkeit unserer Einbildungskraft die Tragweite unserer Gefühle schon überspannt? Es gibt Augenblicke, in denen dieser Gedanke mein Herz gefrieren läßt. Kannst Du das verstehen?
Ich denke daran, den Besuch im Garten ohne Griffith zu wiederholen. Wie weit werde ich dann gehen? Die Phantasie kennt keine Grenzen – wohl aber der Genuß! Sage mir, lieber Doktor im Mieder, wie versöhnt die Frau diese beiden Begriffe in diesem Leben?

22) Louise an Felipe

ICH BIN UNZUFRIEDEN MIT IHNEN! WENN Sie nicht eine Träne hatten, als Sie „Berenice“ von Racine lasen, wenn Sie darin nicht die schrecklichste aller Tragödien erblickten, dann verstehen Sie mich nicht, dann werden wir uns nie verstehen: brechen wir also; sehen wir uns nie wieder! Vergessen Sie mich! Wahrlich, wenn Sie mir jetzt eine befriedigende Antwort schuldig bleiben, will ich Sie vergessen; Sie werden für mich wieder der Baron de Macumér sein oder besser, gar nichts; als wären Sie nie gewesen. Gestern, bei Madame d'Espard, hatten Sie ich weiß nicht was für ein befriedigtes Lächeln, das mir in hohem Maße mißfiel. Sie schienen so sicher, geliebt zu werden, kurz, die Freiheit Ihres Ausdrucks hat mich entsetzt, und ich habe den Sklaven, als den Sie sich in Ihrem ersten Briefe ausgaben, nicht mehr gefunden. Weit entfernt, zerstreut zu sein, wie es bei einem Manne, der liebt, nur natürlich ist, fanden Sie geistreiche Worte. So verhält sich kein wahrer Gläubiger; er bleibt vor seiner Gottheit stets andächtig und demütig. Wenn ich für Sie nicht ein höheres Wesen bin als alle übrigen Frauen, wenn Sie in mir nicht die Quelle Ihres Daseins erblicken, so bin ich für Sie weniger als eine Frau, denn dann bin ich schlechtweg irgendeine Frau. Sie haben mein Mißtrauen geweckt, Felipe, und sein Grollen will die Stimme der Zärtlichkeit übertönen. Ich fühle mich im Recht mit meinem Mißtrauen, wenn ich unsere Vergangenheit betrachte. Erfahren Sie denn, Staatsminister der gesamten spanischen Reiche, ich habe über die armselige Stellung meines Geschlechtes die trübsten Betrachtungen angestellt. Meine Unschuld schwang Fackeln in den Händen, ohne sich zu versengen. Geben Sie wohl acht auf das, was meine jugendliche Erfahrung mich lehrte, und was ich Ihnen jetzt wiederhole: Überall in der Welt finden Doppelzüngigkeit, Mangel an Vertrauen, gebrochene Gelübde einen Richter, und diese Richter verhängen die gebührende Strafe. Nicht so ist es in der Liebe, die gleichzeitig Opfer, Kläger, Fürsprech, Gerichtshof und Henker sein muß; denn die unerhörteste Ruchlosigkeit, die furchtbarsten Verbrechen bleiben unentdeckt, werden von Seele zu Seele begangen, ohne Zeugen, und es liegt noch im Vorteil des Gemordeten, zu schweigen. Die Liebe hat also ihr eigenes Gesetzbuch, ihre eigene Rache, und die Welt soll sich darum nicht kümmern. Ich habe beschlossen, niemals ein Verbrechen der Liebe zu verzeihen, und in Sachen des Herzens gibt es keine leichten Vergehen. Gestern hatten Sie das Benehmen eines Menschen, der sicher ist, geliebt zu werden. Sie täten unrecht, diese Gewißheit nicht zu besitzen, aber Sie werden in meinen Augen schuldig, wenn Sie sich dadurch der edlen Natürlichkeit, der sorgenden Hoffnung begeben, die Sie vordem auszeichneten. Ich will Sie weder schüchtern noch eitel; Sie sollen nicht in der Angst leben, meine Liebe zu verlieren, denn das wäre Beleidigung. Aber ebensowenig kann ich dulden, daß diese Sicherheit Sie verleitet, das Joch der Liebe leicht zu tragen. Sie dürfen sich nie freier fühlen, als ich es mir selbst erlaube. Wenn Ihnen das Martyrium noch unbekannt ist, das ein einziger Zweifel über uns verhängt – zittern Sie davor, daß ich Sie es lehre. Mit einem einzigen Blick habe ich Ihnen meine Seele ausgeliefert, und Sie durften darin lesen. Die reinsten Gefühle, die je in der Seele eines jungen Mädchens wuchsen, gehören Ihnen. Die Betrachtungen und Meditationen, von denen ich Ihnen sprach, konnten nur meinen Verstand bereichern; wehe, wenn das bedrängte Herz den Verstand um Rat angehen wird! Glauben Sie mir, das junge Mädchen wird dem Engel nicht unähnlich sein, der das Flammenschwert trug. Ich schwöre Ihnen zu, Felipe, bei der Liebe, die ich Ihnen glaube; wenn Sie mich das leiseste Nachlassen Ihres Gefühles, Ihrer Ehrfurcht, Ihres Gehorsams, Ihrer achtungsvollen Geduld und Ihrer ergebenen Wünsche argwöhnen ließen; wenn ich eines Tages die geringste Verminderung dieser schönen, ersten Liebe, die von Ihrer Seele in die meine überging, bemerken müßte – ich würde kein Wort darüber sagen! Ich würde Sie nicht mit einem mehr oder minder würdevollen, mehr oder weniger stolzen oder aufgebrachten, oder auch nur mit einem tadelnden Brief wie dieser hier, langweilen – ich würde schweigen, Felipe! Aber Sie sähen mich traurig wie einen Menschen, der seinen Tod nahe fühlt. Doch stürbe ich nicht, ohne Ihnen zuvor das schrecklichste Brandmal aufgedrückt zu haben, nämlich: Diejenige, die Sie einst liebten, auf die schändlichste Weise zu entehren, um eine ewige Reue in Ihr Herz zu senken; denn Sie würden mich auf dieser Welt von den Menschen verdammt und dem ewigen Leben auf immer verloren sehen.

Darum wecken Sie nicht meine Eifersucht auf eine frühere Louise, die sich der frömmsten Liebe erfreute – einer Louise, deren Seele sich der wolkenlosesten Liebe erschloß, und die, um Dantes wundervolle Worte zu brauchen:

„Senza brama, sicura ricchezza!“

ihr eigen nannte.

Doch müssen Sie wissen, daß ich auch in sein Inferno hinabgestiegen bin, um die leidvollste aller Qualen mit heraufzunehmen, eine furchtbare seelische Züchtigung, die der ewigen Rache Gottes beigegeben sein wird.

Sie haben also durch Ihr Benehmen gestern die kalte und grausame Klinge des Verdachts in mein Herz gestoßen. Verstehen Sie mich recht? Ich habe an Ihnen gezweifelt und dabei so gelitten, daß ich nie wieder zweifeln will. Wenn mein Dienst zu schwer auf Ihnen lastet, so geben Sie ihn auf, ich werde es Ihnen nicht übel anrechnen. Weiß ich denn nicht, daß Sie ein geistvoller Mann sind? Heben Sie die Blüten Ihrer Seele für mich allein auf: Ihre Augen seien stumpf für diese Welt; vermeiden Sie jede Gelegenheit, die Ihnen eine Schmeichelei, ein Lob, ein Kompliment, von wem es immer sei, einbringen könnte. Kommen Sie zu mir, beladen mit Haß, verfolgt von tausend Schmähungen und von Verachtung erdrückt; klagen Sie mir, daß die Frauen Sie nicht verstehen, daß sie an Ihnen vorübergehen, ohne Sie auch nur anzublicken, daß keine Ihnen ihre Liebe schenken will: und Sie sollen erfahren, welche Gaben Louisens Herz und Liebe für Sie bereit hält. Unsere Schätze müssen so tief vergraben sein, daß die ganze Welt darüber hinschreiten kann, ohne sie zu ahnen. Wären Sie schön, ich hätte Ihnen ohne Zweifel nie die geringste Aufmerksamkeit geschenkt; hätte in Ihnen nicht die Welt der Möglichkeiten entdeckt, die zur Liebe führen; und obwohl mir diese Gesetze ebenso unbegreiflich sind wie die Sonne, deren Wärme Blüten und Früchte reifen läßt, so ist unter diesen Gesetzen eines, das mich zwingt und bezaubert. Ihr erhabenes Antlitz besitzt seinen Ausdruck, seine Sprache, sein Wesen nur für mich allein. Ich allein habe die Macht, Sie zu verwandeln, Sie zum liebenswertesten aller Männer zu machen, ich will nicht, daß Ihr Geist sich meiner Herrschaft entziehe: er soll sich den andern so wenig offenbaren, wie Ihre Augen, Ihr reizender Mund, Ihre Züge ihnen lebendig werden. Mein ist das Recht, die Leuchte Ihres Verstandes zu entzünden, wie auch ich allein Ihren Blick entflamme. Bleiben Sie der finstere, kalte, der mürrische und verachtungsvolle spanische Grande, der Sie zuvor gewesen. Sie waren eine zerstörte, wilde Behausung, in deren Ruinen sich keiner hineinwagte; Sie wurden von ferne bestaunt; und siehe da, jetzt bahnen Sie gefällige Wege, auf daß jeder Zutritt finde, und werden ein liebenswürdiger Pariser. Haben Sie mein Programm vergessen? Ihre Heiterkeit sagte zu deutlich, daß Sie lieben. Es bedurfte meines Blickes, um Sie zu verhindern, in dem scharfsichtigsten, mokantesten, geistreichsten Salon von Paris zu offenbaren, daß es Armande-Louise-Marie de Chaulieu ist, die Ihren Geist belebt. Ich halte Sie für zu großherzig, um sich in der Liebe kleiner politischer Listen zu bedienen, aber ich müßte Sie bedauern, wenn Sie mir gegenüber nicht die Einfachheit eines Kindes besäßen. Dieses ersten Vergehens ungeachtet, sind Sie Gegenstand tiefster Bewunderung für

LOUISE DE CHAULIEU

✩

23) *Felipe an Louise*

WENN GOTT UNSERE FEHLER SIEHT, SIEHT er auch unsere Reue: Sie haben recht, geliebte Herrin! Ich fühlte Ihr Mißfallen, ohne doch seinen Grund zu erraten; jetzt haben Sie ihn mir dargetan und mir neuen Anlaß gegeben, Sie zu verehren. Ihre Eifersucht ist von der Art des Gottes Israels und hat mich mit Entzücken erfüllt. Nichts ist gesünder und geheiligter als Eifersucht. O mein schöner Schutzengel, die Eifersucht ist eine Schildwache, die niemals schläft; sie ist für die Liebe dasselbe, was das Mißgeschick für den Menschen: eine wahrhaftige Warnung! Ja, seien Sie eifersüchtig auf Ihren Sklaven, Louise, je mehr Sie ihn schlagen, um so ergebener, demütiger und reuevoller wird er die Hand küssen, die ihn trifft, die ihm beweist, wie wert sie ihn hält. Aber ach, wenn er Ihnen, Liebe, verborgen bleiben mußte, wird denn Gott den Eifer anerkennen, mit dem ich meine Schüchternheit zu besiegen trachte, um die Gefühle zu überwinden, die Sie mir als Schwäche auslegen. Ja, ich hatte mir vorgenommen, vor Ihnen zu erscheinen, so wie ich war, ehe ich Sie liebte. Man fand Geschmack an meiner Konversation in Madrid, und so wollte ich mich Ihnen auch von dieser Seite zeigen. Wenn das Vermessenheit war, so haben Sie sie hart bestraft. Ihr letzter Blick ließ mich in einer Bestürzung zurück, wie ich sie nie zuvor, selbst nicht beim Anblick der französischen Heeresmacht vor Cadix, als mein Leben durch ein doppelzüngiges Wort des Königs in Gefahr schwebte, empfunden hatte. Ich forschte nach dem Grund Ihrer Verstimmung, ohne ihn zu finden, und verzweifelte an dieser Unstimmigkeit unserer Seelen; denn ich will durch Ihren Willen handeln, mit Ihren Gedanken denken, mit Ihren Augen sehen; Ihre Freuden genießen, Ihre Schmerzen erleiden, gleichwie ich Kälte und Wärme empfinde. Für mich lag das Vergehen und die Angst in dem Mangel an Übereinstimmung unseres inneren Lebens, das Sie so schön gestaltet haben. „Ihr mißfallen!“ ... habe ich seither tausendmal, wie ein Wahnsinniger, vor mich hingesagt. Meine edle und schöne Louise, wenn es etwas gibt, das meine Ergebenheit und den unerschütterlichen Glauben an Ihr heiliges Gewissen vertiefen konnte, so ist es diese Lehre, die mein Herz wie mit einem neuen Licht durchflutet. Sie haben mir die eigenen Gefühle gedeutet, Sie haben mir die Dinge geklärt, die noch wirr in meinem Geiste lagen. Oh, wenn Sie auf solche Art strafen, wie wird dann Ihre Belohnung sein! Doch geschah mir reichliches Genüge damit, daß Sie mich als Sklaven annahmen. Ich empfange ein unverhofftes Leben aus Ihrer Hand; ich habe mich Ihnen geweiht, ich atme nicht umsonst; meine Kräfte sind nützlich, wäre es auch nur, um für Sie zu leiden. Ich habe Ihnen gesagt und wiederhole es: Sie werden in mir stets denselben finden, der sich Ihnen als demütigen Sklaven anbot. Ja, wären Sie entehrt und verloren, wie Sie es mir schildern, meine Zärtlichkeit wüchse an Ihrem freiwilligen Leiden! Ich würde die Wunden stillen, ich würde sie schließen; ja, ich würde Gott selber überzeugen durch meine Gebete, daß Sie unschuldig sind und für anderer Verbrechen leiden! Sagte ich Ihnen nicht schon, daß in meinem Herzen die Gefühle eines Vaters, einer Mutter, einer Schwester, eines Bruders für Sie leben? Ich will vor allem andern eine Heimat für Sie sein; alles und nichts, nach Ihrem Willen. Und haben Sie nicht selber so viele Herzen in das Herz Ihres Geliebten eingeschlossen? Verzeihen Sie, wenn der Geliebte zuweilen stärker hervortritt als der Bruder und Vater, und vergessen Sie nicht, daß hinter dem Geliebten immer Bruder und Vater stehen. Könnten Sie doch in meinem Herzen lesen, wenn ich Sie schön und strahlend, gelassen und bewundert in Ihrem Wagen durch die Champs Elysées fahren sehe oder in Ihrer Loge im Theater! ... Ach, wenn Sie wüßten, wie selbstlos stolz ein Lob mich macht, das Ihrer Schönheit, Ihrem Benehmen gilt, wie ich die Unbekannten liebe, die Sie bewundern! Und wenn Sie manchmal meine Seele mit einem Gruß beschenken, wie bin ich gleichzeitig demütig und stolz und gehe meiner Wege nicht anders, als ob Gott selbst mich gesegnet hätte; und kehre freudig wieder und meine Freude läßt in mir selbst eine weite, leuchtende Spur zurück: Sie funkelt in den Rauchwölkchen meiner Zigarette, und ich fühle deutlicher, daß das Blut, das in meinen Adern kocht, ganz Ihr Eigentum ist. Wissen Sie denn nicht, wie sehr Sie geliebt werden? Nach einer solchen Begegnung kehre ich in mein Zimmer zurück, in dem die sarazenischen Herrlichkeiten prangen, ausgelöscht jetzt durch Ihr Bildnis, das ich durch eine geheime Feder jedem Blick entziehen kann. Dann stürze ich mich in die Unendlichkeit der Betrachtung; dann erheben sich Lobgesänge des Glücks, und aus der Höhe meines Himmels blicke ich auf

ein zukünftiges Leben, das mir vielleicht noch offen steht! Haben Sie zuweilen im Schweigen der Nächte, oder mitten im Geräusch der Welt, eine Stimme in Ihrem lieben kleinen, entzückenden Ohr raunen hören? Ahnen Sie die tausend Gebete, die an Sie gerichtet sind? In langer, stummer Betrachtung Ihres Angesichts wurde mir der Sinn jeder Ihrer Züge offenbar, deren Übereinstimmung mit den Eigenschaften Ihrer Seele, und ich forme zuweilen in spanischer Sprache Sonette auf die Harmonie dieser beiden schönen Wirklichkeiten. Ich wage nicht, sie Ihnen zu zeigen, denn meine Poesie steht zu tief unter ihrem hehren Gegenstand, als daß ich sie Ihnen vorlegen dürfte. Mein Herz ist so vollkommen von dem Ihrigen in Anspruch genommen, daß kein Augenblick verrinnt ohne einen Gedanken an Sie, und sollten Sie einmal aufhören, mein Dasein also zu beleben, müßte ich versinken in einer Welt von Schmerzen. Verstehen Sie jetzt, Louise, meine Qual: Wider meinen Willen Ihr Mißfallen erregt zu haben und umsonst nach dem Grund zu suchen? Das wunderbare Doppelleben stockte jählings, und mein Herz gefror zu Eis. In fruchtlosem Forschen nach der Ursache glaubte ich zuletzt Ihre Liebe verloren zu haben; traurig kam ich nach Hause – glücklich, dennoch Ihr Sklave bleiben zu dürfen, da kam Ihr Brief und erfüllte mich mit namenloser Wonne. O schelten Sie mich immer so!
Ein Kind, das gestürzt war, sagte zu seiner Mutter: „Verzeih!“, indem er sich erhob und seinen Schmerz verbarg. Ja, Verzeihung für die Angst, die es verschuldet hatte. Nun, dieses Kind bin ich: Ich habe mich nicht geändert, ich überlasse Ihnen

die Schlüssel zu meinem Herzen mit der Unterwürfigkeit des Sklaven; aber ich werde keine Fehler mehr begehn, Louise. Sorgen Sie dafür, daß die Kette, die mich an Sie fesselt und die in Ihren Händen ruht, immer angespannt bleibe, damit eine einzige Bewegung Ihren leisesten Wunsch verrate dem, der auf immer Ihr Sklave ist

FELIPE

☆

24) Louise de Chaulieu an Renée de l'Estorade

Oktober 1824

MEINE LIEBE FREUNDIN, DIE DU INNERHALB zweier Monate einen armen Schwächling geheiratet hast, um Dich zu seiner Mutter zu machen, Du kannst nichts ahnen von den furchtbaren Wechselfällen innerhalb des Dramas, das sich im Grunde der Herzen abspielt und Liebe heißt; wo sich von einem Augenblick zum andern alles tragisch verdunkelt und der Tod in einem Blick, in einem leichtfertigen Wort lauert. Ich habe als letzte Probe für Felipe eine schreckliche, aber entscheidende Prüfung vorbehalten. Ich will wissen, ob ich geliebt werde „quand même!" – nach diesem großen und erhabenen Wort der Royalisten und warum nicht auch der Katholiken? Wir haben uns während einer ganzen Nacht unter den Linden im Grunde unseres Gartens ergangen, und seine Seele wurde nicht vom Schatten eines Zweifels berührt. Am nächsten Morgen war ich noch inniger geliebt, war für ihn ebenso keusch, ganz so groß und rein wie tags zuvor; er hatte nicht den geringsten Vorteil zu erringen versucht. Oh, er ist ein echter Spanier, ein echter Abencerrage. Er kletterte an meiner Mauer hinauf, um die Hand zu küssen, die ich ihm von der Höhe meines Balkons aus reichte. Die Gefahr, herabzustürzen, war groß; wer unter den vielen jungen Leuten hätte dasselbe gewagt? Aber dieses ist alles nichts. Die Christen erdulden die entsetzlichsten Leiden in der Hoffnung auf den Himmel. Vorgestern abend nahm ich den künftigen Gesandten am spanischen Hofe, meinen hochverehrten Vater, beiseite und gab ihm lächelnd folgenden Auftrag: „Monsieur, Sie werden für einen kleinen Kreis von Freunden Ihre teure Armande dem Neffen eines Gesandten vermählen. Der Gesandte, der diese Allianz dringend und seit langem wünscht, verschreibt dem jungen Paar im Ehekontrakt ein ungeheures Vermögen und seine Titel nach seinem Tod, sichert ihnen von Stunde an eine Rente von zehntausend Pfund und der Braut eine Mitgift von achthunderttausend Franken. Ihre Tochter verzweifelt, unterwirft sich aber dem unbeugsamen Willen Ihrer majestätischen väterlichen Gewalt. Lästerzungen behaupten zwar, daß Ihre Tochter unter der Trauer ein ehrgeiziges und gewinnsüchtiges Herz verbirgt. Wir besuchen heute abend die Oper in der Adelsloge; der Baron de Macumér wird uns dort seine Aufwartung machen."

„Er geht also nicht?" entgegnete lächelnd mein Vater, indem er mich als Gesandtin ansprach.

„Sie verwechseln Clarisse Harlowe mit Figaro!" antwortete ich mit einem Blick voll spöttischen Hochmuts. „Wenn Sie sehen, daß ich den Handschuh von meiner rechten Hand streife, werden Sie das unverschämte Gerücht dementieren und den Beleidigten spielen."

„Ich darf über Deine Zukunft unbesorgt sein: Du hast so wenig den Geist eines Mädchens, als Jeanne d'Arc das Herz einer Frau besaß. Du wirst glücklich werden, Du liebst keinen und läßt Dich lieben."

Diesmal brach ich in lautes Lachen aus.

„Was ist Dir, kleine Kokette?" fragte er.

„Ich zittre für das Wohl meines Landes..."

Und da er nicht zu verstehen schien, fügte ich hinzu: „In Madrid!"

„Es ist nicht zu glauben, wie diese Nonne sich schon nach einem Jahr über ihren Vater lustig macht!" sagte er zur Herzogin gewandt.

„Armande macht sich über alles lustig", entgegnete meine Mutter und sah mich an.

„Was wollen Sie damit sagen?" fragte ich.

„Nichts weiter, als daß Sie nicht einmal die nächtliche Feuchtigkeit scheuen, die Ihnen Rheumatismus verursachen könnte", sagte sie und sah mich bedeutungsvoll an.

„Die Morgenstunden", sekundierte ich, „sind so heiß!"

Die Herzogin senkte die Augen.

„Es ist höchte Zeit, sie zu verheiraten," sagte mein Vater, „und ich hoffe, daß dies noch vor meiner Abreise möglich sein wird."

„Gewiß, wenn Sie es befehlen", antwortete ich einfach.

Zwei Stunden später schmückten meine Mutter, ich, die Herzogin de Maufrigneuse und Madame d' Espard gleich vier Rosen den Balkon der Adelsloge. Ich hatte mich seitlich gesetzt und bot dem Publikum nur eine Schulter, um auf diese Weise, ohne selbst gesehn zu werden, alles beobachten zu können, was in der geräumigen Loge, die im Hintergrunde des Saales zwischen zwei Säulenreihen eingelassen ist, vor sich ging. Macumér erschien, stellte sich breitspurig auf und nahm das Glas vor die Augen, um mich nach Belieben zu betrachten. In der ersten Pause trat ein junger Mensch von weibischer Schönheit, „Le roi des ribauds", wie ich ihn nenne, ein. Dann kam der Graf Henri de Marsay in die Loge, ein Epigramm in den Augen, ein Lächeln auf dem Mund, strahlend vor Fröhlichkeit über das ganze Gesicht. Er begrüßte zuerst meine Mutter, Madame d'Espard, die Herzogin de Maufrigneuse, den Grafen d'Esgrignon und Monsieur de Canalis; dann sagte er, zu mir gewandt:

„Ich weiß nicht, ob ich der erste bin, Ihnen zu einem Ereignis zu gratulieren, das Sie zum Gegenstand des Neides erhebt."

„Ah! eine Heirat", sagte ich. „Muß eine junge, erst kürzlich aus der Pension entlassene Person Sie darüber belehren, daß die Ehen, von denen man spricht, gewöhnlich im Sande verlaufen?"

Monsieur de Marsay beugte sich zu Macumér und flüsterte ihm etwas ins Ohr, das ich durch die bloße Bewegung der Lippen vollkommen erriet. Er sagte: „Baron, Sie lieben vielleicht die kleine Kokette, die Sie zum Narren hält. Da es sich aber um Heirat und nicht um Liebschaft handelt, sollten Sie sich besser informieren."

Macumér warf dem diensteifrigen Lästerer einen jener Blicke zu, die für mich ein Gedicht sind, und entgegnete etwas wie:

„Ich liebe keine kleine Kokette", und das in einem Ton, der mich derart begeisterte, daß ich meinen rechten Handschuh abstreifte und meinen Vater fest dabei anblickte. Felipe hatte nicht die leiseste Angst, nicht den kleinsten Zweifel empfunden. Er verwirklichte aufs schönste alles, was ich von seinem Charakter erwartete: er glaubt nur mir allein; die Welt und ihre Lügen berühren ihn nicht. Der Abencerrage hat mit keiner Wimper gezuckt. Der Strom seines blauen Blutes hat sein olivenbleiches Gesicht nicht dunkler gefärbt. Bald darauf verließen die Herzöge unsere Loge und ich sagte lachend zu Macumér:

„Monsieur de Marsay hat ein Epigramm auf mich verfaßt!"

„O mehr als ein Epigramm," antwortete er, „ein Epithalam."

„Sie sprechen in Rätseln", sagte ich lächelnd und belohnte ihn mit einem gewissen Blick, der ihn um alle Fassung bringt.

„Das will ich hoffen!" rief mein Vater aus und wandte sich an Madame de Maufrigneuse, „es zirkulieren infame Klatschereien. Kaum erscheint ein junges Mädchen in der Gesellschaft, werden auch schon alle von der Sucht befallen, sie zu verheiraten; und man erfindet das sinnloseste Zeug. Ich werde Armande nie gegen ihren Willen verheiraten. Es ist gut, wenn ich eine Runde durch das Foyer mache, man könnte sonst glauben, ich selber verbreite dieses Gerücht, um dem Gesandten eine Heirat nahe zu legen; und Cäsars Tochter darf nicht weniger verdächtigt werden als sein Weib, die es gar nicht sein darf."

Die Herzogin de Maufrigneuse und Madame d'Espard richteten ihre Augen zuerst auf meine Mutter, dann auf den Baron mit einem schlauen, listigen Funkeln, voll verhaltener Fragen. Die feinen Schlangen haben etwas gemerkt. Von allen Geheimnissen ist die Liebe das öffentlichste; ich glaube, die Frauen strömen sie aus. Auch müßte die Frau, die sie wirklich geheim zu halten verstünde, ein Ungeheuer sein. Unsere Augen sind noch schwatzhafter als unsere Zungen. Nachdem ich also das unvergleichliche Glück genossen hatte, Felipe ganz so großartig zu finden, wie ich ihn erwartet hatte, verlangte mich natürlich nach mehr. Ich gab ihm das verabredete Zeichen, das ihn zur Nacht, auf den gefährlichen Weg, den Du schon kennst, an mein Fenster bestellte. Ein paar Stunden später sah ich ihn wie eine Statue an die Mauer gepreßt, die Hand an den Stein des Balkons gestützt, in Betrachtung der Lichtreflexe der Lampe in meinem Zimmer.

„Lieber Felipe," sagte ich zu ihm, „Sie haben sich würdig gezeigt heute abend und sich betragen, wie Sie es auch von mir nicht anders erwarten dürften, wenn man mir von Ihrer Heirat spräche."

„Ich nahm an, daß Sie in einem solchen Fall mich vor allen andern unterrichten würden", antwortete er.

„Und was gibt Ihnen das Recht zu dieser Annahme?"

„Meine restlose Ergebenheit."

„Sind Sie wirklich mein Sklave?"

„Ja," sagte er, „und für immer."

„Wie aber, wenn diese Heirat eine Notwendigkeit wäre, wenn ich mich darein ergeben müßte ..."

Das sanfte Licht des Mondes glänzte heller von zwei Blicken, die er erst auf mich, dann auf den Abgrund zu Füßen der Mauer warf. Es war, als frage er sich, ob wir beide zusammen sterben könnten; aber nachdem diese Regung wie ein Blitz aus seinen Augen und über sein Gesicht geglitten war, bändigte er sie mit einer andern, höheren als der der Leidenschaft. „Der Araber kennt nur sein Wort," sagte er mit zugeschnürter Kehle. „Ich bin Ihr Diener und ich gehöre Ihnen: ich lebe mein ganzes Leben nur für Sie."

Die Hand, die sich am Balkon hielt, drohte zu erschlaffen. Ich legte die meine darauf mit den Worten: „Felipe, mein Freund, ich bin aus eigenem, freiem Willen von dieser Stunde an Ihre Gattin. Halten Sie morgen vormittag bei meinem Vater um mich an. Er wünscht mein Vermögen zurückzubehalten; Sie werden dasselbe also im Ehekontrakt als empfangen bestätigen, und seine Zusage ist Ihnen gewiß. Ich bin nicht mehr Armande de Chaulieu, verlassen Sie mich: Louise de Macumér möchte nicht die kleinste Inkorrektheit begehen."

Er wurde blaß, seine Knie wankten; er schwang sich aus einer Höhe von zehn Fuß auf die Erde, ohne sich im geringsten zu verletzen; und nachdem er mich so in die schrecklichste Aufregung versetzt hatte, grüßte er mich mit der Hand und verschwand. „Ich werde also geliebt wie niemals eine Frau zuvor", sagte ich zu mir selber und entschlief in kindlicher Zufriedenheit. Mein Los war für alle Zeiten entschieden. Gegen zwei Uhr berief mich mein Vater in sein Arbeitskabinett, wo ich die Herzogin und Macumér vorfand. Es wurden liebenswürdige Worte getauscht. Ich erklärte ohne Umschweife, daß, insofern mein Vater mit Herrn Henarez einverstanden sei, ich keinen Grund sähe, mich seinen Wünschen zu widersetzen. Darauf forderte meine Mutter den Baron auf, zum Diner zu bleiben, nach welchem wir alle Vier im Bois de Boulogne spazieren fuhren. Monsieur de Marsay, der uns zu Pferde begegnete, wurde mit einem spöttischen Blick meinerseits bedacht, denn er mußte Macumér mit meinem Vater auf den Vordersitzen der Kalesche erblickt haben.

Mein anbetungswürdiger Felipe hat seine Visitenkarte in folgender Weise umändern lassen:

HENAREZ
VON DEN HERZÖGEN VON SORIA
BARON DE MACUMÉR

Jeden Morgen bringt er mir selbst ein bezauberndes Bukett, in dessen Mitte ich stets einen Brief mit einem spanischen Sonett vorfinde, das er zu meinen Ehren in der vorherigen Nacht verfaßt hat. Um diese Sendung nicht zu überlasten, schicke ich Dir als Probe nur das erste und das letzte dieser Sonette. Ich habe sie Wort für Wort übersetzt und gebe sie in der Reihenfolge der Verse wieder.

ERSTES SONETT

In leichter seidener Weste, mehr als einmal,
Mit senkrechtem Degen und unerschüttertem Herzen,
Sah ich den sprungbereiten, wild ergrimmten Stier
Und sein scharfes Gehörn, schärfer als Phöbus' blitzende Sichel.

Andalusische Seguidillen keck auf den Lippen
Klomm ich zu mancher feindlichen Schanze im eisernen Regen,
Warf auf des Zufalls grünenden Teppich mein Leben
Achtlos und leicht wie meine goldenen Dublonen.

Wollt' aus den feurigen Läufen mit Händen die Kugeln mir greifen,
Nun seh ich mich jählings erzittern gleich der umlauerten Häsin,
Gleich dem Kind, das im Winkel der Fenster ängstlich
Gespenster sichtet.

Wenn Du mich anblickst, sanft mit den schönen Augen,
Kalter Schweiß dann bedeckt mir die Stirn, die Knie versagen,
Sieh mich zittern und zagen, allen Mutes beraubt.

ZWEITES SONETT

Von Dir zu träumen, suchte ich nächtlichen Schlummer,
Doch er floh, der Arge, neidisch die brennenden Lider.
Ruhlos trat ich zum Altan und sucht' den gestirnten Himmel:
Denn es richtet, denk ich an Dich, stets mein Blick sich nach oben.

Doch ein Wunder geschah, und Liebe allein mag es deuten:
Seinen saphirnen Glanz hatte der Himmel verloren
Erblindet in goldener Fassung, die Diamanten der Sterne
Sandten erstorbenen Blick und erloschene Strahlen.

Traurig rollte der Mond auf verdunkelten Planen,
Seines Silbers entblößt und der Lilien Helle.
Ach, Du raubtest dem Himmel, Zauberin, all seine Prächte.

Leuchtet auf Deiner Stirn nicht des Mondes silberne Klarheit?
Fingen die Augen sich nicht den Azur der himmlischen Wölbung?
Sieh! Deine Wimper erstrahlt vom entwendeten Licht der Sterne.

Ist es möglich, einem jungen Mädchen entzückender zu beweisen, wie sehr man sich mit ihr beschäftigt? Was sagst Du zu dieser Liebe, die himmlische und irdische Blumen in gleichem Übermaß verschwendet? Seit einem halben Monat weiß ich, was spanische Galanterie ist, die so berühmt war in früheren Zeiten.

Doch sage mir, Liebe, was geschieht auf La Crampade? Wo ich mich so oft in Gedanken ergehe und die Fortschritte unserer Gartenanlagen prüfe? Hast Du mir nichts von den Maulbeerbäumen zu erzählen, von den Anpflanzungen des vergangenen Winters? Gedeiht alles nach Wunsch? Sind in Deinem ehelichen Herzen, zu gleicher Zeit mit den Sträuchern, ich wage nicht zu sagen Blumen-

beeten, Knospen aufgegangen? Fährt Louis fort mit seinen Madrigalen und versteht Ihr Euch gut? Ist vielleicht der sanfte Murmelbach Deiner ehelichen Zärtlichkeiten doch noch besser als der stürmische Bergquell meiner Liebe? Grollt mein entzückender Doktor im Unterrock? Ich kann es nicht glauben, und würde sogleich Felipe als Kurier zu Deinen Füßen entsenden, um mir Dein Pardon oder Deinen Kopf zurückzubringen, – wenn es so wäre. Ich lebe ein wundervolles Dasein hier und wüßte gerne, wie es meiner zweiten Hälfte in der Provence ergeht. Unsere Familie hat sich um einen Spanier, dunkelbraun wie eine Havannazigarre, vergrößert, und ich erwarte noch Deine Glückwünsche. Wirklich, meine schöne Renée, ich bin besorgt und fürchte, daß Du Deine Leiden vor mir verbirgst, um mein Glück nicht zu stören, Böse! Schreibe mir sogleich und schildere mir Dein Leben bis in alle Einzelheiten; sage mir vor allem, ob Du noch immer Widerstand leistest, ob Dein freier Wille noch auf beiden Füßen steht, oder auf den Knien liegt – oder sich gesetzt hat. Letzteres wäre schlimm! Glaubst Du denn, die Stadien Deiner Ehe beschäftigen mich nicht? Alles, was Du mir sagst, stimmt mich sehr nachdenklich! Manches Mal, wenn ich in der Oper die Pirouetten der Tänzerinnen zu betrachten schien, sagte ich zu mir selbst: „Es ist halb zehn Uhr, geht sie wohl zu Bett? Was treibt sie? Ist sie glücklich? Ist sie allein mit ihrem freien Willen? Oder ist ihr freier Wille dort, wohin die freien Willen alle zu gehen pflegen, wenn man sich nicht mehr um sie kümmert?“ ...
Tausend Zärtlichkeiten!

25) Renée de l'Estorade an Louise de Chaulieu

UNVERSCHÄMTE! WARUM HÄTTE ICH DIR schreiben sollen? Was konnte ich Dir erzählen? Du schilderst mir ein Leben, ausgefüllt mit Festen, belebt durch die Sorgen und Qualen und Blüten der Liebe, dem ich wie einem gut gespielten Theaterstück folge, während mein einförmiges, streng umgrenztes Klosterleben seinen ruhigen Gang nimmt. Um neun Uhr geht alles schlafen, mit der Sonne stehen wir auf. Unsere Mahlzeiten werden mit verzweifelter Pünktlichkeit eingehalten. Nicht das geringste Ereignis! Ich habe mich ohne Mühe an diese Zeiteinteilung gewöhnt. Vielleicht ist sie das Natürliche: was wäre das Leben ohne eine Unterwerfung unter strenge Gesetze, die nach den Astronomen (und wie mir Louis bestätigt) die Welt regieren! Ordnung ermüdet nie. Übrigens unterziehe ich mich einer sorgfältigen Körperpflege und fülle damit die Stunden vom Aufstehen bis zur ersten Mahlzeit aus; ich lege Wert darauf, verführerisch zu erscheinen, und betrachte die Mühe, die mir daraus erwächst, als schuldigen Zoll an meine Weiblichkeit. Nach dem Frühstück gehen wir spazieren. Wenn die Zeitungen eintreffen, ziehe ich mich zurück, um den Hausgeschäften nachzugehen oder zu lesen – denn ich lese viel – oder an Dich zu schreiben. Eine Stunde vor dem Abendessen komme ich zu den andern zurück und nachher wird gespielt, Besuch gemacht oder empfangen. So verbringe ich meine Tage zwischen einem wunschlosen Alten und einem Manne, dessen ganzes Glück ich bin. Louis ist so froh, daß seine Freude mir nun auch das Herz erwärmt hat. Vielleicht ist Glück für uns nicht gleichbedeutend mit Freude. Manchmal abends, wenn ich bei einer Partie Karten aushelfen muß und tief in meinem Lehnstuhl versunken liege, werden meine Gedanken so mächtig, daß ich mich in Dich hinein versetzen kann: dann vermähle ich mich Deinem fruchtbaren, vielfarbigen, leidenschaftlich bewegten Leben, und ich frage mich, wohin dieses stürmische Vorwort führen will; wird es nicht das ganze übrige Buch erdrücken? Du darfst Dich noch den Illusionen der Liebe hingeben, Du darfst es, liebes Herz! Mir bleiben nur noch die Tatsächlichkeiten des Haushaltes. Ja, Deine Liebe scheint mir wie ein wundersamer Traum, und kaum verstehe ich, warum Du sie so romantisierst. Du verlangst vom Manne mehr Seele als Sinne, mehr Größe und Tugend als Liebe. Du verlangst, daß die Träume der jungen Mädchen, auf der Schwelle des Lebens geträumt, lebendige Form annehmen; Du forderst Opfer, nur um dieselben belohnen zu dürfen; Du unterwirfst Deinen Felipe Prüfungen, um zu ergründen, ob sein Verlangen, seine Hoffnung, seine Neugierde ewig dauern werden. Aber, liebes Kind, hinter Deinen phantastischen Kulissen erhebt sich der Altar, vor dem ewige Bande geknüpft werden. Der Morgen nach der Hochzeit, die schreckliche Tatsache, die aus dem Mädchen eine Frau, aus dem Liebhaber einen Gatten macht, kann das gefällige Gerüst Deiner empfindsamen Vorkehrungen umwerfen! Lerne doch endlich begreifen, daß Liebende so gut wie verheiratete Menschen, gleich Louis und mir, aus den Freuden der Liebe, wie Rabelais sagt, ein großes „Vielleicht“ greifen.

Ich tadle Dich nicht, wennschon es leichtsinnig war, mit Deinem Felipe im Garten zu plaudern, ihn auszuforschen und eine Nacht zu verbringen: Du auf dem Balkon, er auf der Mauer; aber Du spielst mit dem Leben, Kind, und mir ist bange, daß das Leben eines Tages mit Dir spielen könnte. Ich wage mich nicht mit den Ratschlägen hervor, die Erfahrung mir beigebracht hat; aber laß mich, aus der Tiefe dieses Tales heraus, Dir diese Weisheit zu Deinem Glücke mitgeben: Der Zehrpfennig für die Ehe heißt Resignation und Aufopferung! Denn, Deiner Prüfungen, Koketterien und Beobachtungen ungeachtet, verheiratest Du Dich geradeso wie ich. Nur indem Du die Sehnsucht weiterspannst, gräbst Du den Abgrund tiefer – das ist der ganze Unterschied.

Ach, wie gerne würde ich den Baron de Macumér sehen und ein paar Stunden mit ihm von Dir sprechen. – So innig liegt mir Dein Glück am Herzen. –

☆

26) Louise de Macumér an Renée de l'Estorade

März 1825

DA FELIPE MIT SARAZENISCHEM GROSSMUT den Absichten meiner Eltern entgegenkommt, nämlich mir ein Vermögen anerkennt, ohne es zu erhalten, ist meine Mutter noch umgänglicher mit mir als zuvor. Sie nennt mich „kleiner Fuchs", „kleine Schelmin" und findet, ich hätte ein gewetztes Schnäbelchen.

„Aber liebe Mutter," sagte ich am Vorabend der Ziviltrauung, „Sie schreiben die Wirkungen der echtesten, natürlichsten, unberechnetsten, umfassendsten Liebe, die je war, politischen Rücksichten, Geschicklichkeiten und Listen zu. Begreifen Sie doch, daß ich nicht die ‚schlaue Person' bin, für die Sie mich zu halten belieben."

„Nun, nun, Armande," sagte sie, indem sie ihren Arm um meinen Hals schlang und mich auf die Stirne küßte, „du wolltest nicht ins Kloster zurückkehren, du wolltest keine alte Jungfer werden, und als echte Chaulieu, die du bist, fühltest du in dir selbst die Verpflichtung, dem Hause deines Vaters nützlich zu sein ..." (Wüßtest Du, Renée, welche Schmeichelei in diesen Worten für den Herzog lag, der uns zuhörte!) „Ich sah dich während des ganzen Winters dein Näschen in alle Quadrillen stecken, die Menschen mit verblüffender Sicherheit beurteilen, die ganze gegenwärtige Gesellschaft Frankreichs durchschauen. Auch gelang es dir, den einzigen Spanier zu sichten, der dir das angenehme Leben einer vergötterten Frau in seinem Hause zu bieten vermag. Du hast ihn behandelt, meine Liebe, wie Tullia deinen Bruder!"

„Welche Schule, das Kloster meiner Schwester!" rief mein Vater aus.

Ich warf ihm einen Blick zu, der ihn verstummen ließ; dann wandte ich mich gegen die Herzogin und sagte: „Madame, ich liebe meinen Verlobten Felipe de Soria mit der ganzen Kraft meiner Seele. Und obwohl diese Liebe sich gegen meinen Willen und heftig bekämpft in meinem Herzen erhob, gab ich ihr doch erst in dem Augenblicke Raum, das schwöre ich Ihnen! als ich in dem Baron de Macumér eine Seele würdig der meinen erkannte, ein Herz, das an Zartheit, Großmut, Hingabe, an Festigkeit und Gefühl mit dem meinen wetteifert.“

„Aber meine Liebe,“ unterbrach sie mich, „er ist häßlich wie ...“

„Wie alles, was Sie wollen!“ entgegnete ich lebhaft, „aber ich liebe seine Häßlichkeit.“

„Wirklich, Armande,“ sagte mein Vater, „wenn du ihn liebst, und die Kraft hast, deine Liebe zu zügeln, so setze dein Glück nicht aufs Spiel. Denn dieses Glück ist abhängig von den ersten Tagen deiner Ehe ...“

„Und warum nicht gleich sagen den ersten Nächten?“ rief meine Mutter aus. „Lassen Sie uns, Monsieur!“ setzte sie hinzu, mit einem Blick auf meinen Vater.

„Du verheiratest dich in drei Tagen, meine liebe Kleine,“ flüsterte meine Mutter mir ins Ohr, „ich möchte dir also jetzt, ohne bürgerliche Sentimentalität, die ernsten Ratschläge geben, die jede Mutter ihrem Kinde schuldet. Du heiratest einen Mann, den du liebst: ich brauche dich also nicht zu bedauern und mich ebensowenig. Ich kenne dich erst seit einem Jahr, und wenn diese Frist auch ausreichend war, um dich lieb zu gewinnen, war sie doch auch nicht lang genug, um mich beim Gedanken unserer Trennung in Tränen ausbrechen zu lassen. Dein heller Verstand hat deine Schönheit noch überholt, du warst meinem mütterlichen Stolz eine stete Freude und hast dich mir immer als gutes, liebenswürdiges Kind gezeigt. So sollst du auch in mir stets die ausgezeichnete Mutter finden. Du lächelst ...? Mit Unrecht. Nicht selten haben Mutter und Tochter in bestem Einvernehmen gelebt und wurden als Frauen die bittersten Feinde. Ich möchte dich glücklich wissen, höre also auf mich: Die Liebe, die dich jetzt erfüllt, ist die Liebe eines kleinen Mädchens; ist die Liebe, wie sie jede Frau natürlich empfindet, die zur Liebe geboren wurde; aber ach, mein Kind, es gibt für uns im Leben nur einen Mann, es gibt keine zwei! Und derjenige, den zu lieben wir berufen sind, ist nicht immer der gleiche, den wir zum Gatten erwählten, im guten Glauben, ihn zu lieben. So seltsam meine Worte dich anmuten mögen, überdenke sie! Wenn wir den Erwählten nicht lieben können, so liegt der Fehler an uns und an ihm, manchmal an Umständen, die weder von uns, noch von ihm abhängig sind. Und dennoch spräche nichts dagegen, daß der Mann, den unsere Familie für uns wählt, nicht auch der Geliebte sei, der zu unserem Herzen spricht. Die Mauer, die sich später zwischen uns und ihm aufrichtet, entsteht oft aus Mangel an Ausdauer von unserer und unseres Gatten Seite. Aus einem Gatten den Geliebten zu machen ist eine ebenso feinsinnige Aufgabe, als den Geliebten zum Gatten zu erheben, welche letztere du aufs beste gelöst hast. Nun, ich wiederhole es dir, ich will dein Glück. Denke also von Stund' an daran, daß du schon in den ersten drei Monaten deiner Ehe unglücklich werden kannst, wenn du sie nicht mit derselben Zärtlichkeit, Folgsamkeit und Liebe ausschmückst wie zuvor deine Brautschaft. Denn, kleine Schelmin, du hast alle Freuden einer reinen Liebe genossen. Sollten dir aber die Erfüllungen der Liebe Ernüchterung, Mißlichkeiten, ja, Schmerzen bereiten, so suche mich auf. Erwarte im Anfang nicht zuviel von der Ehe, sie wird dir vielleicht mehr Leid als Freude eintragen. Dein Glück erheischt ebensoviel Pflege wie zuvor deine Liebe. Und wenn du trotz allem den Geliebten verlieren solltest, so findest du dafür den Vater deiner Kinder. Darauf, mein liebes Kind, gründet sich das ganze soziale Leben. Opfere alles dem Mann, dessen Namen du trägst, dessen Ehre, dessen Ansehen nicht den geringsten Angriff duldet, ohne zugleich deine eigene Stellung aufs empfindlichste zu erschüttern. Alles dem Gatten opfern, ist nicht nur die oberste Pflicht einer Frau unseres Ranges, es ist außerdem noch die klügste Berechnung. Die schönste Eigenschaft aller großen moralischen Prinzipien ist: wahr und nutzbringend zugleich zu sein, von welcher Seite man es immer betrachten mag. Doch damit mag es genug sein! Nun noch etwas anderes: Du scheinst mir zu Eifersucht geneigt: auch ich, meine Liebe, bin eifersüchtig! Trachte danach, daß deine Eifersucht dich niemals zu Albernheiten verleite. Eine Eifersucht, die sich verrät, ist wie eine Politik mit offenen Karten. Eifersucht zugeben, merken lassen, heißt das nicht sein Spiel zeigen? Auf diese Weise wird es dir nie gelingen, die Schliche des andern kennenzulernen. Wir müssen verstehen, schweigend zu leiden. Im übrigen werde ich am Abend vor eurer Hochzeit noch eine Unterredung mit Macumér deinetwegen haben."

Ich nahm den schönen Arm meiner Mutter, küßte ihre Hand und ließ eine Träne darauf fallen; der Ausdruck ihrer Worte hatte mich bewegt. Ich ahnte hinter dieser hohen, ihrer und meiner würdigen Moral eine tiefe Weisheit, eine Zärtlichkeit ohne gesellschaftliche Bigotterie und vor allem eine wahrhafte Hochachtung vor meinem Charak-

ter. Sie legte in diese einfachen Worte die Ernte ihres Lebens, ihrer Erfahrungen, die sie vielleicht teuer erkauft hatte. Sie war gerührt und sagte, indem sie mir ins Auge sah:
„Liebes, kleines Mädchen, du stehst vor einer gefährlichen Überfahrt! Die Mehrzahl der unwissenden oder enttäuschten Frauen ist geneigt, es dem Grafen von Westmoreland gleich zu tun!“
Wir lachten alle beide. Um Dir diesen Scherz verständlich zu machen, muß ich Dir wiederholen, was am Abend zuvor eine russische Prinzessin bei Tisch vom Grafen von Westmoreland erzählte, der während seiner Überfahrt über den Kanal von heftiger Seekrankheit befallen wurde. Derselbe Graf hatte die Absicht, nach Italien zu reisen; als man ihm aber von einer Überfahrt über die Alpen sprach, machte er rechtsum kehrt, indem er sagte: „Ich habe genug von diesen Überfahrten.“
Du wirst begreifen, Renée, daß Deine düstere Philosophie, gemeinsam mit den moralischen Reden meiner Mutter, dazu angetan war, die Ängste, die uns schon in Blois befielen, wieder in mir wachzurufen. Je näher mein Hochzeitstag rückte, um so mehr nahm ich Kräfte, Willen und Gefühl zusammen, um zu der schrecklichen Überfahrt, die uns Mädchen zu Frauen macht, gerüstet zu sein. Unsere Gespräche kamen mir wieder in den Sinn; ich las Deine Briefe alle noch einmal durch und fand darin ich weiß nicht welch verhüllte Wehmut! Diese Vorstellungen haben denn auch erreicht, die übliche Braut der Gravüren und der Gesellschaft aus mir zu machen. Man fand mich reizend und züchtig bei der Ziviltrauung. Auf dem Bürgermeisteramt waren heute morgen nur die

Zeugen zugegen. Ich schreibe diesen Brief zu Ende, während man meine Kleider zum Diner bereitlegt. Wir werden in der Kirche Sainte-Valère getraut, heute um Mitternacht, nach einer glanzvollen Soirée. Ich muß gestehen, daß mir die Furcht das Aussehen eines Opfers und eine Art falscher Scham gibt, die mir Bewunderungen eintragen wird, von denen ich nichts verstehe. Ich bin entzückt, meinen armen Felipe ganz ebenso junges Mädchen zu sehen wie mich selber; der Anblick der vielen Menschen beleidigt ihn; er kommt mir vor wie eine Fledermaus in einer Kristallhandlung. „Gottlob, daß diesem Tag ein Morgen folgt!" sagte er mir ins Ohr, ohne jede Anzüglichkeit.

Am liebsten wäre er jedem ausgewichen, so schüchtern und schamhaft ist er. Als der Gesandte von Sardinien den Kontrakt unterzeichnet hatte, nahm er mich beiseite und händigte mir ein Perlenhalsband ein, das von sechs wundervollen Diamanten gehalten wird. Es war das Geschenk meiner Schwägerin, der Herzogin von Soria. Dieses Halsband war begleitet von einem Armring aus Saphiren, in dessen Innenseite die Worte eingraviert sind: „Ich liebe Dich, ohne Dich zu kennen!" Ich wollte die Geschenke, die in zwei reizenden Briefen eingewickelt waren, nicht annehmen, ohne mir zuvor Felipes Einverständnis zu sichern.

„Denn", sagte ich zu ihm, „auch ich möchte an Ihnen nichts sehen, was nicht von mir käme."

Er küßte mir, innig gerührt, die Hand und antwortete:

„Tragen Sie es um der Devise und der Zärtlichkeit willen, denn sie sind beide echt..."

Samstag abend

NIMM HIER, MEINE ARME RENÉE, DIE LETZten Zeilen des jungen Mädchens. Nach der Mitternachtsmesse reisen wir auf ein Besitztum, das Felipe aus zarter Aufmerksamkeit in Nivernais, auf dem Weg zur Provence, gekauft hat!

Schon heiße ich Louise de Macumér, aber als Louise de Chaulieu verlasse ich in einigen Stunden Paris. Doch wie auch immer mein Name sei, für Dich bin ich stets Deine

LOUISE

☆

27) Dieselbe derselben

Oktober 1825

SEIT DER TRAUUNG IM BÜRGERMEISTERAMT habe ich Dir nicht mehr geschrieben, meine Liebe, darüber sind fast acht Monate vergangen. Und von Dir kein Wort! Das ist empörend, Madame!

Also: wir reisten mit der Post nach Chantepleurs, dem Gut, das Macumér in Nivernais gekauft hat; es liegt an den Ufern der Loire, fast sechzig Meilen von Paris entfernt. Unsere Leute, bis auf meine Zofe, waren vorausgereist und erwarteten uns dort, während wir mit ungewöhnlicher Schnelligkeit reisten und Montag abend schon unser Ziel erreichten. Von Paris bis über Montargis hinaus schlief ich. Die einzige Freiheit, die sich mein Herr und Gebieter herausnahm, bestand darin, mich stützend um die Taille zu fassen und meinen Kopf an seiner Schulter zu betten, wo er verschiedene Taschentücher ausgebreitet hatte. Diese fast mütterliche Fürsorge, die ihn den eigenen Schlaf kostete, rührte mich tief. Ich entschlief unter dem Feuer seiner schwarzen Augen und erwachte in ihren Flammen: dieselbe Glut! dieselbe Liebe! Aber tausend Gedanken hatten den Weg durch sie hindurch genommen! Zweimal hat er meine Stirn geküßt.

Wir frühstückten in unserem Wagen in Briare. Den Abend darauf um siebeneinhalb Uhr, nachdem wir geplaudert hatten, wie ich mit Dir in Blois zu plaudern pflegte, in Bewunderung der Loire, wie wir sie damals bewunderten, bogen wir in die lange, schöne Allee von Linden, Sykomoren und Lärchen ein, die nach Chantepleurs führt. Um acht Uhr dinierten wir, um zehn Uhr zogen wir uns in ein entzückendes gotisches Zimmer zurück, das mit allen Errungenschaften des modernen Luxus ausgestattet war. Wie schön erschien mir mein Felipe, den alle so häßlich finden; schön durch seine Güte, Grazie, Zärtlichkeit und auserlesene Delikatesse. Von dem Verlangen der Liebe war an ihm keine Spur zu entdecken. Auf der Reise hatte er sich mir wie ein Freund gezeigt, den ich schon seit fünfzehn Jahren kannte. Er schilderte mir, wie nur er zu schildern vermag (denn er ist noch immer der Mann seines ersten Briefes), die wilden Stürme, die er während der Reise in seinem Innern bezwungen hatte und deren letzte Spur jetzt in seinen Zügen verebbte. „Bis jetzt kann ich noch nichts Erschreckendes an der Ehe finden", sagte ich, indem ich ans Fenster trat, um im Mondschein einen entzückenden Park zu erblicken, der die süßesten Düfte aushauchte. Er trat auf mich zu, legte seinen Arm um mich mit den Worten: „Und warum Schreckliches? Habe ich mit einer einzigen Gebärde, einem einzigen

Blick mein Versprechen gebrochen? Werde ich es jemals brechen?"
Nie wieder wird eine Stimme, ein Blick solche Macht auf mich ausüben: Die Stimme ergriff jede Fiber meines Körpers und weckte alle Gefühle; sein Blick hatte Zauberkraft.
„Oh!" rief ich aus, „wieviel maurische Verführungskunst verbirgt sich nicht hinter Ihrer steten Ergebenheit!"
Er verstand mich, Liebe.
Und so geschah es, mein schönes Reh, daß ich so lange nicht an Dich schrieb, Du wirst erraten, warum. Ich muß mich gewaltsam an die seltsame Vergangenheit meiner Mädchentage erinnern, um Dir die Frau verständlich zu machen! Renée, ich verstehe Dich heute! Weder zu der besten Freundin, noch der Mutter, ja, vielleicht nicht einmal zu sich selber wird eine junge, glückliche Frau von ihrer glücklichen Ehe sprechen. Die Erinnerung daran lebt in unserem Herzen als eines jener Gefühle, die uns allein gehören, für die es keinen Namen gibt. Wie aber ist es möglich, die leichtfüßigen Tollheiten des Herzens, den unwiderstehlichen Zauber der Sehnsucht mit dem Worte „Pflicht" zu belasten? Und warum? Welcher schrecklichen Macht konnte es einfallen, die zarten Regungen des Gefühls, die schamhaften Hemmungen der Frau zu knechten, indem sie Lust in Pflicht umwandelte! Wie, wir sollten die Blüten unserer Seele, die Rosen des Lebens, diese Gedichte einer überschwenglichen Empfindsamkeit, einem Wesen schuldig sein, das wir nicht lieben? Rechte, bei solchen Gefühlen! Keimen und entfalten sie sich doch erst in der Sonne der Liebe,

und werden sie nicht schon im Keime getötet vom Frost des Abscheus und des Widerwillens! Nur der Liebe gehören diese Rechte! O meine erhabene Renée, wie groß erscheinst Du mir jetzt! Ich beuge das Knie vor Dir und bewundere Deine tiefe Einsicht. Ja, die Frau, der es nie vergönnt war, unter dem Deckmantel der gesetzlichen Ehe ihrer heimlichen Liebe zu pflegen, muß sich in die Mutterschaft stürzen wie die Seele, der die Erde entzogen wird, sich gen Himmel richtet. Aus allem, was Du mir schriebst, geht deutlich ein grausames Gesetz hervor: nur bedeutende Männer verstehen zu lieben! Heute weiß ich warum. Der Mann gehorcht zwei Prinzipien: Trieb und Gefühl. Niedrige und schwache Naturen nehmen den Trieb schon für Gefühl, während bei höheren Wesen der Trieb in den wunderbaren Sphären des Gefühls aufgesogen wird: das Gefühl legt ihnen durch seine große Gewalt selbst die äußerste Zurückhaltung auf und erfüllt sie mit Anbetung für die Frau. Offenbar steht die Sensibilität in einem Verhältnis zu den Fähigkeiten des geistigen Wesens; aus diesem Grund wird der hervorragende Mann sich den Zartheiten der weiblichen Seele nähern, wird sie verstehen, erraten, erfassen, und von den Fittichen seiner Wünsche getragen, zügelt er diese gleichzeitig durch die Schüchternheit seines Gefühls. Und wenn uns nun Geist, Herz und Sinne in dreifachem Rausch mit fortreißen, sind wir alsbald der Erde enthoben und in himmlische Sphären entrückt. Leider ist uns dort kein Verweilen gegönnt! – Dieses, mein Herz, ist die Philosophie meiner dreimonatlichen Ehe! Felipe ist ein Engel. Ich kann laut mit ihm denken. Er ist wörtlich genommen mein zweites Ich. Seine Seelengröße ist unvergleichlich. Er ist durch den Besitz nur noch fester an mich gebunden und findet im Genuß tausend neue Gründe zur Liebe. Ich bin sein schöneres Selbst. Auch weiß ich, daß Jahre der Ehe die Quelle seiner Entzückungen nicht auszuschöpfen vermöchten. Sein Vertrauen wird sich vertiefen; immer neue Reizungen entstehen und befestigen unsere Gemeinschaft! Welch seliger Rausch! Meine Seele ist also beschaffen, daß die Lust starke Lichter in mir zurückläßt, die sie erwärmen und mein ganzes Inneres durchfluten. Die jeweiligen Zwischenräume sind wie die kurzen Nächte nach langen Sommertagen. Die Sonne, die im Sinken die Gipfel vergoldete, findet diese noch warm bei ihrem neuen Aufstieg. Welches holde Geschick ließ es für mich von allem Anfang an also geschehen? Meine Mutter hatte tausend Befürchtungen in mir geweckt; ihre Prophezeiungen, die von Eifersucht diktiert schienen, obschon ohne jede bürgerliche Kleinlichkeit, mußten zuschanden werden an diesem Ereignis. Deine Bedenken, meine, alle sind sie zerstoben! Siebeneinhalb Monate blieben wir in Chantepleurs wie zwei Liebende, die sich gegenseitig entführt haben und sich vor dem Zorn der Eltern verbergen. Die Rosen der Lust krönen unsere Liebe, sie blühen um unser Leben zu zweit. Eines Morgens, als ich mich so recht vom Glück durchflutet fühlte, dachte ich in plötzlichem Besinnen an Dich: an Deine Vernunftehe! Ich erriet Dein Leben, ich durchschaute es ganz. Lieber Engel, warum sprechen wir verschiedene Sprachen? Deine nur konventionelle Ehe und meine, die nichts als Liebe ist, sind sie nicht zwei

Welten, die sich so wenig zusammenreimen lassen wie das Endliche und die Ewigkeit? Dich hält die Erde, ich bin im Himmel! Du bleibst gefangen in der menschlichen Sphäre, ich atme göttliche Lüfte! Ich regiere durch die Liebe, Du regierst durch Berechnung und Pflicht. Ich bin so hoch erhoben, daß, wäre mir ein Absturz bestimmt, ich in tausend Stücke zerschellen müßte! Doch laß mich schweigen, ich schäme mich, Glanz und Reichtum, die klingenden Freuden meines Liebesfrühlings, vor Dir auszubreiten.
Seit zehn Tagen sind wir in Paris in einem entzückenden Haus in der Rue du Bac, das von demselben Architekten, dem Felipe die Erneuerung von Chantepleurs aufgetragen hatte, eingerichtet wurde. Heute abend habe ich, mit einer von den erlaubten Freuden einer glücklichen Ehe entfalteten Seele, die himmlische Musik von Rossini wieder gehört, die ich zum erstenmal vernahm, als ich mich noch unruhig mit den Geheimnissen der Liebe quälte. Alle fanden mich schöner geworden; ich freue mich wie ein Kind, mit „Madame“ angesprochen zu werden.

☆

Freitag morgen

RENÉE, MEINE SCHÖNE HEILIGE, UNAUFHÖRlich führt mich das Glück zu Dir zurück. Ich fühle mich voller Güte für Dich, mehr als ich es je gewesen; ich bin Dir ganz ergeben! Dein Dasein wurde mir durch mein eigenes deutlich; ich sehe Dich groß, tapfer, anbetungswürdig gut und bekenne mich als Dir unterlegen, in aufrichtiger Bewunderung und inniger Freundschaft. Im

Besitz eines ehelichen Glückes, wie es mir zuteil geworden ist, fühle ich, daß ich nicht hätte leben können, wenn es anders geworden wäre. Und doch lebst Du? Sage mir, durch welche Kraft? Nie mehr werde ich mir den kleinsten Scherz darüber erlauben. Ach, Liebe, der Spott ist das Kind der Unwissenheit: Man spottet, wo man nicht begreift. „Da, wo die Rekruten lachen, werden die erprobten Soldaten ernst", sagte mir der Graf von Chaulieu, und er ist doch nur ein bescheidener Kavallerieoberst und nicht weiter herumgekommen als von Paris nach Fontainebleau und von Fontainebleau nach Paris. Auch errate ich jetzt, Liebe, daß Du mir nicht alles gesagt hast. Ja, Du verbirgst mir geheime Wunden. Du leidest, ich fühle es. Meine Gedanken haben ganze Romane aufgebaut, um trotz der Entfernung und trotz des wenigen, das ich von Dir selber weiß, die Triebfedern Deines Handelns zu erforschen. „Sie hat sich in der Ehe erst versucht," dachte ich eines Abends, „und was für mich zum Glück ausfiel, brachte ihr nur Leiden. Sie ist am Ende ihrer Kraft, sie kann nicht weiter. Sie hat ihr Leiden mit den prunkhaften Axiomen der sozialen Moral verkleidet!" Ach, Renée, das ist ja gerade das Wunderbare, daß das Glück keiner Religion, keiner Zurechtmachung noch großer Worte bedarf. Es ist alles aus sich selbst; während es einer Anhäufung von Theorien und Maximen brauchte, um die entsetzliche Einrichtung unserer Sklaverei und Abhängigkeit zu rechtfertigen. Wenn also Deine Opfer in Wirklichkeit schön und erhaben sind, muß dann nicht mein Glück, vom weißgoldenen Thronhimmel der Kirche beschützt und vom verdrossensten der Bür-

germeister unterzeichnet, eine Ungeheuerlichkeit sein! Zur Rechtfertigung der Gesetze und um Deinetwillen, vor allem aber, um mein eigenes Glück vollständig zu machen, möchte ich Dich glücklich wissen, meine Renée. Oh, sage mir, daß Du in Deinem Herzen etwas wie Liebe keimen fühlst für den Mann, der Dich anbetet. Sage mir, daß Hymens symbolische, feierliche Fackel Dir nicht nur die Nächte der Finsternis beleuchtet hat; denn die Liebe, mein Engel, ist für das Leben, was die Sonne für den mütterlichen Erdboden –. Immer aufs neue preise ich Dir den Tag, der mir strahlt, und dessen Glut, fürchte ich, mich eines Tages verzehren wird. Liebe Renée, die Du in der Verzückung der Freundschaft unter der Rebenlaube im Schoße des Klosters die Worte fandest: „So sehr liebe ich Dich, Louise, daß, wenn Gott sich zu mir neigte, ich von ihm alle Leiden für mich und alles Glück des Lebens für Dich erbitten wollte. Ja, ich fühle die Begeisterung in mir zum Leiden!“ Nun wohl, Geliebte, heute zahle ich Dir mit gleichem wieder und fordere in brünstigem Schrei von Gott: „Teile meine Freuden mit ihr!“
Ich habe erraten, daß Du für den Namen Louis de l'Estorade ehrgeizige Pläne hegst; gut! Veranlasse ihn, sich bei den nächsten Wahlen zum Abgeordneten proklamieren zu lassen; da er nicht mehr weit von Vierzig ist, wird er beim Zusammentritt der Kammer, der ungefähr sechs Monate nach den Wahlen stattfindet, das für einen Politiker vorgeschriebene Alter erreicht haben. Du wirst nach Paris kommen, für heute sage ich nicht mehr! Mein Vater und die Freunde, die ich mir mache, werden Euch zu schätzen wissen; und sollte sich

Dein alter Schwiegervater obendrein entschließen können, ein Majorat zu kaufen, so würden wir für Louis ohne Schwierigkeiten den Grafentitel erlangen. Das ist immerhin etwas! Die Hauptsache aber: Wir sind vereint!

☆

28) Renée de l'Estorade an Louise de Macumér

Dezember 1825

MEINE GLÜCKLICHE LOUISE! DU BLENDEST mich! Einsam unter dem kleinen, überhängenden Felsen, wohin ich eine Bank habe setzen lassen, hielt ich einige Augenblicke Deinen Brief, auf dem in der untergehenden Sonne meine Tränen glitzerten, in gefalteten Händen. In der Ferne glänzte das Mittelmeer wie eine Klinge aus Stahl. Duftende Bäume beschatten diesen Ruhesitz; ich habe einen riesigen Jasmin, Geißblatt und spanischen Ginster dahin verpflanzen lassen. Eines Tages wird der ganze Felsen von schlingendem Grün überzogen sein; mit wildem Wein ist schon begonnen worden. Doch steht der Winter vor der Tür, und die grüne Pracht gleicht jetzt einem alten, modernden Gobelin.

Hier wagt keiner mich zu stören: man weiß, daß ich allein sein will. Ich habe die Bank „Louisenruh" genannt. Muß ich Dir noch sagen, daß ich dort, wiewohl allein, doch nie einsam sein kann!

Wenn ich Dir von diesen Kleinigkeiten erzähle, die Dir nichtig erscheinen müssen; wenn ich Dir meine blühende Hoffnung schildere, die schon heute den nackten, runzeligen Felsen hold bekleidet, auf dessen Stirne der Zufall eine der schönsten Pinien hat erstehen lassen, so geschieht es, weil mir an diesem Ort Bilder vor die Seele traten, die mir teuer geworden sind.

Während ich Deine glückstrahlende Hochzeit mitgenoß und – warum sollte ich es Dir verschweigen – Dich mit allen Kräften beneidete, fühlte ich die ersten Regungen meines Kindes, die aus den Tiefen meines Leibes an die Tiefen meiner Seele rührten. Diese dunkle Empfindung, die Mahnung und Freude, Schmerz, Verheißung und Wirklichkeit zugleich ist; diese Seligkeit, die auf der ganzen Welt nur mir allein gehört und tiefes Geheimnis bleibt zwischen dem Höchsten und mir; dieses Mysterium gab mir die Zuversicht, daß sich der kahle Felsen einmal mit Blumen bedecken und frohes Lachen widerhallen werde; daß mein Schoß endlich gesegnet ist und Leben spenden wird im Überfluß. Da fühlte ich, daß ich geboren wurde, um Mutter zu sein! Schon die erste Gewißheit des erwachenden Lebens in mir hat mich wunderbar getröstet. Eine unaussprechliche Seligkeit krönt nun die langen Tage treuer Hingabe, die Louis' ganze Freude waren.

Hingabe! – dachte ich – bist du nicht größer noch als Liebe? Ist nicht in dir die tiefere Lust verborgen, weil es eine übernatürliche, eine schöpferische Lust ist? Bist du nicht – o Hingabe – die Kraft, die über die Tat hinausreicht? Bist du nicht die geheimnisvolle, unermüdliche, im ungekannten Schoß zahlloser Sphären verborgene Gottheit, aus der in unendlicher Folge alle Welten hervorgehen! Hingabe, – einsam mit deinem Geheimnis, aller Freuden mächtig, die du in Verborgenheit genießest; von keinem unberufenen Auge entweiht noch geahnt; eifersüchtige und schwerlastende Gottheit! siegreiche und mächtige Gottheit! Unerschöpfliche! weil du die Quelle selbst des Lebens bist und immer du selber, unverändert und unvermindert, wie reich du auch Deine Kräfte verströmen lässest – Hingabe! du stehst nun als Zeichen über meinem Leben.

Deine Liebe, Louise, ist nur die Macht, die Felipe auf Dich ausübt; aber der sanfte Glanz, den mein Leben meiner Familie spendet, kehrt als wohltätige Kraft, unerschöpflich, zu mir zurück. Dein goldener Überfluß ist vergänglich; meine langsam reifende Ernte erneut sich von Tag zu Tag. Die Liebe ist der köstlichste Raub, den die menschliche Gesellschaft der Natur abgewonnen hat; aber die Mutterschaft ist die Natur selber in ihrer freudigen Entfaltung. Ein Lächeln hat meine Tränen getrocknet. In der Liebe fand mein guter Louis sein Glück; mich aber hat die Ehe zur Mutter gemacht, und nun kommt das Glück auch zu mir.

Langsamen Schrittes kehrte ich zu meinem weißen Haus mit den grünen Läden zurück, um Dir dieses zu schreiben.

So ist nun also das Natürlichste und zugleich Wunderbarste von der Welt seit fünf Monaten bei mir am Werk; aber ich muß Dir ganz unter uns gestehen, daß mir weder Herz noch Verstand davon berührt werden. Alle sind glücklich um mich her. Der zukünftige Großvater greift in des Enkels Rechte ein und benimmt sich wie ein Kind; der Vater trägt eine ernsthafte und besorgte Miene zur Schau. Alle wetteifern in kleinen Diensten für mich; jeder spricht mir von dem Glück, Mutter zu werden! Ach! nur ich allein spüre nichts davon, und ich schäme mich fast, Dir die ganze Fühllosigkeit zu gestehen, in der ich mich befinde. Ich lüge ein wenig, um ihre Freude nicht zu trüben. Aber Dir, zu der allein ich offen reden kann, muß ich es sagen, daß meine Mutterschaft bis jetzt nur in meinem Bewußtsein begonnen hat. Louis war von meinem Geheimnis nicht weniger überrascht wie ich selber. Ist es nicht, als ob dieses Kind aus eigenem Antrieb zu uns gekommen wäre, gerufen von den ungeduldigen Wünschen seines Vaters! Meine Liebe, der Zufall ist der Genius der Mutterschaft. Und obschon mir unser Arzt versicherte, daß dieser Zufall Hand in Hand gehe mit den Forderungen der Natur, so mußte er mir doch zugeben, daß die Kinder, die man mit dem holden Namen „Kinder der Liebe" bezeichnet, meistens schön und klug und auf ihrem Lebensweg von dem Glück geleitet werden, das als leuchtender Stern über ihrer Empfängnis stand. Vielleicht, geliebte Louise, wirst Du darum auch als Mutter Seligkeiten kosten, die mir versagt bleiben. Vielleicht liebt man die Kinder des Mannes, der so geliebt wird wie Dein Felipe von Dir, noch weit mehr als die des Ehemannes, den man aus Vernunftgründen, und nur um Frau zu werden, nahm. Diese Gedanken, die ich in den Falten meines Herzens begrabe, vermehren den Ernst meiner gegenwärtigen Stimmung. Und doch kann ich mir keine Familie ohne Kinder denken, und ich möchte den Augenblick beschleunigen, der mir die Mutterfreuden erschließt, denen ich mein ganzes Dasein geweiht habe. Meine Tage stehen im Zeichen der Erwartung und des Geheimnisvollen; und diese Leiden sollen mich gewiß auf weit größere vorbereiten. Ich beobachte mich! Trotz aller Fürsorge, mit der Louis' zärtliche Liebe mich umgibt, quält mich eine unbestimmte Angst vermischt mit Ekelgefühlen und jenen seltsamen Gelüsten der Schwangerschaft. So muß ich Dir anvertrauen, auf die Gefahr hin, Dir die Lust an diesem Beruf zu verleiden, daß ich von einem ganz unbegreiflichen Verlangen für gewisse Apfelsinen besessen bin, deren ungewöhnlicher Geschmack mir jedoch ganz natürlich erscheint. Louis hat mir in Marseille die schönsten Früchte besorgt; ja, von Malta, Portugal und Corsica eigens schicken lassen. Wirst Du mir glauben, daß ich diese Apfelsinen unberührt lasse! Höre! Ich eile nach Marseille, manchmal zu Fuß, nur um diese abscheulichen, fauligen Früchte, zu einem Groschen das Stück, in einer kleinen Hafengasse, zwei Schritte vom Rathaus, zu verschlingen; und der grünliche oder bläuliche Schimmel, mit dem sie überzogen sind, leuchtet meinen Augen wie Edelstein; sie verwandeln sich in meiner Phantasie zu Blumen, und ihren modrigen Geruch bemerke ich nicht und finde in ihnen eine weinige Würze, einen köstlichen Geschmack. Und nun stelle Dir vor, mein Engel, daß dieses die ersten verliebten Regungen meines Lebens sind! In diese abscheulichen Apfelsinen bin ich verliebt! Du kannst Deinen Felipe nicht leidenschaftlicher begehren, als mich nach diesen in Zersetzung befindlichen Früchten verlangt. Wie oft treibt es mich fort von zu Hause; ich erreiche mit fliegenden Schritten Marseille, und wollüstige Schauer durchrieseln mich, wenn ich mich der elenden Gasse nähere. Und dann meine Angst bei dem Gedanken, die Händlerin könnte ihre faulen Apfelsinen ausverkauft haben!

Ich stürze mich darauf und verschlinge sie auf offener Straße! Mir ist, als kämen sie geradeswegs aus dem Paradies und labten mich mit himmlischer Nahrung. Ich habe bemerkt, daß Louis sich abwenden mußte, um ihrem üblen Geruch auszuweichen. Die furchtbaren Worte von Obermann fielen mir ein, aus der düsteren Elegie, die ich bereue, je gelesen zu haben:

„*Die Wurzeln nähren sich aus faulenden Gewässern.*“

Seitdem ich diese Früchte esse, ist alle Übelkeit verschwunden, und meine Kräfte kehren zurück. Diese Verirrung muß einen tieferen Sinn haben, da ihre Wirkung so wohltätig ist und die Mehrzahl der Frauen zuzeiten solcherlei ungeheuerliche Gelüste empfinden. Sobald mein Zustand sichtbar sein wird, schließe ich mich in La Crampade ein, ich will so nicht gesehen werden.

Zu gerne möchte ich wissen, in welchem Augenblick das Muttergefühl wirklich einsetzt! – Doch wohl nicht inmitten jener schrecklichen Leiden, vor denen mir graut!

Lebwohl, meine Glückliche! Lebwohl Du, in der ich wiedererstehe, und genieße jene betörenden Liebeswonnen: Eifersucht um eines Blickes willen; heimliches Wort, ins Ohr geflüstert; Seligkeit, die wie ein neuer Äther uns ganz einhüllt; neues Blut, anderes Licht, zwiefaches Leben! Ach, Liebling, ich weiß, was Liebe ist! Lasse nicht ab, mir alles zu erzählen. Halten wir unser Gelübde! Auch ich werde Dir nichts vorenthalten. Und so will ich Dir denn noch sagen, – und schließe meinen Brief mit einem ernsten Ton, – daß eine unbeschreibliche und tiefe Angst mich ergriff, als ich Deinen Brief zum zweiten Male überlas. Mir ist, als fordere Dein prunkendes Liebesglück den Himmel heraus. Der oberste Herr dieser Welt – der Schmerz! – wird es ihn nicht verdrießen, keinen Teil an Deinem Fest zu haben? Hat er nicht die herrlichsten Geschicke vernichtet? Louise! vergiß im Schoße des Glückes nicht, zu Gott zu beten! Tu Gutes, sei barmherzig und mildtätig – ach, beschwöre die finsteren Mächte durch Deine Demut! Ich bin seit meiner Heirat noch frömmer geworden, als ich es schon im Kloster war. Du sprichst mir nie vom religiösen Leben in Paris. In Deiner Leidenschaft zu Felipe gibst Du, scheint mir, im Gegensatz zum Sprichwort, dem Heiligen, was Gott gebührte! Meine Angst soll Dir Beweis für meine übergroße Liebe sein. Ihr geht doch zusammen zur Kirche? und tut Gutes im stillen, nicht wahr? meine Louise! Ich muß Dir recht kleinbürgerlich erscheinen mit diesem Briefschluß, aber vergiß nicht, daß sich hinter meinen Vorwürfen die zärtlichste Freundschaft verbirgt, eine Freundschaft im Sinne la Fontaines, die ein Traum zu erschrecken und beunruhigen vermag – ja, eine bloße Ahnung, durchsichtiger als eine Sommerwolke.

Du verdienst, glücklich zu sein, da Du in Deinem Glücke an mich denkst, wie ich an Dich denke in meiner grauen, aber erfüllten, nüchternen, aber fruchtbaren Eintönigkeit!

Sei gesegnet!

✩

29) *Herr de l'Estorade an die Baronin de Macumér*

Dezember 1825

MADAME, MEINE FRAU WOLLTE NICHT, daß Sie durch eine banale Anzeige von dem Ereignis erführen, das uns überglücklich macht! Sie ist soeben mit einem gesunden Knaben niedergekommen. Die Taufe möchten wir bis zu Ihrer Rückkehr nach Chantepleurs verschieben. Wir hoffen nämlich, Renée und ich, daß Sie bei dieser Gelegenheit den Weg zu uns finden werden, um Patenstelle bei unserem Erstgeborenen einzunehmen. In dieser Hoffnung habe ich den Knaben unter dem Namen Armand-Louis im Zivilstandsregister eintragen lassen. Unsere geliebte Renée hat vieles ertragen, aber mit Engelsgeduld. Sie kennen Sie! In dieser ersten Prüfung, die ihr das neue Amt als Familienmutter auferlegte, wurde sie gehalten durch den Gedanken an das Glück, das sie uns allen schenken würde. Ich möchte die stets lächerlichen Übertreibungen vermeiden, in die ein neugewordener Vater leicht verfällt, aber ich kann Sie versichern, daß der kleine Armand ein sehr schönes Kind ist; und Sie werden mir dieses um so williger glauben, wenn ich Ihnen sage, daß er Züge und Augen unserer Renée mitbekommen hat. Auch spricht dieser Umstand nicht wenig für seinen Verstand! Jetzt, da Arzt und Geburtshelfer Renée außer aller Gefahr erklärt haben (sie nährt schon den Kleinen, und Milch ist da im Überfluß – die Natur hat sie in allem so reich begabt!) – jetzt können mein Vater und ich uns so recht der Freude überlassen. Gnädige Frau, lassen Sie mich Ihnen sagen, wie groß und stark und voll diese Freude ist! Wie sie das ganze Haus erfüllt, – wie sie das Dasein meiner lieben Frau aufs schönste verwandelt hat! Erlauben Sie mir, den Wunsch auszusprechen, Sie möchten es selbst in kürzester Frist erfahren! Renée hat Ihnen ein Appartement bestimmt, das ich Ihrer würdig auszustatten wünschte, doch seien Sie versichert, daß Sie bei uns, wenn auch nicht mit dem gebührenden Luxus, so doch mit verwandtschaftlicher Herzlichkeit empfangen sein werden.

Gnädige Frau, Renée hat mir von Ihren Plänen mit uns gesprochen, und ich ergreife die Gelegenheit, die nicht geeigneter sein könnte, Ihnen meinen Dank auszusprechen. Die Geburt meines Sohnes hat meinen Vater zu dem Opfer bestimmt, das alte Leute nicht leicht bringen, nämlich zum Ankauf zweier größerer Domänen. La Crampade stellt heute den Wert von dreißigtausend Franken Einkommen dar. Er wird demnächst beim König um die Erlaubnis nachsuchen, ein Majorat darauf errichten zu dürfen. Wenn Sie, gnädige Frau, ihm zu dem Titel verhelfen könnten, von dem Sie in Ihrem letzten Brief sprachen, so hätten Sie Ihrem Patenkind schon vorgearbeitet.

Was mich betrifft, so werde ich schon darum Ihren Ratschlägen Folge leisten, um Sie während der Tagungen in Paris mit Renée zu vereinigen. Ich studiere mit Eifer und werde versuchen, das zu werden, was man gemeinhin einen Fachmann nennt. Nichts aber vermöchte meinen Mut besser anzuspornen als das Bewußtsein, in Ihnen, gnädige Frau, die Gönnerin meines kleinen Armand sehen zu dürfen. Zögern Sie also nicht, schön und reizend, bedeutend und geistvoll, wie Sie sind, an

unserem Tauffest die Rolle der guten Fee zu übernehmen. Sie würden dadurch zu ewiger Dankbarkeit steigern die Gefühle ergebenster Verehrung, mit denen ich die Ehre habe,
Ihr untertänigster und gehorsamster Diener zu sein

LOUIS DE L'ESTORADE

✩

30) Louise de Macumér an Renée de l'Estorade

Januar 1826

EBEN WECKTE MICH MACUMÉR MIT DEM Brief Deines Gatten. Laß mich mit einem „Ja“ beginnen, lieber Engel. Ende April fahren wir nach Chantepleurs. Es bedeutet für mich Freude über Freude: zu reisen, Dich wiederzusehen und Patin Deines ersten Kindes zu sein; aber ich wünsche mir Macumér als Paten. Eine katholische Allianz mit einem fremden Gevattersmann wäre mir unausstehlich. Ach, hättest Du den Ausdruck seiner Augen gesehen, als ich ihm dieses sagte, Du wüßtest, wie sehr mich dieser Engel liebt.

„Es liegt mir ganz besonders daran, mit dir nach ‚La Crampade‘ zu fahren, Felipe,“ sagte ich zu ihm, „ist mir doch, als sollten auch wir dort ein Kind bekommen. Auch ich möchte Mutter sein!... Obschon mein Herz zwischen dir und einem Kind schmerzlich geteilt sein müßte. Denn, würdest du mir auf Gottes weiter Welt irgendein Wesen, und wäre es mein eigner Sohn, vorziehen, ich weiß nicht, was geschähe! Medea könnte recht behalten: die Alten waren gute Menschenkenner –.“ Er lachte.

So wurde Dir denn die Frucht ohne die Blüte, geliebtes Reh, und mir gehören noch immer die Blüten, ohne Frucht. Der Gegensatz unserer Geschicke setzt sich fort. Wird uns, als guten Philosophen, der Sinn dieser Moral eines Tages aufgehen? Pah! ich bin ja erst zehn Monate verheiratet; noch ist nichts verloren!
Wir führen das zerstreute und doch reiche Leben glücklicher Menschen. Alle Tage sind zu kurz, die Gesellschaft, die mich als Frau verkleidet wiedersah, mußte der Baronin de Macumér den Vorzug vor Louise de Chaulieu geben: glückliche Liebe ist das beste Schönheitsmittel! Wenn wir in der hellen Sonne eines glitzernden Januarfrostes, die Bäume der Champs Elysées ganz mit weißen Sternentrauben behängt, in unserem Coupé an ganz Paris vorüberfahren – vereinigt jetzt, wo wir letztes Jahr noch getrennt waren, – kommen mir tausend Gedanken und fast fürchte ich übermütig zu werden, wie Du es in Deinem letzten Brief vorausgefühlt hast.
Solange mir die Mutterfreuden fremd bleiben, mußt Du sie mir schildern, damit ich Mutter bin durch Dich; doch gibt es, meiner Meinung, nichts, das sich der Wollust der Liebe vergleichen ließe. Was wirst Du von mir denken, wenn ich Dir sage, daß ich mich wohl zehnmal innert zehn Monaten bei dem Wunsch ertappt habe, mit dreißig Jahren zu sterben: Im Glanz des Lebens, mitten in den Rosen der Liebe, an den Brüsten der Wollust gestillt, zu scheiden, ohne eine Enttäuschung, nach einem Leben voller Sonne in der Weite des Äthers – wie von der Liebe selbst getötet! Noch habe ich nichts aus meinem Kranz verloren, nicht

ein einziges Blatt, ich durfte die schönen Bilder, die Phantasie mir ausmalte, behalten. Bedenke, was das heißt, ein junges Herz in einem verbrauchten Körper verschließen zu müssen, stummen, kalten Gesichtern zu begegnen, wo früher ein jeder, selbst der Gleichgültigste, uns zulächelte – kurz, eine würdige Matrone zu werden ... ist das nicht schon die Hölle hienieden?
Hierüber haben Felipe und ich unseren ersten Streit gehabt. Ich forderte ihm das Versprechen ab, mich eines Tages, wenn ich dreißig Jahre geworden wäre, im Schlaf und ohne mein Wissen zu töten, um mich von einem Traum in den andern gleiten zu lassen. Der Böse hat sich geweigert! Ich drohte ihm, ihn hier schon allein zu lassen – der arme Junge erblaßte! Der große Minister ist zum kleinen Kinde geworden. Es ist unglaublich, wieviel Jugend und Einfalt sich in ihm verbergen. Jetzt, da ich laut mit ihm denke, ganz wie mit Dir, und rückhaltloseste Offenheit erstes Gebot zwischen uns ist, ruft einer beim andern verwundertes Entzücken hervor. Mein Herz, die beiden Liebenden, Felipe und Louise, möchten der teuren Wöchnerin ein Geschenk überreichen. Wir wollen eigens etwas für Dich anfertigen lassen. Sage mir also ganz offen, was Du Dir wünschest, denn im Gegensatz zu den Bürgerlichen sind wir keine Freunde von Überraschungen. Ein anmutiges Souvenir, ein Gegenstand, den Du stets vor Augen behältst, der sich im Gebrauch nicht verliert, soll uns Deiner Erinnerung lebendig erhalten. Für uns gibt es kein fröhlicheres, kein vertrauteres, kein angeregteres Zusammensein als morgen beim Frühstück: Ich habe mir also ausgedacht, Dich mit einem Früh-

stücksservice zu erfreuen, das mit Kinderamoretten geschmückt ist. Antworte mir schnell, ob Du einverstanden bist. Ich muß es, um es mitbringen zu können, jetzt schon bestellen, denn die Künstler in Paris sind königliche Faulenzer. Es soll dies meine Gabe an die Göttin Lucina sein.

Leb wohl, geliebte kleine Amme, ich wünsche Dir alle erdenklichen Mutterfreuden und erwarte mit Ungeduld Deinen ersten Brief, in dem Du mir von allem erzählen wirst, nicht wahr? Dieser „Geburtshelfer“ hat mich mit Schauder erfüllt! Dieses Wort in dem Brief Deines Gatten ist mir nicht nur ins Auge, sondern ins Herz gesprungen. Arme Renée, ein Kind kommt uns teuer zu stehen, nicht wahr? Ich werde mein Patenkind lehren, wieviel Liebe es Dir schuldet.

Tausend Zärtlichkeiten, mein Engel!

☆

31) Renée de l'Estorade an Louise de Macumér

SCHON SIND FÜNF MONATE SEIT DER GEburt des Kindes vergangen, und noch habe ich nicht einen einzigen Augenblick Zeit gefunden, an Dich zu schreiben, liebes Herz. Wenn Du einmal Mutter bist, wirst Du mich restloser freisprechen, als Du es jetzt tust, denn Deine Briefe sind sparsam geworden! Schreibe mir, liebe Freundin! Vertraue mir alle Deine Freuden, schildere mir Dein Glück in allen Farben, mische, ohne Scheu, mich zu betrüben, das strahlendste Himmelsblau hinein; denn ich bin glücklich – ach, glücklicher, als Du es Dir je auszudenken vermöchtest.

Ich habe in der Gemeindekirche eine Danksagungsmesse mit großem Pomp lesen lassen, wie das Sitte ist bei unseren alten Familien in der Provence. Die beiden Großväter: Louis' Vater und der meine reichten mir den Arm. Nie habe ich in so hingenommener Dankbarkeit vor meinem Gott gekniet! Ich habe Dir so viel zu sagen, so viele Gefühle zu schildern, daß ich nicht weiß, wo beginnen; aber aus der Tiefe meiner süßen Verwirrung erhebt sich dieses Gebet in der Kirche als strahlendste Erinnerung. Als ich mich zur glücklichen Mutter verwandelt an der selben Stelle wiederfand, wo ich an Leben und Zukunft verzweifelt hatte, war mir, als neige die Jungfrau auf dem Altar grüßend das Haupt und wiese mir das göttliche Kind, das mir zulächelte! Mit heiligem Liebeserguß hielt ich den kleinen Armand dem Segen des Priesters entgegen, der ihm, bis zu Euerem Eintreffen, die Nottaufe gab. Aber Du wirst uns ja selber sehen, Armand und mich.

Mein Kind – jetzt nenne ich Dich auch schon Kind – und wirklich gibt es keinen Namen, der dem Herzen, dem Verstand, den Lippen süßer wäre, wenn man Mutter ist – also, mein liebes Kind, die letzten beiden Monate vor dem Ereignis schleppte ich mich ziemlich melancholisch im Garten umher, müde und niedergedrückt von der Last, die ich damals noch nicht als so teuer erkannte. Mich quälten so trübe Ahnungen, so todestraurige Gefühle, daß meine Neugier sich immer scheuer zurückzog. Ich suchte mir selbst Vernunft einzureden, sagte mir, daß wir uns nicht fürchten dürfen vor den Dingen, die Natur uns auferlegt; nahm mir vor, Mutter sein zu wollen. Ach, mein

Herz blieb unbewegt, während ich an das Kind dachte, das mir ganz kräftige Fußtritte gab. Ja, Liebe, man kann sich in der Erwartung freuen, wenn man schon Kinder gehabt hat, zum erstenmal aber verursachen diese Äußerungen eines unbekannten Lebens weit mehr Verwunderung als Lust. Ich spreche ganz aus mir selber, die Du weder als falsch noch als theatralisch kennst und der dieses Pfand weit eher von Gott geschenkt war – denn Gott verleiht die Kinder – als von einem geliebten Mann. Doch lassen wir diese traurigen Dinge, sie sind, so hoffe ich, auf immer abgetan.

Als meine Stunde nahte, spannte ich alle Kräfte zu solchem Widerstand, machte mich auf so große Schmerzen gefaßt, daß ich diese entsetzliche Qual, wie man mir sagte, mit wunderbarer Fassung trug. Eine Stunde lang, liebes Herz, war ich einer förmlichen Auflösung preisgegeben, die mich traumhaft umfing. Ich fühlte mich zwei Wesen werden: eine mit glühenden Zangen gepeinigte, zerrissene, gefolterte Hülle und eine still ruhende Seele. In diesem seltsamen Zustand blühte der Schmerz wie eine Krone über meinem Haupt. Mir war, als wüchse aus dem Gehirn eine riesige Rose, und hülle mich ganz in sich ein. Die rote Farbe dieser blutenden Blume färbte die Luft. Ich sah alles in Rot. So gelangte ich bis an einen Punkt, wo es mir schien, als würden Leib und Seele auseinandergerissen: Ein tödlicher Schmerz durchdrang mich. Ich stieß furchtbare Schreie aus und fand immer neue Kräfte zu neuen Schmerzen. Aus diesem Stimmenaufruhr stieg plötzlich der silberne Laut einer Kinderstimme auf und ließ ihn verstummen. Nein, nie werden Worte ausreichen, diesen Augenblick zu beschreiben: mir war, als schrie die ganze Welt mit mir; alles war Schmerz und Schrei, und alles verstummte jählings vor dem schwachen Laut des Kindes. Man brachte mich in mein großes Bett zurück; ach, ich versank in meinen Kissen wie in einem Paradies, trotz der außerordentlichen Schwäche. Drei, vier frohe Gesichter mit schwimmenden Augen zeigten mir dann das Kind. Liebe, ich habe vor Schrecken aufgeschrien.

„Ein kleiner Affe," sagte ich; „seid Ihr gewiß, daß es ein Kind ist?" Ganz betrübt, mich nicht mehr Mutter zu fühlen, legte ich mich auf die Seite.

„Quälen Sie sich nicht, meine Liebe," sagte meine Mutter, die sich zu meiner Wärterin gemacht hatte, „Sie haben das schönste Kind der Welt geboren. Lassen Sie jetzt alle beunruhigenden Gedanken und nehmen Sie Ihre ganze Vernunft zusammen, um dumm zu werden; Sie dürfen jetzt nichts anderes sein als eine Kuh, die wiederkäut, um Milch zu geben."

Ich schlief ein mit dem festen Willen, mich ganz der Natur anheimzugeben. Ach, mein Engel, dieses Erwachen nach den vielen Schmerzen, den wirren Empfindungen, den ersten Tagen, an denen noch alles dunkel, peinvoll und unentschieden ist, war himmlisch. Ein Glücksgefühl erhellte die Finsternis – noch größer als beim ersten Schrei des Kindes. Mein Herz, meine Seele, mein ganzes Sein, ja ein völlig Unbekanntes löste sich aus dunkler, leidvoller Hülle, wie die Blume aufschießt aus dem Samenkorn beim sieghaften Anruf der Sonne. Das kleine Wesen nahm die Brust und sog: fiat lux!

Ich war Mutter. Da war das Glück, die Freude, eine unversiegliche Freude, wenngleich nicht frei von körperlichen Schmerzen. O meine schöne Eifersüchtige, wie vermöchtest gerade Du eine Wonne zu schätzen, die ganz nur zwischen uns, dem Kind und Gott besteht. Das kleine Wesen kennt durchaus nichts als unsere Brust. In der ganzen Welt gibt es für es nur diesen einen leuchtenden Punkt; es liebt ihn mit allen seinen Kräften; es denkt an nichts anderes als an diese Quelle des Lebens; es sucht ihn auf und verläßt ihn nur, um zu schlafen; es erwacht nur, um dorthin zurückzukehren. Seine Lippen heften sich mit einer unbeschreiblichen Liebe an die Brust und wecken in uns gleichzeitig Schmerz und Lust; eine Lust, die sich bis zu Schmerzen steigert, einen Schmerz, der sich in süße Lust auflöst; ich kann Dir dieses Gefühl nicht schildern, das von den Brüsten aus in mein Inneres hinein, bis zum Urgrund des Lebens selber, führt. Es ist wie eine Sonne, von der tausend Strahlen ausgehen, Seele und Leib zu erquicken. Das Kind empfangen ist nichts; es stillen aber heißt in jeder Stunde neu empfangen. O Louise, es gibt keine Liebkosung des Geliebten, die derjenigen der kleinen rosa Händchen gleichkäme, wenn sie so zart umhergleiten, um sich an das Leben selber fest zu klammern. Und die Blicke, die ein Kind abwechselnd von unserer Brust in unsere Augen heftet! Welch holde Träume steigen auf, wenn es so mit den Lippen einzig an seinem Schatze hängt. Auch stellt es nicht geringere Ansprüche an unsere geistigen Kräfte wie an die leiblichen; es erfüllt Blut und Verstand und befriedigt über alles Maß. Das wunderbare Gefühl, das mir sein erster

Schrei erweckte, der mich traf wie der Sonnenstrahl die Erde, ich fand es wieder, als meine Milch ihm den kleinen Mund füllte; ich fand es bei seinem ersten Blick; ich fand es eben, als ich in seinem ersten Lächeln seinen ersten Gedanken erriet. Es hat gelächelt, Liebe! Dieses Lächeln, der Blick, der Biß, der Schrei, vier unendliche Genüsse: sie dringen bis in die Tiefen des Herzens, sie rühren an Saiten, die nur sie bewegen können! Die Welten müssen mit Gott, wie ein Kind mit seiner Mutter, durch alle Fibern verbunden sein: Gott ist ein großes Mutterherz. Nichts Sichtbares noch Faßbares liegt in der Empfängnis, nicht einmal in der Schwangerschaft; aber beim Stillen des Kindes, Louise, ist jeder Augenblick mit Glück erfüllt. Du siehst, wie Deine Milch sich verwandelt; sie wird zu Fleisch; sie blüht aus den niedlichen Spitzen der Fingerchen, die aussehen wie Blumen und so zart sind wie diese; sie wächst als feine, durchsichtige Nägel; sie spinnt sich zu Haaren; sie wird Bewegung der kleinen Füße! O diese Kinderfüße, sie führen eine ganz besondere Sprache! Mit ihnen spricht das Kind zuerst. Stillen, Louise, ist eine Verwandlung, der wir mit staunendem Blick von Stunde zu Stunde folgen. Wir hören das Schreien des Kindes nicht mit den Ohren, sondern mit dem Herzen; das Lächeln der Augen und Lippen, das Strampeln der Füßchen, wir verstehen seinen Sinn wie eine feurige Schrift, die Gott selber in den Raum geschrieben hat! Nichts anderes in der Welt kümmert uns mehr: Der Vater?... Es wäre uns ein Leichtes, ihn zu töten, wenn er versehentlich das Kind aufweckte. Wir allein sind die Welt für das Kind, wie das Kind allein unsere

Welt ist. Wir fühlen uns so gewiß in dieser Zweiteilung, und sind so übergroß belohnt für alle Mühsale, für die Schmerzen, die wir erdulden müssen, denn es gibt Schmerzen ... ! Gott beschütze Dich vor einer Schürfung der Brust! Diese Wunde, die sich bei jeder Berührung der rosigen Lippen aufs neue öffnet, die so schwer zu heilen ist, die uns wahnsinnig machen würde, wenn uns nicht das Entzücken des kleinen milchbeschmierten Mäulchens dafür belohnte, ist eines der empfindlichsten Opfer der Schönheit. Meine Louise, denke daran, diese Wunde öffnet sich nur auf einer zarten, feinen Haut! Mein junges Äffchen ist innerhalb von fünf Monaten zu dem entzückendsten Geschöpf geworden, das eine Mutter je unter Freudentränen gewaschen, gebürstet, gekämmt und geputzt hat; denn Gott weiß, mit welch unermüdlichem Eifer man diese kleinen Geschöpfchen putzt, kleidet, bürstet, wäscht, wechselt und küßt! Kurz, mein Äffchen ist kein Äffchen mehr, sondern ein „Baby", wie meine englische Bonne sagt. Ein Baby, weiß und rosa; und da es von allen Seiten mit Liebe umgeben wird, schreit es nicht zu oft. Ich lasse es aber auch kaum allein und versenke mich mit ganzer Seele in seinen Anblick.
Auch für Louis trage ich ein ganz anderes Gefühl in meinem Herzen. Nicht Liebe, aber ein Gefühl, das bei der liebenden Frau die Liebe erst vollständig machen muß. Ich weiß nicht, ob diese Zärtlichkeit, diese, von allen Wünschen losgelöste Dankbarkeit, nicht noch über Liebe hinausgeht. Nach allem, was ich von Dir weiß, liebes Herz, ist die Liebe etwas schrecklich Irdisches, während der Zuneigung, die eine glückliche Mutter dem-

jenigen entgegenbringt, der ihr diese endlosen, ewigen Freuden vermittelte, ein Unbeschreibliches von Frömmigkeit beigemischt ist. Mutterfreude ist wie ein Licht, das in die Zukunft hineinleuchtet und sie rosig färbt; das auf das Gewesene zurückfällt, um ihm die sanfte Weihe der Erinnerung zu geben. Der alte de l'Estorade und sein Sohn haben ihre Fürsorge für mich verdoppelt. Ich bin für sie ein anderes Wesen geworden. Ihre Worte, ihre Blicke rühren an mein Herz; sie feiern mich von neuem, so oft sie mich sehen und sprechen. Der alte Großvater wird selber fast zum Kind, er betrachtet mich mit entzückter Bewunderung. Als ich zum erstenmal wieder zum Frühstück hinunterkam und er mich essen sah, während ich gleichzeitig seinem Enkel die Brust gab, weinte er. Und diese Tränen, in den sonst so trockenen Augen, in denen nur Geldgedanken glänzen, taten mir wohl, und es war, als begriffe der Alte den Sinn meiner Freude. Und Louis! Fast hätte er den Bäumen und Kieselsteinen am Wege erzählt, daß ihm ein Sohn beschert worden ist. Er verbringt Stunden in Betrachtung Deines schlafenden Patenkindes, als könne er immer noch nicht daran glauben. Dieser übermäßige Ausdruck ihrer Freude verrät mir nur zu deutlich die heimliche Angst und Sorge, die sie ausgestanden haben. Louis bekannte mir zuletzt, daß er schon an sich gezweifelt hatte und sich zur Kinderlosigkeit verdammt sah. Mein guter Louis, er hat sich so verändert; er studiert jetzt noch eifriger als zuvor. Das Kind hat seinen väterlichen Ehrgeiz verdoppelt. Und ich, liebes Herz, ich werde von Stunde zu Stunde glücklicher. Denn jede Stunde spinnt neue Fäden zwischen Mutter und

Kind; und mein Gefühl spricht deutlich für die Unvergänglichkeit dieses Gefühls, das natürlich und in jedem Augenblick gegenwärtig ist, während ich bei der Liebe an leere Zwischenräume glauben muß. Man liebt nicht gleichmäßig in jedem Augenblick. Man webt in diesen Teppich des Lebens nicht nur strahlende Blüten ein; kurz, die Liebe kann und muß einmal aufhören; aber das Muttergefühl hat keinen Abstieg zu fürchten, es wächst mit den Bedürfnissen des Kindes, es entwickelt sich mit ihm. Es ist in einem Atemzug: Leidenschaft, Bedürfnis, Gefühl, Pflicht, Notwendigkeit – das Glück! Ja, liebes Herz, hier liegt das eigentliche Leben der Frau. Unser Durst nach Hingabe findet seine Befriedigung, und für die Qualen der Eifersucht ist hier kein Raum. Vielleicht liegt auch hier der Punkt, wo Natur und staatliche Ordnung sich begegnen. Ja, die Gesellschaft hat der Natur noch reichere Entfaltungsmöglichkeiten geschaffen, indem sie sie durch den Familienkultus, durch die Rechte der Namens-, Bluts- und Vermögensvererbung stützte. Mit welcher Dankbarkeit wird eine Frau nicht das Geschöpf umgeben, das ihr zuerst diese Freuden schenkte; das ihr half, die Flügel ihrer Seele weit zu entfalten und sie in die große Kunst der Mutterschaft einführte! Das Erstgeburtsrecht, das im Altertum mit den Rechten der Welt überhaupt verbunden war und in die Anfänge der menschlichen Gesellschaft zurückgreift, sollte, meines Erachtens, unangetastet bleiben. Wie manches lernt eine Mutter von ihrem Kind! Wie viele heimliche Gelübde steigen zu den guten Geistern auf zum Schutze dieser hilflosen Wesen; ja, die Frau ist erst dann in ihrem Element, wenn sie Mutter geworden ist; erst dann entfalten sich alle ihre Kräfte; selbstverständlich erfüllt sie die Forderungen ihrer Natur und schöpft daraus noch alle Freuden, alles Glück. Eine Frau, die nicht Mutter ist, bleibt in ihrer Natur unvollständig und verfehlt. Beeile Dich, Mutter zu werden, mein Engel, Du vervielfältigst Dein gegenwärtiges Glück durch meine Lust.

* *
*

Ich verließ Dich beim Geschrei meines Herrn Sohnes – ich höre diesen Schrei im hintersten Winkel des Gartens. Nun will ich diesen Brief nicht ohne einen Abschiedsgruß fortschicken. Ich überlas ihn soeben, und bin erschrocken über die Banalität meiner Gefühle. Was ich fühle, scheint mir, hat jede Mutter schon auf die gleiche Weise gefühlt; und Du wirst Dich über mich lustig machen, wie man sich über die Einfältigkeit der Väter lustig macht, die von der Schönheit und Intelligenz ihrer Kinder sprechen und immer etwas Besonderes an ihnen finden. Aber, die Parole dieses Briefes, ich verkünde und wiederhole sie zum Schluß noch einmal: Ich bin jetzt ebenso glücklich, wie ich vordem unglücklich war. Dieses Landhaus, das demnächst zum Majorat werden soll, wurde mir zum gelobten Land. Ich bin am Ende meiner Wüstenwanderung angelangt.
Tausend Zärtlichkeiten, liebes Herz, schreibe mir; ich kann jetzt trocknen Auges der Schilderung Deiner Liebesfreuden folgen. Adieu.

✩

32) Madame de Macumér an Madame de l'Estorade

März 1826

WAHRHAFTIG, MEINE LIEBE, SEIT MEINEM und Deinem letzten Brief sind schon drei Monate vergangen. Ich bin die Schuldigere von uns beiden, ich habe Dir nicht geantwortet. Aber Du bist, soviel ich weiß, nicht empfindlich. Dein Schweigen wurde von mir und Macumér als Zustimmung für das Frühstücksservice mit den Amoretten aufgefaßt, und die reizenden Schmuckstücke gehen morgen nach Marseille ab. Sechs Monate haben die Künstler zu ihrer Herstellung gebraucht. Ich bin mit einem Satz zum Bett herausgeschlüpft, als Felipe mir vorschlug, das Service in Augenschein zu nehmen, ehe es verpackt würde. Und dabei fiel mir plötzlich ein, daß wir seit Deinem letzten Brief, durch den ich mich mit Dir Mutter gefühlt habe, nichts voneinander wissen.

Mein Engel, das schreckliche Paris! Hier hast Du meine Entschuldigung, nun erwarte ich die Deine. Welch ein Wirbelsturm ist die Gesellschaft! Sagte ich Dir nicht schon, daß einem in Paris nichts anderes übrig bleibt, als selbst Pariserin zu werden? Die Gesellschaft verschlingt alle Gefühle, raubt uns alle Zeit und fräße zuletzt unser Herz, wenn wir nicht acht darauf hätten. Welch ein Meisterwerk ist doch die Rolle der Célimène in Molières Misanthrope! Da hast Du die Frau der Gesellschaft zur Zeit Louis' XIV. wie die der heutigen und aller Zeiten überhaupt! Was würde aus mir ohne meine Ägis – meine Liebe zu Felipe? Ich sagte ihm heute morgen während solcher Betrachtungen: „Sie sind mein Retter." Wenn ich mich von Festessen, Bällen, Konzerten, Vorstellungen heimkehrend in die Freuden der Liebe, in ihre herzerquickenden Tollheiten stürze, verschwinden die Wunden, die die Welt mir beigebracht hat. Wir speisen nur zu Hause, wenn wir Leute empfangen, die man Freunde nennt. Ich halte mich in meinen Räumen nur an meinen Empfangstagen auf. Der Mittwoch ist mein Empfangstag. Ich wetteifere mit den d'Espard, de Maufrigneuse und der alten Herzogin Lenencourt. Mein Salon gilt als amüsant. Ich ließ mich zur großen Mode des Tages erheben, als ich sah, daß meine Erfolge Felipe glücklich machen. Ihm gehört der Morgen, denn von vier bis zwei Uhr nachts nimmt mich Paris in Anspruch. Macumér ist ein glänzender Hausherr: Er ist so geistvoll und so ernst, so wirklich groß und dabei von so vollkommener Grazie, daß er selbst die Liebe einer Frau gewinnen müßte, die ihn nur aus Vernunft geheiratet hätte. Meine Eltern sind in Madrid: Nach dem Tode Louis' XVIII. war es der Herzogin ein leichtes, von unserem guten Charles X. die Ernennung ihres reizenden Poeten zu erlangen, der ihr in der Eigenschaft eines Attachés nach Madrid folgte. Mein Bruder, der Herzog de Rhétoré, geruht, mich als eine Art Superiorität zu betrachten. Was aber den Grafen de Chaulieu anbetrifft, so schuldet mir dieser Militär aus Liebhaberei ewige Dankbarkeit: Mittels meines Vermögens hat man ihm ein Majorat in Ländereien erworben, das vierzigtausend Franken Rente abwirft; und seine Vermählung mit Mademoiselle de Mortsauf, einer Erbin aus der Touraine, ist abgemacht. Um Namen und Titel der Häuser de Lenencourt und de Givry vor dem Verlöschen zu bewahren, wird der König durch einen Befehl Titel und Wappen der Lenencourt-Givry in der Nachfolge meinem Bruder übertragen. Es wäre in der Tat nicht auszudenken, wenn die beiden schönen Namen und die herrliche Devise: „faciem semper monstramus" eines Tages nicht mehr wären. Mademoiselle de Mortsauf, Enkelin und einzige Erbin des Herzogs von Lenencourt-Givry, wird, wie man mir sagt, über eine Rente von über hunderttausend Pfund verfügen. Mein Vater hat die einzige Bedingung gestellt, daß die Wappen der Chaulieu über dem der Lenencourt zu stehen hätten. So wird denn mein Bruder Herzog von Lenencourt. Der junge de Mortsauf, dem dieses ganze Vermögen zugefallen wäre, liegt in den letzten Stadien der Schwindsucht, sein Tod wird jede Stunde erwartet. Nächsten Winter nach Ablauf der Trauerfrist findet die Hochzeit statt. Ich werde, wie man mir sagt, eine reizende Schwägerin in der Person der Madeleine de Mortsauf bekommen, und so hat denn, wie Du siehst, mein Vater mit seinen Argumenten recht behalten. Dieser Erfolg trug mir nicht wenig Bewunderung ein, man findet meine Heirat jetzt begreiflich. In alter Anhänglichkeit an meine Großmutter verkündet der Fürst Talleyrand allenthalben Macumérs Ruhm; unser Erfolg ist somit vollkommen. Nachdem die Gesellschaft im Anfang allerlei an mir auszusetzen hatte, erfreue ich mich jetzt uneingeschränkter Würdigung. Endlich herrsche ich in demselben Paris, in dem ich vor kaum zwei Jahren noch ein Nichts war. Macumér sieht sein Glück von jedem geneidet, denn ich bin „die geistreichste Frau von Paris". Du mußt aber wissen, daß es an die zwanzig „geistreichste Frau von

Paris" in Paris gibt. Die Männer umgirren mich mit Liebesworten oder beschränken sich auf begehrliche Blicke. Und wirklich, man schöpft aus diesem Rausch von Wünschen und Huldigungen eine so nachhaltige Befriedigung, daß ich jetzt den ungeheuren Aufwand verstehe, mit dem die Frauen diese zerbrechlichen und vergänglichen Vorteile bezahlen. Ehrgeiz, Eitelkeit, Selbstbewußtsein, kurz, alle Gefühle unseres Ichs berauschen sich an diesem Triumph. Auch liegt in der fortgesetzten Vergöttlichung eine so betäubende Gewalt, daß ich mich nicht mehr verwundere, uns Frauen egoistisch, vergeßlich und leichtfertig werden zu sehen inmitten dieser Feste. Die Gesellschaft steigt uns zu Kopf. Wir vernachlässigen die Blüten unseres Geistes, unsere kostbare Zeit, die edelsten Ansätze, um irgendwelcher Leute willen, die uns mit Eifersucht und leerem Lächeln bezahlen, die gegen die falschen Münzen ihrer Redensarten, Komplimente und Schmeicheleien das gediegene Gold unseres Mutes, unserer Opfer, unserer Bemühungen, schön, gut gekleidet, geistreich, freundlich und leutselig gegen jedermann zu sein, einhandeln. Man weiß, daß dieses Geschäft teuer zu stehen kommt, weiß, daß man betrogen wird, und treibt es dennoch weiter. Ach, schönes Reh, wie wächst da der Durst nach einem verwandten Herzen; wie köstlich ist Felipes Hingebung! – und wie liebe ich Dich! Mit welcher Begeisterung haben wir die Vorbereitung zu dieser Reise begonnen! Wir wollen in Chantepleurs von den Komödien der Rue du Bac und aller Salons von Paris ausruhen. Kurz, nachdem ich eben Deinen letzten Brief noch einmal durchgelesen habe, gebe ich Dir als Antwort darauf diese

Beschreibung des höllischen Paradieses von Paris und sage Dir damit, daß es für eine Weltdame unmöglich ist, hier Mutter zu sein.
Auf Wiedersehen, mein Herz, wir werden uns allerhöchstens eine Woche in Chantepleurs aufhalten und gegen den 10. Mai bei Dir eintreffen. Wir sollen uns also nach zwei Jahren wiedersehen! Welche Veränderungen! Beide sind wir Frau: ich die seligste aller Liebesköniginnen, Du die glücklichste der Mütter! Wenn ich Dir auch nicht schrieb, mein liebes Herz, so habe ich Dich doch nicht vergessen. Und mein Patenkind, das Äffchen, ist es noch immer so hübsch? Macht es mir Ehre? es wird jetzt über neun Monate alt sein. Wie gerne wäre ich Zeuge seiner ersten Schrittchen in dieser Welt; aber Macumér belehrte mich, daß selbst frühreife Kinder kaum im zehnten Monat laufen lernen. Wir werden also Lätzchen für ihn nähen im Stil von Blois. Ich will sehen, ob, wie man sagt, ein Kind die Figur verdirbt.
P. S. Wenn Du mir schreibst, hehrste der Mütter, adressiere nach Chantepleurs. Ich reise ab.

✩

33) Madame de l'Estorade an Madame de Macumér

NUN, MEIN KIND, WENN DU JE EINMAL MUTTER wirst, sollst Du mir sagen, ob man in den beiden ersten Monaten des Stillens Zeit zu einem Briefe findet. Mary, meine englische Bonne, und ich sind beständig auf dem Posten. Es ist wahr, ich vergaß Dir zu sagen, daß ich alles selber besorgen will.

Schon vor der Geburt habe ich mit eigener Hand die Kinderwäsche genäht und gestickt, die Häubchen garniert. Ich bin Sklavin, meine Liebe, Sklavin Nacht und Tag! Und dann trinkt Armand-Louis, wann er Lust hat, und er hat immer Lust. Auch muß er so oft gewaschen, gewechselt und angezogen werden; ich liebe so sehr, ihn schlafen zu sehen, ihm Lieder zu singen, ihn auf dem Arm zu tragen, wenn es schön draußen ist; ich habe keine Zeit mehr, mich selber zu pflegen; kurz, Du hattest die Gesellschaft, ich hatte mein Kind, unser Kind! Welch reiches, volles Leben! O meine Liebe, ich erwarte Dich, Du sollst Dich selbst überzeugen! Nur fürchte ich, daß er mit dem Zahnen beginnt, Du wirst ihn also ein wenig weinerlich und unruhig antreffen. Bis jetzt hat er nicht viel geschrien, denn ich bin immer da. Kinder schreien nur, wenn sie etwas brauchen, das man nicht errät, und ich bin stets wachsam. O mein Engel, wie weit ist mein Herz geworden, während Du das Deine im Dienst der Welt zusammenschnürtest! Ich erwarte Dich mit der Ungeduld einer Einsiedlerin! Ich bin gespannt auf Deine Meinung über de l'Estorade, wie Du wohl auf die meine über Macumér. Schreibe mir von Deiner letzten Nachtstation aus. Meine beiden Herren möchten den illustren Gästen entgegengehen. Komm, Königin von Paris, kehre ein in unserem armen Landhaus – Liebe erwartet Dich hier!

✩

34) Madame de Macumér an die Vicomtesse de l'Estorade

April 1826

DIE AUFSCHRIFT MEINES BRIEFES VERRÄT DIR den Erfolg meiner Bemühungen: So wäre denn Dein Schwiegervater Graf de l'Estorade. Ich wollte Paris nicht verlassen, ohne Deinen Wunsch erfüllt zu sehen, und schreibe Dir in Anwesenheit des Siegelbewahrers, der mir eben die Meldung brachte, daß die königliche Verordnung unterzeichnet ist. Auf baldiges Wiedersehen!

✫

35) Dieselbe derselben

Marseille, im Juli

MEINE PLÖTZLICHE ABREISE WIRD DICH nicht wenig in Erstaunen versetzt haben, und ich schäme mich ihrer; aber, da ich vor allen Dingen wahr bin und Dich liebe wie immer, will ich Dir ohne Umschweife in vier Worten alles erklären: ich bin entsetzlich eifersüchtig! Felipe hat Dich zu viel angesehen! Eure gemeinsamen kleinen Gespräche am Fuße Deines Felsens waren eine Folter für mich; ich fühlte, wie ich schlecht wurde, wie sich mein ganzes Wesen veränderte. Deine wirklich ganz spanische Schönheit mußte ihm sein Land und diese Marie-Heredia ins Gedächtnis zurückrufen, auf die ich eifersüchtig bin, denn ich bin auch auf die Vergangenheit eifersüchtig. Dein wundervolles schwarzes Haar, die schönen braunen Augen, die Stirne, auf der die beredten Leiden der Vergangenheit wie Schatten um die Sonne Deiner Mutterfreuden lagern, um sie nur noch heller er-

strahlen zu lassen, die Frische Deines südlichen Teints, der fast noch weißer erscheint als meine blonde Blässe, der kraftvolle Ausdruck der Formen, die Brüste, die wie köstliche Früchte, nach denen mein Patenkind greift, in Spitzen gebettet ruhen – alles dies verwundete mir Herz und Auge. Umsonst versuchte ich, bald meine Locken mit Kornblumen zu schmücken, bald das matte Blond der Flechten durch kirschrote Bänder zu beleben – alle meine Versuche wurden durch eine Renée vereitelt, wie ich sie so köstlich nicht in ihrer Oase von La Crampade zu finden glaubte.
Auch beneidete Felipe Dich so sehr um dieses Kind, das ich darum zu hassen begann. Ja, das freche Leben, das Dein Haus erfüllt, belebt, schreit, lacht, es wurde mir zum Vorwurf. Das Bedauern in Macumérs Augen blieb mir nicht verborgen. Ich weinte zwei Nächte lang darüber. Ich litt Höllenqualen bei Dir. Du bist eine zu schöne Frau, eine zu glückliche Mutter, als daß ich bei Dir verweilen könnte. O Heuchlerin! Und Du hast Dich noch beklagt! Erstens ist Dein de l'Estorade sehr nett und plaudert aufs angenehmste; sein schwarzes, weiß durchzogenes Haar ist schön, seine ausdrucksvollen Augen und seine südliche Art gefielen mir gut. Soviel ich sehen kann, steckt in ihm ein zukünftiger Abgeordneter des Departements der Rhonemündungen; er wird in der Kammer seinen Weg machen. Ich stehe nach wie vor zu Euren Diensten. Das Elend der Verbannung hat ihm den überlegenen, gesetzten Ausdruck verliehen, den ich schon als den halben Erfolg bei der Politik erachte. Für mich, Liebe, besteht Politik darin, gewichtig auszusehen. Darum sagte ich auch früher zu Macu-

mér, er müsse, seiner Miene nach zu urteilen, das Zeug zu einem großen Staatsmann in sich haben. Kurz, nachdem ich mich von Deinem Glück überzeugt habe, steuere ich mit vollen Segeln und ganz befriedigt in mein liebes Chantepleurs zurück, wo Felipe sich auf seine Vaterschaft vorbereiten kann. Ich will Dich nicht eher bei mir empfangen, als bis mir ein schönes Kind, dem Deinen ähnlich, an der Brust hängt. Ich verdiene jeden Tadel, den Du mir geben magst: ich bin toll, unverschämt, ohne Vernunft. Ach, man wird das alles, wenn man eifersüchtig ist. Ich nahm Dir nichts übel, aber ich litt; und Du wirst mir verzeihen, wenn ich mich diesen Leiden entzog. Noch zwei Tage länger, und ich hätte eine Dummheit begangen; ja, ich wäre geschmacklos geworden. Aber ungeachtet der Qualen, die an meinem Herzen fraßen, bereue ich nicht, zu Dir gekommen zu sein, um Dich als schöne, fruchtbare Mutter zu sehen, inmitten Deiner Mutterfreuden noch immer meine Freundin, wie ich in aller Liebesleidenschaft die Deine. Siehst Du, hier in Marseille, nur wenige Schritte von Euch entfernt, bin ich stolz auf Dich, stolz auf die Mutter eines großen Hauses, die Du einmal sein wirst. Mit welch sicherem Instinkt hast Du Deine Bestimmung erraten; scheinst Du doch eher zur Mutter als zur Geliebten geschaffen! Es gibt Frauen, die weder das eine noch das andere sind, sie sind entweder häßlich oder dumm. Eine gute Mutter und eine gute Geliebte haben zu jeder Stunde Urteil und Geist bereit, sind jeder Gelegenheit mit den vorzüglichsten Eigenschaften der Frau gewachsen. Oh, ich habe Dich genau beobachtet. Und ist das nicht gleichbedeutend, meine Liebe, wie: ich habe Dich bewundert! Ja, Deine Kinder, gebadet in den Wellen Deiner Zärtlichkeit und gewärmt von den Strahlen Deiner Seele, werden glücklich und wohlerzogen heranwachsen. Teile Deinem Louis den wahren Sachverhalt meiner Abreise mit. Für Deinen Schwiegervater hingegen, der Euer Oberaufseher zu sein scheint, stutze ihn würdevoll zurecht; hauptsächlich aber für Deine eigene Familie, die mir wie eine richtige Familie à la Harlowe vorkam, nur mit provenzalischem Geist begabt. Felipe weiß noch nicht, warum ich abgereist bin, und er soll es nie erfahren. Fragt er danach, so werde ich schon irgendeinen Vorwand zu finden wissen. Wahrscheinlich sage ich ihm, daß Du eifersüchtig warst auf mich! Erlaube mir die kleine offiziöse Lüge. Leb' wohl, ich schreibe Dir in größter Eile, damit Du diesen Brief zum Frühstück bekommst. Der Postillion, der den Auftrag übernommen hat, ist schon zur Stelle und sitzt, während ich schreibe, bei einem Glase Wein. Küsse mein liebes Patenkind von mir. Komm im Oktober nach Chantepleurs, ich werde allein sein während dieser Zeit, die Macumér in Sardinien verbringt, wo er große Veränderungen in seinen Domänen vornehmen will. So laufen seine Pläne wenigstens für diesen Augenblick; und er ist sehr stolz darauf, eigene Pläne zu haben, und fühlt sich sehr selbständig: ach, er sieht immer ganz ängstlich drein, wenn er sie mir mitteilt. Adieu!

✩

36) Die Vicomtesse de l'Estorade an die Baronin de Macumér

MEINE LIEBE, UNSER ALLER ERSTAUNEN LÄSST sich kaum beschreiben, als uns beim Frühstück Eure Abreise gemeldet wurde. Aber es erreichte seinen Höhepunkt, als mir der Postillion, der Euch nach Marseille führte, Deinen tollen Brief überbrachte. Schlimme, Du! Es handelte sich bei diesen Gesprächen am Fuße des Felsens auf der Louisenbank doch nur um Dein Wohl, und Du tust mir bitter unrecht mit Deinem Mißtrauen. Ingrata! Zur Strafe mußt Du auf meinen ersten Anruf hierher zurückkehren. In diesem abscheulichen, auf schlechtes Wirtshauspapier gekritzelten Brief hast Du mir nicht einmal gesagt, wo Ihr Station machen werdet. Ich muß diesen Brief also nach Chantepleurs senden.

Höre mich jetzt an, Schwester meiner Wahl, und merke Dir vor allem, daß ich um Dein Glück aufrichtig besorgt bin. Dein Gatte, meine Louise, besitzt eine Tiefe der Seele und des Gedankens, die ebensosehr wie der angeborene Ernst und die edle Haltung gebietend wirken. Auch spricht aus dieser vergeistigten Häßlichkeit, aus seinem sammettiefen Blick eine majestätische Kraft; es bedurfte also einiger Zeit, bis ich die Vertraulichkeit fand, ohne welche ein tiefgründiges Eindringen unmöglich ist. Mit einem Wort, dieser Mann war Premierminister, und er verehrt Dich, wie er Gott verehrt. Es war also keine leichte Aufgabe, ihm auf den Grund zu kommen, und ich mußte mit ebensoviel Geschicklichkeit wie List, aus den Tiefen dieses Diplomatengeistes, an den Klippen seines Herzens vorbei, seine Geheimnisse ans Licht heben. Doch habe ich erreicht, was ich wollte, ohne daß der große Mann sich dessen versehen hätte, und manches trat dabei zutage, von dem selbst Du, liebes Herz, keine Ahnung hast. Von uns beiden vertrete ich die Vernunft, Du die Phantasie; ich bin die ernste Pflicht, Du der tolle Amor. Diesen Gegensatz des Wesens, wie er sich zuerst nur ganz unter uns zeigte, hat das Schicksal in unser beider Leben weitergesponnen. Ich wurde eine bescheidene, ländliche Vicomtesse; unbeschreiblich ehrgeizig und berufen, meine Familie auf fruchtbaren Wegen weiterzuführen; während Du, als Exherzogin von Soria und Herzogin von Geburt, von der Welt geehrt, in dem Paris herrschest, wo es jedem, sei es, wer es sei, ja selbst den Königen, schwer wird, zu regieren. Du besitzest ein beträchtliches Vermögen, das Macumér noch verdoppeln wird, wenn ihm die Ausbeute seiner ungeheuren Besitzungen in Sardinien, deren Tragfähigkeit sogar in Marseille bekannt ist, gelingt. Bekenne also, wenn eine von uns Grund hatte zur Eifersucht, so war ich es. Doch danken wir Gott, der unser Herz weit genug geschaffen hat, um unsere Freundschaft ungekränkt von gemeiner Kleinlichkeit zu erhalten. Ich kenne Dich, schon schämst Du Dich Deiner Abreise. Trotz Deiner Flucht aber soll Dir keines der Worte erspart bleiben, die ich für Dich heute bereit hielt auf der Bank unter dem Felsen. Folge mir also mit Aufmerksamkeit, ich bitte Dich darum: denn es geht noch mehr um Dich als um Macumér, wiewohl auch er in meinem Spruch sein Teil bekommt. Mein Herzblatt: Du liebst nicht! Noch ehe zwei Jahre um sind, wirst Du dieser Anbetung müde sein. Nie wirst Du lernen, in Felipe Deinen Gatten zu sehen, er bleibt für Dich stets der Liebhaber, mit dem Du nach Laune umspringst, wie alle Frauen mit ihren Liebhabern. Nein, er beherrscht Dich nicht. Es fehlt Dir jene tiefe Achtung vor ihm, jene Zärtlichkeit mit Furcht gepaart, wie sie die geliebte Frau dem Mann entgegenbringt, den sie als ihren Gott verehrt. Oh, ich habe die Liebe gründlich erforscht, mein Engel, und mehr als einmal die Sonde in die Tiefen meines Herzens gelegt. Heute, nachdem ich Dich genau geprüft habe, muß ich Dir sagen: Du liebst nicht! Ja, geliebte Königin von Paris, Du möchtest, gerade so wie alle übrigen Königinnen, als Grisette behandelt werden; möchtest von einem starken Willen beherrscht und hingerissen sein, der, statt Dich zu verehren, Dir bei einer Eifersuchtsszene die Glieder zerbrechen würde. Macumér liebt Dich zu sehr, um je etwas an Dir zu rügen, oder Dir zu widerstehen. Ein Blick von Dir, ein einzig betörendes Wort schmelzen seinen stärksten Willen. Ach, früher oder später wirst Du den verachten, der Dich zu sehr liebte! Er verwöhnt Dich nicht anders, als wie ich Dich im Kloster verwöhnte; denn Du bist eine der verführerischesten Frauen und das bezauberndste Wesen, das sich denken läßt. Du bist vor allem echt, und doch verlangt die Welt so oft eine Lüge von uns, zu unserem eigenen Wohl. Du wirst Dich nie dazu herablassen können. So fordert die Gesellschaft von der Frau, daß sie die Herrschaft, die sie auf ihren Mann ausübt, nicht offen zeige. Konventionell gesprochen, ein Gatte darf der Welt so wenig als Liebhaber seiner Frau erscheinen, wie umgekehrt die Frau sich als die Mätresse ihres Gatten verraten darf. Nun, ihr verstoßt alle beide gegen dieses Gesetz. Was aber die Welt am wenigsten verzeiht, wenn ich sie nach Deiner eigenen Schilderung recht beurteile, ist das Glück! Man muß es ihr verheimlichen. Doch ist dies noch das geringste. Es gibt eine Gleichheit zwischen Geliebten, die, meiner Ansicht nach, zwischen Gatten nicht bestehen darf, soll nicht die gesellschaftliche Ordnung auf den Kopf gestellt und der Grundstein zu unheilbarem Unglück gelegt werden. Ein unbedeutender Mann ist schwer zu ertragen, doch gibt es Schlimmeres, und das ist ein unterdrückter Mann. In kurzer Zeit wirst Du Macumér zum bloßen Schatten seiner selbst entwürdigt haben: ohne eigenen Willen, nicht mehr er selber, sondern eine Deinen Zwecken angepaßte Sache. Ja, Du wirst ihn Dir so trefflich angeglichen haben, daß anstatt zwei nur noch ein Wesen bestehen wird, welches naturgemäß unvollkommen sein muß. Du selbst wirst darunter leiden, aber das Übel wird nicht mehr zu heilen sein, wenn Dir die Augen endlich aufgehen. Wir versuchen umsonst, uns die Eigenschaften, die den Mann auszeichnen, gewaltsam anzueignen; und doch sind diese Eigenschaften für die Familie mehr als notwendig: sie sind unentbehrlich. Trotz seiner Blindheit erkennt Macumér diese Gefahr und fühlt sich durch seine Liebe verkleinert. Seine Reise nach Sardinien beweist mir, daß er durch eine zeitweilige Trennung versuchen will, sich selber wiederzufinden. Unbedenklich gebrauchst Du die Macht, die die Liebe Dir gibt, und verrätst Deine Herrschaft in jeder Gebärde, jedem Blick, jedem Wort. O Liebe, Du bist, was Deine Mutter von Dir sagte, eine unsinnige Kurtisane. Du zweifelst wohl kaum daran, daß ich Louis gründlich überlegen bin: aber hast Du mich je auf einem Widerspruch ertappt? Begegne ich ihm vor der Öffentlichkeit nicht, als wäre er in der Tat das Haupt der Familie? Heuchelei! wirst Du mir sagen. Nein. Aber ich teile ihm die Ratschläge, die mir wichtig erscheinen, meine Ansichten, meine Ideen nur in der dämmerigen Stille des Schlafzimmers mit, und, ich schwöre Dir, Liebe, auch dann, ohne ihn die leiseste Überlegenheit fühlen zu lassen. Bliebe ich für ihn nicht nach außen hin wie im geheimen seine Frau, er hätte kein Vertrauen zu sich selber. Meine Liebe, die höchste Vollkommenheit beruht darin, sich selbst so ganz auszulöschen, daß der Schuldner sich seinem Gläubiger gegenüber nie unterlegen erscheint; diese verborgene Aufopferung schließt eine unendliche Süßigkeit in sich ein. Du hast mir mit Deinem Kompliment für Louis die größte Genugtuung erwiesen. Gedeihen, Glück, Hoffnung haben ihm reichlich wieder eingebracht, was Unglück, Elend, Verlassenheit und Zweifel ihm raubten. Nach allem, was ich gesehen habe, liebst Du Felipe nur für Dich, nicht um seinetwillen. Es liegt etwas Wahres in dem, was Dein Vater von Dir sagte: die Selbstsucht der großen Dame hält sich bei Dir nur versteckt unter den Frühlingsblüten Deiner Liebe. Ach, geliebtes Kind, nur meine große Freundschaft für Dich gibt mir den Mut zu so grausamen Wahrheiten. Ich will Dir den Abschluß eines unserer Gespräche anvertrauen, wenn Du mir versprichst, den Baron nicht das geringste davon ahnen zu lassen: Wir hatten Dein Lob in allen Tönen gesungen; er sah wohl, daß ich Dich

liebe wie eine Schwester, und während ich ihn, ohne daß er dessen gewahr wurde, zu Geständnissen verleitete, sagte ich unter anderem:
„Louise hat noch zu wenig mit dem Leben kämpfen müssen; das Schicksal begegnete ihr wie einem verwöhnten Kind – aber vielleicht würde sie unglücklich, verstünden Sie es nicht, ein ebenso umsichtiger Vater wie Liebhaber für sie zu sein."
„Ach, dürfte ich es doch sein!" sagte er und hielt kurz inne, wie einer, der plötzlich den Abgrund entdeckt, in den er treibt. Dieser Ausruf war mir genug. Wärst Du nicht abgereist, er hätte mir nach einigen Tagen mehr gesagt.
Mein Engel, wenn dieser Mann einmal seine Kraft eingebüßt hat, wenn er satt geworden ist im Genuß, wenn er sich, ich will nicht sagen, entwürdigt, aber doch in seiner Ehre gekränkt fühlen wird durch die Abhängigkeit von Dir, dann werden die Vorwürfe seines eigenen Gewissens eine Reue in ihm wecken, die um so schmerzlicher für Dich sein muß, als Du sie selbst verschuldet hast. Letzten Endes wirst Du den verachten müssen, den zu achten Du nie gelernt hast. Denke darüber nach, bei der Frau ist Geringschätzung die erste Stufe zum Haß. Als Mensch von edler Gesinnung, der Du bist, wirst Du stets der Opfer eingedenk bleiben, die Felipe um Deinetwillen brachte; doch werden ihm keine mehr übrigbleiben, nachdem er sich bei diesem ersten Fest gewissermaßen selbst bedient hat. Wehe dem Mann oder der Frau, denen nichts mehr von einander zu wünschen bleibt. Damit ist alles gesagt. Zu unserer Schande oder Ehre, ich will über diesen zarten Punkt nicht entschei-

den, sind wir anspruchsvoll nur für den Mann, der uns liebt!
O Louise, ändere Dich, noch ist es Zeit! Noch kannst Du in Macumér den gefesselten Löwen wecken, der in diesem wahrhaft hervorragenden Manne schläft, wenn Du mit ihm verfährst, wie ich mit de l'Estorade. Man könnte glauben, Du rächtest Dich an ihm für seine Überlegenheit! Setze Deinen Stolz darein, Deine Macht zu etwas Höherem als Deinem gemeinen Vorteil zu gebrauchen, aus einem großen einen genialen Menschen zu machen, wie ich aus dem gewöhnlichen einen bedeutenden. Ich hätte Dir diesen Brief auch geschrieben, wenn Du bei uns geblieben wärst. Ich fürchte Dein Ungestüm und Deine Schlagfertigkeit bei einer Unterredung; aber ich bin überzeugt, daß Du beim Lesen dieses Briefes Deine Zukunft ernstlich bedenken wirst. Liebe Seele, Du hast alles, um glücklich zu sein: zerstöre Dein Glück nicht und kehre noch im November nach Paris zurück. Die Pflichten und Forderungen der Gesellschaft, die ich früher verurteilte, bilden eine wohltätige Ablenkung für Euer zu intimes Dasein. Eine verheiratete Frau muß sparsam mit sich selber umgehen. Die Hausfrau, die nie Gelegenheit gibt, ihre Gegenwart ersehnen zu lassen, indem sie sich selten macht im Schoße der Famile, läuft Gefahr, Übersättigung hervorzurufen. Wenn ich erst ein paar Kinder habe, wie ich sie mir zu meinem Glück wünsche, werde ich, sobald sie in einem gewissen Alter sind, mir meine freien Stunden am Tage vorbehalten; denn man muß sich bei allen, selbst bei seinen Kindern, begehrt machen.
Leb wohl, liebe Eifersüchtige! Weißt Du auch,

daß sich eine gewöhnliche Frau durch Deine Eifersucht nicht wenig geschmeichelt fühlen würde! Ach, ich kann mich nur darüber betrüben; bin ich für Dich doch immer nur die gute Mutter mit tausend zärtlichen Gedanken. Sage, was Du willst, um Deine Abreise zu begründen: wenn Du Deines Felipe nicht sicher bist – ich bin es meines Louis!

✩

37) *Die Baronin de Macumér an die Vicomtesse de l'Estorade*

Genua

GELIEBTE SCHÖNE, ES HAT MICH EINE plötzliche Lust erfaßt, Italien zu sehen, und ich bereue nicht, Macumér, dessen Pläne mit Sardinien verschoben wurden, überredet zu haben. Dieses Land entzückt und begeistert mich. Die Kirchen und hauptsächlich die Kapellen hier haben ein verliebtes und kokettes Aussehen, das selbst einer Protestantin Lust machen müßte, katholisch zu werden. Macumér wurde gefeiert; man gratulierte sich, ihn als Mitbürger gewonnen zu haben. Wenn mir daran läge, könnte Felipe den sardinischen Gesandtschaftsposten in Paris bekommen, denn der Hof begegnet mir aufs liebenswürdigste. Richte Deine Briefe bitte nach Florenz. Es fehlt mir an Zeit, Dir ausführlich zu schreiben. Ich werde Dir meine Reise bei Deinem ersten Besuch in Paris mündlich schildern. Wir bleiben nur eine Woche hier und reisen dann über Livorno nach Florenz. Einen Monat wollen wir in der Toscana bleiben, einen zweiten in Neapel und den November für Rom vorbehalten. Die Rückreise geht über

Venedig, wo wir die erste Hälfte Dezember verbringen; dann geht es über Mailand und Turin im Januar nach Paris. Wir reisen wie ein Liebespaar; der Reiz des Unbekannten erneuert unsere Liebesseligkeit. Macumér kennt Italien noch nicht. Als erstes fuhren wir über den wundervollen Chemin de la Corniche, der von Feenhänden aufgebaut scheint. Leb wohl, liebes Herz, nimm mir nicht übel, wenn ich nicht schreibe, ich bin auf dieser Reise keinen Augenblick allein, ich kann nur sehen und fühlen, schwelgen in Erlebnissen! Doch um sie Dir zu schildern, laß mich warten, bis sie die Patina der Erinnerung gewonnen haben.

✩

38) Die Vicomtesse de l'Estorade an die Baronin de Macumér

September

GELIEBTE, IN CHANTEPLEURS LIEGT EINE ziemlich umfangreiche Antwort auf den Brief, den Du mir aus Marseille geschrieben hast. Diese Liebesfahrt nach Italien ist so wenig angetan, meine Sorge um Dich zu mildern, daß ich Dich herzlich bitte, nach Nivernais zu schreiben, um Dir meinen Brief nachschicken zu lassen.

Ich höre, daß der Minister beschlossen hat, die Kammer aufzulösen. Wenn dieser Beschluß schon für die Krone, die diese letzte Sitzung der Gesetzgebenden Versammlung zu notwendigen Beschlüssen für die Befestigung ihrer Macht verwenden wollte, ein Unglück bedeutet, so nicht weniger für uns: Louis erreicht sein vierzigstes Jahr erst Ende 1827. Glücklicherweise ist mein Vater, der sich zum Abgeordneten ernennen ließ, gern bereit, seine Demission zur geeigneten Stunde einzureichen.

Dein Patenkind hat seine ersten Schrittchen ohne die Patin gemacht; es ist entzückend, und seine mutigen Bewegungen verraten mir, daß es nicht mehr nur ein Organ ist, das saugt, ein materielles Stück Leben, sondern eine Seele. Sein Lächeln ist voller Bedeutsamkeit. Ich war so begünstigt in meiner Eigenschaft als Amme, daß ich mein Amt im Dezember niederlegen kann. Ein Jahr Mutterbrust ist hinreichend. Kinder, die man zu lange stillt, werden Dummköpfe. Ich halte mich an den Volksmund.

Du wirst unerhörte Erfolge in Italien haben, schöne Blonde!

Tausend Zärtlichkeiten.

✩

39) Die Baronin de Macumér an die Vicomtesse de l'Estorade

Rom, im September

ICH HALTE DEINEN NIEDERTRÄCHTIGEN Brief, den mir mein Verwalter auf mein Geheiß von Chantepleurs hierher nachsandte! O Renée! ... Aber ich erspare Dir alles, was Entrüstung mir eingeben könnte, und begnüge mich damit, Dir die Wirkungen Deines Briefes zu schildern: Es war nach der Rückkehr von einem entzückenden Fest, das der Gesandte zu unseren Ehren gegeben hatte; ich strahlte in vollstem Glanze, Macumér schwamm in einem Rausch von Bewunderung für mich, wie

ich es Dir nicht beschreiben kann. In diesem Augenblick las ich ihm Deine abscheuliche Antwort vor; ich las sie unter Tränen, auf die Gefahr hin, häßlich zu erscheinen. Mein geliebter Abencerrage fiel vor mir auf die Knie, schalt Dich eine törichte Schwätzerin, und führte mich auf den Balkon des Palastes hinaus, wo das ganze Rom sich vor den entzückten Blicken ausbreitet. Dort gab er mir Worte, würdig der großartigen Szenerie, die sich uns bot: denn ein unvergleichlicher Mondenglanz war über alles hingegossen. Da wir das Italienische beherrschen, wählte er für die Sprache seiner Liebe diese weichen, schmelzenden und leidenschaftlichen Laute des Landes; sie wurden in seinem Munde zum erhabenen Gedicht. Der Inhalt seiner Worte war der: selbst wenn Du richtig prophezeit hättest, würde er gern mit seinem ganzen Leben eine unserer seligen Nächte, eine unserer, in eitel Lust getauchten Morgenstunden bezahlen. So betrachtet, zähle sein Leben jetzt schon tausend Jahre. Er will mich nur als herrschende Geliebte und wünscht sich keine schönere Würde als die des Geliebten. Es macht ihn so glücklich und stolz, sich täglich neu bevorzugt zu fühlen, daß er, wenn Gott selber ihm erschiene und ihn wählen ließe: noch dreißig Jahre nach Deinen Maximen zu leben, gesegnet mit blühenden Kindern, oder nur noch fünf Jahre diese rauschenden Liebesfreuden zu kosten – er besänne sich keinen Augenblick. Er wünscht sich nichts, als geliebt zu werden, wie ich ihn liebe, und zu sterben.
Seine Beteuerungen, in mein Ohr geflüstert, mein Kopf an seiner Schulter, sein Arm um mich geschlungen – wurden jählings unterbrochen von

den schrillen Lauten einer Fledermaus, die sich von einer Wildkatze verfolgt sah. Dieser Totenruf erschreckte mich so grausam, daß Felipe mich halb ohnmächtig auf mein Bett tragen mußte. Doch beruhige Dich, trotz des düsteren Horoskops, das meine Seele traf, bin ich heute morgen froh erwacht und im Aufstehen kniete ich vor Felipe, und meine Blicke in die seinen getaucht, und meine Hände von den seinen umschlungen, sprach ich zu ihm:

„Mein Engel, ich bin recht kindisch, und Renée könnte recht haben: vielleicht liebe ich in Dir nur die Liebe! Doch selbst wenn dem so wäre, mußt Du mir glauben, daß in meinem Herzen kein anderes Gefühl Raum hat, und daß ich Dich eben nur auf meine Weise lieben kann. Wenn aber in meinem Wesen, in den kleinsten Dingen meines Daseins, meiner Seele irgend etwas wäre, das Du Dir anders gewünscht, anders gehofft hast, sage es mir! Laß es mich erkennen! Mit Freuden will ich Dich anhören und mich vom Strahl Deiner Augen leiten lassen. Renée hat mich erschreckt, sie liebt mich sehr!" Die Stimme versagte ihm; er brach in Tränen aus. Und jetzt danke ich Dir, meine Renée! Ich wußte noch nicht, wie sehr ich geliebt werde von meinem schönen, königlichen Gatten. Rom ist die Stadt der Liebe. Wer eine Leidenschaft im Herzen trägt, müßte sie hier ausleben: die Götter und alle Künste werden seine Helfershelfer sein. In Venedig sollen wir Herzog und Herzogin von Soria treffen. Wenn Du mir schreibst, adressiere nach Paris, denn wir verlassen Rom in drei Tagen. Das Fest beim Gesandten galt unserem Abschied.

P. S. Liebe Törin, Dein Brief zeigte mir deutlich, daß Du die Liebe nur in der Vorstellung kennst. Denn wisse, die Liebe ist eine Kraft, die sich willkürlich ihre Form erwählt, und keine Theorie vermag sie festzuhalten noch zu schulmeistern. – Dieses für meinen kleinen Doktor im Unterrock.

☆

40) Die Gräfin de l'Estorade an die Baronin de Macumér

Januar 1827

MEIN VATER IST ERNANNT WORDEN; MEIN Schwiegervater starb, ich selber stehe vor meiner zweiten Niederkunft: das sind die wichtigen Ereignisse dieses Jahres. Ich sage Dir das gleich zu Anfang, damit der Anblick des schwarzen Siegels Dich nicht unnötig erschrecke. Mein liebes Herz, Dein Brief von Rom ließ mich erzittern. Ihr seid zwei Kinder. Felipe ist entweder ein Diplomat, der geheuchelt hat, oder er liebt Dich, wie er eine Courtisane lieben würde, der er mit seinem ganzen Sein und Haben verfallen ist; ob sie ihn auch betrüge. Doch genug hiervon. Ihr haltet mich für eine Schwätzerin, ich werde also schweigen. Nur das eine laß mich Dir sagen: wenn ich unser beider Geschicke betrachte, drängt sich mir die grausame Regel auf: willst Du geliebt werden, so liebe selber nicht.

Louis erhielt das Kreuz der Ehrenlegion anläßlich seiner Ernennung in den Staatsrat. Da er schon seit drei Jahren im Rate sitzt, hat mein Vater, dem Du ohne Zweifel in Paris begegnen wirst, wo er sich während der Sitzungen aufhält, für seinen

Schwiegersohn den Offiziersgrad verlangt. Tu mir den Gefallen und unternimm als Mamamuschi die nötigen Schritte, die diese kleine Angelegenheit erheischt. Im übrigen aber lasse die Sachen meines sehr verehrten Vaters, der den Marquistitel bekommen möchte, ihre eigene Wege gehen und spare Deinen Einfluß für meine Person. Sobald Louis Abgeordneter sein wird, das heißt also im nächsten Winter, kommen wir nach Paris und werden dort Himmel und Erde in Bewegung setzen, um ihm irgendeinen Generaldirektorsposten zu verschaffen, von dessen Gehalt wir leben können, um auf diese Weise unsere Einkünfte zu sparen. Mein Vater balanciert zwischen dem Zentrum und der Rechten; es kommt ihm nur auf den Titel an; und da unsere Familie schon unter König René berühmt war, wird Charles X. einen Maucombe nicht abweisen; nur fürchte ich, mein Vater könnte auf den Gedanken kommen, für meinen jüngeren Bruder einige Vergünstigungen zu fordern; wenn wir ihm aber die Trauben, das heißt das Marquisat, etwas hoch hängen, hat er genug mit sich selber zu tun.

☆

15. Januar

AH, LOUISE, ICH BIN DURCH EINE HÖLLE GEGANGEN! Wärst Du nicht mein zweites Ich, mir fehlte der Mut, von meinen Qualen zu sprechen. Weiß ich doch nicht, ob ich je wieder auch nur mit einem Gedanken in diese fünf furchtbaren Tage zurückkehren werde! Allein das Wort „Krämpfe“ läßt mich bis in die Seele erschauern. Nicht fünf Tage – nein, fünf Jahrhunderte haben meine

Leiden gedauert. Solange eine Mutter nicht dieses Martyrium ausgestanden hat, bleibt ihr die Bedeutung des Wortes „Leiden" verschlossen. Ich pries Dich, Kinderlose, glücklich – ermiß daran meine Verwirrung!
Am Vorabend des entsetzlichen Tages, der drükkend, ja fast heiß zu Ende ging, erschien mir der kleine Armand anders als gewöhnlich. Er, sonst so sanft und zärtlich, war verdrießlich, weinte um jede Kleinigkeit, wollte spielen und zerbrach sein Spielzeug. Vielleicht zeigen sich bei Kindern alle Krankheiten im Stimmungswechsel an. Aufmerksam gemacht durch seine ungewöhnliche Unart, fiel mir die wechselnde Röte und Blässe auf, die ich jedoch vier großen Zähnen zuschrieb, die eben alle zu gleicher Zeit durchstoßen wollen. Ich ließ ihn deshalb bei mir schlafen und erwachte jeden Augenblick. Während der Nacht bekam er etwas Fieber, was mich nicht weiter beängstigte, da ich es immer noch den Zähnen zuschrieb. Gegen Morgen rief er plötzlich „Mama" und verlangte zu trinken, doch dieses mit einem Ton in der Stimme, und begleitet von konvulsivischen Zuckungen, die mir das Blut gefrieren machten. Ich sprang aus dem Bett, um ihm etwas Zuckerwasser zu bereiten. Denke Dir mein Entsetzen, als er, ohne die Tasse zu sehen, die ich ihm reichte, regungslos wiederholte „Mama", und dies mit derselben fremden Stimme. Ich faßte nach seiner Hand: sie war leblos und steif. Ich hielt ihm die Tasse an die Lippen, der arme Kleine trank auf eine erschreckende Art, mit drei, vier krampfhaften Schlücken, wobei das Wasser ein unheimliches Geräusch in seinem Hals hervorrief. Zuletzt klammerte er sich

verzweifelt an mich, und ich sah seine Augen, wie von einer unsichtbaren Kraft, nach innen gedreht und weiß werden; die Glieder verloren ihre Beweglichkeit. Ich stieß einen gellenden Schrei aus. Louis eilte herbei.
„Ein Arzt! Ein Arzt! ... er stirbt!" schrie ich ihm zu. Louis verschwand; mein armer kleiner Armand fuhr fort mit seinem jammervollen: „Mama – Mama!" während er sich an mich klammerte. Das war der letzte Augenblick, in dem er von seiner Mutter wußte. Die hellen Adern auf seiner Stirne röteten sich vom einschießenden Blut: die Krämpfe hatten begonnen. Eine Stunde vor Eintreffen des Arztes hielt ich das sonst so lebhafte Kind, die helle, rosige Blume, meinen Stolz und meine Freude, steif wie ein Stück Holz. Und seine Augen! ich bebe, wenn ich daran denke. Schwarz, zusammengeschrumpft und unförmlich, glich mein kleiner Armand einer Mumie. Ein Arzt, nein, zwei Ärzte, die Louis von Marseille gleich mitgebracht hatte, blieben angewurzelt wie zwei düstere Unglücksvögel auf der Schwelle stehen. Der eine sprach von Gehirnentzündung, der andere sah in dem Zustand nur gewöhnliche Zahnkrämpfe. Unser Bezirksarzt schien mir der klügste, denn er sagte nichts. „Es sind die Zähne", sagte der zweite. „Es ist ein Fieber", sagte der erste. Zuletzt wurde beschlossen, dem Kind Blutegel am Hals anzusetzen und Eis auf die Stirn zu legen. Ich glaubte umsinken zu müssen. Vor mir eine blauschwarze Leiche, kein Laut, keine Bewegung! – Wo war das lebhafte, fröhliche Geschöpf, das ich kannte! Es gab einen Augenblick, wo mein Verstand sich zu verwirren drohte, wo mich ein wahnsinniges Lachen

befiel, als ich den hübschen Hals, den ich so oft geküßt, von den abscheulichen Egeln angebissen sah, die reizende Stirne entstellt durch den Eisbeutel. Denke Dir, Liebe, um das Eis auflegen zu können, mußten wir ihm die schönen Locken abschneiden, die wir so oft bewundert, die Du ihm immer wieder gestreichelt hast. Alle zehn Minuten, wie bei Geburtswehen, wiederholten sich die Krämpfe und der arme Kleine krümmte sich, bald schneeweiß, bald dunkelrot. Seine beweglichen Glieder knackten wie Holz, wenn sie zusammenstießen. Dieses gefühllose Wesen hatte mir zugelächelt, zu mir gesprochen, noch vor kurzem „Mama" gerufen! Bei solchen Gedanken fielen die Schmerzen in dunklen Massen über mich her und erschütterten meine Seele wie Stürme; ich fühlte unter tausend Qualen die Bande, mit denen ein Kind an unserem erschütterten Herzen hängt. Meine Mutter, die vielleicht hätte helfen, raten und trösten können, befand sich in Paris. Mütter wissen über diese Krämpfe besser Bescheid als Ärzte, glaube ich. Nach vier Tagen und vier Nächten, die mich zwischen Furcht und zwischen Hoffen hin und her warfen und während welcher die Sorge mich fast erdrückte, faßten die Ärzte den Entschluß, eine entsetzliche Salbe aufzulegen, welche Wunden hervorrufen sollte. Oh! Wunden, meinem Kinde, das fünf Tage vorher noch gespielt und gelacht und versucht hatte: „Patin" zu sagen! Ich widersetzte mich, ich wollte der Natur ihren Lauf lassen. Louis schalt, er glaubte an die Ärzte. Ein Mann bleibt immer ein Mann. Aber es gibt bei dieser entsetzlichen Krankheit Augenblicke, wo sie die Form des Todes annimmt, und während eines solchen Augenblickes erschien mir das Mittel, das ich verabscheute, als Armands Rettung. Ach, meine Louise, die Haut war so trocken, rauh und rissig, daß der Balsam nicht haften wollte. Da weinte ich so lange und heiß über seinem Bettchen, daß die Kissen ganz durchnäßt waren. Die Ärzte aßen unterdessen zu Mittag! Als ich mich allein mit meinem Kinde sah, warf ich den ganzen ärztlichen Heilkram beiseite, riß, halb wahnsinnig, das Kind in meine Arme, preßte es an meine Brust und, meinen Kopf eng an dem seinen, flehte ich zu Gott, ihm das Leben wiederzugeben, indem ich gleichzeitig versuchte, ihm mein eigenes mitzuteilen. So hielt ich es eine Zeitlang, entschlossen, mit ihm zu sterben, um weder im Leben noch im Tode von ihm getrennt zu sein. Liebe – da fühlte ich die Glieder weich werden, der Starrkrampf wich, mein Kind bewegte sich; die düsteren schaudervollen Farben verschwanden. Ich schrie wie damals, als er krank wurde; die Ärzte stürzten herbei, ich zeigte ihnen Armand.

„Er ist gerettet!“ rief der Ältere von ihnen.

Oh, welch ein Wort! Welche Musik! Die Himmel öffneten sich. Und wirklich zwei Stunden später erholte sich Armand; ich aber war wie vernichtet. Der Balsam der Freude allein bewahrte mich vor ernster Erkrankung. O mein Gott, mit welchen Schmerzen kettest Du Mutter und Kind zusammen! Welche Nägel schlägst Du in ihr Herz, damit es daran hafte! So war ich denn noch nicht genugsam Mutter gewesen, ich, die beim ersten Lallen dieses Kindes vor Freude weinte, ich, die es stundenlang beobachtete, um mich für meine Pflichten zu üben und dem süßen Amt einer

Mutter ganz gewachsen zu sein! War es nötig, mir diese Schrecknisse zu bereiten, mir diese grauenvollen Bilder vor die Augen zu halten, die in dem Kinde immer nur ein Idol erblickten? Während ich Dir schreibe, spielt, lacht und jubelt mein kleiner Armand. Ich möchte die Ursache dieser furchtbaren Kinderkrankheit kennen, um so mehr, als ich schwanger bin. Waren es wirklich nur die Zähne, oder sind es seltsame Entwicklungen im Gehirn? Haben die Kinder, die an solchen Krämpfen leiden, ein gebrechliches Nervensystem? Alle diese Gedanken ängstigen mich jetzt und für später. Unser Landarzt hält es für eine nervöse Störung, hervorgerufen durch die Zähne. Ich gäbe alle die meinigen dafür, wenn Armand seine schon hätte. Kalter Schweiß bedeckt mich beim Anblick der kleinen, weißen Perlen mitten im entzündeten Zahnfleisch. Die Tapferkeit, mit der mein kleiner Engel die Schmerzen trägt, zeigt mir, daß er von meiner Art ist; er wirft mir nur herzzerreißende Blicke zu. Die Wissenschaft weiß mit diesem Starrkrampf nichts anzufangen, der ebenso schnell vergeht, wie er gekommen ist, und für den es keine Vorkehrungen noch irgendein Heilmittel gibt. Ich aber sage Dir, sein Kind in diesen Krämpfen zu sehen, ist für eine Mutter die schlimmste aller Höllenqualen. Mit welcher Leidenschaft umschlinge ich ihn und kann ihn kaum mehr aus den Armen lassen, wenn ich ihn umhertrage! Daß diese Prüfung gerade sechs Wochen vor der zweiten Niederkunft über mich hereinbrechen mußte, hat mein Martyrium noch erschwert; ich fürchte schon für das nächste! Leb wohl, liebe, geliebte Louise, wünsche Dir keine Kinder, das ist mein letztes Wort!

41) Die Baronin de Macumér an die Gräfin de l'Estorade

Paris

ARMER ENGEL, MACUMÉR UND ICH HABEN Dir Deine „Schlechtigkeiten" verziehen, als wir erfuhren, wie sehr Du leiden mußtest. Ich habe gebebt und mit Dir gelitten bei der Schilderung dieser zwiefachen Qual und mich schon etwas weniger gegrämt, nicht auch Mutter zu sein.

Ich beeile mich, Dir Louis' Ernennung mitzuteilen, der von heute ab das Offizierszeichen tragen darf. Du hast Dir ein kleines Mädchen gewünscht und wirst gewiß eines bekommen, glückliche Renée! Die Heirat meines Bruders mit Mademoiselle de Mortsauf wurde nach unserer Rückkehr gefeiert. Unser gnädiger König, dessen Güte beispiellos ist, hat meinem Bruder die Würde des ersten Edelmanns der Kammer in der Erbfolge verliehen, die sein Schwiegervater jetzt noch bekleidet.

„Das Amt soll mit dem Titel gehen," waren seine Worte zum Herzog de Lenencourt-Givry.

Er stellte die einzige Bedingung, daß das Wappen der Mortsauf dem der Lenencourt beigefügt werden sollte.

Mein Vater hat hundertmal recht behalten. Ohne mein Vermögen wäre dies alles nicht zustande gekommen. Meine Eltern sind zur Hochzeit von Madrid eingetroffen und kehren nach dem Fest, das ich zu Ehren der Neuvermählten gebe, dorthin zurück. Der Karneval wird dieses Jahr glänzend ausfallen. Herzog und Herzogin von Soria sind in Paris; ihre Anwesenheit beunruhigt mich etwas: Marie de Heredia ist zweifellos eine der schönsten Frauen Europas und die Art, mit der Felipe sie

betrachtet, gefällt mir nicht. Ich verdopple meine Liebe und Zärtlichkeit für ihn. „Sie könnte dich nicht so lieben!“, diese Worte, die ich mich wohl hüte auszusprechen, stehen in jedem meiner Blicke, in jeder Bewegung. Gott weiß, wie elegant und kokett ich bin! Gestern sagte Madame de Maufrigneuse zu mir:
„Liebes Kind, ich strecke die Waffen!“
Ich unterhalte Felipe so vortrefflich, daß ihm seine Schwägerin dumm wie eine spanische Kuh vorkommen muß. Auch bedaure ich in diesem Augenblick um so weniger, keinen kleinen Abencerragen zu tragen, da die Herzogin noch hier in Paris niederkommt; sie wird also bald entstellt sein. Wenn es ein Knabe ist, soll er zu Ehren des Verbannten Felipe heißen. Ein maliziöser Zufall läßt mich also zum zweiten Male Patin werden. Adieu, meine Liebe, ich kehre diesmal früher nach Chantepleurs zurück, denn unsere Reise hat ungeheure Summen verschlungen. Ende März brechen wir hier ab, um in Nivernais Ersparnisse zu machen. Außerdem langweilt mich Paris. Felipe seufzt mit mir nach der schönen Stille unserer Parks, nach den frischen Wiesen an den Ufern der Loire, ihren flimmernden Sandbänken; kein Fluß kommt ihr gleich. Chantepleurs wird mich entzücken nach dem italienischen Pomp und Glanz; auf die Dauer langweilt dieses Pathos, und schöner als ein „capo d'opera“, als ein „bel quadro“ ist ein Blick des Geliebten! Wir erwarten Dich dort, und ich will nicht mehr eifersüchtig sein auf Dich. Du sollst nach Lust das Herz meines Macumér erforschen dürfen, nach Widersprüchen und Besorgnissen angeln, ich überlasse ihn Dir mit königlichem Ver-

trauen. Seit dem Zwischenfall in Rom liebt mich Felipe noch mehr; er sagte mir gestern (jetzt sieht er mir über die Schultern), daß er seine Schwägerin, die Geliebte seiner Jugend, seine einstige Braut, die Prinzessin Heredia, seinen ersten Traum – dumm finde! O Liebe, ich bin schlimmer als eine Operettendiva, aber diese kleine Beschimpfung hat mich innig gefreut. Ich machte Felipe auf ihr schlechtes Französisch aufmerksam; sie sagt „esample“ statt „exemple“, „sain“ für „cinq“, „cheu“ statt „je“ – kurz, sie ist sehr schön, aber sie hat keinen Charme; ihrem Verstand fehlt jede Lebhaftigkeit. Wenn man ihr ein Kompliment macht, sieht sie einen an, als hätte sie dergleichen noch nie erlebt. Bei seinem Charakter hätte Macumér die Prinzessin nach zwei Jahren verlassen. Der Herzog de Soria, Don Fernandez, paßt sehr gut zu ihr; er ist großmütig, aber ein verwöhnter Junge, das sieht man auf den ersten Blick. Ich könnte boshaft sein und Dich zum Lachen bringen, aber ich will mich streng an die Wahrheit halten. Tausend Zärtlichkeiten, mein Engel.

✩

42) Renée an Louise

MEINE KLEINE TOCHTER IST ZWEI MONATE alt; meine Mutter und ein alter Großonkel von Louis vertraten Patenstelle bei der Kleinen, die wir Jeanne-Athenaïs getauft haben.
Sobald als möglich besuche ich Euch in Chantepleurs, da Ihr Euch nicht vor einer Amme fürchtet. Dein Patenkind versucht sich an Deinem Namen, er sagt „Matoumer“, denn er kann das „C“ nicht

aussprechen. Du wirst entzückt von ihm sein, er hat jetzt alle Zähnchen und ißt seine Mahlzeiten wie ein großer Junge. Er läuft und springt wie ein Wiesel, doch möchte ich ihn am liebsten mit den Augen festbinden; ich war verzweifelt, daß ich ihn während der Zeit des Wochenbettes, das diesmal wegen besonderer Vorschriften, die von den Ärzten als notwendig erachtet wurden, über vierzig Tage dauerte – nicht bei mir behalten durfte. Ach, liebes Kind, man kann sich leider nicht daran gewöhnen, Kinder zu bekommen. Die gleichen Schmerzen, die gleichen Ängste kehren wieder. Hingegen bin ich nicht ohne Verdienst an der Fasson dieses kleinen Mädchens (zeige nur diesen Brief nicht Felipe), das Deinen kleinen Armand möglicherweise noch in den Schatten stellen wird.

Mein Vater fand Felipe schmaler geworden und auch Dich, liebes Herz, abgemagert! Und doch fehlt Dir jetzt jeder Grund zur Eifersucht, da Herzog und Herzogin von Soria abgereist sind. Oder verbirgst Du mir einen geheimen Kummer? Dein Brief war nicht so lang und liebevoll eingehend wie die sonstigen. Oder wäre es nur eine Kaprize meiner lieben Kapriziösen?

Doch jetzt genug, die Pflegerin schilt über mein Schreiben, und Mademoiselle Athenaïs de l'Estorade wünscht zu speisen. Lebe also wohl und schreibe mir lange, gute Briefe.

✩

43) Madame de Macumér an die Gräfin de l'Estorade

ZUM ERSTENMAL IN MEINEM LEBEN, LIEBE Renée, habe ich einsam geweint, unter der Weide auf der Bank von Holz, am Ufer des weiten Sees von Chantepleurs – ein entzückender Ort, den Deine Ankunft noch verschönern wird, denn es fehlen ihm die fröhlichen Kinder. Deine Fruchtbarkeit hat mich zu ernsten Betrachtungen über mich selbst veranlaßt: Nach dreijähriger Ehe bin ich noch ohne Kinder! „Ach," dachte ich in meinem Herzen, „und sollte ich noch hundertmal mehr leiden als Renée bei der Geburt meines Patenkindes, und sollte ich mein Kind wie sie in Krämpfen sehen müssen, schenke mir, mein Gott, ein solch engelhaftes Geschöpf wie diese kleine Athenaïs, die ich in Gedanken vor mir sehe, schön und reizend wie ein junger Tag. Du hast mir zu wenig von ihr erzählt, und daran erkenne ich meine Renée. Ich fühle, daß Du meine Leiden errätst. Jedesmal, wenn meine Hoffnung zunichte wird, versinke ich für viele Tage in finstere Gedanken und klage mein Geschick in düsteren Elegien an. Wann wird es mir vergönnt sein, kleine Häubchen zu sticken, feines Tuch zur Wäsche zu wählen, die zarten Spitzen zu nähen, die das kleine Köpfchen einhüllen sollen? Soll mich niemals eines dieser zarten Geschöpfe Mutter rufen, mich am Kleide zupfen, mich tyrannisieren? Werde ich nie die Spuren eines kleinen Wagens auf dem Sand erblicken, ein zerbrochenes Spielzeug in meinem Garten aufheben? Werde ich nie, wie andere Mütter, beim Krämer Säbel, Puppen und Bälle

einkaufen? Ist es mir verwehrt, ein Leben entstehen und heranwachsen zu sehen, einen zweiten, noch geliebteren Felipe? Ich wünschte mir einen Sohn, um zu erfahren, wie man den Geliebten, in einem zweiten Wesen, über ihn selbst hinaus, lieben kann. Mein Park und das Schloß erscheinen mir öde und kalt. Eine kinderlose Frau ist eine Ungeheuerlichkeit; wir sind einzig dazu geschaffen, Mutter zu sein. O mein lieber, kleiner Magister im Mieder! Wie richtig hast Du das Leben gesehen! Übrigens ist Sterilität, in jeglicher Form, furchtbar. Mein Leben gleicht etwas zu sehr einem Schäferspiel von Geßner oder Florian – man sehnt sich zuletzt nach dem Wolf, wie Rivarol richtig sagt. Auch ich will mich opfern können. Ich fühle Kräfte in mir, die Felipe vernachlässigt, ich fürchte, wenn ich nicht Mutter sein darf, daß irgendein Unglück nicht zu vermeiden sein wird. Dies alles habe ich soeben dem Maurensprößling mitgeteilt, dem bei meinen Worten die Augen feucht wurden. Es bleibt dabei, er ist ein wundervolles Tier, das mit seiner Liebe nicht spielen läßt.
Ich habe schon daran gedacht, einen Bittgang zu tun zu einem unserer gnadenreichen Muttergottesbilder; oder in einem wundertätigen Wasser zu baden. Nächsten Winter werde ich die Ärzte befragen. Ich bin zu böse über mich selbst, um Dir noch mehr von mir zu sagen. Leb wohl!

☆

44) Dieselbe derselben

Paris 1829

MEINE LIEBE, EIN GANZES JAHR OHNE EINEN Brief von Dir? Ich bin gekränkt! Glaubst Du, daß

Dein Louis, der mich fast jeden zweiten Tag aufsucht, Dich ersetzen könnte? Es genügt mir auch nicht, zu wissen, daß Du gesund bist, und daß Eure Geschäfte gut gehen; ich brauche Deine Gefühle und Gedanken, wie ich Dir die meinigen preisgebe, selbst auf die Gefahr hin, von Dir gescholten oder zurechtgewiesen oder mißverstanden zu werden, denn ich habe Dich lieb. Dein Schweigen und Deine ländliche Zurückgezogenheit in einem Augenblick, wo Du die parlamentarischen Triumphe des Grafen de l'Estorade mitgenießen könntest, dessen Beredsamkeit und Hingabe an die Sache nicht ohne Erfolg geblieben sind und ihm ohne weiteres einen bedeutenden Platz sichern werden, erfüllen mich mit ernster Besorgnis. Numa hielt sich nicht so fern von seiner Egeria! Warum hast Du die Gelegenheit nicht benutzt, nach Paris zu kommen? Wir hätten vier Monate zusammen sein können. Louis sagte mir gestern, Du werdest ihn hier abholen, um Deine dritte Niederkunft in Paris zu erwarten. Schreckliche „mère Gigogne", die Du bist! Nach vielem Hin und Her und manchem Weh und Ach gestand mir Louis, der Diplomat, daß sein Großonkel, der Pate von Athenaïs, es nicht mehr lange machen werde. Ich erwarte also von Dir, als umsichtiger Familienmutter, daß Du Dir die Reden und Ehren des Abgeordneten zu Nutzen machen werdest, um aus diesem letzten Verwandten Deines Mannes ein ansehnliches Legat herauszubekommen. Du darfst ganz beruhigt sein, geliebte Renée, die Lenencourt, die Chaulieu, der Salon der Madame de Macumér sind für Deinen Louis tätig. Martignac wird ihn zweifelsohne in den Finanzhof bringen. Wenn

Du mir aber nicht sagst, warum Du in Deiner Ländlichkeit und Zurückgezogenheit beharrst, werde ich böse! Ist es vielleicht, um den Verdacht abzuwenden, als wärest Du die politische Triebfeder des Hauses de l'Estorade; ist es wegen der Erbschaft des Onkels; oder fürchtest Du, Paris könnte Dich in Deinen Mutterrechten schmälern? Zu gerne wüßte ich, ob nicht der wahre Grund darin liegt, Dich in Deinem jetzigen Zustand zum ersten Male hier zu zeigen! Kokette! Leb wohl.

✩

45) Renée an Louise

DU BEKLAGST DICH ÜBER MEIN SCHWEIGEN. Hast Du denn die beiden kleinen, braunen Lockenköpfe ganz vergessen, die ich zu regieren habe und die mich beherrschen? Übrigens hast Du ganz von selbst die anderen Gründe erraten, die mich hier zurückhalten. Abgesehen vom Befinden des kostbaren Onkels wollte ich mich in meinem augenblicklichen Zustand nicht mit einem vierjährigen Jungen und einem bald dreijährigen Mädchen in Paris herumschleppen; außerdem möchte ich Dein Leben und Deinen Haushalt nicht mit solchem Zuwachs belasten, noch in dem glänzenden Kreis, den Du beherrschst, zu meinem Nachteil erscheinen. Möblierte Wohnungen aber oder Hotels sind mir ein Greuel. Als Louis' Großonkel von der Wahl seines Neffen erfuhr, machte er mir die Hälfte seiner Ersparnisse, zweimal hunderttausend Franken, zum Geschenk, um daraus ein Haus in Paris zu erwerben; Louis hat den Auftrag, in Eurem Stadtteil ein solches aufzutreiben. Meine Mutter trägt dreißigtausend Franken zur Einrichtung

bei. Ich werde also, wenn ich zu den Sitzungen nach Paris komme, im eigenen Hause wohnen können. Jedenfalls liegt mir daran, Deiner würdig zu erscheinen.
Ich bin Dir herzlich dankbar, daß Du Louis so trefflich zu betten verstandest; doch möchte ich ihn ungeachtet der Ehrung, die in dem Angebot der Herren de Bourmont und de Polignac liegt, ihn ihrem Ministerium einzugliedern, nicht gern auf so exponiertem Posten sehen. Ich ziehe den Finanzhof wegen seiner Unabsetzbarkeit vor. Unsere Wirtschaft hier ist in besten Händen, und wenn unser Verwalter sich erst einmal eingelebt hat, werde ich Louis sekundieren, darauf kannst Du Dich verlassen. Unmöglich aber ist es mir, jetzt lange Briefe zu schreiben. Wollte ich Dir nur den gewöhnlichen Lauf eines meiner Tage schildern, so müßte ein solches Schreiben eine Woche auf meinem Tisch liegen bleiben, und Armand würde wahrscheinlich Papiertüten oder kleine Schiffchen, die auf seinem Badewasser schwimmen, daraus verfertigen. Ein Tag wäre übrigens genug, sie sind sich alle gleich und nur nach zwei Richtungen bestimmt: die Kinder sind krank oder die Kinder sind nicht krank. Wörtlich genommen, in meinem einsamen Landhaus werden mir die Minuten zu Stunden oder die Stunden zu Minuten, je nach dem Befinden der Kinder. Abends, wenn sie zu Bett gebracht sind, wenn ich das eine gewiegt, dem anderen Geschichten erzählt habe, um sie einzuschläfern – dann beginnt meine schöne Stunde. Wenn ich sie so ganz nahe, schlafend, bei mir habe, sage ich mir: „Jetzt ist nichts zu fürchten.“ Denn wirklich, mein Engel, tagsüber denken

wir Mütter uns tausend Gefahren aus, sobald wir die Kleinen nicht vor Augen haben. Da ist das Rasiermesser, das Armand heimlich entwendet, um damit zu spielen; oder seine Bluse fängt Feuer; eine Schlange beißt ihn, auch kann er sich beim Fallen eine Beule schlagen und der Springbrunnen ist da, in dem er ertrinken könnte! Es schlingen sich durch ein Mutterdasein viele süße und schreckliche Geschichten. Keine Stunde, die nicht ihre Freuden und Leiden mit sich führte. Abends aber, in meinem Zimmer, kommt die Zeit der wachen Träume, in denen ich mir ihr Schicksal ausmale, und das Lächeln der Engel, die ich an ihren Bettchen wachen sehe, strahlt hell in ihre Zukunft hinein. Manchmal ruft Armand im Schlaf nach mir, dann küsse ich ihn, ohne daß er es weiß, auf die Stirn und küsse die kleinen Füßchen seiner Schwester und betrachte sie beide in ihrer Schönheit. Das sind meine Feste. Gestern rief mich, glaube ich, ihr Schutzengel mitten in der Nacht, und als ich ängstlich an Athenaïs' Wiege eilte, fand ich sie, die mit dem Kopf viel zu nieder lag, und Armand aufgedeckt, die Füßchen blau vor Kälte.

„O liebe, kleine Mutter", sagte er erwachend und schlang seine Ärmchen um meinen Hals.

Es ist so wichtig für eine Mutter, ihre Kinder immer bei sich zu haben. Wie könnte ein Dienstmädchen, und wäre es noch so sorglich, sie aufnehmen, beruhigen und wieder zum Schlafen bringen, wenn ein schlimmer Alp sie aufgeschreckt hat. Denn sie haben ihre besonderen Träume; und sie von diesen Träumen zu befreien, ist so schwer, wenn uns das Kind schlafbefangen und aufgeschreckt, wissend und töricht zugleich anschaut und lauscht, in der bangen Fermate des Wachseins. Mein Schlaf ist jetzt so leise, daß ich durch den Schlummer hindurch wie durch einen feinen Schleier, der über meinen Augen liegt, meine beiden Kinder sehe und höre. Ein Seufzer, eine leise Bewegung weckt mich auf. Und immer noch sehe ich das Krampfgespenst am Fußende ihrer Bettchen hocken.

Bei Tagesgrauen beginnt das Gezwitscher der Kinder mit den ersten Stimmen der Vögel. Durch die Schleier des fliehenden Schlafes trifft mich ihr Lallen wie das morgendliche Geplapper und Gezänk von Schwalben; kleine fröhliche oder klägliche Schreie, die ich weniger mit den Ohren als mit dem Herzen auffange! Während Naïs sich einen Weg von ihrer Wiege bis zu meinem Bett bahnt auf Händen und kleinen Wackelfüßen, klettert Armand mit Affenbehendigkeit in meine Arme. Dann machen die beiden mein Bett zum Schauplatz ihrer Spiele, und ihre Mutter muß zu allem herhalten. Die Kleine reißt mich an den Haaren und sucht noch immer die Brust, die Armand verteidigt, als wäre sie sein Eigentum. Ich leiste keinen Widerstand, und ihr Lachen, das wie Raketen aufsteigt, verscheucht mir zuletzt den Schlaf. Dann spielt man Menschenfresser; und Mutter Menschenfresser frißt vor Zärtlichkeit die feine, weiße Haut, küßt im Übermaß die schelmischen Augen, die rosigen Schultern; kleine, entzückende Eifersüchteleien werden geweckt. Es gibt Tage, wo ich um acht Uhr beginne, die Strümpfe anzuziehen, und sie um neun Uhr noch nicht anhabe.

Endlich, Liebe, wird aufgestanden! Nun beginnt die Toilette. Ich ziehe meinen Morgenrock über, streife die Ärmel auf und binde die Wachstuchschürze vor: dann bade und schrubbe ich meine beiden kleinen Blumen unter Marys Mithilfe. Ich allein bin maßgebend für die Temperatur des Wassers, und das Jauchzen oder Geschrei der Kinder zeigt mir genau seine Richtigkeit an. Papierfetzen und Porzellanschwänchen schwimmen herum: man muß die Kinder unterhalten, damit sie sich ordentlich waschen lassen. Du kannst Dir nicht vorstellen, wieviel Erfindung dazu gehört, um bei diesen kleinen, absoluten Königen freien Zugang für den weichen Schwamm zu allen Ecken und Winkeln ihrer Person zu erlangen. Die Geistesgegenwart, die es braucht, das mütterliche Amt siegreich durchzuführen, würde Dich in Erstaunen versetzen. Man fleht, man schilt, man heuchelt mit beispielloser Selbstverständlichkeit. Man wäre ganz und gar verloren, wenn nicht Gott der Schlauheit des Kindes die Schlauheit der Mutter entgegengesetzt hätte. Ein Kind ist ein großer Politiker, und man fängt es, wie den erwachsenen Politiker, bei seinen eigenen Leidenschaften. Glücklicherweise lachen diese Engel über alles: eine Bürste, die fällt, ein Stück Seife, das aus den Händen gleitet, löst Jubelschreie aus. Und wenn er auch teuer erkauft wird, es gibt doch einen Sieg! Gott allein (denn der Vater sieht nichts von alledem) oder die Engel können die Blicke verstehen, die ich mit Mary tausche, wenn inmitten der Seifen, Schwämme, Kämme, Waschbecken, Papierfetzen, Flanell, kurz, den tausend Kleinigkeiten einer „Nursery“, die beiden Knirpse endlich sauber und angekleidet dastehen. In diesem Punkte halte ich es mit den Engländerinnen. Die Frauen dieses Landes verstehen sich auch trefflich auf die Ernährung; und wenn sie das Wohl der Kinder auch nur von einem ganz materiellen und physischen Gesichtspunkt aus betrachten, so gibt ihnen der Erfolg gewissermaßen recht. Meine Kinder werden die Füße immer in Wolle und bloße Beine haben. Sie werden nicht eingezwängt und eingewickelt und nie allein gelassen. Die Knechtschaft des französischen Kindes am Gängelband ist die Freiheit der Amme, – da hast Du die ganze Bescherung. Eine rechte Mutter ist nie frei, darum kann ich Dir auch nicht schreiben. Auf meinen Schultern lastet die Führung meiner Ländereien und die Regentschaft der beiden Kinder. Die Verdienste einer Mutter sind verschwiegen und von keinem gekannt; ihre glanzlosen Tugenden erschöpfen sich in den geringsten Einzelheiten. Ihre Hingabe ist in jeder Stunde lebendig. Da gilt es auf die Suppe aufzupassen, die bei kleinem Feuer kocht. Oder hältst Du mich für die Frau, die sich solcher Mühe entzöge? Es gilt, Liebe in den kleinsten Dienst zu säen. Wie entzückend ist das Lächeln eines Kindes, dem seine kleine Mahlzeit herzlich schmeckt. Armand hat ein zufriedenes Kopfnicken, das mir ein ganzes Liebesleben aufwiegt. Wie kann man einer fremden Frau das Recht, die Fürsorge, das Vergnügen abtreten, auf einen Löffel Suppe zu hauchen, auf den Naïs ungeduldig das Mäulchen spitzt? Sie, die, erst vor sieben Monaten entwöhnt, sich noch immer an die Brust erinnert. Wenn ein Mädchen dem Kind Lippen und Zunge mit einer zu heißen Suppe verbrennt, wird sie immer behaupten, das Kind schreie vor Hunger. Wie könnte eine Mutter ruhig schlafen bei dem Gedanken, daß ein unreiner Atem die Bissen ihres Kindes gestreift hat, da doch auch die Natur keinen Mittler duldet zwischen der Brust und den Lippen des Säuglings! Die Kotelette für Naïs klein zu schneiden und mit Kartoffeln zu vermengen, braucht viel Geduld; und nur eine Mutter bringt es zustande, dem unwilligen Kinde die Mahlzeit bis zum Ende einzuschmeicheln. Kein Dienstbote, keine englische Bonne ersetzen die Mutter auf dem Kampfplatz, wo nur Sanftmut die kleinen Nöte und Leiden des Kindes besiegt. Weißt Du, Louise, Kinder wollen mit der Seele behütet sein, nur auf die eigene Seele kann man sich verlassen, nur auf die eigenen Hände, bei ihrer Toilette, bei ihrer Nahrung, beim Schlafenlegen. Der Schrei des Kindes ist eine Rüge der Natur selber für die Mutter oder Pflegerin, wenn er nicht durch einen unvermeidlichen Schmerz hervorgerufen wird. Seitdem ich ihrer zwei, ja bald drei zu versorgen habe, ist kein Raum mehr für etwas anderes in meiner Seele als nur für die Kinder, ja selbst Du, die ich so innig liebe, bist mir in die Ferne der Erinnerung entrückt.

Manchmal bin ich um zwei Uhr noch nicht fertig angezogen, und ich begegne den Müttern, die ihre Wohnung, ihre Wäsche, Kleider und Geschäfte in tadelloser Ordnung halten können, mit Mißtrauen. Gestern, am ersten Tag des April, als die warme Sonne schien, wollte ich vor meiner Niederkunft, die kurz bevorsteht, noch einmal mit ihnen spazieren gehen. Ach, Liebe, ein solcher Spaziergang ist ein Gedicht für eine Mutter, man freut sich schon am Vorabend darauf. Armand sollte zum erstenmal ein Jäckchen aus schwarzem Sammet anziehen, einen neuen selbstgestickten Kragen, eine schottische Mütze in den Farben der Stuart und mit einer Hahnenfeder geziert; Naïs ein weiß und rosa Kleidchen mit einem entzückenden Babyhäubchen! Dennoch ist sie das Baby, bald verliert sie den hübschen Namen an den Kleinen, der mich jetzt schon mit den Füßchen stößt und den ich meinen kleinen Bettler nenne, denn er ist der jüngste. Ich habe mein Kind im Traum gesehen und weiß, daß es ein Knabe sein wird. Käppchen, Krägelchen, Jäckchen, die kleinen Strümpfe, die niedlichen Söckchen, die rosa Wickelbänder, das seidenbestickte Mousselinckleidchen – alles lag auf meinem Bett. Als die beiden fröhlichen Vögel, die sich so gut verstehen, nun schön frisiert waren, der braune Haarschopf des einen in Locken gedreht, beim andern in die Stirne gekämmt, unter dem weiß und rosa Häubchen; als die Schuhe geknöpft und die rosigen nackten Beinchen ungeduldig in der Nursery herumtrippelten; als die frischen Gesichtchen „clean" waren, wie Mary sagt, und die funkelnden Augen sagten: „Jetzt!" – zitterte ich selber vor Freude. Gibt es ein schöneres Kunstwerk als diese Kinder, die wir mit eigenen Händen schmücken, deren zarte, weiße Haut mit den durchschimmernden blauen Äderchen wir baden, trocknen, pudern und in die leuchtenden Farben von Seide und Wolle kleiden, damit sie um so heller strahle! Mit welcher kaum zu befriedigenden Leidenschaft rufen wir sie zurück, um ihren kleinen Hals zu küssen, der, mit seinem schlichten Krägelchen geziert, vollkommener strahlt als der herrlichste Frauenhals. Du kennst die dummen kolorierten Kupfer, vor denen alle Mütter stehenbleiben; ich zaubere mir stündlich selber die entzückendsten Bilder hervor. Nun aber höre weiter: einmal unterwegs genoß ich die Früchte unserer Bemühungen, bewunderte den kleinen Armand, der aussieht wie ein Prinz und Baby sorglich auf dem Weg führte, den Du kennst. Plötzlich kommt ein Wagen, ich versuche beide auf die Seite zu ziehen; schon liegen sie in einer Wasserpfütze, und mein ganzes Kunstwerk ist vernichtet. Wir mußten sogleich umkehren, um sie anders anzuziehen. Ich nahm die Kleine auf den Arm, ohne darauf zu achten, daß ich mein Kleid ganz verdarb; Mary ergriff Armand, und so kehrten wir zurück. Wenn ein Baby schreit, ein Kind sich beschmutzt, muß alles andere zurücktreten, die Mutter denkt nicht mehr an sich, sie ist völlig in Anspruch genommen.

Das Mittagessen wird serviert, und ich habe noch nichts getan; jetzt heißt es ihnen beiden zugleich auszuteilen, die Lätzchen vorbinden, die Ärmelchen zurückschlagen und sie zum Essen zu bringen. Dieses Problem muß zweimal täglich gelöst werden. Inmitten dieser beständigen Pflege, der Feste und Mißgeschicke wird nur einer im Hause völlig vergessen, und das bin ich. Es kommt vor, wenn die Kinder ungezogen sind, daß ich einen ganzen Tag in Papillotten umhergehen muß. Meine Toilette ist von ihrer Laune abhängig. Für die freie Stunde, in der ich Dir diesen Brief schreibe, muß ich ihnen die Bilder aus meinem Roman zum Ausschneiden opfern, meine Bibliothek, meine Schachfiguren und Spielmünzen zu ihren Burgen überlassen;

Naïs darf meine Wolle und Seide nach eigener Erfindung entwirren, und diese Aufgabe ist so kompliziert, daß es ihrer ganzen Aufmerksamkeit bedarf und sie mäuschenstill dabei sitzt.

Aber ich darf mich nicht beklagen: meine Kinder sind frisch und kräftig, es braucht zu ihrer Unterhaltung weniger, als man denkt. Sie freuen sich an allem, und wichtiger als Spielzeug ist ihnen ihre wohlbehütete Freiheit. Ein paar rosenrote, gelbe, violette oder schwarze Kieselsteine, kleine Muscheln, der rieselnde Sand – darin besteht ihr Glück. Ihr Reichtum liegt in tausend kleinen Dingen. Ich beobachtete Armand: er spricht mit Blumen, Fliegen, Hühnern; er ahmt ihnen nach, er verständigt sich mit den Insekten, die ihn mit Bewunderung erfüllen. Alles, was klein ist, beschäftigt ihn. Das „warum" aller Dinge hat für ihn begonnen; eben will er wissen, was ich seiner Patin schreibe. Er hält Dich für eine Fee – Du siehst, wie richtig Kinder sehen! Ach, geliebtes Herz, ich wollte Dich nicht traurig machen mit dieser Schilderung meines Paradieses. Höre diese kleine Geschichte, die Dir das Wesen Deines Patenkindes deutlich zeigt: Neulich folgte uns ein Bettler; denn die Bettler wissen, daß ihnen eine Mutter ein Almosen nicht verweigert, wenn sie in Begleitung ihres Kindes ist. Armand ahnt nicht, daß es Leute gibt, die hungern müssen; er versteht nicht, was Geld ist. Da ich ihm erst kürzlich eine Trompete gekauft habe, die er sich wünschte, hielt er diese dem Alten in königlicher Huld entgegen und sagte:

„Da nimm!"

„Darf ich sie behalten?" fragte mich der Bettler.

Was auf dieser weiten Erde vermöchte das Glück eines solchen Augenblickes aufzuwiegen!
„Sie müssen wissen, Madame, daß ich auch Kinder gehabt habe“, sagte der Alte und nahm das Geld, das ich ihm reichte, ohne einen Blick darauf zu werfen.
Wenn ich mir denke, daß ich meinen Armand einmal einer Schule überlassen muß, daß ich ihn nur noch dreieinhalb Jahre bei mir behalten darf, überläuft mich ein Schauder. Die holden Blüten seiner gesegneten Kindheit werden unter der Sense des öffentlichen Unterrichtes fallen; die Leichtigkeit, die entzückende Offenheit seines Wesens ersticken, fern vom Mutterboden. Man wird ihm die Locken abschneiden, die ich gepflegt, gekämmt und ach, so oft geküßt habe. Was wird man aus seiner Seele machen?
Und Du, was geschieht mit Dir? Du sagst mir nichts von Deinem Leben. Liebst Du Deinen Felipe noch immer? Für den Sarazenen bin ich unbesorgt. Leb wohl, eben ist Naïs hingefallen. Aus diesem Brief würden Bände, wenn ich in meiner Erzählung fortfahren wollte.

✩

46) *Madame de Macumer an die Gräfin de l'Estorade*

1829

MEINE GUTE, ZÄRTLICHE RENÉE, DIE ZEITUNgen werden Dir das furchtbare Unglück mitgeteilt haben, das über mich hereingebrochen ist. Ich konnte Dir nicht schreiben, während zwanzig Tagen und Nächten blieb ich an sein Bett geheftet;

nahm seinen letzten Atemzug entgegen, schloß ihm die Augen; ich hielt mit den Priestern die heiligen Wachen und sprach die Sterbegebete. Ich legte mir selber diese Züchtigungen, diese unsagbaren Leiden auf, und dennoch! Wenn ich an das Lächeln denke, das er mir schenkte, bevor er starb, will es mir nicht in den Sinn, daß meine Liebe ihn getötet haben soll. Jetzt ist er nicht mehr – und ich lebe! Du hast uns gekannt – ich brauche nicht mehr zu sagen; alles liegt in diesen beiden Worten. Ach, könnte mir einer sagen, wie ich ihn ins Leben zurückriefe – ich gäbe mein Himmelsanteil um dieses Wissen, – denn es hieße ja: ihn wiedersehen!... Und ihn noch einmal zu fassen, und sei es auch nur eine Sekunde, wäre Atmen ohne diesen Dolch im Herzen. Kommst Du nicht bald, um mir diese Botschaft zu bringen? Oder liebst Du mich nicht genug, um mir eine wohltätige Lüge zu schenken? Aber nein, Du hast es ja vorausgesagt, daß meine Liebe ihm tödliche Wunden schlüge... Ist es denn wahr? Nein, ich habe seine Liebe nicht verdient – ich habe sie gestohlen. Ich habe mein Glück erwürgt in sinnlosen Umarmungen! Ich bin nicht mehr wahnsinnig, jetzt wo ich Dir schreibe; aber ich fühle meine ganze Verlassenheit. Großer Gott! Welche Qual in deiner Hölle wiegt schwerer als dieses Wort!

Als man ihn mir nahm, legte ich mich in sein Bett, um zu sterben. Nur eine schmale Tür trennte uns; ich traute mir die Kraft zu, sie aufzustoßen – aber ach! ich war zu jung. Vierzig Tage lang hat man mich mit den Erfindungen einer traurigen Wissenschaft, mit grausamer Kunst gepflegt und genährt, und jetzt sitze ich an meinem Fenster inmitten der schönen Blumen, die er für mich hat pflanzen lassen; vor mir das herrliche Land, auf dem seine Blicke ruhten, das er stolz war, entdeckt zu haben, weil es mir gefiel! Ach, Liebe, wie qualvoll ist es, den Ort zu wechseln, wenn das Herz tot ist. Die feuchte Erde des Gartens läßt mich erschauern, die Erde ist wie ein großes Grab – und mir ist, als träte ich auf ihn. Bei meinem ersten Ausgang überfiel mich diese Furcht, und ich blieb regungslos stehen. Es ist so trostlos, seine Blumen zu sehen ohne ihn! Meine Eltern sind in Spanien, meinen Bruder kennst Du; Dich halten Deine Pflichten – doch sei unbesorgt: zwei Engel ließen sich zu mir nieder: Herzog und Herzogin von Soria, diese liebevollen Herzen, eilten auf die Nachricht seiner Erkrankung herbei. Während der letzten Nächte stand unser dreifaches Leid still und schweigend um das Bett, indem einer der wirklich großen, edlen Männer mit dem Tode rang. Felipes Geduld war überirdisch. Das Wiedersehn mit seinem Bruder und Marie vermochte einen Augenblick lang seine Seele zu erfrischen und die Schmerzen zu lindern.

„Liebste," sagte er zu mir mit der Einfachheit, die ihn in allen Dingen auszeichnete, „ich vergaß, in meinem Testament Fernandez die Baronie von Macumér zu überschreiben. Mein Bruder wird mir verzeihen, er, der weiß, was Liebe ist."

Ich verdanke mein Leben der Pflege meines Schwagers und seiner Frau, sie wollen mich nach Spanien mitnehmen.

Ach, Renée, dieses Unglück! Nur Du allein ahnst seine Größe. Das Bewußtsein meiner Schuld drückt mich zu Boden; es ist eine bittere Lust, sie Dir zu beichten. Arme, ungehörte Kassandra! Meine Ansprüche, meine sinnlosen Eifersüchteleien, meine ständigen Quälereien haben ihn getötet. Meine Liebe wurde um so verhängnisvoller, als wir beide eine gleiche und außergewöhnlich feine Empfindsamkeit besaßen. Wir sprachen dieselbe Sprache; er verstand wunderbarerweise alles, und oft traf ein unbedachter Scherz von mir sein innerstes Herz. Du kannst Dir nicht vorstellen, wie weit der Gehorsam meines geliebten Sklaven ging! Oft befahl ich ihm, sich zu entfernen und mich allein zu lassen; er gehorchte ohne eine Frage nach dieser Laune, die ihn vielleicht kränkte. Bis zu seinem letzten Seufzer hat er mich gesegnet, mir immer aufs neue wiederholt, daß ein einziger Morgen im vertrauten Alleinsein mit mir ihm mehr gegolten habe als ein langes Leben mit einer anderen Frau – und wäre es Maria Heredia gewesen.

Ich weine bitterlich, während ich diese Worte niederschreibe.

Ich stehe zu Mittag auf und lege mich wieder um sieben Uhr abends. Ich brauche eine lächerliche Zeit für meine Mahlzeiten; ich gehe ganz langsam, ich betrachte das Laub der Bäume und kümmere mich lange und eingehend um ein Nichts; ich suche den Schatten und liebe Nacht und Stille. Mit jeder Stunde kämpfe ich einen bitteren Kampf und werfe eine nach der anderen mit finsterer Lust in die Vergangenheit zurück. Der Friede meines Parks ist der einzige Gefährte, den ich ertrage; aus allen Dingen strahlen mir die verklärten Bilder meines erloschenen Glückes wieder – jedem andern unsichtbar, mir allein lebendig und redend in tausend Zungen. Als ich eines Morgens zu meiner Schwägerin sagte: „Ihr Spanier seid mir unerträglich, Ihr besitzt eine Größe der Seele, die wir nicht kennen", warf sie sich weinend in meine Arme.

Ach, Renée, wenn ich nicht gestorben bin, so ist es, weil Gott wahrscheinlich die Größe des Unglücks nach den Kräften des Duldenden mißt. Nur wir Frauen, die wir eine Liebe ohne Heuchelei, eine Liebe freier Wahl, eine echte Leidenschaft, die gleichzeitig Seele und Leib ganz erfüllte, genossen haben, ermessen die Größe eines solchen Verlustes. Wie selten findet sich der ausgezeichnete Mann, dem sich unsere Seele, ohne herabzusteigen, in voller Liebe hingeben könnte! Ihm zu begegnen ist das größte, was uns widerfahren kann. Und ein zweites Mal werden wir ihm nicht begegnen. „Hütet Euch, Ihr Männer, die Ihr wahrhaft stark und hochherzig seid, die Ihr Eure Tugend keusch mit Poesie verhüllt, deren Seele jenen hohen Reiz besitzt, der zur Anbetung zwingt – hütet Euch zu lieben um Eures und Eurer Frauen Glückes willen!" So geht mein Klageruf durch die Alleen meines Parkes. Und kein Kind von ihm! Die unversiegliche Quelle, die mir lächelte, sich in Freuden und Blumen unerschöpflich ergoß, – sie mußte unfruchtbar bleiben! Ich bin ein unseliges Geschöpf; oder sollte die reine leidenschaftliche Liebe, die nichts außer sich kennt, ebenso unfruchtbar sein wie der Haß? Wie auch die äußerste Glut des Wüstensandes und die äußerste Kälte des Pols jegliches Leben verhindern? Muß man sich einen Louis de l'Estorade wählen, um Kinder zu haben? Wäre Gott selber neidisch auf eine solche Liebe? – ... Ich rede irre ...

Mir ist, als könnte ich unter allen Menschen nur Dich in meiner Nähe ertragen, komm doch, nur Du sollst bei Deiner trauernden Louise sein. Oh, der furchtbare Tag, an dem ich zuerst die Witwenhaube anlegte! Als ich mich so ganz in Schwarz sah, fiel ich auf einen Stuhl nieder und weinte bis in die Nacht hinein und weine jetzt, wo ich Dir davon spreche. Leb wohl, ich bin müde vom Schreiben, müde meiner Gedanken – laß mich schweigen. Bringe Deine Kinder mit, das Jüngste kannst Du hier stillen. Ich bin nicht mehr eifersüchtig: er ist fort, und der Anblick meines Patenkinds wird mir wohltun; wünschte sich doch Felipe ein Kind, das ihm ähnlich wäre.
Ach, komm und nimm Dein Teil an meinen Schmerzen! –

☆

47) Renée an Louise

1829

LIEBES HERZ, WENN DU DIESEN BRIEF LIEST, bin ich nicht mehr fern, ich reise ein paar Minuten nach seinem Abgang. Wir werden ganz unter uns sein. Louis muß in der Provence bleiben wegen der kommenden Wahlen; er möchte wieder gewählt werden, und es haben sich schon Intrigen von seiten der Liberalen gegen ihn gebildet.
Ich komme nicht, um Dich zu trösten, ich bringe Dir nur mein Herz als Gefährten, es soll Dir helfen, das Leben zu ertragen. Und laß mich Dich bitten, Deinen Tränen freien Lauf zu lassen: Du mußt Dir das Glück erkaufen, ihm eines Tages wieder zu begegnen; ist er doch nur auf dem Weg zu Gott, und Du kannst keinen Schritt tun, der

Dich ihm nicht näher brächte. Jede erfüllte Pflicht verkürzt die Kette, die Euch trennt. Mut, meine Louise, in meinen Armen sollst Du Dich aufrichten und rein, edel und erlöst von Deinen unschuldigen Sünden ihm entgegengehen, begleitet von den guten Werken, die Du hier in seinem Namen noch vollbringen wirst.

Ich werfe diese Zeilen in größter Eile hin, inmitten der Vorbereitungen für die Reise der Kinder, Armand jubelt: „Die Patin – wir wollen zur Patin!“ Fast könnte ich eifersüchtig werden: ist er doch zur Hälfte Dein Kind!

☆

ZWEITER TEIL

☆

48) Die Baronin de Macumér an die Gräfin de l'Estorade

15. Oktober 1833

DOCH, LIEBE RENÉE, DU HAST RECHT gehört, man hat Dir die Wahrheit gesagt: Ich habe mein Haus, ich habe Chantepleurs und die Meiereien der Seine und Marne verkauft; aber daß ich toll und ruiniert sein soll, ist immerhin übertrieben. Rechnen wir nach: alles in allem, blieben mir von dem Vermögen des armen Macumér zwölfhunderttausend Franken. Ich will Dir, als getreue Schwester, genaue Rechenschaft ablegen. Ich habe eine Million in dreiprozentigen Anleihen angelegt, als sie auf fünfzig Franken standen, und meine Rente dadurch von dreißigtausend Franken, wie sie die Güter abgeworfen hätten, auf sechzigtausend erhöht. Sechs Monate in der Provinz absitzen, die Klagen der Bauern anhören, die zahlen, wie es ihnen paßt; sich langweilen wie ein Jäger bei Regenwetter; Erträgnisse auf den Markt bringen, um sie mit Verlust zu verkaufen; ein Hotel in Paris bewohnen, das zehntausend Pfund Rente verschlingt, Kapitalien beim Notar deponieren, auf die Zinsen warten; die Leute belangen, um zu seinem Geld zu kommen; Hypothekargesetze studieren, kurz, Geschäfte zugleich in Nivernais, in Seine-et-Marne und Paris zu haben, welche Last! welche Plage! welche Verluste für eine Witwe von siebenundzwanzig Jahren! Jetzt ist mein Vermögen in einem Geldbeutel angelegt; und anstatt dem Staat Abgaben zu entrichten, beziehe ich selber von ihm ohne jede Unkosten, alle sechs Monate dreißigtausend Franken beim Schatzamt, die mir ein hübscher, kleiner Angestellter, der lächelt, wenn er mich sieht, in dreißig Banknoten à tausend Franken aushändigt. Wie aber, wenn Frankreich Bankerott machte, wirst Du mich fragen. Erstens – „Ein fernes Unheil kann ich nicht verhüten!" und in diesem Falle würde Frankreich allerhöchstens die Hälfte meiner Einkünfte streichen, ich wäre also auch dann nicht ärmer als vor dieser Anlage; außerdem wird sich mein Geld bis dahin verdoppelt haben. Katastrophen pflegen nur von Jahrhundert zu Jahrhundert einzutreffen. Es bleibt also reichlich Zeit, sich durch Sparsamkeit aus seinen Einkünften ein Kapital anzulegen. Und ist nicht der Graf de l'Estorade Pair der Juli-Halbrepublik Frankreich; ist er nicht eine Stütze der Krone, die das „Volk" dem König der Franzosen anzutragen geruhte? Wie sollte ich sorgen, mit einem so guten Freund als Präsident des Schatzamtes und Großfinanzier? Wagst Du noch, mir vorzuwerfen, ich sei toll? Rechne ich doch schon fast so gut wie unser Bürger-König, und kannst Du erraten, welche Macht in einer Frau diese algebraische Weisheit hervorzuzaubern vermochte! Die Liebe! – Ja, der Augenblick ist gekommen, Dir mein geheimnisvolles Benehmen zu erklären, dessen Beweggründe selbst dem Scharfsinn Deiner besorgten Zärtlichkeit und Schlauheit entgehen mußten. Ich bin im Begriff, mich zu verheiraten, ganz im geheimen, in einem Dorf, nahe bei Paris.

Ich liebe und bin geliebt. Ich liebe mit der ganzen Kraft einer Frau, die weiß, was Liebe ist. Ich werde geliebt, wie ein Mann die Frau lieben muß, die ihn anbetet. Verzeih mir, Renée, daß ich mich nicht nur vor der Welt, sondern auch vor Dir verborgen hielt. Du wirst mir zugeben, daß, wenn Deine Louise alle Blicke getäuscht und jede Neugier vereitelt hat, die frühere Leidenschaft für den armen Macumér sie dazu zwang. L'Estorade und Du, Ihr hättet mich mit Euren Bedenken und Euren Vorstellungen um den Verstand gebracht. Zudem wären Euch die Verhältnisse entgegengekommen; Du allein kennst die Tragweite meiner Eifersucht. Du hättest mich unnötig gequält. Das, was Du mit meinem „Streich" bezeichnen wirst, liebe Renée, wollte ich ganz allein und nur nach meinem Kopf und Herzen ausführen, wie ein junges Mädchen, das seine Eltern hintergeht. Das Vermögen meines Liebhabers besteht in dreißigtausend Franken Schulden, die ich bezahlt habe. Gibt das nicht einen herrlichen Anlaß zu den ausgiebigsten Vorhaltungen? Wie nahe mußte es liegen, mir Gaston als Hochstapler hinzustellen! Dein Gatte hätte das geliebte Kind nach allen Richtungen hin ausspioniert. Ich zog vor, dies selber zu besorgen. Seit zweiundzwanzig Monaten macht er mir den Hof; ich bin siebenundzwanzig, er dreiundzwanzig Jahre alt! Für eine Frau ist dieser Altersunterschied ungeheuer: weiterer Grund zur Bedenklichkeit! Zu guter Letzt ist er auch noch Dichter, der von seiner Arbeit lebte, das heißt mit anderen Worten, daß er von wenig mehr als nichts lebte! Ja, die geliebte Dichter-Eidechse lag weit lieber in der Sonne und baute Luftschlösser, als im

Schatten ihrer ärmlichen Behausung Reime zu schmieden. Nun sind Schriftsteller und Künstler, kurz, alle diejenigen, die von geistigen Gütern leben, von den Realisten als unbeständig verschrien. Sie erfinden und verarbeiten so mannigfache Launen, daß es naheliegt zu glauben, ihr Herz werde von den Irrwegen ihrer Gedanken nicht unberührt bleiben. Trotz der bezahlten Schulden, trotz des Unterschiedes der Jahre, werde ich mich ihm nach neunmonatelanger würdiger Verteidigung, ohne daß er mir einmal die Hand küssen durfte, nach dem entzückendsten, keuschesten Liebesspiel, in wenigen Tagen ausliefern; nicht wie vor acht Jahren: unwissend, unerfahren und neugierig! Ich gebe mich und werde erwartet mit einer so großen Demut, daß ich die Hochzeit noch um ein weiteres Jahr hinausschieben dürfte. Doch ist in diesem Gefühl nichts von knechtischer Unterwürfigkeit; es ist freier Dienst, nicht Sklaverei. Nie fand sich ein edleres Herz, nie eine seelenvollere Leidenschaft vereint als bei meinem Verlobten. Ja, liebes Herz, ich habe allen Grund mich daran festzuhalten. Lasse mich Dir in wenigen Worten seine Geschichte erzählen:

Der Name meines Freundes lautet schlecht und recht Marie Gaston. Er ist nicht der natürliche, aber außereheliche Sohn der schönen Lady Brandon, von der Du sicher hast reden hören; der Gram und die Rache der Lady Dudley haben sie umgebracht, eine schreckliche Geschichte, von der das geliebte Kind keine Ahnung hat. Marie Gaston wurde von seinem Bruder Louis Gaston ins Gymnasium von Tours gebracht, das er 1827 wieder verließ. Sein Bruder stieg wenige Tage nach dem

Eintritt zu Schiff, um sein Glück zu machen; dies alles erfuhr Marie von der alten Frau, die seine Kindheit betreut hat. Der Bruder, der unterdessen Seemann geworden war, schrieb ihm dann und wann wahrhaft väterliche Briefe, aus denen eine edle Seele spricht; aber immer noch schlug er sich in der Fremde herum. In seinem letzten Brief kündigt er Marie Gaston seine Ernennung zum Schiffskapitän irgendwelcher amerikanischen Republik an und vermahnt ihn aufs neue, die Hoffnung nicht sinken zu lassen. Ach, seit drei Jahren fehlt meiner armen Eidechse jede Nachricht von diesem Bruder, den er so liebt, daß er sich auf der Suche nach ihm einschiffen wollte. Unser großer Schriftsteller Daniel d'Arthez hat diesen tollen Einfall gottlob verhindert und sich gleichzeitig des jungen Mannes in hochherziger Weise angenommen, ihm mehr als einmal, wie sich mein Dichter in seiner drastischen Sprache ausdrückt, „Nest und Futter" bereitet. Stelle Dir die bittre Enttäuschung des guten Jungen vor, der glaubte, Genie sei der sicherste Weg zum Glück! Ist das nicht zum Totlachen? Seit 1828 ringt er um Namen und Ansehen in der Literatur, wobei er natürlich ein Leben voller Ängste, Hoffnungen, Arbeit und Entbehrungen führte, wie es sich unsereiner nicht einmal vorzustellen vermag. Sein unerhörter Ehrgeiz ließ ihn, trotz aller Ermahnungen seines väterlichen Freundes d'Arthez, nicht ruhen, so daß der Schneeball seiner Schulden immer umfangreicher wurde. Immerhin begann sein Name bekannt zu werden, als ich ihm bei der Marquise d'Espard zum erstenmal begegnete. Er ahnte nicht, daß ich mich auf den ersten Blick zu ihm hingezogen fühlte. Wie war es möglich, daß er bis dahin noch von keiner Frau geliebt wurde! Wie kam es, daß er mir vorbehalten blieb! Oh, er ist genial und geistvoll, er hat Herz und einen wundervollen Stolz; aber die Frauen fürchten sich immer vor vollkommener Größe. Waren nicht hundert Siege nötig, bis Josephine in ihrem kleinen Gatten Buonaparte Napoleon entdeckte? Das unschuldige Kind bildet sich ein zu wissen, wie sehr ich ihn liebe! Armer Gaston, er ahnt es nicht einmal! Dir aber will ich es sagen, damit Du es weißt; denn dieser Brief, liebe Renée, ist etwas wie ein Testament. Denke ernstlich nach über meine Worte.

Ich weiß, daß ich geliebt werde, wie nur irgendeine Frau auf dieser Erde. Ich glaube an die wunderbare eheliche Gemeinsamkeit; bringe ich doch eine Liebe mit hinein, wie ich sie zuvor nicht gekannt habe. Ja, ich koste endlich das Glück einer tiefempfundenen Leidenschaft. Das, was heute eine Frau nur in der Liebe zu finden glaubt, gibt mir die Ehe. Ich fühle für Gaston die Anbetung, die ich meinem armen Felipe einflößte: ich bin nicht länger Herrin meiner selbst, ich zittre vor diesem Kind, wie der Abencerrage vor mir zitterte! Kurz, ich liebe noch mehr, als ich geliebt werde; ich lebe in tausend Ängsten; die lächerlichsten Befürchtungen überfallen mich plötzlich: ich habe Angst, verlassen zu werden, ich habe Angst, eines Tages alt und häßlich zu sein, wenn Gaston noch in Jugend und Schönheit strahlt, Ach, der Gedanke, ihm nicht zu genügen, schnürt mir das Herz zusammen! Dennoch glaube ich, Hingebung und Geist, kurz, die Fähigkeiten zu besitzen, unsere Liebe nicht nur dauern, sondern wachsen zu lassen, fern von der Welt, in Stille und Einsamkeit. Und sollte ich das Spiel dennoch verlieren, sollte das wundervolle Gedicht meiner Liebe ein jähes Ende finden... doch was rede ich von Ende! Wenn Gastons Liebe an einem Tag auch nur um einen Schatten geringer wäre als am Abend zuvor, wisse, nicht ihm, – mir allein müßte ich es zum Vorwurf machen! Es wäre nicht sein Fehler, es wäre der meine! Ich kenne mich und weiß, daß ich viel eher Geliebte als Mutter bin. Und ich sage Dir heute, daß ich daran sterben müßte, selbst wenn ich Kinder hätte. Ehe ich mich denn also meinem Geschick verschreibe, flehe ich Dich an, meine Renée, Mutter meiner Kinder zu werden, wenn das Fatum mich ereilen sollte: ich hinterlasse sie Dir. Deine unbedingte Pflichttreue, Deine wertvollen Eigenschaften, Deine Liebe zu Kindern, Deine Zärtlichkeit für mich, ja, alles, was ich von Dir weiß, wird mir den Tod weniger bitter machen, ich wage nicht zu sagen versüßen! Dieser geheime Vorbehalt verleiht meiner Hochzeit eine fast schreckliche Feierlichkeit: ich will auch keine Zeugen, die mich kennen, die Hochzeit soll in aller Stille abgehalten werden. Ich will meine geheime Angst tragen, ohne der Sorge in Deinen lieben Augen zu begegnen; ich allein will wissen, daß ich mit diesem zweiten Ehekontrakt mein Todesurteil unterschrieben habe.

Ich komme auf diesen Pakt zwischen dem „Ich“, das ich bin, und dem „Ich“, das ich sein werde, nicht mehr zurück und habe Dir nur davon gesprochen, um Dir die ganze Tragweite Deiner Verpflichtungen zu zeigen. Ich verheirate mich, unter

Gütertrennung, in der Gewißheit, ein hinreichendes Vermögen für uns beide zu besitzen. In vierundzwanzig Stunden werde ich mein Hab und Gut, von dem Gaston nichts weiß, nach Gutdünken verteilt haben. Um ihm jede Demütigung zu ersparen, habe ich zwölftausend Franken jährliche Rente auf seinen Namen überschreiben lassen; er findet sie am Vorabend unserer Hochzeit in seinem Schreibtisch: weist er sie ab, so trete ich in letzter Stunde von allem zurück. Es bedurfte der Drohung, ihn nicht zu heiraten, bis er mir erlaubte, seine Schulden zu bezahlen.
Meine Beichte hat mich müde gemacht; übermorgen schreibe ich Dir mehr davon, denn morgen fahre ich für einen Tag aufs Land hinaus.

✩

20. Oktober

HÖRE, WAS ICH UNTERNOMMEN HABE, UM mein Glück zu verstecken und es vor allen Gefahren der Eifersucht zu beschützen. Ich bin wie jene schöne italienische Prinzessin, die sich gleich einer Löwin auf ihr Glück stürzte und es in irgendein Schweizerdorf schleppte, um es zu verschlingen. Auch spreche ich Dir von meinen Vorkehrungen nur, um Dich zu bitten, mich niemals ungerufen aufzusuchen und meine selbstgewählte Einsamkeit zu achten.
Ich habe vor zwei Jahren oberhalb der kleinen Seen von Ville d'Avray auf der Straße nach Versailles an die zwanzig Morgen Wiesen, eine Waldlichtung und einen schönen Obstgarten kaufen lassen. Am hintersten Ende der Wiese ließ ich den

Boden abtragen und erhielt auf diese Weise einen Teich von drei Morgen Spiegelfläche, in dessen Mitte man eine kleine, reizend gebuchtete Insel stehen ließ. Von den beiden hübschen, mit Wäldern bewachsenen Hügeln, die das kleine Tal einschließen, ergießen sich liebliche Quellen, die durch meinen Architekten auf die geschickteste Weise verteilt wurden. Diese Wasser münden in die Teiche der königlichen Gärten, von denen man da und dort einen Blick erhascht. Der kleine, meisterhaft angelegte Park ist je nach der Beschaffenheit des Bodens mit Hecken, Mäuerchen, Gräben und Wolfsgruben eingefaßt, doch ohne daß die Aussicht im geringsten geschädigt würde. Auf halber Höhe und von den Wäldern der Ronce flankiert, inmitten der entzückendsten Aussicht, am Rand einer Wiese, die sich zum Teich hinab verliert, wurde ein Chalet errichtet, wie es der Reisende auf dem Weg von Sion nach Brigg bewundert, und wie es mich bei meiner Italienfahrt so sehr entzückte. Die Inneneinrichtung aber stellt in ihrer Eleganz die berühmtesten Chalets in Schatten. Hundert Schritte von dieser ländlichen Wohnung erhebt sich ein anderes kleines Haus in derselben Bauart, mit dem Chalet durch unterirdische Gänge verbunden, dort befinden sich die Küche, die Dienstbotenräume, die Ställe und Remisen. Von diesen Ziegelbauten nimmt das Auge nur die Fassade wahr, deren anmutige Einfachheit von üppigem Gesträuch kräftig umrahmt wird. Ein drittes kleines Haus, die Wohnung des Gärtners, verdeckt den Eingang zum Obst- und Gemüsegarten.

Die Pforte zu diesem Besitztum ist in die Mauer eingelassen, die uns gegen die Waldseite abschließt, und kaum auffindbar. In zwei bis drei Jahren werden die Anpflanzungen, die jetzt schon beträchtlich gediehen sind, auch die Häuser vollständig verdeckt haben. Der Vorübergehende wird unsere Behausung nur am Rauch der Kamine auf den Höhen der Hügel erraten oder im Winter, wenn die Bäume kahl stehen. Mein Chalet liegt inmitten der Landschaft, die man dem „Garten des Königs" in Versailles nachgeahmt hat, mit Fernblick auf Teich und Insel. Von allen Seiten schwellen belaubte Hügel, grünen die Bäume, die jetzt durch Eure neue Verwaltung der königlichen Einkünfte so gut gepflegt werden können. Die Gärtner haben Befehl, nur duftende Blumen in Überfülle zu züchten, so daß mein Erdenwinkel einem aromatischen Smaragd gleicht. Bis zum Dach des Chalets läuft die wilde Rebe, und seine Mauern sind vollends mit Hopfen, Klematis, Jasmin, Azaleen und Cobea überkleidet. Wer jetzt noch unsere Fenster unterscheidet, darf sich eines scharfen Blickes rühmen!

Mein Chalet, Liebste, ist ein gutes und schönes Haus mit Heizung und allen Annehmlichkeiten der modernen Architektur, die auf hundert Quadratmetern einen Palast zu zaubern vermag. Es faßt je ein Appartement für mich und Gaston. Im Erdgeschosse befinden sich Vorzimmer, Wohnzimmer und ein Eßzimmer; darüber liegen unsere Räume und zu oberst drei Zimmer, die als Nursery gedacht sind. Ich besitze fünf schöne Pferde, ein kleines leichtes Kupee und einen Mylord für zwei Pferde, denn wir sind vierzig Minuten von Paris entfernt. Sollte uns die Lust ankommen, die Oper oder ein neues Schauspiel zu besuchen, so können wir nach dem Diner fahren und noch am selben Abend in unser Nest zurückkehren. Die Straße ist gut und läuft an unserem Heckenzaun vorüber. Meine Leute, der Koch, der Kutscher, der Stallbursche, die Gärtner, meine Kammerzofe sind zuverlässige Leute. Ich habe sie während der letzten sechs Monate zusammengesucht und unter die Oberhoheit meines alten Philipp gestellt. Obschon ihrer Anhänglichkeit und Verschwiegenheit sicher, schien es mir geraten, sie bei ihrem eigenen Vorteil zu fassen. Sie beziehen keine sehr hohen Löhne, werden aber von Jahr zu Jahr durch ein Geschenk am Neujahrstag verbessert. Alle sind sich bewußt, daß sie durch die leiseste Verfehlung, einen Verdacht auf ihre Diskretion der größten Vorteile verlustig gehen würden. Liebende quälen ihre Untergebenen nicht; sie sind milden Wesens, und so kann ich denn auf meine Leute zählen.

Alles, was sich an Wertvollem, Schönem, Elegantem in meinem Hause Rue du Bac befand, habe ich ins Chalet hinübergenommen. Der Rembrandt hängt wie irgendeine Pinselei im Treppenhaus; der Hobbema schmückt Gastons Arbeitszimmer dem Rubens gegenüber; den Tizian, den mir meine Schwägerin Maria aus Madrid sandte, habe ich im Boudoir angebracht; Felipes schöne Möbel, die er selber gesammelt hat, stehen im Salon, der von unserem Architekten ganz reizend ausgestattet wurde. Alles im Chalet ist von der bewundernswerten Einfachheit, weißt Du, die hunderttausend Franken kostet. Unser Erdgeschoß, kaum sichtbar unter Blumen und Sträuchern, baut sich auf festen Steinkellern auf, die wiederum auf Betonfunda-

menten ruhen, und ist im Sommer von erfrischender Kühle, ohne feucht zu sein. Über den Teich gleitet ein stiller Zug weißer Schwäne.
O Renée, himmlischer Friede herrscht in unserm Tal! Man erwacht vom Gezwitscher der Vögel oder vom Säuseln des Windes. Als man auf dem Hügel die Fundamente für die Mauer grub, stieß man auf eine Quelle, die jetzt den Wald entlang, zwischen grünen Kressebänken, zum Teich herabrieselt. Ein solcher Anblick ist mit keinem Gelde zu bezahlen. Manchmal frage ich mich, ob Gaston ein vollkommenes Glück nicht am Ende hassen muß? Alles ist so schön, daß ich mich einer leisen Angst nicht erwehren kann – in den schönen Früchten nagt der Wurm, die Spinne heftet sich an die makellose Rose! Wird nicht der stolzeste Baum des Waldes von jener schrecklichen, braunen Made vernichtet, deren Gefräßigkeit wie die des Todes selber ist? Ach, ich weiß nur zu wohl, daß eine unsichtbare, neidische Gewalt der vollkommenen Glückseligkeit nachstellt. Hast Du mir das nicht früher schon gesagt? Deine Prophezeiung hat sich bewährt.
Als ich vorgestern zum letztenmal hierherfuhr, um nachzuprüfen, ob meine Wünsche auch richtig verstanden und ausgeführt wären, füllten sich meine Augen mit Tränen, und ich schrieb auf die Rechnung des Architekten zu dessen namenlosem Erstaunen: „Zu bezahlen."
„Ihr Geschäftsführer wird nicht bezahlen, Madame," sagte er, „es handelt sich um dreimal hunderttausend Franken."
„Er wird bezahlen", antwortete ich als echte Chaulieu aus dem siebzehnten Jahrhundert. „Ich knüpfe

nur eine Bedingung an meine Erkenntlichkeit, mein Herr: sprechen Sie zu niemandem, wer es auch sei, von diesem Haus und dem Park. Geben Sie mir Ihr Wort, dafür Sorge zu tragen, daß keiner je erfahre, wer der Besitzer dieses Hauses sei, es ist der einzige Vorbehalt, den ich an meine prompte Bezahlung knüpfe."

Verstehst Du nun den Grund meiner eiligen Ausgänge, meines geheimnisvollen Kommens und Gehens? Siehst Du nun, wo die schönen Sachen geblieben sind, über deren Verkauf man sich aufhielt? Begreifst Du den tiefen Sinn meiner Vermögensanlagen? Die Liebe ist ein wichtiges Geschäft, und wer richtig lieben will, darf daneben kein zweites kennen. Ich brauche mich um Geld nicht mehr zu kümmern, ich habe mir das Leben einfach eingerichtet und ein für allemal meine Hausgeschäfte erledigt, bis auf die allabendliche Besprechung von zehn Minuten mit meinem alten Majordomus Philipp. Ich habe das Leben kennengelernt und weiß, wo seine Gefahren liegen; der Tod hat mir einmal eine grausame Lehre gegeben, ich will sie nicht vergessen. Mein einziges Bemühen soll sein, ihm zu gefallen, ihn zu lieben und den Dingen, die für gemeine Menschen langweilig und alltäglich sind, die holdeste Abwechslung zu verleihen.

Gaston weiß von nichts. Auf mein Verlangen hat er sich, wie ich selber, als wohnhaft in Ville d'Avray eingetragen; morgen siedeln wir in unser Chalet über. Unser dortiges Leben kostet nicht viel; doch wenn ich Dir die Summe nennen würde, die für meine Toiletten vorgesehen ist, würdest Du mit Recht sagen: „Sie ist toll geworden". Ich will mich jeden Tag für ihn schmücken, wie die Frauen sich sonst für die Gesellschaft schmücken. Meine Toiletten für das Land kosten im ganzen Jahr vierundzwanzigtausend Franken, und die Tagkleider sind dabei nicht die teuersten. Er mag immer in der Bluse herumlaufen, wenn er will! Doch mußt Du nicht glauben, ich wollte aus meinem Leben einen Wettkampf machen und mich in Einfällen erschöpfen, um die Liebe wach zu halten: ich will mir nur auf immer alle Vorwürfe ersparen, das ist alles. Noch dreizehn Jahre werde ich die schöne Frau spielen dürfen; ich will am letzten Tag des dreizehnten Jahres heißer geliebt werden als am Morgen nach meiner geheimnisvollen Hochzeit. Diesmal bin ich ganz demütig, dankbar ohne ein spöttisches Wort; diesmal will ich dienen, nachdem mir die Herrschaft einmal zum Verhängnis wurde. O Renée, wenn Gaston die Unendlichkeit der Liebe begriffen hat wie ich, dann ist mir ein immer glückliches Leben gewiß. Die Natur ist so schön rings um unser Haus, die Wälder so entzückend! Bei jedem Schritt erfreut sich die Seele der frischesten Landschaft, wecken die lauschigen Wälder anmutige Gedanken. Ja, die Wälder sind voll von Liebe. Mögen sie mir zu etwas Besserem als zu einem großartigen Scheiterhaufen dienen! Übermorgen bin ich Madame Gaston, mein Gott, ich frage mich, ob es christlich ist, einen Mann so zu lieben!

„Es ist gesetzlich erlaubt," antwortete mir mein Geschäftsführer, der als einer meiner Trauzeugen figuriert, und er fügte hinzu: „Ich verliere meine Kundin", als er den Gegenstand meiner Vermögensliquidation erblickte.

Du mein schönes Reh, ich darf nicht mehr sagen: mein geliebtes, Du mußt sagen: „Ich verliere eine Schwester."
Richte Deine Briefe künftig an Madame Gaston, postlagernd Versailles; ich lasse unsere Briefe täglich abholen. Man soll in der Umgegend nicht wissen, wer wir sind. Alle unsere Vorräte werden aus Paris beschafft. Auf diese Weise hoffe ich, meine Verborgenheit wahren zu können. Seit dem Jahr, in dem mein Ritirato vorbereitet wurde, ist niemand hier gesehen worden, und der Kauf wurde abgeschlossen während der Unruhen, die auf die Julirevolution folgten. Das einzige Wesen, das man kennt, ist mein Architekt und der kommt nicht wieder.
Leb wohl, ich schreibe Dir diesen Brief mit ebensoviel Wonne wie Leid im Herzen: Heißt das nicht, Dich mit derselben Stärke vermissen, mit der ich Gaston liebe?

☆

49) Marie Gaston an Daniel d'Arthez

Oktober 1833

MEIN LIEBER DANIEL, ICH BRAUCHE ZWEI Zeugen für meine Hochzeit, und bitte Sie, morgen abend zu mir zu kommen in Begleitschaft unseres guten und großen Joseph Brideau. Es ist die Absicht derjenigen, die meine Frau sein wird, fern von der Welt und völlig unbekannt zu leben: sie hat somit meinen teuersten Wunsch vorausgefühlt. Sie haben nichts gewußt von meiner Liebe, Sie, der Sie mir die Leiden der Armut versüßten; doch dieses Geheimnis war eine Notwendigkeit, und Sie werden mich verstehen. Darum haben wir uns in diesem Jahre so selten gesehen, und nach meiner Hochzeit werden wir für lange Zeit getrennt sein. Ihre große Seele wird mich begreifen, Daniel: und die Freundschaft wird auch ohne den Freund bestehen bleiben. Ich werde Ihrer vielleicht bedürfen zuweilen, doch kann ich Sie nicht sehen, wenigstens nicht in meinem Hause. Auch hierin ist sie mir zuvorgekommen: sie hat mir die Freundin ihrer Jugend geopfert, die ihr wie eine Schwester nahestand; so opfere ich ihr denn meinen Freund. Was ich Ihnen hier sage, wird Sie zweifellos nicht eine bloße Leidenschaft, wohl aber eine restlose, vollkommene, himmlische Liebe erraten lassen, die sich auf das innigste Verständnis zweier Herzen baut, um sie auf diese Weise zu verbinden. Mein Glück ist wolkenlos und unendlich; doch, da uns nach geheimen Gesetzen eine ungetrübte Wonne nicht vergönnt ist, verbirgt sich in den tiefsten Falten meines Herzens ein Kummer, den sie nicht kennt, den ich für mich allein trage. Sie haben mir zu oft in meiner Not beigestanden, um die schreckliche Lage zu verkennen, in der ich mich befand. Wer gab mir den Mut zu leben, wenn alle Hoffnung zuschanden wurde? Ihr Leben, mein Freund, Ihre Nähe, die mir so manche Tröstung, so feinfühlende Hilfe bot!

Um mich kurz zu fassen, lieber Freund: sie hat meine drückenden Schulden bezahlt. Sie ist reich, und ich besitze nichts. Wie oft, in einem Anfall von Trägheit, habe ich früher nicht gewünscht: „Ach, wenn sich doch eine reiche Frau meiner annähme!" Und jetzt, der Tatsache gegenüber, sind die Scherze einer leichtfertigen Jugend, ist die skrupellose Unbedenklichkeit der Armut verflogen. Ich fühle mich gedemütigt selbst angesichts ihrer edlen Großmut, ich fühle mich gedemütigt und weiß, daß mein Leiden nur ein Beweis für meine Liebe ist. Aber sie hat es mit angesehen, daß ich vor der Erniedrigung nicht zurückgeschreckt bin. Es gibt einen Punkt, wo ich nicht der Beschützer, sondern der Beschützte bin. Diesen Schmerz mußte ich Ihnen anvertrauen. Davon abgesehen aber, sind meine Träume bis ins Kleinste erfüllt. Ich fand die Schönheit ohne Fehler, das Gute ohne Makel, kurz, wie man zu sagen pflegt: „Die Braut ist zu schön!" Sie ist geistvoll in der Zärtlichkeit und hat die Anmut, welche die Liebe mannigfaltig macht; sie ist gebildet und versteht alles, sie ist hübsch, blond, schlank und von zarter Üppigkeit; man könnte glauben, Raffael und Rubens hätten sich zusammengetan, um gemeinsam eine Frau zu erschaffen. Ich weiß nicht, ob es mir möglich gewesen wäre, eine brünette Frau so zu lieben wie eine blonde; die braunen erscheinen mir immer wie verfehlte Knaben. Sie ist Witwe, hat keine Kinder und zählt siebenundzwanzig Jahre. Ihr lebhaftes, aufgewecktes, unermüdliches Wesen ist dennoch melancholischen Betrachtungen nicht abgeneigt. Auch schließen diese wunderbaren Eigenschaften bei ihr weder Hoheit noch Würde aus: Sie ist eine Königin! Obschon sie einer der stolzesten Adelsfamilien angehört, ist ihre Liebe groß genug, sich über die Mängel meiner Geburt hinwegzusetzen. Unsere heimliche Zuneigung dauert schon geraume Zeit; wir haben uns gegenseitig geprüft; wir sind beide gleich eifersüchtig – ja, unsere Gedanken sind wie zwei Funken desselben Blitzes. Beide lieben wir zum erstenmal und dieser holde Frühling bescherte uns alle Wonnen, die Phantasie noch mit ihren lachendsten, süßesten, tiefsten Einfällen auszuschmücken wußte. Liebe überschüttete uns mit Blüten. Jeder Tag war ausgefüllt, und wenn wir uns trennten, schrieben wir uns Gedichte. Nie trübte ein Verlangen diese strahlende Zeit, wenngleich mein Herz immerwährend in heißer Sehnsucht schlug. Sie war Witwe, frei, und sie verstand in wunderbarer Weise die ganze Huldigung, die aus meiner strengen Zurückhaltung zu ihr sprach; oft war sie bis zu Tränen gerührt.

Du wirst, mein lieber Daniel, ein wahrhaft auserlesenes Geschöpf kennen lernen. Noch tauschten wir nicht den ersten Kuß der Liebe: Wir haben uns gegenseitig gefürchtet.

„Jeder von uns", sagte sie, „hat sich ein Elend vorzuwerfen!"

„Welches ist das Ihre?" fragte ich.

„Meine Ehe!" war ihre Antwort.

Mein Freund, Sie als großer Mensch, der Sie selber eine Frau aus diesem Adel lieben, in dem ich meine Armande gefunden habe, Sie werden aus diesem einzigen Wort ihre erhabene Seele und mein Glück erkennen. Ihr Freund

MARIE GASTON

☆

50) Madame de l'Estorade an Madame de Macumér

WIE, LOUISE! DU WILLST NACH ALLEM UNglück, das Dir aus einer gemeinsamen Leidenschaft erwuchs, Dich mit dem zweiten Gatten in die Einsamkeit zurückziehen? Nachdem Du im lauten Getriebe der Welt den ersten getötet hast, ziehst Du Dich zurück, um den zweiten zu verschlingen? Welch neue Leiden bereitest Du Dir! Doch fühle ich an Deiner Hingenommenheit, daß Dein Geschick unwiderruflich besiegelt ist. Der Mann, der Dich von Deinem Widerwillen gegen eine neue Heirat heilte, muß ein engelgleiches Gemüt und den wunderbarsten Verstand besitzen; es bleibt mir also nichts übrig, als Dich Deinen Illusionen zu überlassen. Aber hast Du wirklich ganz vergessen, was Du mir von den jungen Leuten sagtest, die alle durch unwürdige Orte gegangen sind, und deren Reinheit an den schrecklichsten Kreuzwegen des Lebens verloren ging! Wer hat sich nun verändert, Du oder sie? Du glaubst an Dein Glück, und ich finde nicht den Mut, Dich zu tadeln, wiewohl eine sichere Ahnung des Gefühls mich zwingt, Dich von dieser Heirat zurückzuhalten. Ach, es ist tausendmal wahr, daß Gesellschaft und Natur sich verbünden, um eine vollkommene Glückseligkeit zu zerstören, da sie wider das Wesen von Gesellschaft und Natur verstößt und der Himmel neidisch ist auf sein Vorrecht. Meine Freundschaft ahnt ein Unglück für Dich, das mein Verstand nicht zu deuten vermag. Ich weiß nicht, woher es kommen wird, noch wo seine Keime ruhen, doch muß ein so ungeheures, schrankenloses Glück Dich einmal zermalmen. Viel schwerer noch als das schwerste Leid trägt sich eine maßlose Lust. Ich will nichts gegen ihn sagen; Du liebst ihn, und ich habe ihn nie gesehen; doch wirst Du mir, hoffe ich, in einer Mußestunde das Bild dieses schönen, seltsamen Fabelwesens entwerfen. Du siehst, ich finde mich ganz leicht in Deinen Beschluß, denn ich bin der Überzeugung, daß Ihr nach dem ersten Honigmond, wie alle andern, im normalen Gleise münden werdet. Laß erst zwei Jahre vorübergegangen sein, und Du wirst mir eines schönen Tages, wenn wir durch diese Straße kommen, sagen: „Sieh, hier steht das Chalet, in dem wir uns begraben wollten!“ und dabei wirst Du auf Deine muntere Weise lachen und Deine schönen Zähne zeigen. Ich habe Louis nichts von alledem gesagt, es hätte ihm zuviel Spaß gemacht. Ich werde ihm ganz einfach Deine Heirat melden und Deinen Wunsch, sie geheim zu halten. Leider benötigst Du weder Mutter noch Schwester, Dich zum Brautlager zu geleiten. Wir sind jetzt im Oktober: als mutige Frau, die Du bist, beginnst Du mit dem Winter! Wäre nicht von einer Ehe die Rede, würde ich sagen: Du greifst den Stier bei den Hörnern an. Du weißt, daß Du in mir die verschwiegenste, klügste Freundin besitzest. Afrikas geheimnisreiches Inneres hat schon zahlreiche Reisende verschlungen. Mir will scheinen, als träten Deine Gefühle eine ähnliche Reise an, auf der so mancher Pfadfinder seinen Tod fand, sei es durch die Schwarzen oder den Wüstensand. Deine Wüste hebt zwei Meilen von Paris an, ich kann Dir also wohlgemut gute Reise wünschen. Wir werden uns wiedersehen!

☆

51) Die Gräfin de l'Estorade an Madame Marie Gaston

WIE GEHT ES DIR, MEINE LIEBE? NACH EINEM zweijährigen Schweigen wird es Deiner Renée vielleicht gestattet sein, sich um ihre Louise zu sorgen? So ist die Liebe, sie verschlingt und vernichtet eine Freundschaft wie die unsere. Gestehe, wenn ich auch meine Kinder vergöttere und mehr noch als Du Deinen Gaston, so ist dem mütterlichen Gefühl eine so umfassende Weite eigen, daß es den übrigen Gefühlen nichts abspricht und eine Mutter trotzdem noch die aufrichtigste, ergebenste Freundin sein läßt. Deine Briefe, Dein süßes, reizendes Gesicht mangeln mir! Ich bin nur noch auf Vermutungen angewiesen, meine Liebe.

Was mich betrifft, so lasse mich Dir so kurz und bündig als möglich meine Erlebnisse schildern: Beim Überlesen Deines Briefes fielen mir die spitzen Worte anläßlich unserer politischen Stellung auf. Du spottest darüber, daß wir den Präsidentensitz in der Finanzkammer beibehalten haben, ebenso wie den Grafentitel von Gnaden Charles' X. Glaubst Du denn, daß ich bei einem Einkommen von vierzigtausend Pfund, wovon dreißig auf das Majorat fallen, meine Athenaïs und den armen kleinen Bettler René gebührend ausstatten könnte! Müssen wir nicht von dieser Stellung leben, um alle Einkünfte unserer Ländereien auf die Seite legen zu können! Noch zwanzig Jahre, und wir werden ungefähr sechsmalhunderttausend Franken gespart haben, die der Mitgift meiner Tochter und Renés Unterhalt, den ich für die Marine bestimmt habe, vorbehalten sind. Mein kleiner Bettler erhält zehntausend Pfund Rente und vielleicht gelingt es uns, ihm eine Summe in bar zu hinterlassen, die sein Teil mit dem seiner Schwester ausgleicht. Ist er erst einmal Schiffskapitän, so steht ihm eine reiche Heirat offen, und er braucht also in der Welt keinen geringeren Rang einzunehmen als sein älterer Bruder. Diese vorsichtigen Berechnungen haben uns zur Annahme der neuen Verordnungen bestimmt. Die neue Dynastie hat Louis natürlich zum Pair von Frankreich und Offizier der Ehrenlegion gemacht. Nachdem aber de l'Estorade seinen Eid abgelegt hatte, war es nur seine Pflicht, sich der neuen Würde mit seiner ganzen Person zu widmen. Er hat der Kammer schon die größten Dienste geleistet. So ist er denn jetzt in der Stellung angelangt, die er bis zum Ende seiner Tage ruhig beibehalten kann. Er zeigt Geschicklichkeit bei den Geschäften; er ist eher ein angenehmer Sprecher als ein glänzender Redner zu nennen, doch genügt das für unsere Ansprüche in der Politik. Seine Feinheit, seine Kenntnisse sowohl bei der Regierung als bei der Administration sind geschätzt; er ist für alle Teile der unentbehrliche Mann. Unter uns gesagt, es wurde ihm jüngst ein Gesandtschaftsposten angetragen, den er auf meinen Wunsch ausschlug. Die Erziehung von Armand, der jetzt dreizehn Jahre alt ist, und Athenaïs, die ins elfte geht, halten mich in Paris zurück, und ich werde hier bleiben müssen, bis der kleine René seine Schulzeit, die eben beginnt, vollendet haben wird.

Um treu dem angestammten Ast und seiner Scholle zu bleiben, sollte man nicht drei Kinder erziehen und versorgen müssen. Eine Mutter, mein Engel, sollte kein Decius sein, hauptsächlich in einer Zeit, wo Aufopferung selten geworden ist. In fünfzehn Jahren kann de l'Estorade sich mit einem guten Abgang auf la Crampade zurückziehen; nachdem er noch Armand als Berichterstatter in den Finanzhof eingeführt hat. René wird sich bei der Marine sicherlich zum Diplomaten entwickeln. Er ist mit seinen sieben Jahren schon so schlau wie ein alter Kardinal.

Ach, Louise, ich bin eine gesegnete Mutter!

Die Kinder beschenken mich täglich mit Freuden ohne Zahl. Armand ist jetzt im Gymnasium Henri IV. Ich habe mich endlich zum öffentlichen Unterricht für ihn entschlossen, ohne mich jedoch von ihm trennen zu können. Jeden Morgen begleitet ihn der alte Lukas, den Du ja kennst, zur Schule und bringt ihn mir um halb fünf zurück. Ein alter und gelehrter Repetitor, der bei uns im Hause wohnt, nimmt die Aufgaben mit ihm durch und weckt ihn morgens zur Stunde, wo die Schüler aufstehen müssen. Mittags bringt Lukas ihm das Essen während der Pause. Und so sehe ich ihn doch abends zum Diner und vor dem Schlafengehen und morgens überwache ich sein Fortgehen. Armand ist noch immer das reizende, gutherzige und aufmerksame Kind, das Du liebst, und sein Lehrer ist zufrieden mit ihm. Naïs und der Kleine, der unaufhörlich plappert, sind immer um mich und ich bin ebensosehr Kind wie sie. Ich habe es bis jetzt nicht über mich gebracht, auf die Wonnen der Zärtlichkeit bei meinen Kindern zu verzichten. Es ist mir Lebensbedürfnis, an Armands Bett zu treten, so oft es mich dazu treibt, und ihn in seinem Schlummer zu betrachten, oder einen

Kuß zu nehmen, zu verlangen und zu empfangen von meinem kleinen Engel.
Dennoch, wie ich vorausgesehen habe, bringt es manche Schwierigkeiten mit sich, die Kinder im väterlichen Hause zu behalten. Gesellschaft und Natur sind eifersüchtig aufeinander und dulden nicht die kleinste Übertretung ihrer Gesetze noch Einmischung in ihre Rechte. So kann es denn geschehen, daß in den Familien, die ihre Kinder bei sich behalten, diese dem Feuer der Welt zu früh ausgesetzt werden, ihre Leidenschaften entdecken, ihre Heuchelei durchschauen. Unfähig, die Beweggründe zu erkennen, die das Benehmen der Erwachsenen leiten, unterwerfen sie die Welt ihren Wünschen und Ansprüchen, anstatt ihre Wünsche und Forderungen der Welt unterzuordnen; sie lassen sich vom falschen Schein betören, der greller ins Auge springt als der echte Glanz der Tugend; denn die Welt kehrt den Schein nach außen und verleiht ihm trügerische Formen. Ein Fünfzehnjähriger, der die Sicherheit eines Weltmannes besitzt, ist ein Ungeheuer und wird mit fünfundzwanzig Jahren ein Greis sein; das frühreife Wissen aber muß ihn für die wirklichen Studien, die sich allein auf echte und ernsthafte Fähigkeiten stützen, unbrauchbar machen. Die Gesellschaft ist ein großer Komödiant und nach Art der Komödianten nimmt sie alles an, um alles wegzugeben; sie behält nichts zurück. Eine Mutter, die es gut meint mit ihrem Kind, sollte es davor behüten, dieser Gesellschaft nahezukommen, sollte den Mut haben, den Kindern und ihren eigenen Wünschen zum Trotz, sie nicht zu zeigen. Auch Cornelia mußte ihre Kleinodien verstecken.

Ebenso will ich es mit meinen Kindern halten. Sind sie doch mein ganzes Leben.
Ich bin jetzt dreißig Jahre alt. Die ärgste Tagesglut beginnt zu schwinden, der schlimme Teil des Weges ist überstanden. In ein paar Jahren bin ich eine alte Frau; aber welche Kraft strömt mir nicht aus dem Bewußtsein erfüllter Pflichten zu! Und fast könnte man glauben, die drei kleinen Wesen errieten meine Gedanken und kämen ihnen entgegen. Zwischen ihnen und mir, die wir uns nie getrennt haben, laufen geheimnisvolle Ströme hin und her. Sie überschütten mich mit Freuden, als ahnten sie alles, wofür sie mich entschädigen müssen.
Armand, der sich während der drei ersten Schuljahre langsam und nachdenklich zeigte und mir Sorgen machte, hat einen neuen Anlauf genommen. Wahrscheinlich ist ihm plötzlich der Sinn für diese vorbereitenden Studien aufgegangen, den die Kinder so schwer erfassen und der darin besteht, sie an die Arbeit überhaupt zu gewöhnen, ihre Intelligenz zu schärfen, sie den Gehorsam, dieses vornehmste Prinzip der Gesellschaft, zu lehren. Denke Dir, Liebe, vor wenigen Tagen hatte ich die berauschende Freude, Armand im allgemeinen Wettbewerb ausgezeichnet zu sehen mitten in der Sorbonne. Dein Patenkind erhielt den ersten Preis beim Übersetzen. Bei der Preisverteilung im Gymnasium Henri IV. holte er sich zwei weitere Preise für Vers und Exerzitien. Ich wurde blaß, als sein Name laut verkündet wurde, die Lust überkam mich zu rufen: ich bin seine Mutter! Naïs preßte meine Hand bis zu Schmerzen, wenn anders in einem solchen Augenblick noch

Raum für Schmerzen übrig bliebe! Ah, Louise! dieses Fest wiegt manche versäumte Liebesfreude auf.

Die Triumphe des Bruders haben meinen kleinen René angespornt, der nun auch wie sein älterer Bruder das Gymnasium besuchen will. Manchmal schreien und toben die drei Kinder durchs Haus und vollführen einen solchen Höllenlärm, daß einem der Kopf dröhnt. Kaum weiß ich selber, wie ich es aushalte, denn ich bin immer bei ihnen und habe die Sorge für die Kinder nie einem andern überlassen, nicht einmal Mary! Aber wieviele Freuden pflückt auch eine Mutter im Lauf eines Tages. Welch ein Glück, wenn das Kind sein Spiel plötzlich unterbricht, um uns zu umarmen! Und wie genau lernst Du sie kennen. Es ist die wichtigste Aufgabe für die Mutter, den Charakter des Kindes, die Empfänglichkeit, seine Berufung vom zartesten Alter an zu enträtseln, und nie wird ein trockener Pädagoge solches zustande bringen. Die Kinder, die von der Mutter aufgezogen sind, haben Sitte und Lebensart, zwei Eigenschaften, die die natürlichen Fähigkeiten ergänzen, während die natürlichen Fähigkeiten niemals ersetzen können, was ein Kind von seiner Mutter empfängt. Ich unterscheide diesen Gegensatz bei den Erwachsenen und erkenne deutlich die Spuren der mütterlichen Hand im Benehmen eines jungen Mannes. Wie dürfte man also seine Kinder eines solchen Vorzuges berauben! Du siehst, meine erfüllten Pflichten tragen mir reichliche Früchte und Schätze ein. Armand wird sicher einmal der ausgezeichnetste Beamte, der geschickteste Verwalter, der gewissenhafteste Abgeordnete, den man sich denken kann, während mein René den eifrigsten, unerschrockensten und geriebensten Seemann der Welt verspricht. Dieser kleine Kerl hat einen eisernen Willen, er erreicht alles, was er will, er findet hundert Wege, um zu seinem Ziel zu gelangen, und sollten selbst diese hundert Wege fehlschlagen, so trifft er es mit dem hundertundersten. Wo mein guter Armand sich ruhig fügt, um den Sinn des Widerstandes zu erforschen, tobt René, zerbricht sich den Kopf, berechnet unter unaufhörlichem Plappern und entdeckt zuletzt einen Ausweg. Es genügt, ihm die Fingerspitze zu reichen, schon gehört ihm der ganze Mensch. Naïs aber ist so ganz mein Ebenbild, daß ich ihr Wesen kaum von dem meinen unterscheide. Ach, das süße Herz, das geliebte kleine Mädchen! Ich schmücke es auf tausend Arten, flechte und ordne seine Locken und winde meine Liebesgedanken mit hinein; sie soll es gut haben: sie soll nur dem gehören, den sie liebt und der sie liebt. Aber, mein Gott, während ich sie herausputze, ihr die himbeerfarbenen Schleifen ins Haar winde, den Schuh an die entzückenden kleinen Füßchen streife, überfällt mich ein Gedanke, der mir das Herz zusammenpreßt. Ist man denn Herr über das Los seiner Tochter! Vielleicht schenkt sie ihre Liebe einem Unwürdigen, oder ihr Gefühl bleibt unerwidert! Oft, indem ich sie schweigend betrachte, füllen sich meine Augen mit Tränen. Ein so zartes Geschöpf hergeben zu müssen, eine Blume, eine Rose, die an unserer Brust erblühte wie die Knospe am Rosenstock; sie einem Mann zu überlassen, der sie ganz fortnimmt. Auch von Dir habe ich in diesen zwei Jahren nicht die drei Worte gehört: „Ich bin

glücklich!“ Du bist es, die mir das Drama einer Ehe wieder nahegelegt hat – entsetzlich für die Mutter, die wie ich Mutter ist.
Leb wohl, weiß ich doch nicht, warum ich an Dich schreibe. Du verdienst meine Freundschaft nicht. O antworte doch, meine Louise.

☆

52) *Madame Gaston an Madame de l'Estorade*

Im Chalet

ZWEI JAHRE DES SCHWEIGENS HABEN DEINE Neugier aufgestachelt. Du fragst, warum ich nicht schreibe: weil es, liebe Renée, nicht Worte, nicht Begriffe, nicht Ausdruck gibt, Dir mein Glück zu schildern! Unsere Seelen sind stark genug, es zu ertragen, mehr kann ich Dir nicht sagen. Es bedarf auch nicht der leisesten gegenseitigen Einstellung, um uns glücklich zu fühlen: wir verstehen uns in allen Dingen. Während dieser zwei Jahre blieb unsere Harmonie ohne den geringsten Mißton, der Ausdruck unserer Gefühle ohne jede Unstimmigkeit, unser kleinstes Wollen im süßesten Einklang. Kurz, Liebe, unter diesen tausend Tagen war keiner, der nicht seine besondere Frucht getragen, kein Augenblick, den Phantasie nicht reizend ausgestattet hätte. Unser Leben, das fühlen wir gewiß, kann nicht nur niemals eintönig werden, ach, es wird ewig zu eng sein, die ganze Fülle unserer Liebe zu fassen, die fruchtbar wie die Natur und ebenso mannigfaltig ist. Ja, unsere Rechnung stimmt. Wir gefallen uns noch besser als am ersten Tag und entdecken von Augenblick zu Augenblick immer neuen Grund zur Liebe.

Jeden Abend, wenn wir nach dem Diner im Garten lustwandeln, nehmen wir uns vor, wunderswegen wieder einmal nach Paris zu fahren, nicht anders, als man sonst sagen würde: „Wir wollen eine Reise in die Schweiz machen!"

„Denke dir!" ruft Gaston aus, „der und der Boulevard wird verändert, die Madeleine ist vollendet. Man sollte sich das ansehen!"

Aber am nächsten Morgen stehen wir nicht auf und frühstücken in unserem Zimmer; es wird Mittag, es ist heiß, man gönnt sich eine kleine Siesta; dann bittet er, mich betrachten zu dürfen, und betrachtet mich ganz wie ein Bild; er versenkt sich in diese Betrachtung, die, wie Du Dir wohl denken kannst, gegenseitig ist. Die Augen werden uns beiden naß, wir denken an unser Glück, und wir erbeben. Ich bin noch immer seine geliebte Herrin; das heißt, es scheint, als liebe ich weniger, als ich geliebt werde. Dieser Betrug ist entzückend. Welche Wonne für eine Frau, wenn das Gefühl den Sieg über alles Verlangen davonträgt, wenn der Gebieter schüchtern innehält, wo wir ihn kühner wünschten. Du willst, daß ich ihn Dir schildere, aber ist es nicht unmöglich, liebe Renée, den Mann zu beschreiben, den wir lieben? Wir können die Wirklichkeit nicht mehr von unserm Gefühl unterscheiden. Und dann, ganz unter uns, wir dürfen uns ein seltsames und trauriges Ergebnis unserer Sitten nicht verhehlen: Es gibt nichts, das verschiedener wäre als der Mann der Gesellschaft und der Mann der Liebe; sie lassen sich nicht einmal vergleichen. Der Mann, der mit den gefälligen Manieren des ausgezeichneten Tänzers uns am Kaminfeuer eines

Abends Liebesworte zuflüstert, braucht in Wahrheit nicht einen jener geheimen Reize zu besitzen, wie sie sich die Frauen ersehnen. Und wiederum steckt manchmal in einem häßlichen, linkischen, von schwarzem Tuch unförmlich verkleideten Mann ein Liebhaber von Geist und Leidenschaft verborgen, der selbst in solchen Lagen, in denen die Frau mit allen ihren Reizen leicht Schiffbruch leidet, die Gefahren der Lächerlichkeit siegreich zu umgehen weiß. Die geheimnisvolle Übereinstimmung bei einem Mann, zwischen dem, was er scheint, und dem, was er ist, die angeborene Grazie für die verborgenen Dinge des Liebeslebens, die sich nicht erwerben läßt, die aus der antiken Plastik, aus ihren keuschen und zugleich wollüstigen Statuen strahlt; die Unschuld der Natürlichkeit in den Dichtungen der Alten, wo bei der Nacktheit des Körpers die Seele sich noch keusch verhüllt; die Schönheit des menschlich Echten, in der die Harmonie der Welt beruht, die vielleicht die Seele aller Dinge ist, – kurz, die Lösung dieses ungeheuren Problems, an dem die Phantasie aller Frauen arbeitet, seine lebendige Erfüllung ist Gaston. Liebste, ich ahnte nicht, was es heißt, wenn Liebe, Jugend, Geist und Schönheit sich zusammentun. Gaston ist nie geziert; seine Grazie ist instinktiv; sie offenbart sich mühelos. Wenn wir allein durch die Wälder streifen, sein Arm um mich gelegt, meine Hand an seiner Schulter, sein Körper dem meinen innig genähert, die Köpfe in leiser Berührung, gehen wir in gleichem Schritt und in so süßer, inniger Bewegung, daß wir dem Vorüberschreitenden wie ein einziges Wesen erscheinen müssen, das über den glitzernden Sand der Alleen schwebt, gleich den unsterblichen Schatten bei Homer. Und diese Harmonie findet sich in unsern Wünschen, unsern Gedanken, unsern Worten wieder. Manchmal sind wir weite Wege wortlos so gewandelt unter dem Laub, das feucht erglänzte von den Tropfen einer vorüberziehenden Wolke im schimmernden Grün; wir bestaunten die Röte der sinkenden Sonne über den Gipfeln oder ihr tiefes Glühen in den grauen Baumrinden. Dann wurden wahrhaftig unsere Gedanken zu einem geheimen Gebet und stiegen verwirrt zum Himmel, wie eine Bitte um Nachsicht für unser großes Glück. Oft entringt sich uns gleichzeitig ein Ausruf, wenn plötzlich die Straße sich biegt und von ferne die lieblichsten Bilder offenbart. Ach, könntest Du die tiefe Wonne eines schüchternen Kusses ermessen, der inmitten der heiligen Natur erblüht! Gott hat uns geschaffen, auf daß wir ihn in dieser Weise anbeten! Und immer verliebter noch, einer in den andern, kehren wir zurück. Eine solche Liebe unter Gatten würde in Paris wie eine Schande angesehen; wir müssen sie, wie Liebende, im tiefen Schoß der Wälder verbergen. Gaston ist von mittlerer Größe, wie alle Männer mit einem festen Willen. Er ist nicht dick und nicht mager und sehr gut gebaut; seine Formen sind anmutig gerundet; seine Bewegungen sicher und geschickt; er setzt über einen Graben mit der spielenden Leichtigkeit des wilden Tieres. Ein natürlicher Sinn für Ausgeglichenheit zeichnet jede seiner Stellungen aus; das ist selten bei Männern mit einem geistigen Beruf. Trotz des dunklen Haares ist seine Haut außerordentlich weiß. Das Haar ist glänzend schwarz und bildet einen auffallenden Kontrast zu den matten Tönen des Halses und der Stirne. Er hat das melancholische Gesicht Louis' des Dreizehnten. Er trägt einen kleinen Bart an Oberlippe und Kinn; doch ließ er auf meinen Wunsch hin Favoris und Backenbart fallen; sie sind zu allgemein geworden. Seine heilige Armut hat ihn mir vor jeder Befleckung, wie sie so viele junge Leute verdirbt, bewahrt. Er besitzt die wundervollsten Zähne, und seine Gesundheit ist wie aus Eisen. Die lebhaften blauen Augen – mein sanfter Magnet! — beleben sich und funkeln wie ein Blitz, wenn seine Seele bewegt ist. Wie bei allen starken und geistig überlegenen Menschen ist sein Wesen von einer Ausgeglichenheit, die Dich überraschen würde, wie sie mich überrascht hat. Wie manche Frau hat mir ihre Not geklagt; aber diese Willensschwankungen und die Unruhe der Männer, die mit sich selber unzufrieden sind, und nicht altern wollen und können; die an den Selbstvorwürfen einer toll verbrachten Jugend zehren, davon ihr Blut von eingesogenen Giften schwärt; in deren Blick beständig ein letzter Rest von Trauer lastet; die sich boshaft stellen, um ihr Mißtrauen zu verhüllen, und uns einen heitern Augenblick mit verdrossenen Morgenstunden bezahlen lassen; die ihre üble Laune an unserer Fröhlichkeit rächen und unsere Schönheit mit geheimem Haß verfolgen – alle diese Qualen sind der Jugend fremd, sie zeigen sich nur bei einer ungleichen Heirat. O Liebe, gib Athenaïs nur einem jungen Mann! Wüßtest Du, wie mich sein Lächeln labt, das ein feiner, empfindsamer Geist in immerwährendem Wechsel belebt, dieses Lächeln, das zu mir spricht, das auf seinen Lippen mit Liebesgedanken und wortlosen Dankesgefühlen spielt, das die Freuden der Vergangenheit immer neu mit denen der Gegenwart verbindet! Es gibt nichts, was der Vergessenheit zum Opfer fiele! Alle Dinge der Natur sind dem Dienste unserer Lust verpflichtet; alles um uns her ist lebendig, alles redet uns von unserm Glück in den bezaubernden Wäldern. Eine alte, moosige Eiche, nahe beim Häuschen des Straßenwächters erinnert uns daran, wie wir einmal müde in ihrem Schatten ruhten und wie Gaston mir die kleinen Moose erklärte, die zu unsern Füßen wuchsen, mir ihre Geschichte erzählte, und von den Moosen von Stufe zu Stufe höher stieg bis zu den Gipfeln der Welt. Unser Denken ist so brüderlich verwandt wie zwei Auflagen eines und desselben Werkes. Ich bin literarisch geworden, wie Du siehst! Uns beiden ist die Gewohnheit oder die Gabe eigen, die Dinge in ihrer ganzen Tragweite zu erkennen und im gegenseitigen Zusammenhang zu schauen; und der ständige Beweis von der Echtheit und Reinheit dieses unseres Sinnes bildet eine Quelle unerschöpflicher Freuden. Diese geistige Übereinstimmung wurde uns schließlich zum Beweis unserer Liebe; ginge sie uns verloren, so wäre es für uns dasselbe wie eine Untreue.

In meinem freudenreichen Dasein fehlt es nun auch nicht an Arbeit. Erstens, mußt Du wissen, meine Liebe, daß Louise-Armande-Marie de Chaulieu ihr Zimmer selber aufräumt. Der Gedanke, daß die bezahlten Hände irgendeiner Kammerfrau sich mit den zarten Geheimnissen meines Zimmers befassen, ist mir unleidlich. In den Kultus meiner Religion sind auch die nebensächlichsten Dinge mit einbezogen. Dieses Gefühl hat nichts mit Eifersucht zu tun, sondern ist nur Pietät für mich selber. Auch ist mein Zimmer mit einer Sorgfalt geordnet, wie sie nur Verliebte für die Gegenstände ihres Schmuckes übrig haben. Ich bin peinlich genau wie eine alte Jungfer. Mein Toilettenzimmer, anstatt einem hoffnungslosen Tohuwabohu zu gleichen, ist ein entzückendes Boudoir. Meine Sorge hat alles vorgesehen. Mein Herr und Gebieter kann zu jeder Stunde eintreten, ohne daß sein Auge verletzt oder enttäuscht würde. Blumen, Parfüms, Luxus, alles schmeichelt den Sinnen. Morgens bei Tagesanbruch, wenn er noch schläft, schleiche ich mich, ohne daß er es ahnte, in mein Ankleidezimmer, um nach dem Rezept meiner Mutter die Spuren des Schlafes mit einer Lösung von kaltem Wasser zu tilgen. Während wir schlafen, wird die Haut, durch nichts angeregt, warm und schlaff und überzieht sich wie mit einem trüben, kaum sichtbaren Schleier. Unter dem rieselnden Schwamm wird die Frau wieder zum jungen Mädchen. Daher vielleicht die Sage von Venus der Schaumgeborenen! Das Wasser schmückt mich mit der strahlenden Frische des jungen Tages; ich kämme und parfümiere mein Haar und schlüpfe nach dieser sorgfältigen Pflege wie eine Schlange in mein Bett zurück, damit, bei seinem Erwachen, mein Herr mich strahlend wie einen Frühlingsmorgen finde. Ihn entzückt diese Frische neu erschlossener Blüten, die er sich nicht zu erklären weiß. Meine Tagestoilette später ist Sache der Zofe und vollzieht sich in einem Ankleidezimmer. Nicht weniger wichtig sind, wie Du Dir denken kannst, die Vorbereitungen zur Nacht. Ich mache also für

meinen Herrn Gemahl drei-, bisweilen viermal Toilette. Doch dieses, liebes Herz, bezieht sich auf andere Mythen des Altertums!
Wir haben aber auch ganz ernsthafte Arbeiten! Unsere Blumen, die edlen Gewächse unserer Treibhäuser und die Bäume spielen eine große Rolle. Wir treiben Botanik, wir lieben die Blumen leidenschaftlich, das Chalet fließt über davon. Unsere Rasen sind immer grün, unsere Beete so gepflegt wie die des reichsten Bankiers, und es gibt nichts Schöneres als unsere Rabatten! Dann sind wir große Liebhaber von Früchten und überwachen unsere Schulpflanzungen, Mistbeete, Spaliere, Pfropfreiser mit Kennerblicken. An Tagen, wo die ländlichen Beschäftigungen meinen Geliebten nicht zu fesseln vermögen, arbeitet er, auf meinen Rat hin, einige seiner Stücke in der Einsamkeit und Stille aus. Sie rühren noch aus den Jahren seines Elends her und sind wirklich schön. Von allen literarischen Arbeiten ist diese die einzige, die man längere Zeit liegen lassen kann, denn sie verlangt reichliche Überlegung, und die feine Ziselierung des Stils zählt hier erst in zweiter Linie. Auch handelt es sich dabei nicht nur um den Dialog: Wurf, Übersichtlichkeit, Einfälle sind nötig, die aus dem Geiste wie die Blüten einer Pflanze treiben und sich nicht erzwingen lassen, sondern unverhofft ausschlagen. Diese Jagd nach Ideen ist so recht nach meinem Geschmack. Ich bin Gastons Mitarbeiterin und immer bei ihm, selbst auf seinen weiten Reisen durch die Gefilde der Phantasie. Kannst Du Dir jetzt ein Bild von meinen langen Winterabenden machen?
Unsere Bedienung ist so leicht, daß wir seit unse-

rer Heirat keinem unserer Leute ein Wort des Vorwurfs oder eine Rüge erteilen mußten. Als man sie über uns ausfragte, waren sie klug genug, eine List zu gebrauchen: sie gaben uns nämlich für die Gesellschaftsdame und den Privatsekretär aus, die von ihrer Herrschaft eine Zeitlang beurlaubt sind. Da sie nie eine abschlägige Antwort bekommen, gehen sie nicht aus, ohne um Erlaubnis zu bitten; sie sind zufrieden und sehen ein, daß ihre gute Stellung nur durch eigenes Verschulden gefährdet werden könnte. Unsere Gärtner haben die Erlaubnis, den Überschuß an Früchten und Gemüsen zu verkaufen. Die Milchmagd, der die Meierei untersteht, desgleichen Milch, Rahm und frische Butter. Uns bleibt das Beste vom Besten vorbehalten. Die Leute sind mit Lust bei einer Arbeit, die zu ihrem eigenen Vorteil gereicht, und wir schwelgen in einem Überfluß, den wir uns in dem schrecklichen Paris, wo ein schöner Pfirsich schon die Zinsen von hundert Franken verschlingt, für kein Geld verschaffen könnten. Dieses alles, meine Liebe, hat einen Sinn: ich will meinem Gaston die Gesellschaft ersetzen. Die Gesellschaft ist unterhaltend, mein Gatte darf sich also in seiner Einsamkeit nicht langweilen. Ich glaubte eifersüchtig zu sein damals, als ich geliebt wurde und mich lieben ließ; heute aber kenne ich die Eifersucht der liebenden Frau, mit andern Worten d i e Eifersucht. Ein einziger Blick, der mir gleichgültig erscheint, macht mich erbeben. Manchmal kommt mir der Gedanke: „Wenn er mich eines Tages nicht mehr liebte!" und mein Herz droht stillezustehen. Ja, ich stehe vor ihm wie die christliche Seele vor ihrem Gott.

Ach, Renée, ich habe noch immer keine Kinder! Vielleicht kommt die Stunde, wo es der Vater- und Mutterfreuden bedürfte, um unsere Zurückgezogenheit zu beleben; wo in uns beiden das Bedürfnis laut wird, kurze Röckchen, kleine Pelerinen, braune und blonde Köpfchen zwischen den Beeten und blumigen Pfaden hüpfen und springen zu sehen. Eine Blume ohne Frucht, welche Ungeheuerlichkeit! Die Erinnerung an Deine blühende Familie schnürt mir das Herz zusammen. Der Kreis meines Daseins hat sich verengt, der Deine ist weit und strahlend geworden. Liebe ist egoistisch, aber die Mütterlichkeit vertausendfacht unsere Gefühle. Dieser Gegensatz wurde mir so deutlich, als ich Deinen lieben, guten Brief las. Ich bin neidisch auf Dein Glück. Du lebst in drei Herzen! Ja, Du bist glücklich; Du hast die Gesetze des sozialen Lebens weise befolgt, während ich mich aus allem Zusammenhang herausgelöst habe. Wenn es etwas gibt, eine Frau über den Verlust von Schönheit und Jugend zu trösten, so sind es liebende und geliebte Kinder. Bald bin ich dreißig Jahre alt, und es werden für mich die heimlichen Qualen der alternden Frau beginnen. Wenn ich heute, im Vollbesitz meiner Schönheit, die Grenzen des weiblichen Daseins schon deutlich erkennen muß – wie wird es später erst sein! Wenn ich vierzig bin, ist er es noch nicht; er ist ein junger Mann, wenn ich schon alt sein werde. Ich liege oft stundenlang zu seinen Füßen und lasse ihn mir schwören, vom ersten Augenblick an, wo er seine Liebe schwächer werden sieht, mir alles zu gestehen. Ach, er ist ein Kind und leistet mir unbedenklich diesen Schwur, als könnte unsere Liebe nie

weniger werden, und so mächtig greift mir seine Schönheit ans Herz, daß, Du wirst mich verstehen, ich ihm alles glaube.
Leb wohl, lieber Engel, sollen wieder Jahre vergehen, ehe wir uns schreiben? Das Glück ist eintönig in seinen Äußerungen. Vielleicht erscheint Dante der liebenden Seele darum noch größer in seinem „Paradiso“ als im „Inferno“. Ich bin kein Dante, ich bin nur Deine Freundin und möchte Dich nicht langweilen. Dir aber müßte es leicht werden, mir zu schreiben. Du genießest in Deinen Kindern ein immer neu bewegtes, stetig wachsendes Glück, während das meine... reden wir nicht davon. Ich sende Dir tausend Zärtlichkeiten.

✩

53) Madame de l'Estorade an Madame Gaston

MEINE LIEBE LOUISE, ICH HABE DEINEN Brief gelesen und wieder gelesen, und es wurde mir klar, daß Du noch immer keine Frau, sondern ein rechtes Kind bist. Du bist immer die gleiche. Du vergißt noch immer, was ich Dir tausendmal schon vorgehalten habe! Die menschliche Gesellschaft raubte sich die Liebe aus dem Reiche der Natur; Amor aber ist ein flüchtiger Knabe, und es wird den weisesten Einrichtungen nicht gelingen, sein elementares Wesen zu verändern. Auch haben alle edlen Seelen sich umsonst bemüht, den Knaben zum Manne heranzubilden; sie haben, wie Du selbst sagst, nur ein Ungeheuer aus ihm gemacht. Die menschliche Gesellschaft, meine Liebe, will die Fruchtbarkeit. Indem sie die flüchtigen Launen der Natur den dauerhaften Gefühlen unterordnete, schuf sie die wichtigste soziale Einrichtung, nämlich die Familie, ewige Grundlage menschlicher Gemeinschaft. Diesem Werk hat sie den Mann so gut wie die Frau geopfert; denn übertreiben wir die eigene Lage nicht zu sehr! Auch der Mann opfert seine ganze Tatkraft, alle seine Fähigkeiten, sein ganzes Vermögen dem Dienst der Familie; und letzten Endes ist es die Frau, der diese Opfer zugute kommen. Luxus und Reichtum, sind sie nicht für uns da? Unser sind der Ruhm, die Eleganz, die Anmut und das Behagen des Hauses. Ach, lieber Engel, zum zweitenmal greifst Du das Leben von der falschen Seite an. Angebetet zu werden ist Sache der jungen Mädchen, einen Frühling lang, aber nichts für eine Frau, Gattin und Mutter. Kann sich unsere Eitelkeit nicht mit der bloßen Möglichkeit einer leidenschaftlichen Anbetung genügen lassen? Wenn Du ernstlich Gattin und Mutter sein willst, so kehre nach Paris zurück. Muß ich Dir immer und immer wieder sagen, daß Dir die Liebe zum Verhängnis werden wird, wie andern das Unglück? Luft, Stille, Brot, sind Dinge, die nicht ermüden, die keinen Widerwillen erzeugen, denn sie haben keinen Geschmack; nur die gewürzten, saftigen Speisen, indem sie unsere Gelüste reizen, ekeln uns am Ende. Höre auf mich, liebes Kind! Selbst wenn ich heute dem Mann begegnete, der Gefühle in mir weckte, wie Du sie für Deinen Gaston hegst, ich bliebe dennoch meinen teuren Pflichten und meinen geliebten Kindern treu. Die Mutterschaft, lieber Engel, ist für das Gefühlsleben der Frau eines der einfachen, natürlichen, fruchtbaren und unerschöpflichen Elemente des Lebens. Noch ist es mir in deutlicher Erinnerung, wie ich eines Tages vor bald vierzehn Jahren mich aus Verzweiflung an die Hingabe klammerte, wie der Ertrinkende an den Mast seines Schiffes; und heute, wo mit dieser Erinnerung mein ganzes Leben vor mir aufsteigt, würde ich dieses Gefühl noch einmal zum Prinzip meines Lebens erheben, denn es ist das sicherste und fruchtbarste von allen. Auch hat das Beispiel Deines, auf wildem Egoismus aufgebauten und von den Poesien des Herzens nur verkleideten Daseins mich in meiner Überzeugung bestärkt. Ich werde Dir nicht mehr mit diesen Dingen kommen; aber ich mußte sie Dir ein letztes Mal nahelegen, da ich erfahre, daß Dein Glück auch der schwersten Prüfung standhält. Dein ländliches Dasein, Gegenstand meiner Betrachtungen, hat mich noch zu einer weiteren Erkenntnis geführt, die ich Dir nicht verschweigen darf. Unser geistiges und sinnliches Leben ist auf ein gewisses Gleichgewicht abgestellt. Jeder Exzeß innerhalb dieses Mechanismus wird zur Ursache von Lust oder Schmerz; Lust und Schmerz aber sind ein Fieber der Seele und flüchtigen Wesens, denn beide sind auf die Dauer nicht zu ertragen. Aus den Exzessen selber aber sein Leben zusammenzusetzen, heißt das nicht, in einer beständigen Krankheit leben? Du lebst wie ein Kranker, wenn Du das Gefühl, das durch die Ehe in reiner, gleichmäßiger Stärke gehalten werden sollte, in der ewigen Spannung der Leidenschaft erhältst. Ja, lieber Engel, heute ist es mir ganz klar, daß der Wert der ehelichen Gemeinschaft in der Ruhe, im gegenseitigen, tiefen Erkennen, im gemeinsamen Tragen von allem Guten und Schlimmen liegt. Wie groß ist das Wort der Herzogin de Sully, der Gattin des großen Sully, die, als man ihr hinterbrachte, daß ihr Gatte, wie würdevoll er sich auch stelle, sich eine Geliebte halte, entgegnete: „Was liegt daran? Ich bin die Ehre des Hauses; es wäre mir peinlich, wenn ich auch noch die Rolle der Kurtisane zu spielen hätte.“ Weit eher wollüstig als zärtlich, möchtest Du Gattin und Geliebte zugleich sein. Mit einer Seele wie Héloise und den Sinnen der heiligen Therese gibst Du Dich den Ausschweifungen hin, die Du Dir durch die Gesetze hast sanktionieren lassen; mit einem Wort, Du entwürdigst die Institution der Ehe. Ja, Du, die Du über mich zu Gerichte saßest und mich unmoralisch schaltest, als ich von der ersten Stunde meiner Ehe an alle Glücksmöglichkeiten erfaßte, die sich mir boten; indem Du alle Verhältnisse zu Deinen Zwecken biegst, verdienst Du Deine eigenen Vorwürfe! Du willst Natur und Gesellschaft Deiner Laune dienstbar machen. Du bleibst immer die Du bist, Du verwandelst Dich nicht in das, was eine Frau sein sollte. Du bestehst auf Deinem Eigenwillen, auf den Ansprüchen des jungen Mädchens und führst über Deine Leidenschaften genaue geschäftliche Berechnung. Verkaufst Du Deine Reize nicht zu teuer? Du erscheinst mir herausfordernd mit allen Deinen Vorsichtsmaßregeln! O Louise, wüßtest Du, wie süß einer Mutter das stete Bemühen ist, gut und sanft zu sein um der andern willen! Eigenwille und Stolz meines Wesens schmolzen zu sanfter Melancholie und wurden von den Mutterfreuden zerstreut und reichlich aufgewogen. Wie mühselig mein Morgen war, der Abend dehnt sich rein und heiter vor meinen Blicken aus. Ach, fast fürchte ich, es könnte in Deinem Leben umgekehrt sein! Als ich Deinen Brief zu Ende gelesen hatte, bat ich Gott, Dich nur für einen Tag in unser Haus zu führen, um Dich zur Familie zu bekehren, mit ihren unaussprechlichen, beständigen, ewigen Freuden, die echt sind und einfach, weil die Natur sie selbst gegeben hat. Doch ach, was vermag meine Vernunft gegen eine Sünde, die Dich glücklich macht! Meine Augen stehen voller Tränen, da ich Dir diese letzten Worte niederschreibe. Ich habe so sicher geglaubt, ein paar Monate ehelichen Glückes würden Dich gesättigt der Vernunft zurückgeben; aber ich sehe Dich unersättlich, und nachdem Du einen Geliebten getötest hast, wirst Du vielleicht die Liebe selber töten. Leb wohl, liebe Verirrte, ich bin hoffnungslos, da doch mein Brief, der Dich durch die Schilderung meines Glückes dem normalen Leben zurückgewinnen sollte, im Gegenteil nur zur Verherrlichung Deines Egoismus geführt hat. Ja, nur Du zählst in Deiner Liebe; Du liebst Gaston weit mehr für Dich selber als um seinetwillen.

✩

54) *Madame Gaston an die Gräfin de l'Estorade*

20. Mai

RENÉE, DAS UNGLÜCK IST DA, NEIN, ES BRACH über Deine arme Louise herein mit der Geschwindigkeit des Blitzes; wirst Du mich verstehen, wenn ich Dir sage, mein Unglück heißt: Zweifel? Gewißheit wäre der Tod!

Vorgestern, nachdem ich Toilette gemacht hatte, suchte ich Gaston, um mit ihm einen kleinen Gang vor dem Frühstück zu machen; er war nirgends zu finden! Zuletzt gelangte ich in den Stall und fand dort seine Stute über und über mit Schweiß bedeckt, und einen Groom, beschäftigt, mit Hilfe eines Messers den Schaum zu entfernen, bevor er sie trocknete.

„Wer hat Fedelta so zugerichtet?“ fragte ich.

„Der Herr“, antwortete der Junge. Ich entdeckte an den Sprunggelenken der Stute den Schmutz von Paris, der anders ist als hier auf dem Lande. Er war also in Paris!

Dieser Gedanke zog tausend andere nach; alles Blut drang mir zum Herzen. „Er geht nach Paris, ohne mir etwas davon zu sagen, zu der Stunde, wo ich ihn sich selbst überlasse! Er fliegt hin und zurück in rasender Eile, gleichgültig, ob er Fedelta zuschanden reitet!“ Der Verdacht umschnürte mich mit seinem fürchterlichen Gürtel und raubte mir den Atem. Ich ging ein paar Schritte bis zur nächsten Bank und ließ mich nieder, um meine Fassung wiederzufinden. So überraschte mich Gaston, ich muß erschreckend bleich ausgesehen haben, denn er fragte mich so hastig: „Was ist dir?“ und mit solcher Besorgnis in der Stimme, daß ich mich aufraffte und seinen Arm nahm; aber ich brachte kein Wort hervor und sank kraftlos auf die Bank zurück. Da nahm er mich auf seine Arme und trug mich mit zwei Schritten ins Wohnzimmer, wohin uns die erschrockenen Leute folgten, bis Gaston sie durch eine Gebärde entfernte. Als wir allein waren, gelang es mir, ohne ein Wort zu sprechen, mein Zimmer zu erreichen, wo ich mich einschloß, um meinen Tränen freien Lauf zu lassen. Fast zwei Stunden blieb Gaston vor meiner Türe; hörte mein Schluchzen und wiederholte mit Engelsgeduld die Fragen, auf die er keine Antwort erhielt.

„Wenn meine Augen nicht mehr rot sind und meine Stimme nicht mehr zittert, werde ich zu Ihnen herauskommen", versprach ich ihm endlich. Das „Sie" trieb ihn zum Hause hinaus. Ich wusch meine Augen in eiskaltem Wasser und erfrischte mein Gesicht. Als ich die Türe öffnete, fand ich ihn an seinem Platz: er war zurückgekehrt, ohne daß ich den Laut seiner Schritte vernommen hätte.

„Was hast du?" drang er in mich.

„Nichts", war meine Antwort. „Ich habe den Staub von Paris an Fedeltas müden Gelenken erkannt und begreife nicht, warum du wegreitest, ohne mir etwas davon zu sagen – aber du bist ja frei!"

„Zur Strafe für deine verbrecherischen Zweifel werde ich dir meine Gründe erst morgen mitteilen", war seine Antwort.

„Sieh mich an!" bat ich ihn.

Ich versenkte meine Augen in die seinen: Unendlichkeit drang in Unendlichkeit. Nein, ich sah den Schatten nicht, den Untreue auf eine Seele wirft und der die Reinheit eines Auges trübt. Ich spielte die Beruhigte, während doch die Sorge in meinem Herzen blieb. Ach, Männer verstehen so gut wie wir zu lügen und zu betrügen. Wir trennten uns nicht mehr. O Liebe, während ich ihn betrachtete, fühlte ich mich ihm unauflöslich verbunden. Wie zitterte mein ganzes Inneres, wenn er nach kurzer Abwesenheit zu mir zurückkehrte! Mein Leben wurzelt in ihm und nicht mehr in mir. Ich verneinte unter grausamen Schmerzen Deinen grausamen Brief. Habe ich diese unbedingte Abhängigkeit je bei meinem göttlichen Spanier empfunden? dem ich dasselbe bedeutete, was jetzt dies furchtbare Kind mir! Wie hasse ich diese Stute, wie töricht von mir, Pferde zu halten! Aber ebensogut könnte ich Gaston die Füße abschneiden oder ihn im Hause gefangen halten. Diese unsinnigen Gedanken haben mich ernstlich beschäftigt; ermiß daran meine Fassungslosigkeit! Wenn nicht die Liebe selber den Käfig baut, wird keine Schranke der Welt einen Mann halten, der sich langweilt. „Langweile ich dich?" fragte ich ihn plötzlich aus allem Zusammenhang heraus.

„Wie nutzlos du dich quälst!" antwortete er mit einem Blick zärtlichster Besorgnis. „Nie habe ich dich mehr geliebt!"

„Wenn das wahr ist, mein Geliebter, so laß mich Fedelta verkaufen", bat ich.

„Verkaufe sie!" entgegnete er. Diese Antwort zerschmetterte mich. Gaston schien mir zu sagen: „Du bist die Reiche hier, ich zähle für nichts, mein Wille hat nichts zu sagen!" Wenn er so etwas auch nicht gedacht hat, mir schien in diesem Augenblick, als müßte er es denken. Abermals verließ ich ihn, um mich zu Bett zu begeben; die Nacht war hereingebrochen.

O Renée, diese verheerenden Gedanken in der Einsamkeit könnten uns zum Selbstmord bringen! Die entzückenden Gärten, die gestirnte Nacht, die frische Luft, die mir den Balsam aller Blumen in bewegten Wellen zuführte, unser Tal und unsere Hügel, alles schien mir düster, schwarz und verödet. Ich lag wie in einem tiefen Abgrund, mitten unter

Schlangen und giftigen Gewächsen; ich konnte Gott in seinem Himmel nicht mehr erblicken. Solch eine Nacht macht eine Frau um vieles älter.

„Sattle Fedelta und eile nach Paris“, sagte ich am nächsten Morgen zu ihm. „Wir wollen sie nicht verkaufen, ich habe sie lieb, sie trägt ja dich.“ Er ließ sich durch meine Worte nicht über die innere Erregung hinwegtäuschen, die ich ihm zu verbergen suchte.

„Vertraue mir!“ sagte er und streckte mir die Hand mit einem so edlen Freimut entgegen und sah mich so offen dabei an, daß ich zerknirscht dastand.

„Wie kleinlich bin ich doch!“ rief ich aus.

„Nein,“ sagte er, „aber du liebst mich, das ist alles“, und er drückte mich fest an sich.

„Geh ohne mich nach Paris“, sagte ich und wollte ihm damit beweisen, daß ich mich aller Zweifel entledigt hatte.

Er ging, und ich hatte geglaubt, er würde bleiben. Erspare mir, Dir meine Qual zu schildern. Es lebt in mir ein zweites Ich, dessen Dasein ich nicht für möglich gehalten habe; ach, für eine liebende Frau haben diese kleinen Mißverständnisse schon eine tragische Bedeutung, die sich nicht beschreiben läßt. Das ganze Leben scheint in einem solchen Augenblick zusammengedrängt, und nirgends erblickt die Seele einen Halt; das Nichts verschlingt alles; ein Blick spricht Bände; Worte werden zu Eisblöcken und aus einem Zucken der Lippen spricht ein Todesurteil! Noch glaubte ich, er würde umkehren, ich stieg zum obersten Stockwerk des Hauses empor, um ihm nachzusehen. Ah! meine Renée, er entschwand meinen Blicken mit furchtbarer Geschwindigkeit.

„Wie eilig er es hat“, dachte ich unwillkürlich. Allein, sank ich zurück in die Hölle der Vermutungen und den Wirbelsturm des Zweifels. Für Augenblicke erschien mir die Gewißheit, betrogen zu werden, wie eine Erlösung gegen die Qualen des Zweifels. Der Zweifel ist ein Zweikampf mit dem eigenen Ich, bei dem wir uns selber die grausamsten Wunden schlagen. Ich ging in den Alleen hin und her, ich kehrte zum Chalet zurück und floh wieder wie eine Irrsinnige. Obschon Gaston vor sieben Uhr weggeritten war, kehrte er erst um elf Uhr zurück, und da der Weg durch den Park Saint-Cloud und den Bois de Boulogne in einer knappen halben Stunde nach Paris führt, mußte er sich dort also drei Stunden aufgehalten haben! Triumphierend trat er ein und überreichte mir eine Reitgerte aus Hartgummi, die mit einem goldenen Griff verziert war. Mir fehlte seit vierzehn Tagen eine Reitgerte, da meine frühere, alt und abgenützt, entzweigebrochen war.

„Darum hast du mich so gemartert“, sagte ich, indem ich die feine Arbeit des Schmuckstückes bewunderte, an dessen Ende ein Riechfläschchen angebracht war. Ich begriff sofort, daß dieses Geschenk nur eine weitere Täuschung bedeutete; aber ich fiel ihm eilig um den Hals, mit den zärtlichsten Vorwürfen über die schlimmen Stunden, die er mir, um einer solchen Geringfügigkeit willen, bereitet hatte. Er kam sich sehr schlau vor, ich erkannte an seiner ganzen Haltung, an seinem Blick das innerliche Vergnügen, das man über eine gelungene List empfindet. Es geht wie ein besonderer Schein von der Seele aus, spiegelt sich wider in den Zügen und offenbart sich in jeder Bewegung des

Körpers. Und während ich den hübschen Gegenstand bewunderte, fragte ich, in einem Augenblick, da wir uns gerade in die Augen sahen: „Wer hat dieses kleine Kunstwerk entworfen?“

„Ein Künstler aus meinem Freundeskreis.“

„Ah, Verdier hat es ausgeführt“, sagte ich und las den Namen, der in die Gerte eingraviert war.

Gaston, der noch immer ein Kind ist, wurde sehr rot. Ich überschüttete ihn mit Zärtlichkeiten für diese Scham, die er über seinen Betrug empfand. Ich spielte die Unwissende, und er glaubte alles in schönster Ordnung.

✩

25. Mai

AM NÄCHSTEN MORGEN GEGEN SECHS UHR zog ich mein Reitkleid an und war um sieben Uhr schon bei Verdier, wo ich eine ganze Anzahl derselben Reitgerte, wie ich sie besaß, erblickte. Ich hielt die meinige dem Angestellten hin, er erkannte sie sofort.

„Wir haben sie gestern einem jungen Mann verkauft“, sagte er mir. Nach der Beschreibung, die ich ihm von meinem Verräter Gaston machte, blieb kein Zweifel übrig. Erspare mir, die maßlose Erregung zu schildern, die mich auf dem Wege nach Paris und während dieser kleinen Szene, in der mein Schicksal sich entschied, erschütterte. Um halb acht Uhr fand Gaston mich in Morgentoilette im Garten, strahlend in trügerischer Sorglosigkeit und sicher, meinen frühen Ritt, in dessen Geheimnis ich nur meinen alten Philipp eingeweiht hatte, nicht verraten zu sehen.

„Gaston,“ sagte ich bei einem Rundgang um unsern Weiher, „ich bin sehr wohl imstande, zwischen

einem Kunstwerk, das eigens und mit besonderer Sorgfalt für eine bestimmte Person ausgeführt wurde, und einem Gegenstand, der aus einer Presse stammt, zu unterscheiden."
Gaston erbleichte und sah mich an, während ich ihm das schreckliche Corpus delicti vor die Augen hielt. „Dieses ist keine Reitgerte, mein Freund," fuhr ich fort, „sondern eine spanische Wand, hinter welcher Sie ein Geheimnis vor mir zu verstecken trachten." Daraufhin, meine Liebe, wurde mir die Genugtuung, zu sehen, wie er sich in die Hecken der Lüge und die Labyrinthe des Betruges hilflos verirrte, ohne eine Möglichkeit, zu entweichen, trotz aller genialischen Versuche, eine Mauer zu finden, die ihm zur Flucht verholfen hätte; er blieb auf ebener Erde, bis sein Gegner gutwillig auf seine Schliche einging. Aber mein Entgegenkommen war zu spät, wie immer bei solchen Szenen. Ich hatte den Fehler begangen, vor dem meine Mutter mich warnte. Dadurch, daß ich meine Eifersucht unverhüllt zeigte, eröffnete sie den Krieg zwischen Gaston und mir und nötigte uns beide hinfort zu den zahllosen Schachzügen der Lüge. Eifersucht, meine Liebe, ist vor allen Dingen dumm und roh. Ich schwor mir heimlich zu, schweigend zu leiden und auf der Hut zu sein, um Gewißheit zu erlangen; und dann entweder mit Gaston zu brechen oder mich in mein Schicksal zu ergeben: Es gibt keine andere Wahl für eine Frau unseres Standes. Was verbirgt er mir? Denn er verbirgt ein Geheimnis. Und dieses Geheimnis handelt von einer Frau. Ist es ein Jugenderlebnis, dessen er sich heute schämt? Was kann es sein? Dieses ‚was', meine Liebe, ist in drei feurigen Let-

tern in alle Gegenstände eingebrannt; ich lese das verhängnisvolle Wort auf dem Spiegel meines Teiches; es leuchtet durch die Bäume hindurch, wandert mit den Wolken über den Himmel, haftet an der Decke, am Tisch, schlängelt sich durch die Blumenarabesken meiner Teppiche. Mitten im Schlaf schreit mir eine Stimme ins Ohr: „Was kann es sein?" Seit jenem verhängnisvollen Morgen dreht sich unser Leben um diese grausame Frage, und ich lernte das bitterste der Gefühle schmecken: einem Mann zu gehören, der uns verrät. O Liebste, mein Leben schließt jetzt Hölle und Paradies zu gleicher Zeit ein! Mein Fuß hatte bis heute diese Lavaglut nicht berührt. Ich habe nur die frömmste Verehrung gekannt. „Ah! Du hast Dir gewünscht, einmal in die glühenden, düsteren Paläste des Leidens einzudringen," sagte ich zu mir, „nun wohl, die Dämonen haben deinen verhängnisvollen Wunsch gehört. Vorwärts also, Unselige!"

☆

30. Mai

SEIT DIESEM TAGE ARBEITET GASTON NICHT mehr mit der sorglosen Nachlässigkeit des wohlhabenden Künstlers, der sein Werk behutsam streichelt; er stellt sich sein Pensum, wie der Schriftsteller, der von seiner Feder lebt. Vier Stunden täglich arbeitet er am Abschluß von zwei Theaterstücken.

„Er braucht Geld!"

Eine innere Stimme gab mir diesen Gedanken ein. Er verwendet für sich fast nichts, wir leben völlig im gegenseitigen Vertrauen, es gibt keinen Winkel in seinem Zimmer, in dem meine Augen und Hände nicht freien Zutritt hätten; seine jährlichen Ausgaben belaufen sich auf kaum zweitausend Franken. In seinem Schubfach liegen dreißigtausend Franken; sie sind nicht gespart, sie sind nach und nach aufgelaufen. Du wirst meinen Gedanken erraten! Ich stand mitten in der Nacht auf, während er schlief, um nachzusehen, ob diese Summe noch an ihrem Platze sei. Es überlief mich eisig: das Fach war leer! Noch in derselben Woche machte ich die Entdeckung, daß er in Sèvres Briefe abholt; er muß sie unmittelbar nach dem Lesen zerreißen, denn trotz meiner Spitzfindigkeiten à la Figaro, konnte ich noch keine Spur davon erhaschen. Ach, lieber Engel, meinen Vorsätzen und allen edlen Schwüren, die ich damals bei der Geschichte mit der Reitgerte getan, zum Trotz, verführte mich eine plötzliche Regung, die ich nur mit Irrsinn bezeichnen kann, ihn auf einem seiner eiligen Ritte nach dem Postamt zu verfolgen. Gaston erstarrte förmlich, als ich ihn überraschte, wie er gerade das Porto eines Briefes bezahlte, den er in Händen hielt. Nachdem er mich einen Augenblick lang scharf angesehen hatte, gab er Fedelta die Sporen und verfiel in einen so rasenden Galopp, daß ich, an der Pforte unseres Parkes angelangt, völlig zerschlagen im Sattel hing, und dort verstummten alle körperlichen Gefühle vor den Qualen meiner Seele. Gaston sprach kein Wort. Er zog die Klingel und wartete, ohne zu sprechen. Ich fühlte mich mehr tot als lebendig. Vielleicht war mein Verdacht begründet, vielleicht auch nicht; in beiden Fällen aber war mein Ausspionieren einer Armande-Louise-Marie de Chaulieu im höchsten Maße unwürdig. Ich hatte mich im irdischen Schlamm

verfangen und war unter den Rang einer Grisette, eines schlecht erzogenen Mädchens, gesunken, stand auf gleicher Stufe mit Kurtisanen und Schauspielerinnen, Geschöpfen ohne jede Erziehung! Ach, welche Leiden! Endlich wurde die Tür geöffnet. Gaston überließ sein Pferd dem Groom; auch ich stieg ab und fiel in seine Arme, die er mir entgegenhielt. Ich raffte mein Kleid zusammen, nahm seinen Arm und wir gingen zum Haus, immer noch wortlos. Diese hundert Schritte möge mir Gott für hundert Jahre im Purgatorium anrechnen! Bei jedem Schritt tanzten tausend Gedanken, fast sichtbar in ihrer Eindringlichkeit, wie Flammenzungen vor meinen Augen und stachen in meine Seele wie spitze Dolche, jeder von ihnen mit einem andern Gift begabt. Als Groom und Pferde nicht mehr zu sehen waren, hielt ich Gaston an, sah ihm in die Augen, und mit einer Bewegung, die ich Dir nicht beschreiben kann, sagte ich, indem ich auf den verhängnisvollen Brief deutete, den er noch immer in der rechten Hand hielt: „Laß mich ihn lesen!"
Er gab ihn mir, ich entsiegelte ihn und las eine Mitteilung des Dramatikers Nathan, daß eines unserer Stücke angenommen, einstudiert und in Szene gesetzt sei, um am kommenden Samstag zum ersten Male aufgeführt zu werden. Der Brief enthielt außerdem das Billett für eine Loge. Obgleich ich nun auf diese Weise vom Martyrium ins Paradies versetzt wurde, trübte der Dämon mein Glück und schrie mir ins Ohr: „Wo sind die dreißigtausend Franken?" Meine Würde allein, meine Ehre, mein ganzes früheres Ich hielten mich davor zurück, die Frage zu tun, die mir auf den Lippen schwebte,

denn ich wußte, daß mir in dem Augenblick, wo sie laut würde, nur noch der Tod durch eigene Hand übrigbliebe, und kaum widerstand ich dem Wunsch zu sprechen. Liebste, ging dieses Leiden nicht über alle Grenzen weiblicher Kraft?

„Du langweilst dich, mein armer Gaston", sagte ich, indem ich ihm den Brief zurückgab. „Wenn du willst, kehren wir nach Paris zurück!"

„Nach Paris? Warum? Ich wollte wissen, ob ich Talent habe, und einmal am Becher des Ruhmes nippen!"

Ich überlegte mir, daß ich, während er arbeiten würde, unauffällig, in harmloser Neugier, seine Schubladen durchstöbern und ihn um das Fehlen der dreißigtausend Franken befragen könnte; aber was würde mir eine Antwort wie diese nützen: „Ich habe dem und dem Freund ausgeholfen", wie sie mir Gaston mit geringer Geistesgegenwart unfehlbar gegeben hätte. Meine Liebe, das einzige Ergebnis dieser Verirrungen ist der durchschlagende Erfolg des Stückes, zu dem jetzt ganz Paris rennt, obgleich Nathan die äußeren Ehren davonträgt. Einer der beiden Sterne nach den Worten: Und die Herren **, bin ich. Ich wohnte der Erstaufführung bei, versteckt in einer Proszeniumsloge des Erdgeschosses.

☆

1. Juli

GASTON FÄHRT FORT ZU ARBEITEN UND NACH Paris zu reiten; er schreibt neue Stücke, die ihm den Vorwand liefern sollen, nach Paris zu gehen und Geld zu verdienen. Drei Stücke sind bereits angenommen, zwei weitere bestellt. Liebste, ich bin verloren, ich tappe im Finstern. Ich würde mein

Haus anzünden, wenn ich mir damit diese Nacht erhellen könnte! Was steckt hinter diesem Betragen! Schämt er sich, von meinem Vermögen zu leben? Aber seine Seele steht zu hoch, um sich mit solchen Albernheiten zu befassen. Wenn sich ein Mann von seiner Bedeutung mit derartigen Überlegungen abgibt, müssen Gefühlsgründe vorhanden sein! Man nimmt alles an von seiner Frau, aber man will nichts von der Frau, die man nicht mehr liebt oder zu verlassen wünscht. Und wenn er soviel Geld verdienen will, so ist es sicher für eine andere Frau. Für den eigenen Bedarf würde er unbedenklich mein Geld in Anspruch nehmen. Wir haben schon hunderttausend Franken Ersparnisse gemacht. Kurz, liebes Herz, nachdem ich die ganze Welt der Möglichkeiten durchlaufen und alles wohl erwogen habe, ist es mir zur unumstößlichen Gewißheit geworden, daß ich eine Nebenbuhlerin habe. Er verläßt mich, aber für wen? Ich will sie sehen!

✩

10. Juli

ICH HABE GEWISSHEIT! ICH BIN VERLOREN! Ja, Renée, mit dreißig Jahren, im Glanz meiner Schönheit, begabt mit reichen geistigen Gütern, ausgestattet mit den verführerischen Reizen einer auserwählten Kleidung, immer frisch, elegant, sehe ich mich verraten, und an wen? An eine Engländerin mit großen Füßen, groben Knochen, fetter Büste, kurz, an eine britannische Kuh! Jeder Zweifel ist müßig! Höre, was mir in diesen letzten Tagen begegnete:

Müde aller Zweifel und aus der Überlegung heraus, daß, wenn es sich um einen Freund handelte, Gaston mir sicher davon gesprochen hätte, sah ich ihn durch sein Schweigen selber überführt, verraten durch den ewigen Hunger nach Geld. Eifersüchtig auf seine Arbeit und gemartert durch die beständigen Ausritte nach Paris, ergriff ich endlich solber Mittel und Wege; und diese Wege führten mich so tief herab, daß ich sie Dir nicht beschreiben will. Vor drei Tagen also erfuhr ich, daß Gaston in Paris ein Haus in der Rue de la Ville l'Evêque aufsucht, das mit einer für Paris beispiellosen Verschwiegenheit gehütet wird. Der Hausmeister, ein schweigsamer Mann, sagte wenig, aber genug, um mich zur Verzweiflung zu bringen. Ich war entschlossen, wenn nötig, mein Leben zu opfern, um endlich die ganze Wahrheit zu erfahren. Ich begab mich nach Paris, mietete eine Wohnung, dem Hause gerade gegenüber, in welches Gaston sich jeweilig begibt. Ich sah ihn mit meinen Augen zu Pferd in den Hof einreiten. Ach, nur zu früh machte ich eine schreckliche, grausame Entdeckung. Diese Engländerin, die zum mindesten sechsunddreißig Jahre zählt, läßt sich Madame Gaston nennen. Das gab mir den Todesstoß. Aber noch nicht genug! ich sah sie mit zwei Kindern sich zu den Tuilerien begeben. O Liebste, mit zwei Kindern, die Gastons lebendiges Ebenbild sind! Es ist unmöglich, diese geradezu ruchlose Ähnlichkeit zu verkennen. Und wie hübsch diese Kinder sind und reich gekleidet, wie das so Sitte ist bei den Engländern. Sie schenkte ihm Kinder – daraus erklärt sich alles! Diese Engländerin sieht aus wie eine griechische Statue, die von ihrem Sockel herabgestiegen ist; sie besitzt die Blässe und Kälte des Marmors und geht mit den gewichtigen Schritten

einer gesegneten Mutter. Sie ist schön, das muß man ihr lassen, aber schwerfällig wie ein Kriegsschiff! Und keine Spur von Feinheit oder Distinktion; sicherlich ist sie keine Lady, sondern die Tochter irgendeines Bauern aus einem armseligen Dorf in einer entlegenen Grafschaft oder die elfte Tochter eines armen Ministers.
Todesmatt kehrte ich in mein Chalet zurück. Tausend Gedanken peinigten mich wie tausend Dämonen. Ist sie wohl verheiratet? Kannte er sie vor seiner Heirat? War sie die Geliebte irgendeines reichen Bürgers, der sie dann verließ, worauf sie Gastons Sorge zur Last fiel? Ich baute Vermutung auf Vermutung auf, als bedürfte es noch irgendeines Beweises angesichts der beiden Kinder! Tags darauf kehrte ich nach Paris zurück und steckte dem Hausmeister eine Summe zu, die mir auf meine Frage: „Ist Madame Gaston gesetzlich getraut?" die Antwort eintrug: „Gewiß, Mademoiselle".

✩

15. Juli

LIEBSTE, SEIT JENEM MORGEN HABE ICH meine Zärtlichkeit für Gaston verdoppelt, und er selbst ist verliebter denn je – und so jung! Zwanzigmal beim Erwachen bin ich auf dem Punkt, ihn zu fragen: „Du liebst mich also doch noch mehr, als die aus der Rue de la Ville l'Evêque?" aber mir fehlt der Mut, das Geheimnis meiner Qualen zu erforschen.
„Du hängst sehr an Kindern?" fragte ich ihn, und er: „O ja, aber wir werden auch Kinder haben."
„Aber wie?"
„Ich habe mir bei den erfahrensten Ärzten Rat

geholt, sie rieten mir alle zu einer Reise von zwei Monaten."
„Gaston," antwortete ich ihm hierauf, „wenn es mir möglich wäre, einen Mann aus der Entfernung zu lieben, so hätte ich ruhig im Kloster bleiben können."
Er lachte; mich aber, Liebste, zerschmetterte das Wort „Reise". Nein wahrlich, lieber stürze ich mich gleich zum Fenster hinaus, als langsam Stufe für Stufe eine Treppe hinunterzufallen... Leb wohl, lieber Engel, ich habe mir einen sanften, schönen, aber unfehlbaren Tod bereitet! Gestern machte ich mein Testament. Jetzt darfst Du zu mir kommen, das Verbot ist aufgehoben. Eile, mein Lebewohl zu empfangen. Mein Tod trägt, wie vordem mein Leben, den Stempel der Hoheit und Grazie: ich sterbe mit Leib und Seele. Leb wohl, liebe Schwester, liebe Seele, Du, deren Liebe keinen Widerwillen, keine Gipfel und keine Abgründe kannte, sondern mein Herz mit dem sanften Licht des Mondes umschmeichelte! Es gab zwischen uns keine leidenschaftlichen Gluten, doch blieb uns auch die giftige Bitternis der Liebe erspart.
Du hast das Leben weise durchschaut, leb wohl!

☆

55) Die Gräfin de l'Estorade an Madame Gaston

16. Juli

MEINE LIEBE LOUISE, ICH SENDE DIESEN Brief durch einen Eilboten voraus und folge selber in kürzester Zeit. Beruhige Dich. Deine letzten Zeilen schienen mir so bar aller Vernunft, daß ich

mich kurz entschloß, Louis in die ganze Sachlage einzuweihen: handelt es sich doch darum, Dich vor Dir selber zu retten. Und wenn wir auch ganz wie Du zu den unwürdigsten Mitteln greifen mußten, so ist das Ergebnis so über alles Erwarten glücklich ausgefallen, daß ich Deiner Verzeihung im voraus sicher bin. Wir haben uns nicht gescheut, sogar die Polizei in Bewegung zu setzen: doch bleibt die Sache Geheimnis zwischen dem Polizeipräfekten, uns und Dir. Gaston ist so rein wie ein Engel! Höre den ganzen Sachverhalt: sein Bruder, Louis Gaston, starb in Kalkutta im Dienst einer Handelsgesellschaft, just in dem Augenblick, wo er reich, glücklich und verheiratet mit der Witwe eines englischen Kaufmanns, die ihm ein glänzendes Vermögen zugebracht hatte, nach Frankreich zurückkehren wollte.
Nach zehnjähriger angestrengter Tätigkeit, deren hauptsächlichstes Ziel es war, seinem Bruder den nötigen Lebensunterhalt zu verschaffen – er verschwieg diesem stets jeden Mißerfolg, um ihn nicht zu entmutigen – wurde er in den Konkurs des bekannten Halmer verwickelt. Die Witwe verlor ihren letzten Pfennig. Dieser Schlag traf ihn so unerwartet, daß Louis Gaston alle ruhige Besinnung verlor. Mit dem Nachlassen der seelischen Kräfte aber gewann die Krankheit Macht über den geschwächten Körper, und in Bengalen, wohin er sich begeben hatte, um den Rest des Vermögens abzuheben, erlag er seinem plötzlichen Leiden. Der brave Kapitän hatte bei einem Bankier die erstmalige Summe von dreihunderttausend Franken deponiert, um sie dem Bruder zu schicken; der Bankier aber, gleichfalls vom Konkurs Halmer betrof-

fen, brachte ihn auch noch um diese letzte Hilfsquelle. Louis Gastons Witwe, die schöne Frau, die Du für Deine Rivalin gehalten hast, begab sich nach Paris mit ihren zwei Kindern, Deinen Neffen, ohne einen roten Heller. Ihre Juwelen hatten kaum ausgereicht, die Überfahrt zu bezahlen. Mittels der Anweisungen, die der Bankier von Louis Gaston zur Übersendung des Geldes an seinen Bruder besaß, gelang es der Witwe, die frühere Wohnung Deines Gatten ausfindig zu machen. Doch, da Ihr beide verschwunden wart, ohne zu sagen wohin, wurde Madame Louis Gaston an d'Arthez verwiesen, den einzigen Menschen, der über Euer Verbleiben unterrichtet war. D'Arthez stand der jungen Frau in großzügigster Weise bei, und dies um so mehr, als Louis Gaston vor vier Jahren, im Augenblick, als er sich verheiraten wollte, Erkundigungen über seinen Bruder bei ihm eingezogen hatte, den er als Maries besten Freund kannte. Bei der Gelegenheit erfuhr er durch d'Arthez, daß Marie Gaston durch seine Heirat mit der Baronin de Macumér zum reichen Mann geworden war. Die Schönheit, dieses königliche Vermächtnis ihrer Mutter, hatte die beiden Brüder in Paris wie in Indien vor allem Mißgeschick bewahrt. Ist dies nicht eine rührende Geschichte? Natürlich klärte d'Arthez Deinen Gatten zuletzt über die Lage seiner Schwägerin und der beiden Neffen auf und offenbarte ihm zugleich die großmütigen Absichten, die der Gaston in Indien mit dem Gaston in Paris gehabt, und die ein schlimmer Zufall vereitelte. Wie Du Dir denken kannst, eilte Dein guter Gaston unverzüglich nach Paris. Das ist der Grund seines ersten Ausrittes! Im Lauf von fünf Jahren hatte er die Summe von dreißigtausend Franken zurückgelegt, aus der Rente, zu deren Annahme Du ihn gezwungen hattest; davon ließ er je zwölftausend Franken auf seine Neffen eintragen und verwandte den Rest dazu, die Wohnung, die Du schon kennst, für seine Schwägerin einzurichten, der er außerdem einen vierteljährlichen Beitrag von dreitausend Franken zusicherte. Hier hast Du die Erklärung für seinen Eifer beim Theater und die Freude über den Erfolg des ersten Stückes. Madame Gaston ist also keineswegs Deine Nebenbuhlerin und trägt Deinen Namen zu Recht. Es ist kein Wunder, daß ein edler und feinfühlender Charakter wie Gaston Dir diese Angelegenheit zu verschweigen trachtete, kennt er doch Deine Freigebigkeit! Er hat das Geld, das er durch Dich besitzt, nie als sein Eigentum betrachtet. D'Arthez las mir den Brief vor, den er von ihm anläßlich seiner Zeugenschaft bei Eurer Hochzeit erhielt. Marie Gaston bekennt ihm darin: der einzige dunkle Punkt in seinem Glück sei seine Armut, und die Schulden, deren Tilgung er Dir überlassen mußte. Es ist einer edeln Seele nicht gegeben, sich solcher Gefühle zu erwehren: man hat sie oder man hat sie nicht; und wer sie hat, vermag ihre feinen Wirkungen nicht zu verhehlen. Es liegt auf der Hand, daß Gaston im geheimen und ganz aus sich selber der Witwe seines Bruders einen anständigen Lebensunterhalt zu verschaffen hoffte, da doch dieselbe Frau aus ihrem Vermögen ihm die dreißigtausend Franken zugedacht hatte. Sie ist schön, gutherzig und wohlerzogen, aber nicht intelligent. Diese Frau ist ganz Mutter. Was Wunder, daß ich mich vom ersten Augenblick an zu ihr hingezogen fühlte: Sie hielt

in den Armen ein Kind, und ein zweites, das angezogen war wie das Baby eines Lords, hing an ihren Röcken. „Alles für die Kinder", das liest man bei ihr aus den kleinsten Dingen.
Du hast also, Liebste, weit davon entfernt, ihm etwas nachzutragen, neuen Grund, Deinen Gaston zu vergöttern! Ich sah ihn zufällig, er ist der liebenswürdigste Mann von ganz Paris. Ja, liebes Kind, ich begriff sehr gut, als ich ihn sah, daß eine Frau sich ganz an ihn verlieren kann; seine Züge spiegeln seine schöne Seele wieder. An Deiner Stelle nähme ich die Witwe und die beiden Kinder zu mir und ließe ihnen auf meinem Grund ein hübsches kleines Landhaus bauen und machte sie zu meinen Kindern. Beruhige Dich also, liebes Herz, und bereite Deinem Gaston Deinerseits eine Überraschung vor.

☆

56) Madame Gaston an die Gräfin de l'Estorade

ACH, GELIEBTE, VERNIMM DAS FURCHTBARE, verhängnisvolle, unverschämte Wort, das einst der Tor Lafayette seinem Herrn und König entgegnete: „Es ist zu spät!"
O mein Leben, mein schönes Leben! Wer gibt es mir zurück? Ich habe mich selber tödlich getroffen. Weh! brannte ich nicht wie ein Irrlicht, das sterben muß, nachdem es geleuchtet hat? Meine Augen sind zwei Tränenströme – und ach – ich darf nur weinen fern von ihm! Ich fliehe ihn, er sucht mich. Ich trage meine Verzweiflung ganz in mir verschlossen. Dante hat in seinem Inferno meine Qual vergessen! – Komm und sieh mich sterben!

57) Die Gräfin de l'Estorade an den Grafen de l'Estorade

Im Chalet, 7. August

MEIN FREUND, REISE ALLEIN MIT DEN Kindern in die Provence zurück; ich bleibe bei Louise, die nur noch wenige Tage zu leben hat, ich bin es ihr und ihrem Gatten schuldig. Ich fürchte, daß er wahnsinnig wird. Seit dem letzten Billett, das Du kennst, auf das hin ich in Begleitschaft von Ärzten nach Ville d'Avray eilte, habe ich die liebreizendste aller Frauen nicht mehr verlassen; auch fand ich keine Zeit, an Dich zu schreiben, denn ich wache jetzt die fünfzehnte Nacht an ihrem Lager.

Ich fand sie bei meiner Ankunft in der Gesellschaft ihres Gaston, schön und geschmückt, mit lachenden, glückstrahlenden Augen. Welch wundervolles Trugbild! Die beiden schönen Kinder hatten sich ausgesprochen. Einen Augenblick lang ließ ich mich, ganz wie Gaston, durch ihre Überlegenheit täuschen, aber Louise preßte meine Hand und flüsterte mir ins Ohr: „Hilf mir ihn täuschen, ich bin eine Sterbende!"

Ein eisiger Schauer überlief mich, als ich ihre brennende Hand fühlte und auf den Wangen die verhängnisvollen roten Flecke leuchten sah! Ich dankte Gott für meine Vorsicht. Ich hatte nämlich, um niemanden zu ängstigen, die Ärzte zu einem Spaziergang veranlaßt, ehe man ihrer bedurfte.

„Laß uns allein," sagte sie zu Gaston, „zwei Frauen, die sich nach fünfjähriger Trennung wiedersehen, haben sich manches zu sagen, und sicherlich möchte Renée vertraulich mit mir reden."

Wir waren kaum allein, als sie sich in meine

Arme warf, unfähig, die Tränen länger zurückzuhalten.
„Liebste, was fehlt Dir?" fragte ich. „Ich bringe Dir für alle Fälle den ersten Chirurgen und den Oberarzt des Hotel-Dieu; mit Bianchon sind sie zu viert."
„Ach, wenn sie mich retten können, wenn es noch Zeit ist, bringe sie schnell zu mir! Dasselbe Gefühl, das mich in den Tod trieb, zieht mich jetzt ins Leben zurück!"
„Aber was hast Du getan?"
„Ich habe mir in wenigen Tagen die Schwindsucht in höchstem Grade verschafft."
„Und wie das?"
„Ich brachte mich nachts in Schweiß und lief dann zum Weiher hinunter, um mich dem feuchten Nachttau auszusetzen. Gaston glaubt an eine leichte Erkältung, während ich sterbe."
„Schicke ihn nach Paris; ich werde selber die Ärzte holen", rief ich und lief wie eine Unsinnige an den Ort, an dem ich sie zurückgelassen hatte. Ach, lieber Freund, nach der Untersuchung wollte mir keiner der gelehrten Männer auch nur den Schimmer einer Hoffnung lassen! Wenn die Blätter fallen, muß sie sterben. Die zarte Natur meiner geliebten Louise kam ihren Absichten in verhängnisvoller Weise entgegen. Sie trug die Keime der Krankheit schon in sich, trotzdem hätte sie lange leben können, wenn sie nicht in wenigen Tagen alles rettungslos verdorben hätte. Ich kann Dir meine Gefühle nicht beschreiben, als ich dieses nur zu wohlbegründete Todesurteil vernahm. Du weißt, wie innig mein Leben mit ihr verbunden war. Ganz vernichtet blieb ich zurück und

fand nicht die Kraft, die grausamen Ärzte zu begleiten. Mit tränenüberströmten Gesicht blieb ich, ich weiß nicht mehr wie lange, in leidvollste Gedanken versenkt. Eine himmlische Stimme weckte mich aus meiner Betäubung: „Mein Urteil ist gefällt!" sagte Louise und legte ihre Hand auf meine Schulter. Sie richtete mich auf und führte mich in ihr Zimmer.

„Verlaß mich nicht mehr", bat sie mich mit flehendem Blick; „ich ertrage keine Verzweiflung in meiner Nähe; nur eins ist mir wichtig: ihn zu täuschen, und es wird mir gelingen. Ich fühle meine ganze Kraft und Jugend und kann aufrecht sterben. Ach, und ich selber beklage mich nicht; ich sterbe, wie ich es mir so oft gewünscht habe, mit dreißig Jahren, jung, schön und ungebrochen. Und ihn hätte ich doch unglücklich gemacht. Ich weiß es. Ich habe mich in den Wassern der Liebe ertränkt, ich bin wie das Reh, das sich in der Schlinge selbst erwürgt, aus der es sich zu befreien trachtet. Ja, ich bin das Reh von uns beiden und ein sehr ungebärdiges! Schon meine ungerechte Eifersucht traf ihn hart und schuf ihm Leiden. Der Tag, an dem mein Verdacht auf Gleichgültigkeit, den endlichen Lohn der Eifersucht, gestoßen wäre, hätte mir den Tod gebracht. Ich habe mein Teil an diesem Leben gehabt. Es gibt Menschen, denen sechzig Jahre im Lebensbuche zugestanden sind und die dennoch nicht zwei Jahre gelebt haben. Mein Leben scheint kurz bemessen, aber in Wirklichkeit habe ich wohl sechzig Jahre der Liebe genossen. Und so ist denn, für ihn wie für mich, diese Lösung gut. Bei uns beiden aber liegt es anders: Du verlierst eine Schwester, die dich lieb hat, und dieser Verlust ist unersetzlich. Du allein hier hast das Recht, um meinen Tod zu weinen. Mein Tod aber," nahm sie nach einer langen Pause des Schweigens wieder auf, in der ich sie durch einen Tränenschleier hindurch kaum mehr zu erkennen vermochte, „mein Tod gibt mir eine grausame Lehre: Du behältst recht am Ende, mein lieber Doktor im Unterrock: die Ehe darf sich nicht auf der Grundlage der Leidenschaft, ja, nicht einmal der Liebe aufbauen! Dein Leben ist ein schönes und edles Leben; du bist immer deinen geraden Weg gegangen und hast deinen Louis immer herzlich geliebt; während eine solche Glut, wie sie mich erfüllte, notwendig im Lauf der Jahre abnehmen muß. Zweimal habe ich gefrevelt: das zweitemal wird der Tod mein Glück mit knöchernem Finger zerbrechen. Er hat mir einmal den edelsten, hingebendsten Mann geraubt, heute scheidet mich der Sensenmann vom schönsten, liebenswürdigsten, feinsinnigsten Gatten der Welt. Aber ich durfte nacheinander das vollkommene Bild der Seele und des Leibes mein eigen nennen. Bei Felipe beherrschte die Seele den Leib und verwandelte ihn; bei Gaston streiten Herz, Geist und Schönheit um den Rang. Ich sterbe geliebt und vergöttert, was kann ich mir Besseres wünschen! Nun bleibt mir noch übrig, mich mit meinem Gott zu versöhnen, den ich vielleicht vernachlässigt habe. Ich will mich liebeströmend zu ihm aufheben und ihn bitten, mir dereinst in seinem Himmel die beiden schönsten Engel zurückzugeben. Ohne sie wäre mir das Paradies ein öder Ort. Mein Beispiel wäre verhängnisvoll. Ich bin eine Ausnahme. Ebensowenig fände man einen Felipe und einen Gaston zum zweitenmal; darin stimmen die sozialen und die Naturgesetze überein. Die Frau ist in der Tat ein zerbrechliches Wesen, das, indem es sich verheiratet, seinen Willen dem Manne restlos zum Opfer bringen soll, der wiederum seine Selbstsucht an sie verliert. Die Auflehnung und lauten Klagen unseres Geschlechtes in der heutigen Zeit sind in der Tat albern und tragen uns zu Recht den Namen „Kinder" ein, mit dem uns mancher Philosoph bedacht hat."

Sie fuhr fort so zu sprechen mit ihrer süßen Stimme, die Du ja kennst, und sagte die bedeutungsvollsten Dinge auf die geistreichste Art, bis Gaston eintrat, mit seiner Schwägerin und den beiden Kindern, die er auf Louisens Wunsch hierhergebracht hatte. „Sieh da, meine beiden hübschen Henker!" sagte sie, als sie die beiden Knaben erblickte. „Mußte ich mich nicht täuschen? Wie ähnlich sie ihrem Onkel sind!"

Sie war für ihre Schwägerin von bestrickender Liebenswürdigkeit und forderte sie auf, sich im Chalet häuslich einzurichten, kurz, sie erwies ihr auf echt Chaulieusche Art, die sie im höchsten Grade besitzt, alle Ehren. Ich schrieb sofort an Herzog und Herzogin de Chaulieu, an den Herzog de Rhétoré, den Herzog de Lenencourt-Chaulieu, sowie an Madeleine. Und ich tat gut daran. Schon am nächsten Morgen konnte Louise, erschöpft von allen Anstrengungen, nicht mehr ausgehen; sie erhob sich nicht einmal, um am Diner teilzunehmen. Madeleine de Lenencourt, ihre beiden Brüder und ihre Mutter kamen am Abend. Die Spannung, die ihre Heirat in der Familie hervorgerufen hat, verlor sich sofort. Seit diesem Abend kommen

Louisens beide Brüder allmorgendlich zu Pferd von Paris, und die beiden Herzoginnen verbringen jeden Abend im Chalet. Der Tod trennt nicht nur, er schließt auch zusammen und schweigt alle kleinlichen Regungen. Louise ist überirdisch in ihrem Liebreiz, ihrer Klugheit, Grazie, Geist und Zartgefühl. Der feine Takt, der sie zeitlebens auszeichnete, bleibt ihr bis zum letzten Augenblick treu; sie teilt die Schätze ihres reichen Wesens, die sie zu einer Königin von Paris machten, mit vollen Händen unter uns aus.

„Ich will bis in die Gruft hinein hübsch bleiben", sagte sie zu mir, mit jenem Lächeln, das einzig ihr gehört. Seitdem liegt sie zu Bett und siecht dahin schon vierzehn Tage lang. In ihrem Zimmer ist keine Spur von Krankheit zu merken. Die Tränke und Mixturen, der ganze medizinische Apparat ist versteckt.

„Werde ich nicht eine schöne Leiche sein?" fragte sie gestern den Pfarrer von Sèvres, dem sie sich anvertraut hat.

Jeder ist eifersüchtig um sie bemüht. Gaston, der durch die furchtbare Hellsicht der Angst vorbereitet ist, läßt es nicht an Mut fehlen; aber er ist gebrochen; ich würde mich nicht wundern, wenn er ganz natürlich seiner Frau nachfolgte. Gestern, als wir uns am Ufer des Sees ergingen, sagte er zu mir:

„Ich muß diesen beiden Kindern ein Vater sein ..." und er wies auf seine Schwägerin, die mit den beiden Neffen vorausging, „aber wenn ich auch nichts dazu tun will, mich aus dieser Welt zu entfernen, so versprechen Sie mir, ihnen eine zweite Mutter zu sein und Ihren Gatten zu veranlassen, die Vor-

mundschaft, die ich ihm gemeinsam mit meiner Schwägerin antrage, anzunehmen."
Er sagte dies ohne die leiseste Emphase, aber wie einer, der seines Endes gewiß ist. Sein Lächeln antwortet dem Lächeln Louisens, aber ich lasse mich dadurch nicht täuschen. Seine Tapferkeit wetteifert mit der ihrigen. Louise verlangt ihr Patenkind noch einmal zu sehen; doch bin ich nicht böse darüber, daß Armand durch seine Ferien in der Provence festgehalten ist und ihren großartigen Geschenken, mit denen sie ihn sicher bedacht hätte, auf diese Weise entgeht.
Leb wohl, mein Freund.

✩

25. August (ihr Geburtstag)

GESTERN ABEND VERLOR LOUISE WÄHREND einiger Minuten die Besinnung; aber ihr Delirium war wahrhaft schön und anmutig und bewies mir, daß geistvolle Menschen auch in der Besinnungslosigkeit sich von Toren und Spießbürgern unterscheiden. Sie sang mit erloschener Stimme einige italienische Weisen aus den „Puritani", der „Sonnambula" und „Mosé". Schweigend waren wir um ihr Bett versammelt, und alle, sogar ihr Bruder Rhétoré, hatten feuchte Augen, so unverkennbar fühlten wir, daß ihre Seele sich auf diese Weise von unserer Erde hob. Sie sah uns nicht mehr. Der ganze Reichtum ihres holden Wesens war in diesen schwachen Tönen enthalten, die schon mit himmlischer Süßigkeit durchtränkt schienen. In der Nacht begann der Todeskampf. Eben, um sieben Uhr morgens, half ich ihr aufzustehen, sie hatte ihre ganze Kraft zusammengenommen und wünschte in ihrem Stuhl am Fenster zu sitzen. Sie griff nach Gastons Hand . . . und dann, mein Freund, war der holdeste Engel, den diese Erde je gesehen, von uns genommen und ließ uns die arme Hülle zurück. Sie hatte am Abend vorher, ohne Gastons Wissen, der sich ein wenig Schlummer gönnte, die letzte Ölung empfangen und mich gebeten, ihr das „De profundis“ in französischer Sprache vorzulesen, während sie Auge in Auge mit der schönen Natur verharrte, die sie sich selbst geschaffen hat. Innerlich sprach sie die Worte nach, während sie die Hand ihres Gatten, der vor ihr kniete, fest umklammert hielt.

✩

26. August

MEIN HERZ IST ZERRISSEN, ICH SAH SIE IM Leichentuch, sie ist so bleich geworden, mit violetten Schatten! Oh, ich will meine Kinder sehen! Meine Kinder! Bring mir meine Kinder!

✩

Französische Literatur im Diogenes Verlag

Honoré de Balzac
Die Menschliche Komödie in 40 Einzelbänden:

Das Haus zur ballspielenden Katze. Erzählungen. Deutsch von Otto Flake. detebe 130/I
Zwei Frauen. Roman. Deutsch von Gabrielle Betz. detebe 130/II
Modeste Mignon. Roman. Deutsch von Friedrich Sieburg. detebe 130/III
Albert Savarus. Erzählungen. Deutsch von Max Krell und Hugo Kaatz. detebe 130/IV
Die falsche Geliebte. Erzählungen. Deutsch von Friedrich von Oppeln-Bronikowski und Emmi Hirschberg. detebe 130/V
Die Grenadière. Erzählungen. Deutsch von Paul Mayer, Rosa Schapire und Hugo Kaatz. detebe 130/VI
Honorine. Erzählungen. Deutsch von Paul Mayer, Max Krell und Hugo Kaatz. detebe 130/VII
Beatrix. Roman. Deutsch von Viktor von Koczian. detebe 130/VIII
Die Frau von dreißig Jahren. Roman. Deutsch von Erich Noether. detebe 130/IX
Vater Goriot. Roman. Deutsch von Rosa Schapire. detebe 130/X
Oberst Chabert. Erzählungen. Deutsch von Ernst Weiss, Hugo Kaatz und Paul Mayer. detebe 130/XI
Der Ehekontrakt. Erzählungen. Deutsch von Rosa Schapire. detebe 130/XII
Ursula Mirouet. Roman. Deutsch von Walter Benjamin. detebe 130/XIII
Eugenie Grandet. Roman. Deutsch von Mira Koffka. detebe 130/XIV

Pierrette. Erzählungen. Deutsch von Rosa Schapire. detebe 130/xv

Junggesellenwirtschaft. Roman. Deutsch von Franz Hessel. detebe 130/xvi

Nebenbuhler. Erzählungen. Deutsch von Paul Mayer. detebe 130/xvii

Verlorene Illusionen. Roman. Deutsch von Otto Flake. detebe 130/xviii

Geschichte der Dreizehn. Erzählungen. Deutsch von Viktor von Koczian. detebe 130/xix

Cäsar Birotteaus Größe und Niedergang. Deutsch von Hugo Kaatz. detebe 130/xx

Das Bankhaus Nucingen. Erzählungen. Deutsch von Else von Hollander. detebe 130/xxi

Glanz und Elend der Kurtisanen. Roman in zwei Bänden. Deutsch von Emil A. Rheinhardt. detebe 130/xxii–xxiii

Die Geheimnisse der Fürstin von Cadignan. Erzählungen. Deutsch von Luci und Hans Pollnow, Paul Mayer und Else von Hollander. detebe 130/xxiv

Tante Lisbeth. Roman. Deutsch von Paul Zech. detebe 130/xxv

Vetter Pons. Roman. Deutsch von Otto Flake. detebe 130/xxvi

Volksvertreter. Erzählungen. Deutsch von Paul Mayer und Charlotte Stucke-Kornfeld. detebe 130/xxvii

Die Kleinbürger. Roman. Deutsch von Hugo Kaatz. detebe 130/xxviii

Eine dunkle Geschichte. Erzählungen. Deutsch von Friedrich von Oppeln-Bronikowski und Frieda von Oppeln. detebe 130/xxix

Die Königstreuen. Roman. Deutsch von Magda Kahn. detebe 130/xxx

Die Bauern. Roman. Deutsch von Hugo Kaatz. detebe 130/xxxi

Der Landarzt. Roman. Deutsch von Emmi Hirschberg. detebe 130/xxxii

Der Landpfarrer. Roman. Deutsch von Emmi Hirschberg. detebe 130/xxxiii

Die Lilie im Tal. Roman. Deutsch von Charlotte Braun-Wogau. detebe 130/xxxiv
Die tödlichen Wünsche. Roman. Deutsch von Emil A. Rheinhardt. detebe 130/xxxv
Buch der Mystik. Erzählungen. Deutsch von Franz Hessel, Else von Hollander und Emmi Hirschberg. detebe 130/xxxvi
Das ungekannte Meisterwerk. Erzählungen. Deutsch von Heinrich E. Jacob und Hete Maass. detebe 130/xxxvii
Der Alchimist. Roman. Deutsch von Emmi Hirschberg. detebe 130/xxxviii
Der verstoßene Sohn. Erzählungen. Deutsch von Sigrid von Massenbach. detebe 130/xxxix
Katharina von Medici. Roman. Deutsch von Paul Hausmann. detebe 130/xl
Über Balzac. Zeugnisse und Aufsätze von Victor Hugo bis Somerset Maugham. Mit einem Repertorium der wichtigsten Romanfiguren, Chronik, Bibliographie. Herausgegeben von Claudia Schmölders. detebe 152

Charles Baudelaire

Die Tänzerin Fanfarlo und *Der Spleen von Paris.* Sämtliche Prosadichtungen in einem Band. Deutsch von Walther Küchler. detebe 144

Alexandre Dumas père

Horror in Fontenay. Roman. Übersetzt von Alexander Schmitz. detebe 129

Gustave Flaubert

Briefe. Ausgewählt und übersetzt von Helmut Scheffel. detebe 143

Erckmann-Chatrian

Der Rekrut. Roman. Deutsch von J. von Harten, K. Henninger und Tatjana Fischer. Vorwort von V. S. Pritchett. detebe 12

Brief an meinen Richter. Roman. Deutsch von Hansjürgen Wille und Barbara Klau. detebe 135/I
Der Schnee war schmutzig. Roman. Deutsch von Willi A. Koch. detebe 135/II
Die grünen Fensterläden. Roman. Deutsch von Alfred Günther. detebe 135/III
Im Falle eines Unfalls. Roman. Deutsch von Hansjürgen Wille und Barbara Klau. detebe 135/IV
Sonntag. Roman. Deutsch von Hansjürgen Wille und Barbara Klaus. detebe 135/V
Bellas Tod. Roman. Deutsch von Elisabeth Serelmann-Küchler. detebe 135/VI

Roland Topor

Memoiren eines alten Arschlochs. Roman. Deutsch von Eugen Helmlé
Der Mieter. Roman. Deutsch von Wolfram Schäfer. detebe 126

Jules Verne

Hauptwerke in Einzelbänden:
Ungekürzt, originalgetreu, mit allen Stichen der französischen Erstausgabe.

Bisher liegen vor:
Reise um die Erde in achtzig Tagen. Roman. Deutsch von Erich Fivian. detebe 64/I
Fünf Wochen im Ballon. Roman. Deutsch von Felix Gasbarra. detebe 64/II
Von der Erde zum Mond. Roman. Deutsch von William Matheson. detebe 64/III
Reise um den Mond. Roman. Deutsch von Ute Haffmans. detebe 64/IV
Zwanzigtausend Meilen unter Meer. Roman in zwei Bänden. Deutsch von Peter Laneus und Peter G. Hubler. detebe 64/V–VI
Reise zum Mittelpunkt der Erde. Roman. Deutsch von Hansjürgen Wille und Barbara Klau. detebe 64/VII

Der Kurier des Zaren. Roman in zwei Bänden. Deutsch von Karl Wittlinger. detebe 64/VIII–IX

Zwei Jahre Ferien. Roman. Deutsch von Erika Gebühr. Ein Diogenes Sonderband

Die großen Seefahrer und Entdecker. Ein Diogenes Sonderband

Als deutsche Erstausgabe erscheint, in der Übersetzung von Eva Rechel-Mertens:

Die erstaunlichen Abenteuer der Expedition Barsac. Ein Diogenes Sonderband